STAR WARS
THE HIGH REPUBLIC

HORIZONTE DA MEIA-NOITE

Daniel José Older

São Paulo
2024

Disney · Lucasfilm

Grupo Editorial
UNIVERSO DOS LIVROS

Star Wars: Horizonte da meia-noite é uma obra de ficção. Todos os nomes, lugares e situações são resultantes da imaginação dos autores ou empregados em prol da ficção. Qualquer semelhança com eventos, locais e pessoas, vivas ou mortas, é mera coincidência.

Diretor editorial
Luis Matos
Gerente editorial
Marcia Batista
Produção editorial
Letícia Nakamura
Raquel F. Abranches
Tradução
Leonardo Alvarez

Preparação
Jonathan Busato
Revisão
Monique D'Orazio
Guilherme Summa
Adaptação de capa
Renato Klisman
Diagramação
Renato Klisman

Dados Internacionais de Catalogação na Publicação (CIP)
Angélica Ilacqua CRB-8/7057

O38s Older, Daniel José
Star Wars : horizonte da meia-noite (The High Republic) / Daniel José Older ; tradução de Leonardo Alvarez.
-- São Paulo : Universo dos Livros, 2024.
400 p.

ISBN 978-65-5609-633-9
Título original: *Star Wars: Midnight horizon*

1. Ficção norte-americana 2. Ficção científica
I. Título II. Alvarez, Leonardo III. Série

24-0179 CDD 813.6

Universo dos Livros Editora Ltda.
Avenida Ordem e Progresso, 157 — 8º andar — Conj. 803
CEP 01141-030 — Barra Funda — São Paulo/SP
Telefone: (11) 3392-3336
www.universodoslivros.com.br
e-mail: editor@universodoslivros.com.br

Em memória de Baba Craig Ramos

Os trágicos eventos da Feira da República chocaram a galáxia. Os Jedi e a República assumiram a ofensiva contra os invasores NIHIL. Com esses vis saqueadores quase completamente derrotados, a Mestra Jedi AVAR KRISS concentra sua atenção em LOURNA DEE, o suposto Olho dos Nihil, e assume a missão de capturá-la de uma vez por todas.

Sem o conhecimento dos Jedi, porém, o verdadeiro líder dos Nihil, o traiçoeiro MARCHION RO, está prestes a lançar um ataque numa escala que os Jedi e a República não veem há séculos. Se o plano for bem-sucedido, os Nihil triunfarão, e a luz dos Jedi se apagará.

Apenas os valentes Jedi do FAROL DA LUZ ESTELAR se colocam em seu caminho, mas nem mesmo eles podem ser suficientes contra Ro e o antigo inimigo prestes a ser liberado...

Há muito tempo, em uma galáxia muito, muito distante...

PRÓLOGO

CIDADE DE CORONET

— Vou entrar — disse Prybolt.

— O cliente disse para não entrar. — Ovarto sacudiu a cabeça com chifres lanosos.

Os cães rosnavam e vasculhavam a rua vazia, farejando com suas enormes narinas. Um deles, Serenata, seguiu na direção da porta, puxando Prybolt um passo à frente. Os outros pareceram resmungar entre si, depois os seguiram.

O prédio era um daqueles esquisitos de formato cilíndrico, que pareciam surgir do nada como cogumelos por todo o Distrito de Syllain e depois desaparecer com a mesma rapidez. Aquele fora pintado de laranja (feio), tinha estranhas marcas de metal (assustador), não tinha janelas (ruim) e, até onde Prybolt poderia afirmar, tinha apenas uma porta, por onde o Ministro Nomar Tralmat — o Pai das Finanças de Coronet, o homem que Prybolt e Ovarto tinham um juramento de proteger — entrara exatamente vinte e dois minutos antes, depois de insistir diversas vezes para que não o seguissem nem entrassem em contato, não importando as circunstâncias.

Ele jurara que sabia o que estava fazendo, que estava protegido, que só precisava deles para segurança antes e depois da reunião, não durante e nem contra quem estava nela, e fora bem claro sobre a necessidade de sigilo quando os contratara. Provavelmente era algo ligado à organização do próximo Baile das Finanças — um evento anual de excessos descarados que marcava o início das negociações de mercado aberto. Não importava, na verdade, e Prybolt sabia que não deveria fazer muitas perguntas. Mesmo assim, para manter alguém seguro, um guarda-costas não podia ficar totalmente às cegas.

Nomar Tralmat era um humano e, na experiência de Prybolt, humanos eram notoriamente imprudentes quando se tratava de serem assassinados, terrivelmente mutilados ou expostos a doenças horríveis. Eram simplesmente incapazes de seguir até mesmo as precauções mais simples; tudo o que faziam era se jogar de cara contra disparos de blasters, no meio de explosões enormes ou de cima de precipícios, e não importava o quanto tais situações fossem obviamente mortais, se eles morressem a culpa ainda seria do guarda-costas.

— Crash diz que às vezes o cliente não sabe o que é melhor para ele — disse Prybolt. — Por isso é que a gente tem que saber.

— Sim, bem... — Ovarto acendeu um palito da morte, mesmo sabendo que não deveria fumar durante o expediente, e exalou um pouco de fumaça noite adentro. — Até mesmo Crash erra de vez em quando.

Aquilo obviamente não era verdade, e estava claro que Ovarto não acreditava no que dissera. Crash, que era a melhor amiga de Prybolt e dirigia a Proteção Diplomática Suprema da Cidade de Coronet, não fugia à regra de "humanos imprudentes"; na verdade, ela era o maior exemplo de tal regra. A diferença era que, de algum modo, ela também se destacava em não morrer e em garantir que ninguém ao seu redor também morresse. E ninguém conseguia pensar em uma ocasião em que ela estivera errada.

Os cães bufaram sonoramente contra a porta. Eram criaturas grandes e imponentes, inteiramente brancas, com torso curvado e olhos grandes e cruéis que espreitavam através de protuberâncias arredondadas em seus crânios. Gavinhas retorcidas pendiam de suas mandíbulas. No geral, as criaturas davam a impressão de que podiam despedaçar alguém sem muito esforço. Isso se devia, em parte, a serem absolutamente capazes de fazer algo assim, e fariam. Mas também porque tinham sido criadas para ter essa aparência, um truque útil que garantia que não precisassem realmente despedaçar ninguém, na maioria das vezes; as pessoas simplesmente mantinham distância.

Prybolt amava aqueles cães de todo o coração. Eram os amigos mais verdadeiros que tinha além de Crash, e sempre sabiam quando algo estava errado no trabalho.

Como naquele instante, por exemplo. Os cães, ainda na porta, pareceram debater por um momento, depois todos esticaram o pescoço e emitiram um ruído agudo inquietante.

Prybolt avaliou o prédio novamente.

— Certo, não sou o único aqui que não está gostando disso. Para ser mais preciso, estou detestando.

Outras coisas que Prybolt detestava naquele momento:

- O modo como sua voz soava como se estivesse suplicando;
- O modo como seu corpo comprido de Grindalid parecia espremido em seu ridículo traje de proteção, cada músculo em cada um de seus muitos braços queimando em protesto à longa noite que estavam tendo;
- Como, entre as fileiras de imponentes edifícios ao redor deles, outro amanhecer Corelliano surgia no limiar do horizonte escuro.

Tais peripécias eram exatamente o motivo pelo qual sua família implorara para que ele não seguisse naquele ramo de trabalho.

— Deixe que os humanos e seus outros amigos amantes do sol se devorem e destruam uns aos outros — suplicara Mãe Fastidima, na escuridão fresca de seu ninho subterrâneo. — Seu lugar é aqui, longe de tudo isso. Todo um império subterrâneo espera por você. Não precisa espremer seu corpo nesses trajes ridículos. Não precisa viver com medo de ser desintegrado naquele sol cruel de Corellia, minha doce pupa.

Mas Prybolt sabia o que queria, e não era passar a vida se escondendo nas sombras com suas centenas de outros irmãos de ninho.

— Não sou mais uma pupa — respondera ele, soando, ele sabia, muito jovem e patético. — E de qualquer forma, você só não quer que eu esteja em perigo o tempo todo porque se eu morrer você terá que me vingar, e isso pode perturbar o delicado equilíbrio político de que sempre fala!

Ele cuspira as palavras com uma ferocidade que não sabia que sentia, e elas surtiram efeito — Mãe Fastidima recuou como se tivesse sido golpeada.

— Isso...! — engasgou ela. — Isso...! — A água escorria pelos tentáculos de seu queixo e respingava na piscina abaixo enquanto ela gaguejava.

Mas ela não conseguiu negar a afirmação, porque não era totalmente falsa.

O Clã Garavult guardava os sistemas subterrâneos de água de Corellia há séculos, e seu legado era de honra e vingança. Abater um Grindalid Garavult significaria incorrer na ira de todos os setecentos e quarenta e oito Garavults, e aquele era exatamente o motivo de algo assim jamais ter acontecido. Tal juramento de sangue superava qualquer política mesquinha da época, e Prybolt sabia daquilo tão bem quanto Mãe Fastidima.

Mas não era só por isso. Sua mãe de ninho também o queria por perto porque o amava.

Prybolt suspirara, já fora da água escura e indo em direção ao túnel que levava à superfície. Ganhar, às vezes, doía mais do que perder.

— Eu só quero ver mais da cidade em que vivo do que os esgotos e túneis. E quero proteger as pessoas. Sou bom nisso!

E era mesmo, até Crash admitia, e Crash raramente fazia elogios. Ele já dominava a movimentação com o traje de proteção e compreendia facilmente a delicada e intrincada arte de se tornar mais um na multidão enquanto se mantinha perto de um cliente em movimento. Compreendia a violência, seu caos e sua rapidez. As armas não representavam um problema — todo Grindalid estudava uma gama de técnicas defensivas com diferentes cajados, lâminas e blasters. Os cães, é claro, o adoravam, então praticar e trabalhar com eles também não era problema.

E o mais importante: ele sabia quando confiar em seus instintos.

E bem ali, enquanto a noite gentilmente dava lugar ao amanhecer ao redor deles, o instinto de Prybolt dizia que algo muito errado estava acontecendo do outro lado daquela porta.

— Vou entrar — disse novamente, e daquela vez ele falou sério.

Ovarto deu de ombros, jogando fora seu palito da morte.

— O funeral é seu.

— Beeta, Serenata, Sibak. Prontos. — Os cães obedientemente pararam de farejar a área e ficaram ao lado de Prybolt.

Ele tocou o painel de controle próximo da porta, que se abriu para revelar... outra porta. Um bipe abafado soou em algum lugar do lado de dentro: alarmes. Prybolt acertou o sensor de toque na segunda porta e ela deslizou para o lado com um rangido enferrujado.

Várias figuras se moviam pela sala escura. A pouca luz que havia vinha do centro, onde Nomar Tralmat estava de joelhos, com o nariz sangrando e o rosto desesperado. Acima dele estava uma mulher alta de pele vermelha, com as longas orelhas dobradas de uma Er'Kit saindo de cada lado de uma estranha máscara de gás. Ela tinha um rifle blaster pendurado no ombro; a ameaçadora baioneta no topo reluzia na luz bruxuleante da lanterna. E parecia estar se preparando para desferir outro golpe.

Fique entre o cliente e a ameaça.

Aquilo era tudo, tudo o que importava.

Prybolt avançou, dando para os cães um único comando:

— Comam.

A mulher ergueu o rifle, exatamente como Prybolt esperava, porque aquilo significaria que a arma não estava apontada para Tralmat. Prybolt girou para o lado, ajustando o passo para lidar com a mudança de equilíbrio enquanto o tiroteio rugia.

— Aaaaahh! — gritou Ovarto, da porta, e então todos os seus dois metros e cem quilos caíram ruidosamente no chão. Um dos cães guinchou e desabou; Beeta, talvez. Os outros saltaram para frente.

Antes que Prybolt e os cães restantes pudessem alcançá-la, a mulher jogou no chão algo que explodiu com um clarão. Sibak e Serenata grunhiram, e uma fumaça amarela fedorenta se espalhou pela sala, cobrindo-a quase instantaneamente.

Mas havia apenas o cliente e a ameaça, a ameaça e o cliente. Ou, provavelmente, várias ameaças, mas aquela mulher era a mais importante. Um pouco de fumaça não impediria Prybolt. De qualquer forma, não conseguiria penetrar seu aparelho respiratório nem seu macacão. Ele cruzou o piso em três saltos e se lançou para onde Tralmat estivera um momento antes, tremendo no chão. Sentiu um braço, um ombro.

— Vamos — gritou Prybolt, fazendo o homem se levantar.

Uma dor repentina e lancinante atravessou o tórax de Prybolt no momento em que o rosto mascarado da mulher surgia do meio da fumaça.

Aquela baioneta.

Ele evitou o próximo golpe, a enorme lâmina sibilando em meio à nuvem amarela onde ela estava, depois girou para frente, fazendo com que seu próprio impulso desse um gancho devastador. O golpe acertou a máscara da mulher e a mandou rodopiando de volta para o nevoeiro.

Uma porta se abriu, mais à frente, para o que parecia ser uma pequena antecâmara iluminada pelo dia que raiava. Aquele edifício era cheio de segredos! Não havia sinal de outra entrada do lado de fora. Não importava; aquela era uma pequena bênção, e Prybolt a aproveitaria ao máximo. Ele ergueu Tralmat, que tossia e cuspia, o colocou em seu ombro e foi para a luz.

Acontece que a porta se abrira para permitir a entrada de reforços, mas Prybolt já contava com aquilo. Mais dois invasores mascarados correram para dentro, apenas para serem atingidos pelos disparos de blaster do guarda-costas, que passou correndo pelos corpos que se retorciam e saiu para a rua.

O Grindalid baixou Tralmat com cuidado — o homem parecia estar bem, apesar do nariz ensanguentado e da tosse causada pelo que quer que fosse aquele produto químico — e começou a puxá-lo.

— Você tem que vir comigo — disse Prybolt. — Rápido.

Tralmat olhou ao redor, com os olhos arregalados.

— Vamos! — insistiu Prybolt. Alguém sairia da escuridão enevoada a qualquer momento, provavelmente já atirando. — Temos de ir... *Agora*! — Por que Prybolt estava tão sem fôlego? Ele não tinha se esforçado tanto, e o gás não deveria afetá-lo tanto com... o traje.

Ele olhou para baixo, já puxando Tralmat para uma corrida desajeitada e cambaleante. A baioneta da mulher abrira um corte feio em seu traje de proteção, raspando sua carapaça. Mas não era o ferimento e nem o gás que drenava sua energia de forma tão repentina; era o sol.

— Nós... temos que ir — disse Prybolt, ofegante, ainda segurando o braço de Tralmat. — Não posso... — Era o cliente; era apenas o cliente. Tudo o que havia era o cliente. Mas se Prybolt não sobrevivesse, não restaria ninguém para proteger Tralmat. — Preciso de uma... sombra... escuridão... de alguma coisa.

Uma queimadura aguda e crepitante irrompia em seu flanco esquerdo conforme o dia ficava mais claro e uma suave brisa matinal empurrava o tecido rasgado de seu traje para o lado.

— Vamos — gemeu ele. — Venha por aqui... por aqui.

Mas quando olhou para trás, Tralmat sumira, provavelmente levado por um daqueles invasores, e a mulher mascarada caminhava calmamente em meio à névoa na direção de Prybolt.

— Cliente — grunhiu Prybolt, como se aquilo, de alguma forma, fosse fazer Tralmat reaparecer na rua ao lado dele.

Ele tropeçou em uma esquina, seus dedos enluvados lutando para tirar o comunicador do coldre no cinto.

— Crash — murmurou ele, esperando ter apertado o botão de transmissão. — Crash... Crash! — Ela saberia o que fazer. — Vamos lá, Crash... eu...

A mulher Er'Kit provavelmente já estava atrás dele; tinha que estar, erguendo o rifle para dar o tiro que acabaria com ele. Prybolt sacou o próprio blaster e girou, atirando descontroladamente.

A rua estava deserta.

O sol continuava nascendo.

— Crash! — repetiu ele. Em algum lugar haveria uma porta aberta, uma entrada para o sistema de túneis que era seu verdadeiro lar, e a escuridão o abraçaria e o protegeria. Depois ele poderia se curar e ir encontrar seu cliente. Ainda poderia consertar as coisas.

— Crash, aqui é Prybolt. Eu... Eu estraguei tudo. Há... — Quem eram aqueles agressores? Todos usavam as características máscaras de gás dos Nihil, mas era impossível que os Nihil estivessem em Corellia, eles eram um problema da Orla Exterior. Eram imprudentes, certamente, mas não tolos. Nunca arriscariam ir tão fundo no Núcleo da República, no coração da galáxia.

Tinham que ser imitadores, ou algum tipo de cartel tentando encobrir seus rastros fingindo ser Nihil. Com certeza.

— Nihil — disse Prybolt, rouco, no comunicador. — Trajados como Nihil. Máscaras de gás, fumaça... mas... eu não acho... — Não importava. Eles descobririam. Crash conseguia descobrir qualquer coisa, então ela poderia resolver aquele problema. Prybolt só precisava permanecer vivo para ajudá-la.

Ele dobrou outra esquina aos tropeços e correu direto para a mulher vermelha com a máscara de gás. Ela saltou para trás, rápido demais para ele seguir ou atacar, e então o rifle pareceu vir dançando do céu na direção dele enquanto ela avançava.

Tudo o que o Grindalid pôde fazer foi se jogar para trás, mas não foi rápido o suficiente; a lâmina rasgou toda a frente de seu traje, e ele bateu no chão com tanta força que o ar escapou de seus muitos pulmões.

Mas nada daquilo importava tanto quanto o chiado que gritava em todo seu torso. Todos seus apêndices menores provavelmente se contorciam ao queimar. A luz do dia, aquele veneno brilhante e ofuscante, derramava-se por tudo, inundando-o e enviando alertas frenéticos e lancinantes por todo seu sistema nervoso.

— Sempre quis ver isso acontecer — disse a mulher Er'Kit com algo como satisfação na voz. Ela ficou de pé sobre ele com uma perna de cada lado, e se ele ainda tivesse alguma força a teria chutado alegremente, disparado contra ela, *qualquer coisa* para tirar aquele sorriso que ele tinha certeza de que tomava o rosto dela.

Mas nenhuma das partes de seu corpo respondia da maneira que Prybolt queria, e quase tudo era feito de luz brilhante e implacável. Então, a luz se tornou o mundo, e depois não havia mais nada.

PARTE UM

UM

FAROL DA LUZ ESTELAR

— Ram? Qual é o problema?

— Quê? — Ram Jomaram ergueu os olhos do minúsculo núcleo do reator que vinha desmontando e remontando nos últimos tempos... já tinha perdido a noção de quanto tempo. O holograma bruxuleante de seu mestre, Kunpar Vasivola, piscou de volta para ele, com preocupação em seus velhos olhos enrugados. — Nada — disse Ram, voltando a trabalhar.

— *Vakateebakbak!* — gritou um dos pequenos Bonbraks peludos, Tip, provavelmente, do outro lado da sala. *Mentira*, basicamente, o que, em situações normais, teria irritado Ram, mas ele não se incomodou. Para quê?

— Seu amiguinho está certo — disse Mestre Kunpar. — Conheço você desde sempre, Ram Jomaram. Sei quando alguma coisa está errada, mesmo que você se recuse a admitir.

— Eu... — Ram se levantou e puxou os óculos até a testa. Suas vestes Padawan estavam cobertas de graxa, como sempre. Não importava quantas vezes ele as lavasse, as manchas estavam sempre ali.

— É que... — ele tinha a intenção de se explicar quando abriu a boca. Mas então, como acontecera tantas vezes recentemente, as palavras se esgotaram e sumiram. Talvez a linguagem simplesmente não pudesse resumir seus sentimentos e ele devesse parar de tentar. Mas aí Ram continuaria escutando de Mestre Kunpar, dos Bonbraks e provavelmente de quem mais quisesse se juntar a eles sobre como ele era teimoso. V-18 já sumira, como sempre; caso contrário, certamente teria se juntado a eles. Desde que haviam deixado Valo, o droide de Ram passara a maior parte do tempo vasculhando o depósito de lixo do Farol, procurando por novas peças para se atualizar.

Ram sacudiu a cabeça, tentando clareá-la.

— Não sei — disse ele, finalmente.

O velho Ongree assentiu com ares de sabedoria, acariciando os tentáculos do rosto como sempre fazia antes de dizer algo incrivelmente sábio que exigiria uns oito anos para que Ram desvendasse o significado.

— Esse é um bom começo!

Ram zombou, pegou o invólucro de metal enferrujado ao redor do núcleo e o soltou, deixando a Força o sustentar no ar em um rodopio lento.

— É que... Eu enfrentei os Nihil, certo? — disse Ram, observando o núcleo em vez de seu mestre. — E os Drengir. Atiraram em mim, quase me devoraram. Fui preso. Coisas explodiram ao meu redor mais vezes do que consigo me lembrar... e tudo isso aconteceu nos últimos dois meses!

Ele não estava exagerando. Desde que os Nihil atacaram a Feira da República em Valo, o planeta natal de Ram, ele tentava se manter vivo e equilibrado em uma galáxia que parecia ter ido da paz à devastação da guerra da noite para o dia. No meio daquela guerra, Ram conhecera Lula Talisola, uma Padawan do Farol da Luz Estelar, e ela era tão centrada em meio ao clamor da batalha — uma guerreira compassiva e que representava a própria essência do que Ram imaginava que os Jedi deveriam ser —, que ele percebeu que precisava fazer o que pudesse para ajudar a tornar a galáxia segura novamente, da mesma forma que Lula estava fazendo.

Por isso, quando voltaram para o Farol da Luz Estelar, ele se juntou a ela e à sua amiga Zeen, que era sensível à Força, mas não uma verdadeira Jedi em treinamento como Lula e Ram, e estivera com elas desde então, realizando missões e fazendo mais amigos do que jamais pensara que teria em sua vida — e quase sendo morto de todas as maneiras imagináveis (e mais algumas).

Mas, de algum modo, nada daquilo era o problema.

— Tem sido um período muito difícil para toda a fronteira — disse Mestre Kunpar —, mas especialmente para vocês, jovens envolvidos na batalha. — Ele sacudiu sua velha cabeça, tristemente. — Não era para ser assim.

— Mas não é isso — disse Ram, tentando não permitir que a frustração que sentia o deixasse sem voz. Afinal, se ele não conseguia encontrar palavras ou significado por trás do que estava errado, como seu mestre poderia? Ram suspirou, e o pequeno invólucro caiu sobre a mesa.

— *Fraka-botá!* — gritou o outro Bonbrak, Breebak. Aquela era uma palavra em Bonbreez que era melhor não traduzir.

— Desculpe — disse Ram. Ele olhou para o holograma de seu mestre, franziu o rosto e soltou as palavras sem pensar. — O problema é o oposto. Não sinto *nada*, não agora. Nem mesmo quando estamos em batalha. Não sinto medo, não sinto tristeza. Não fico animado quando vencemos. Eu quase não... — Ele balançou a cabeça, deixando que as palavras se desfizessem novamente, desejando que os pensamentos seguissem o mesmo caminho.

— Continue — disse Mestre Kunpar, com gentileza.

— Eu quase não me sinto bem quando salvamos as pessoas.

Ram não tinha certeza de quando aquele vazio aterrorizante começara. Durante o ataque à Feira da República, parecia que ele sentia todas as emoções possíveis ao mesmo tempo. *Sua* cidade, Lonisa, estava sob ataque; pessoas morriam por todos os lados, e parecia que os Nihil tinham chegado para ficar. Ele estava com o coração partido e apavorado, *e* estava fazendo novos amigos, que tinha a certeza de que manteria para o resto de sua vida — só não sabia exatamente quanto tempo aquilo queria dizer. E juntos eles realmente haviam feito a diferença, restaurando as comunicações em todo o planeta para que a República pudesse organizar seu contra-ataque. Morte e destruição estavam por toda parte, mas eles fizeram parte da solução e fora incrível poder ajudar.

E então, em algum momento depois que chegara ao Farol da Luz Estelar, em algum lugar entre todas aquelas explosões, resgates e tiroteios, uma mudança ocorreu dentro dele. Parecia que outra pessoa tomara conta de seu corpo. Alguém frio.

— Sei que deveríamos ser desapegados e tudo mais — disse Ram. — Mas isso parece... outra coisa.

— Hmm — ponderou Mestre Kunpar, de olhos fechados. — Você está buscando o equilíbrio, jovem Ram.

— Acho que sim. Mas o que eu faço?

— Continue buscando, Ram. Não pare.

— *Ramamalamaaa!* — cantou Zeen Mrala, deslizando pela porta aberta e dando uma pirueta quase perfeita pela sala. — Temos uma reuniãããão!

Zeen crescera entre pessoas que detestavam e desconfiavam de usuários da Força, por isso mantivera suas habilidades em segredo durante a maior parte de sua vida. Então, Trymant IV, seu planeta natal, quase havia sido devastado por uma Emergência do Grande Desastre e ela fora acolhida pelos Jedi. Ela tinha ajudado Ram e Lula a lutar contra os Nihil quando eles atacaram Valo, e Ram se sentia próximo dela desde aquela época. Ela era relativamente novata na estação espacial, assim como ele, e sempre sabia como animá-lo. Ao contrário de Ram, ela sempre conseguia parecer elegante e limpa, quer estivesse usando sua jaqueta de voo e carregando blasters presos nas laterais do quadril, vestindo os pijamas emprestados por Lula ou, como ali, usando apenas roupas casuais esvoaçantes por cima de uma camisa sem mangas.

— Sim — disse Ram, já guardando as peças do núcleo do reator em sua caixa e se levantando.

— É a minha Mikkiana favorita? — disse Mestre Kunpar, sua pequena forma holográfica semicerrando os olhos enquanto Zeen passava por ele com uma arremetida graciosa.

Zeen riu, saltando por cima do ombro de Ram; os tentáculos de sua cabeça roçaram levemente contra a bochecha dele.

— Ei, Mestre Kunpar! Quantos Mikkianos você conhece?

— O suficiente para ter uma favorita!

Zeen sorriu e voltou a dançar.

— Sabe, você pode fazer uma pausa, se precisar — disse Mestre Kunpar, voltando-se para Ram. — Voltar para Valo, ajudar no esforço de reconstrução.

Ram assentiu, mas sabia que aquilo não o ajudaria a encontrar o equilíbrio. A simples ideia de voltar para casa o deixava enjoado. Muita coisa estava acontecendo fora de lá e os Jedi precisavam de sua ajuda.

— Obrigado, Mestre Kunpar.

— Uma pausa seria totalmente *épico* — disse Zeen, usando a palavra favorita de Ram para quando alguma coisa era a melhor possível e completamente incrível. Ela só fazia aquilo quando estava tentando fazê-lo se sentir melhor. Zeen piscou para Mestre Kunpar, que olhou fixamente para ela através da conexão holográfica.

— O que é *épico?* — perguntou o velho Jedi. — É algo que os jovens falam hoje em dia?

Zeen pareceu escandalizada.

— Ram! Achei que era algo que as pessoas de Valo diziam!

Ram teve que rir.

— Não, eu inventei isso do nada. Não é *épico*?

— Certo, já vou indo — disse Mestre Kunpar. — Que a Força esteja com vocês dois.

— Não consigo acreditar que você inventou uma gíria novinha e não nos contou — repreendeu-o Zeen, claramente usando a Força para elevar um pouco mais seus passinhos flutuantes. — Você está bem?

Ram ignorou o elogio e a pergunta e pegou seu holoprojetor.

— Você é uma dançarina incrível, Zeen. Posso fazer um holo para mandar para Valo?

— Claro — disse ela, girando. Ela esticou os braços. — Mande para toda a galáxia. Você nunca sonhou em ser uma estrela, Ram?

— Com certeza não — respondeu ele, desviando-se para mantê-la enquadrada.

— Eu já. Não acho que ia adorar, mas sempre quis experimentar, só por alguns dias. Ser como aqueles cantores chiques nos holos, com toda a galáxia aplaudindo. — Ela deu outra pirueta, depois girou em uma reverência complicada.

Ram aplaudiu.

— Sempre pensei que talvez, numa outra vida, eu teria sido uma estrela famosa! — Um sorriso triste surgiu em seu rosto, então ela desviou o olhar. — Mas não é para mim, não mesmo... — Ela afastou qualquer devaneio em que se perdera e lançou um olhar afiado para Ram. — Não pense que não percebi que você evitou a minha pergunta.

— Eu...

— Ei! — Lula Talisola apareceu do corredor, colocando a cabeça para dentro da sala. — Acabaram de mudar de uma reunião simples para uma reunião de missão. Alguma coisa aconteceu em Corellia. Vamos ou dançamos?

DOIS

CIDADE DE CORONET

Alys "Crash" Ongwa pegou o comunicador e rosnou para ele:

— Você está em posição, Barchibar?

Ela não queria que sua irritação transparecesse daquele jeito. Normalmente tentava reservar os sinais óbvios de raiva para situações especialmente terríveis. Mas sério: tudo parecia muito terrível desde a noite em que Prybolt e Ovarto haviam desaparecido.

E se Prybolt estivesse ali, ela não estaria rosnando para aquela ratazana scree superdesenvolvida para se certificar de que ele estava em posição. Prybolt simplesmente estaria; e anteciparia ataques de todos os ângulos, incluindo acima e bem abaixo, assim como Crash ensinara a todos.

— Quase lá, Crash — estalou a resposta através do comunicador.

Crash conseguiu não jogar o comunicador do telhado.

— Quase? Como assim? Sem estimativa de chegada, sem coordenadas, só *quase*.

— Desculpe, Crash!

Que raio de nome era Barchibar, afinal. Fazia sua língua ficar áspera só de pronunciar. Quem dava ao filho um nome que parecia o som de *vômito*?

— Certo, em posição.

— Sim, sim. — Crash já se lançara sobre a Praça Diadema em seu pequeno esquife. Se seu pessoal estava sendo desleixado, ela precisava dos únicos olhos em que confiava: os seus próprios. Ela puxou o cabelo rosa-vivo para trás em um coque solto e ficou na ponta dos pés para ver melhor.

— Iniciar os procedimentos estratégicos, Mestra Crash? — apitou 10-K8.

— Aah! — gritou Crash. — Esqueci que você estava aí.

A droide baixinha em forma de cogumelo era perfeitamente esquecível, e era por isso que Crash geralmente a usava para coletar informações. Por isso e por ela ser a única por perto que fazia Crash se sentir um pouco alta. Sem Prybolt, a equipe precisava de um segundo conjunto de, bem, tudo, tomando conta da logística e de apoio. Mas Crash devia estar ainda mais cansada para esquecer de que tinha alguém bem atrás dela.

Prybolt tinha que estar bem, e tinha que voltar. Era tudo o que importava. Se Crash tivesse que trazê-lo de volta por pura força de vontade, então assim seria. Sua mensagem final não dava muita esperança, e o fato de que Ovarto e Tralmat, os clientes que estavam protegendo, também estarem desaparecidos, bem... Não, Crash não desistiria de seu melhor amigo. Se existisse alguém capaz de sobreviver quando tudo dava errado, era Prybolt. Eles provavelmente tinham ido para o subterrâneo ou algo do tipo, esperando o que quer que fosse passar.

E, de qualquer modo, não havia como o que restava do povo Nihil ousar dar as caras em Corellia.

Mas o que quer que tivesse acontecido, estava bem claro que envolvia alguém ter machucado Prybolt e Ovarto. Os dois já teriam entrado em contato com ela se estivessem bem. E dadas as intrigas e a obscuridade da política de Coronet, provavelmente alguém estava atrás de seu cliente, o Pai das Finanças, e Prybolt e Ovarto simplesmente se encontravam no caminho, como obstáculos a serem removidos. Isso fazia Crash pensar mais uma vez na pior parte de tudo: quem quer que fosse o responsável por aquilo definitivamente era um de seus outros clientes, alguém que ela jurara proteger. Tinha que ser. Sua equipe era responsável por todos os principais políticos da Cidade de Coronet.

Mantenha todos a uma certa distância, dissera Baynoo, a mãe de Crash, quando lhe entregara a empresa no ano anterior. E situações como aquela eram exatamente o motivo de tal conselho ser tão importante. Crash trabalhava para pessoas capazes de acabar com uma vida em troca de mais poder, sem qualquer hesitação.

Ela seguira o conselho, e sua equipe mantivera todos os clientes a salvo uns dos outros, até aquele momento. E já era ruim o bastante, mas o fato de as pessoas com quem ela se importava aparentemente também estarem feridas significava que ela *tinha* que encontrar os responsáveis e lidar com eles.

E ela os encontraria.

— Cuidado com a besta enorme! — alertou 10-K8.

Mas o mais importante, Crash precisava manter o foco! Ela tinha sua reputação para restaurar e um complexo drama público para organizar que exigiria toda sua atenção. Desviou o esquife com força para a esquerda, quase derrubando 10-K8, e conseguiu não bater direto no enorme Savrip pousado em um telhado.

— Mas que kark aquele réptil enorme e ridículo está fazendo parado no telhado? — perguntou Crash, assim que viraram e estavam a uma distância segura.

— Hã, o que você mandou ele fazer? — sugeriu 10-K8.

— Ah? — Crash piscou de perplexidade para a enorme criatura, que mal notara a colisão que tinham acabado de evitar. — Aaah, aquele é Tamo!

— Caf — disse 10-K8 secamente, passando uma caneca fumegante para Crash.

Ela pegou a bebida e tomou um gole, carrancuda.

— Ah, sim, obrigada.

— Uhum. Tem algo que queira falar?

Crash balançou a cabeça.

— Só estou sentindo falta do meu amigo, só isso. E pelo jeito eu... não consigo...

— Manter a concentração?

Lá embaixo, a multidão afluía para o calçadão aberto, exatamente como Crash planejara.

As holocâmeras amavam Svi'no Atchapat, em parte porque a luz parecia dançar sobre ela em raios deslumbrantes e coloridos. Crash sabia que isso se dava principalmente porque ela usava joias e às vezes até blusas feitas com milhares de pequenos espelhos, mas o fato de Svi'no irradiar estrelato também ajudava. Além disso, ela era uma Taymar, por isso tinha a pele verde-azulada naturalmente reluzente e gavinhas esvoaçantes. E podia literalmente flutuar, fazendo parecer que um vento majestoso e dramático a seguia aonde quer que ela fosse.

Crash não se importava com aquilo tudo. As duas garotas haviam se conhecido cinco anos antes, quando Crash era apenas uma menina desengonçada de doze anos, aprendendo as manhas enquanto acompanhava a mãe tomando conta das coisas. Na época, Svi'no também tinha doze anos e já fazia shows com o grupo musical de sua família em locais com ingressos esgotados. Embora Crash já tivesse conhecido dezenas de pessoas famosas até então, aquela estranha menina flutuante parecia lendária em algum outro nível; foi quando Crash se sentiu, talvez pela primeira vez, um pouco deslumbrada. Mas Svi'no se mostrara engraçada, boa de conversa e, o mais importante, tão travessa quanto Crash, e as duas se tornaram melhores amigas instantaneamente.

A amizade delas teve altos e baixos ao longo dos anos, mas nos últimos tempos parecia ter se aberto uma distância impronunciável entre elas. Crash imaginava que provavelmente era apenas resultado do amadurecimento, do estrelato de Svi'no, de sua necessidade de administrar uma empresa inteira ou qualquer outra coisa do tipo, e tentava não levar para o lado pessoal.

— Cliente no local — informou Barchibar pelo comunicador.

Os holos relataram a suposta aparição de Svi'no Atchapat porque Crash informara a eles. E funcionou: o burburinho sobre os holos se tornou sussurros nas ruas, que se transformaram em gritos, em teorias, depois devaneios e assim por diante, até que toda a Cidade de Coronet brilhava com a emoção de ver sua amada filha, sua embaixadora cultural. Levou apenas um dia para que a coisa toda atingisse a massa crítica: naquela manhã, o assunto de todos os bairros era se a estrela pop realmente faria uma rara aparição pública, nada menos do que na Praça Diadema!

E então as pessoas vieram, e vieram aos montes. Claro! A rua adorava Svi'no Atchapat — quando ela era apenas uma criança, alguém fizera um holovídeo dela cantando junto com o barulho do maquinário da fábrica enquanto sua família construía cruzadores estelares nos estaleiros.

Ela fazia aquilo desde antes de começar a andar, e aprendera com a avó, que costumava cantar as mesmas músicas quando menina. Era uma música antiga — eles a chamavam de Galan-Kalank, em homenagem aos sons das engrenagens e turbinas que marcavam o ritmo —, mas Svi'no a transformara em algo que também soava totalmente novo e que tomou a galáxia de assalto. Em pouco tempo, sua mãe, seu pai e todos os seis irmãos fabricaram instrumentos portáteis com suas máquinas cobertas de graxa e saíram com a pequena Svi'no em turnê, levando o Galan-Kalank a anfiteatros e casas de shows de Chandrila a Coruscant.

Todos eles ainda trabalhavam nos estaleiros entre os shows — afinal, era uma tradição familiar —, o que dava ao grupo musical um senso ainda mais profundo de autenticidade e tradição. Os Atchapat haviam mudado o jogo na indústria da música galáctica, colocado a Cidade de Coronet no mapa das artes culturais e populares e dado a Corellia, pela primeira vez, uma fama que ia além de sua produção de grandes naves estelares.

E assim, todo o ardil supercomplicado estava indo de acordo com os planos.

Mas a sensação era outra, porque Prybolt ainda estava desaparecido, assim como Ovarto, e os dois provavelmente continuariam desaparecidos para sempre.

Crash esfregou o rosto e rosnou.

— Sim, manter a concentração.

Um tom frio e celestial soou, algo como os sinos da Catedral de Coronet, mas... vivo. Uma segunda nota luziu no céu quente de verão, envolvendo ondas harmônicas ao redor da primeira. A multidão ficou em silêncio, maravilhada. Svi'no viera para deslumbrá-la e não decepcionou. Todos foram à loucura quando a batida soou no tempo certo com uma terceira nota majestosa e dourada.

Crash fechou os olhos e se permitiu um leve sorriso.

— Pelo menos uma coisa está indo... — Um estalo agudo cortou os aplausos e a empolgação; de repente, todos estavam gritando. Em seguida, mais três estalos.

Aquilo não deveria acontecer!

Os olhos de Crash se arregalaram.

— Nosso falso agressor não deveria ter uma faca?

Lá embaixo, Tangor, uma Wookiee de dorso prateado da equipe de Crash, já havia passado por Svi'no e se movia rapidamente em meio à multidão ondulante. Ótimo.

— Detonador térmico! — gritou Barchibar pelo comunicador. — Tem de ser!

— Preciso de informações, não de teorias malucas! — exclamou Crash, acertando os propulsores no esquife e dando a volta para ter uma visão melhor. — Pare de gritar, Barchi. Relatórios, um de cada vez.

— Ar-Onze aqui — anunciou a voz áspera de Fezzonk. — Não tenho nada para reportar além de gente correndo e gritando. Nenhuma atividade suspeita nos telhados. Nada acontecendo nos céus.

— Ótimo, excelente — murmurou Crash, dando um gole no caf. Depois mais outro.

— Equipe do Túnel Doze — disse Smeemarm naquele sussurro assustador que sempre usava. — Tudo limpo.

Nenhuma fumaça vinha de lá de baixo, e nada havia quebrado. Todos corriam para se proteger, mas ninguém parecia saber em que direção seguir.

Tangor rugiu em Shyriiwook, avisando que o cliente tinha cobertura e estava indo para a Travessa Loomar, em direção a um de seus pontos de segurança designados.

— As varreduras dos droides-câmera não mostram nenhum sinal de forças malévolas em movimento — disse 10-K8 calmamente. — Além da nossa, é claro.

Tamo! Crash olhou para trás, para o local vazio no telhado, onde quase colidiram com a enorme fera alguns minutos antes.

— Onde está o Savrip agora?

Algo não estava certo, e não era com sua equipe. A ausência de Prybolt era uma brecha em sua operação, claro — uma que ela achava, cada vez com mais frequência, que deveria se acostumar para sempre — e Barchibar era inútil, mas aquilo não era novidade.

— Tamo está indo para a praça, como o mandaram — relatou 10-K8. — Está um pouco lento porque demos a ele um desjejum farto para mantê-lo feliz.

— Isso é bom, isso é bom — disse Crash, distraída, vagamente ciente de que tal desleixo poderia ter causado grandes problemas em qualquer outra circunstância, mas pela primeira vez sem se importar.

Porque alguma coisa... não estava... certa. Um estrondo — vários estrondos! —, mas sem fumaça, e sem baixas, só podia significar uma coisa. Sabotagem do tipo mais teatral. E havia apenas uma pessoa na Cidade de Coronet tão adepta a criar dramas desnecessários para fins lucrativos ou mesquinhos quanto a própria Crash.

— Dizcaro — cuspiu ela, o nome do concorrente soando como uma maldição em sua boca.

— Você acha? — perguntou 10-K8, espantada.

— Dizcaro sabe que estamos em baixa, sabe o que está em jogo. *É claro* que organizaria uma distração para impedir nosso grande retorno. — Ela parou por um segundo enquanto o plano fervilhava em seu cérebro e tomava forma. — Mas ainda podemos acertar as coisas.

O comunicador ganhou vida com uma série de mensagens sobrepostas.

— Pronto, Crash.

— Diga-nos o que você precisa.

— Em posição e preparado.

— *Hrraaarrrckkkshrark rghaaagh!*

— Vamos nessa!

Crash respirou fundo, deleitando-se com uma equipe quase competente em prontidão. Seria preciso um milagre, mas alcançar vitórias impossíveis era o que ela fazia de melhor.

— Kaoito, coloque Malfac Orfk em contato comigo. Tangor, volte com Svisvi... hã, a cliente, melhor dizendo, para a Praça Diadema.

— *Shrawrr rargh!* — apontou a Wookiee discretamente.

— Diga a ela que *faz* parte do plano — sibilou Crash. — Porque agora *faz*.

— Orfk no comunicador — informou 10-K8.

— Orfk! — disse Crash, com um sorriso perverso e gestos elaborados com as mãos, mesmo que fosse uma conexão apenas de áudio. — Tenho uma história para você!

— Vá direto ao ponto, Crash — bufou Malfac. — Você já estragou uma história minha hoje... preparou as equipes de filmagem para cobrir um show ao vivo lendário e, de repente, virou um evento com vítimas em massa!

— Vítimas em massa? Faça-me o favor. Todo mundo me parece muito bem. De qualquer forma, que tal eu dar a você uma comovente história de interesse para as pessoas, estrelando a própria diva dos palcos e das telas holográficas?

— Estou ouvindo.

— Mova alguns droides-câmera ao redor da praça e você terá uma exclusiva.

— Quando?

Crash ergueu seus macrobinóculos, concentrou a visão na fonte elaborada, depois passou por ela até a Rua Tombtok, depois a Travessa Loomar ao lado, onde Tangor e Svi'no Atchapat abriam caminho pelas sombras.

— Em cinco... — disse ela.

— Cinco o quê? — rosnou Malfac. — Minutos? Horas? Dias? Vamos lá, Crash...

— Quatro.

— Pera aí! Segundos? Você está louca?

— Três, e no próximo número eu vou ligar para aquele canalha do Taljo Stant, da Rede de Mídia Independente de Coronet que você tanto odeia, para que ele possa lhe dar uns tabefes.

— Já estou indo, já estou indo! Caramba, Crash!

— Dois.

Todo um esquadrão de droides-câmera zuniu pelo céu, passando pelo esquife de Crash em direção à praça. Ela acenou cautelosamente para ele e deu um sorriso vencedor.

— Não estou vendo nenhum... — sibilou Malfac em seu fone de ouvido.

— Espere.

Os droides-câmera pairaram sobre a praça vazia por alguns momentos, capturando imagens da fonte, do lixo deixado por tantas pessoas saindo de lá com tanta pressa, de vitrines aleatórias.

Crash prendeu a respiração.

Ela exalou silenciosamente enquanto Svi'no Atchapat flutuava para fora do beco, sozinha, numa imagem de absoluta graça e fragilidade.

O Savrip não poderia ter entrado em cena em um momento melhor nem se ela tivesse implorado. Parecendo um pouco lerdo e desajeitado, aparentemente por causa de seu desjejum reforçado, Tamo saiu de um prédio do outro lado da praça, brandindo uma enorme lâmina enferrujada com uma de suas gigantescas mãos esverdeadas.

— Yaaaargh! — rugiu Tamo, talvez exagerando um pouco, mas iria servir.

— Pelas estrelas cadentes de Bolbotarp! — gritou Malfac.

Crash apenas sorriu. A qualquer segundo, Tangor também viria correndo, e as duas feras entrariam em conflito, numa batalha épica por uma pequena estrela desesperada. Icônico!

Só que Tamo já estava a apenas alguns metros de onde Svi'no flutuava, tremendo e gritando por socorro, e Tangor não estava à vista.

Crash desconectou a chamada com Malfac e mudou para a comunicação interna de sua equipe.

— Tangor! Onde diabos você está?

A única resposta que veio foi o ruído de estática.

O enorme Savrip saltou, pousou diante da fonte e depois arremeteu na direção de Svi'no, quebrando as estátuas de pedra enquanto avançava.

— Smeemarm! — gritou Crash. — Precisamos de você *agora*!

— Pronto... — Um fosso de serviço se abriu entre a cantora e a fera. A comprida e estranha parte superior do corpo de Smeemarm surgiu, com os braços erguidos diante do rosto, onde um longo tubo se projetava de sua boca. Smeemarm deu um pulo para frente e Tamo uivou, segurando o pescoço e desabando na calçada logo em seguida.

— Uau! — gritou Malfac, voltando ao fone de ouvido. — Uau! Uau! Uau! Você viu isso, Crash? Sabia que isso ia acontecer?

— *Sabia*? — respondeu Crash, conseguindo não soar ofegante. — Como eu poderia saber? Só estava tentando conseguir uma entrevista exclusiva com uma superestrela galáctica! — Ela encerrou a chamada com ele.

— Bom trabalho, Smeemarm — suspirou ela. — Vá mostrar isso para as câmeras, e certifique-se de mencionar que você trabalha para a primeira e única Proteção Diplomática Suprema da Cidade de Coronet. A única maneira de ficar seguro...

— É nós o mantermos assim! — todos responderam ao mesmo tempo pelos comunicadores.

Tangor cambaleou para fora do beco, parecendo tão alta quanto uma sonda atmosférica, e sentou-se na fonte arruinada, sacudindo sua grande cabeça de Wookiee como se tentasse clareá-la.

— O que aconteceu com ela? — perguntou 10-K8.

— O mesmo que aconteceu com Tamo, pelo jeito — disse Crash. — Tranquilizantes. Tirando o fato de que Tangor provavelmente pode tomar uma dose maior, já que tem bastante prática.

— Você quer dizer...

— Dizcaro. — Crash fez uma careta. — Reúna a equipe.

TRÊS

FAROL DA LUZ ESTELAR

De agora em diante, estou colocando o nós *em primeiro lugar.*

Reath Silas dissera aquelas palavras mais de um ano antes, e tinha certeza de que passara a maior parte do tempo desde então tentando entender o que elas realmente significavam.

Era exatamente o tipo de enigma que os antigos mestres adoravam interpretar e debater — a franqueza superficial servia apenas para esconder camadas de significado suficientes para qualquer um se perder. O que o termo *nós* representava para um Jedi? Era a Ordem? A República? Toda a galáxia viva? E mesmo que houvesse uma resposta simples para aquilo (não havia), o que significava colocar algo em primeiro lugar? A única maneira era sacrificar a própria vida? Aderir aos compromissos da Ordem era o próprio sacrifício?

Em algum lugar dentro daquele labirinto de possibilidades haveria um único caminho, que o levaria a se tornar o Cavaleiro Jedi que ele sempre quisera ser. Ele tinha certeza. Só não tinha a menor ideia de como deveria encontrá-lo.

Além disso, Reath provavelmente estava atrasado para encontrar Cohmac Vitus, seu mestre, para mais uma sessão de treinamento.

Ele olhou para cima, para ver as horas. Certo, estava *definitivamente* atrasado.

Reath se levantou, guardou seus estudos e soltou um longo suspiro, olhando para as pilhas de informações ao seu redor.

Se alguém tivesse dito a Reath Silas alguns anos antes que pensaria em uma estação espacial no meio do nada como seu lar, ele teria dado uma bela gargalhada e depois voltado para onde se sentia em casa: seus estudos.

Mas é claro que quando um Padawan risse, a Força riria ainda mais alto. Algum velho sábio presunçoso certamente teria dito aquilo; Reath só precisava conferir qual.

Ele não sabia dizer com certeza quando aquilo tinha acontecido exatamente. Não foi bem um momento, mas sim uma compreensão gradual. Em algum lugar em meio a toda aquela luta por sua vida, sobrevivendo a batalhas contra os Nihil e os Drengir... seu coração se reorientara para aquele estranho ponto nos confins da galáxia: o Farol da Luz Estelar.

Ele fora um perfeito garoto de Coruscant. Ali era o centro da República e, mais importante, da Ordem Jedi.

O arquivo do templo era o mais extenso da galáxia, e Reath poderia facilmente passar o resto de sua vida ali absorvendo tudo e morrer um velho muito feliz, repleto de conhecimento obscuro.

Provavelmente fora por essa razão que acabara ali, de alguma forma, apaixonado por aquela estação nas profundezas da fronteira — porque a galáxia estava o tempo todo se superando ao encontrar novas maneiras de provar que Reath Silas estava errado.

Ele se levantou, com o corpo tão desassossegado quanto a mente, e caminhou devagar através das relíquias e esculturas antigas em exibição, passando o dedo pelas caixas de madeira.

Foi ali, no mais improvável dos lugares, que Reath encontrou um cantinho para chamar de lar. E em algum lugar havia uma peça do quebra-cabeças que ele tentava montar sem parar. *De agora em diante, estou colocando o* nós *em primeiro lugar.*

Porque no Farol ele encontrou uma nova compreensão de *nós*: uma comunidade.

Ele gostava da companhia de seus amigos Padawans, em Coruscant, certamente. Eles eram gentis, sem dúvida, e o grupinho se divertia com seu quinhão de piadas internas e problemas de treinamento.

Mas Reath também nunca se encaixara direito com eles, não daquele jeito fácil que todos pareciam lidar uns com os outros. Ele aceitara — preferia ficar sozinho, de qualquer maneira, e não era como se tivesse seus sentimentos feridos.

No Farol, porém, contra todas as probabilidades, de algum modo ele tinha feito amigos. Bons amigos. Grandes amigos. Pessoas que arriscaram suas vidas por ele tantas vezes quanto ele por elas. Pessoas em quem ele confiava profundamente. Reath passara a se entender não apenas como um solitário recluso navegando por uma vasta galáxia de conhecimento, mas como parte de algo muito maior do que ele — parte de um *nós*.

Ele saiu para o corredor, cumprimentou Mestre Monshi, o pequeno e peludo engenheiro Jedi, e permitiu que seus pensamentos o guiassem em uma lenta caminhada em direção à sala de treinamento.

Mas aquele não era o único *nós*. Não poderia ser. Havia o restante da galáxia. Reath lutara por ela, tendo quase morrido várias vezes, por mais de um ano, e não se sentia mais perto de uma resposta, de um caminho.

Ele ainda conseguia sentir o puro terror de acordar na Coração da Gravidade, uma arma Nihil do hiperespaço, confuso, desorientado e principalmente indefeso, cercado por aliados e inimigos. Sem qualquer esforço, era capaz de evocar a sensação de pavor que a escuridão rastejante dos Drengir causava, com aqueles galhos espinhosos saltando em sua direção das sombras da estação Amaxine.

Nada daquilo mostrara a ele o que significava *colocar o* nós *em primeiro lugar*. Nada daquilo o levara a lugar algum, apenas o deixara mais perdido.

Parecia que toda vez que Reath tentava dar um passo, toda vez que se aproximava de descobrir seu caminho, alguma coisa explodia ou alguém tentava matá-lo.

Ou pior, alguém de quem ele gostava era morto.

Sua primeira mestra, Jora Malli, morrera lutando contra os Nihil, junto com tantos outros — nomes demais para citar.

Ele só precisava de um momento para respirar. Para existir. E então o caminho à frente lhe seria revelado, ele tinha certeza.

O cheiro familiar de suor e incenso cercou Reath quando entrou na sala de treinamento.

— Você está atrasado — disse Mestre Cohmac Vitus, antes de girar para frente, com o bastão de treinamento dançando no ar em direção a Reath.

QUATRO

FAROL DA LUZ ESTELAR

Uma imagem brilhante girava na mesa holográfica quando Ram entrou na sala de reuniões com Zeen e foi se sentar ao lado de Lula. Ele não conseguiu entender o que estava projetado — talvez alguém com o corpo totalmente coberto por um traje? O gradiente e a resolução da imagem eram muito baixos, e Ram teve que conter a vontade de mexer nos controles para ajustar a nitidez.

Kantam Sy e Torban Buck conferenciavam silenciosamente no meio da sala circular, junto com alguns outros mestres, e todos pareciam sérios.

— O que está acontecendo? — sussurrou Ram para Lula.

Ela deu de ombros.

— Alguma mensagem estranha de Corellia.

Corellia! Aquele era o único lugar na galáxia que Ram *sempre* sonhara em visitar. Grande parte do planeta era composta de estaleiros, fábricas, mais estaleiros, engrenagens e máquinas móveis e... eles... construíam coisas lá! Tantas coisas! Todo o tipo de coisas. Especialmente máquinas. Principalmente naves! A Cidade de Coronet tinha, sim, muitos arranha-céus, dignitários chiques e uma famosa vida noturna, claro, mas na base daqueles prédios e ao longo de todos os confins da cidade havia esteiras transportadoras, fábricas de montagem, guindastes, metal.

Era praticamente o paraíso.

E além de tudo, o lendário engenheiro Anzellano Shug Drabor supostamente estava supervisionando a construção de vários outros cruzadores estelares MPO-1400 classe-*Purrgil* ali mesmo, nos Estaleiros Santhe, na Cidade de Coronet. Aquele era o mesmo modelo da *Halcyon*, que recentemente fora rebocada para o Farol da Luz Estelar. Ram seria capaz de dar o braço esquerdo para ver Shug trabalhando.

Zeen não pareceu notar que ele sumira completamente dentro de um mundo de fantasia agitado e barulhento.

— Jedi dos Mundos do Núcleo — disse ela. — Eles adoram jogar qualquer coisa que tenha cheiro dos Nihil no nosso colo.

Ram abafou uma risada. Algo que sempre se poderia esperar de Zeen era como ela falava sem cortesias elaboradas ou uma pretensa polidez. Ram gostava daquilo nela. O melhor amigo de Zeen em Trymant IV, Krix Kamarat, ficara tão transtornado por ela ser uma usuária da Força em segredo, que havia fugido, se juntado aos Nihil e subido em sua hierarquia para se tornar um invasor implacável que ela, Ram e os outros vinham tentando rastrear e impedir pelo que parecia ser uma eternidade.

Basicamente uma grande confusão. Ram não conseguia se imaginar tendo que lidar com aquele tipo de traição — seus melhores amigos eram basicamente os Bonbraks e qualquer coisa mecânica em que ele estivesse trabalhando. Mas Zeen conseguia encarar tudo com graça e um sorriso matreiro, e mesmo que tecnicamente não fizesse parte da família, todos os Padawans e, bem, basicamente todos no Farol a amavam e se importavam com ela do jeito que era. Além disso, Zeen provara seu valor em batalha repetidas vezes, e passou a ser reconhecida como um dos melhores recursos da força-tarefa.

— Boas-vindas a todos — disse Mestri* Kantam, o meio sorriso astuto surgindo em seu rosto moreno-claro. — Receio que não tenhamos qualquer notícia sobre o paradeiro de Krix Kamarat ou de seus saqueadores.

— Ah, cara, como pode? — Zeen se levantou e fingiu sair furiosa, e todos caíram na gargalhada. A longa amizade entre os dois fazia com que ela se sentisse responsável de alguma forma pelo reinado de terror de Krix, e todos os Padawans sabiam o quanto ela se pressionava a encontrá-lo. Mas ao menos ela tinha o direito de brincar com o assunto. Zeen sentou-se ao lado de Ram com um sorriso e deixou as risadas cessarem antes de acrescentar: — Brincadeira! — O que fez todos rirem novamente.

Ram não fazia a menor ideia de como alguém poderia ser atrevido o bastante para fazer uma sala cheia de Jedi rir daquele jeito. Parecia mais intimidador do que ir para a batalha; embora, do jeito que ele vinha se sentindo ultimamente, talvez ir para batalha fosse uma coisa boa. Talvez fosse exatamente o que ele precisava para acabar com aquela sensação estranha e sem emoções: partir em uma missão!

— Bom, quando vocês terminarem com as piadinhas... — disse Kantam, mas Ram sabia que não parecia realmente ter se incomodado. Caramba! Ele nunca teria sonhado com uma cena como aquela em Valo, onde as formalidades governavam e o maior respeito deveria ser observado a todo momento. Ou então pelo menos a ilusão de respeito. Ram não sabia ao certo diferenciar um do outro, mas não achava que fossem a mesma coisa.

— Recebemos uma mensagem da Ministra Fendirfal, uma colaboradora da República em Corellia — disse Kantam, soando profissional novamente. — Ela estava revisando algo que parecia ser — Kantam pareceu engolir um comentário presunçoso — mais da nossa alçada.

---

* Para nos referirmos a Kantam, ser não binário, optamos pelo termo Mestri, uma vez que utilizamos Mestre para personagens masculinos e Mestra para femininos. (N. da T.)

— O que a Ministra Fendirfal crê que seja mas da nossa alçada? — perguntou Lula Talisola, seu tom claramente defensivo soando apenas parcialmente como brincadeira.

— Os Nihil — suspirou Mestri Kantam. — Claro.

As regiões do Núcleo consideravam os Nihil um problema da Orla Exterior, embora aqueles piratas já tivessem efetivamente bloqueado as vias do hiperespaço para toda a galáxia e viessem se revelando um inimigo mais formidável do que qualquer um imaginava. Os Nihil também tinham capturado um Mestre Jedi e o transformado em pó: ninguém ainda descobrira como, por isso Ram achava que toda a galáxia deveria estar um pouco mais preocupada com eles, mesmo que estivessem em retirada.

— Mas espere aí — disse Lula. — Os Nihil estão desarticulados e longe de Corellia, não? Eles são espertos o bastante para ficarem longe dos planetas centrais.

— Bem... — Kantam caminhou até o holoprojetor, onde a imagem congelada da pessoa inteiramente coberta por um traje ainda girava devagar. — É provável que não, mas é exatamente por isso que devemos analisar a situação. Se *houver* células Nihil operando de alguma forma dentro do Núcleo, bem... precisamos saber. O templo da Cidade de Coronet obteve isso de uma fonte e queria que víssemos. — Apertou um botão e a imagem trêmula ganhou vida, reproduzindo-se aos trancos e barrancos numa confusão frenética.

— Crash — ofegou o homem. — Crash...

Havia alguma coisa estranha na maneira como o homem se movia. Ram não conseguia identificar exatamente o quê; mas, mesmo com a transmissão ruim, ele sabia que, quem quer que fosse, não estava nada confortável em sua situação.

— Crash! — disse a pessoa novamente. Ele parecia estar em uma rua da cidade.

Mestre Torban Buck, enorme e imponente Chagriano de pele azul-clara e tendência a falar na terceira pessoa quando empolgado, se levantou e pausou a gravação.

— Por que esse homem estranho continua gritando *crash*? Será que está tentando criar seus próprios efeitos sonoros?

— Acho que é o nome de alguém — aventou Lula.

— E que tipo de nome é *Crash*? — perguntou Torban, perplexo.

A sala toda ficou em silêncio. O Chagriano era bem conhecido entre os Jedi por seu apelido, Baldes de Sangue, que dera a si mesmo em homenagem a suas habilidades de cura, esperando, talvez, que as pessoas que ouvissem que ele estava chegando se animassem, porque logo receberiam de volta os baldes de sangue que seus corpos tinham perdido! Parecia a Ram que o tiro saía pela culatra de forma espetacular na maioria das vezes, mas como eles geralmente iam para a batalha ao lado de Mestre Torban, o apelido funcionava muito bem para causar medo nos inimigos.

Então, aquela era a chance de Ram! *Quem daria a si mesmo um novo nome para que todos soubessem no que ele é bom?* As palavras esperavam, prontas. Mas era "daria a si mesmo" ou "se daria"? E deveria ser um "novo nome" ou um "apelido"? E se aquilo ferisse os sentimentos de Mestre Torban e ele nunca mais falasse com Ram?

— Por que diabos alguém escolheria um nome novo e dramático para si mesmo? — perguntou Mestre Torban, exaltado.

Por um instante, todos piscaram de surpresa para ele, provavelmente tentando descobrir se ele percebia a ironia da situação.

Foi então que o enorme Chagriano abriu um sorriso e deu uma piscadinha, e risadinhas e bufadas irromperam por toda parte. Ram não tinha certeza se Torban estava tentando brincar desde o início ou se só percebera a graça da situação pela reação dos demais — nunca dava para tentar adivinhar as coisas com Baldes de Sangue —, mas de qualquer forma, o momento de fazer o comentário se foi.

Provavelmente era melhor assim.

Kantam levantou uma sobrancelha.

— Podemos continuar, Mestre Buck?

— Claro!

— Vamos lá, Crash! — implorou o homem na gravação. — Eu...

O homem virou de repente e disparou uma saraivada de tiros na rua atrás dele. A sala ao redor de Ram imediatamente ficou silenciosa. Aquela pessoa claramente corria para salvar a própria vida. — Crash! Crash, aqui é Prybolt. Eu... Eu estraguei tudo. Há... Nihil... Trajados como Nihil. Máscaras de gás, fumaça..., mas... eu não acho... — O holograma desapareceu, deixando um silêncio sinistro na sala de reuniões.

Lula foi a primeira a falar:

— Não pode ser! Pode? A República está no Núcleo inteiro. Por que os Nihil arriscariam ir tão fundo no território inimigo? — A sala inteira de repente pareceu repleta de falatório e preocupação.

— Eles são notoriamente imprudentes — apontou Mestre Torban. — E valeu a pena. Eles podem ter sofrido muitas baixas na Feira da República, mas ainda consideraram aquilo uma vitória tática. E foi mesmo, de muitas maneiras.

— Além disso — Mestri Kantam entrou na conversa —, ainda não sabemos o que aconteceu em Grizal, ou como transformaram Mestre Greatstorm em pó.

Aquilo silenciou a todos. Como resposta ao ataque a Valo, as forças da República invadiram um posto avançado Nihil em Grizal e resgataram um Jedi sequestrado — Loden Greatstorm — apenas para vê-lo ser reduzido a uma pilha de poeira por alguma... coisa. Ninguém sabia ao certo o que acontecera, e as testemunhas estavam em choque demais para entender. Todo o incidente se tornara uma nuvem negra pairando sobre os Jedi do Farol. A maioria parara de falar sobre aquilo em ambientes coletivos — não havia muito o que se dizer depois que a pergunta “Como isso pôde ter acontecido?” ficou sem resposta várias e várias vezes —, mas Ram sabia que o assunto ainda assombrava muitos sonhos. Depois, Mestris Terec e Ceret quase haviam morrido por causa da mesma criatura misteriosa. O assunto era murmurado tarde da noite, quando as pessoas não conseguiam dormir e ficavam imaginando e se perguntando, depois dormiam e essas dúvidas se tornavam pesadelos, feras horríveis, exércitos de feiticeiros de olhos vazios e abismos absurdamente sombrios que cresciam cada vez mais.

— Krix é o nosso principal alvo. Não sei bem se desviar recursos para um Mundo do Núcleo faz sentido quando estamos tão próximos de pegá-lo — disse Lula falando como uma Mestra Jedi completa, pensou Ram.

— Por que a Ministra Fendi-Alguma-Coisa não investiga isso? — perguntou Zeen.

— Fendirfal — corrigiu Lula com um sorriso. — Mas sim! Ou por que não passa esse assunto para os Jedi de Corellia?

— Minha impressão — disse Kantam de forma cuidadosa —, lendo nas entrelinhas e com base em minha compreensão atual da política dos Mundos do Núcleo, que admito estar incompleta, é que os administradores da República Corelliana sentem que esta situação é, na melhor das hipóteses, duvidosa. Eles descreveram a fonte como... deixe-me ver... — e puxou um memorando em seu datapad. — Um indivíduo caótico e provavelmente criminoso, embora tecnicamente seja uma mulher de negócios honesta. Extremamente jovem e indigna de confiança.

— Além disso — acrescentou Mestre Torban —, com os Jedi daquele templo mergulhados até o pescoço na disputa sindical em Gus Talon, eles provavelmente não têm recursos para investigar isso.

Ram estava familiarizado com a forma como certos mundos pareciam ser mais importantes do que outros, com base em coisas vagas como a proximidade com o centro da galáxia, os tipos de plantio, quantos sóis tinham — contavam inúmeras variáveis — e como aquele senso de prioridade levava a consequências concretas na vida real, como quais recursos iam para onde. Valo era um planeta que muitos chamavam de fim de mundo; a maioria dos planetas da Orla Exterior eram. E ainda que a Chanceler Soh fizesse o possível para corrigir tais desequilíbrios — a própria Feira da República fora uma dessas tentativas, mesmo que fracassada —, os antigos sentimentos de superioridade e inferioridade persistiam em muitos.

Suas intenções provavelmente eram boas; eles pareciam ter outros problemas para lidar, e toda galáxia se uniu para ajudar Valo e outros planetas a reparar os danos causados pelos ataques.

Mas a verdade era que os Nihil representavam uma ameaça a todos, mesmo que estivessem dispersos, e ainda mais se tivessem força o bastante para surgir no coração da República.

Ram tentou não deixar todo aquele falatório abafar a sua voz quando se levantou e disse:

— Acho que devíamos dar uma olhada.

Todos se viraram para olhar para ele, e, por um momento, Ram se perguntou se esquecera de colocar suas vestes ou algo do tipo. Foi então que percebeu que era porque raramente falava muito em reuniões públicas, muito menos fazia grandes declarações sobre o que deveria ser feito.

— Concordo — disse Mestri Kantam. — Parece improvável que existam Nihil lá; mesmo que tenham estabelecido uma presença em Corellia, duvido que seja grande. Vou me juntar ao Padawan Ram em uma breve missão de reconhecimento. Lula. — Cruzou o olhar com o de sua Padawan, Lula Talisola, que parecia calma e determinada como sempre. — Você poderia se juntar ao Mestre Torban para assumir a liderança da força-tarefa e encontrar Krix enquanto eu estiver fora?

Aquilo era uma coisa e tanto! Outros dois Jedi mais velhos, Obratuk Glii e Tabakan Pak, estavam próximos. Kantam trocou olhares significativos com os dois antes de falar aquilo, o que significava que o assunto já tinha sido discutido antes.

— Claro. — Lula nem hesitou, admirou-se Ram. Todos sabiam que ela seria elevada a Cavaleiro a qualquer momento, e aquilo provavelmente fazia parte de seu último teste antes da sagração.

— Eu também vou — disse Zeen, se levantando e colocando uma mão firme no ombro de Ram. — Para Corellia. Será apenas uma viagem curta, certo? E eu provavelmente deveria parar de perseguir Krix, de qualquer maneira.

Lula e Zeen trocaram um olhar que Ram não tinha certeza de que entendera — alguma coisa parecida com tristeza e compreensão. Então, Lula assentiu.

— Muito bem — disse Kantam. — Verei se Mestre Cohmac e Reath também se juntarão a nós. A propósito, onde estão eles?

— Provavelmente na sala de treinamento, como sempre — disse Mestre Torban, com ligeira preocupação. Nos últimos tempos, quando não estavam em missão, Cohmac e Reath pareciam estar sempre treinando. Os dois quase não apareciam mais nas reuniões.

Os Padawans já estavam se levantando, voltando para seus aposentos e salas de prática.

— Vou procurá-los — disse Ram.

Kantam assentiu.

— Ótimo. E depois: para Corellia!

CINCO

FAROL DA LUZ ESTELAR

— De novo.

Reath, já suado e ofegante, investiu novamente.

Mestre Cohmac aparou o primeiro golpe de Reath, se esquivou do segundo e depois os dois passaram para uma rápida sequência de ataques e bloqueios, ambos em um silêncio natural e gentil.

Reath pediria conselhos a Mestre Cohmac. Daquela vez ele pediria mesmo. A sensação de estar perdido vinha crescendo em Reath nas últimas semanas, a sensação de que ele de alguma forma estava olhando diretamente para o caminho que deveria tomar, mas ainda não o enxergava. Mestres eram aqueles a quem se recorria quando um problema assim surgia — eram toda a razão! Mas, de alguma forma, ele não tinha sido capaz de pedir orientação a Cohmac.

A respiração rápida do mestre foi o único alerta que Reath teve de que estava prestes a ser atingido. Um pensamento atrás do outro atrapalhando, de novo. Ele saltou para fora do caminho quando o sabre de madeira do Cohmac zuniu onde sua cabeça estava há pouco, depois girou em um contra-ataque que atingiu o braço de seu mestre logo abaixo do ombro.

— Argh! — grunhiu Cohmac, pressionando o vergão que se formava rapidamente em sua pele moreno-clara.

— Hã... Desculpe? — disse Reath, cerrando os dentes. — Eu não devia ter batido tão forte.

Cohmac dispensou as desculpas.

— Não, não foi você. Não foi isso. Você não exagerou. É para isso que estamos usando bastões de treinamento. É... uma coisa minha, só isso.

Os dois ficaram parados por um momento, respirando, sem olhar nos olhos um do outro. Reath estava perfeitamente ciente do turbilhão de emoções de seu mestre, o estranho peso que Cohmac parecia carregar desde... bem, desde que se conheceram, na verdade. Mas, o que quer que fosse, parecia ficar maior, mais pesado a cada dia que passava.

E talvez tivesse sido por isso que Reath não descobrira como trazer à tona seus próprios pensamentos problemáticos. Cohmac parecia já ter muito com o que se preocupar.

— Você está melhorando — disse Cohmac, sua careta finalmente se transformando em um leve sorriso, quase imperceptível por trás da cortina de cabelo preto que cobria seu rosto.

— Estou? — Reath nunca gostara de lutar; mas, na maioria das vezes, se saía bem naquilo e passara a gostar das sessões de treino nas quais Cohmac vinha insistindo com cada vez mais frequência nos últimos tempos. Aprendera a encontrar conforto com a pressão daquele tapete encharcado de suor contra sua pele quando se jogava para frente para evitar um golpe, com o rápido vislumbre de seu corpo ao passar girando diante do espelho da parede, com o trinado suave daquela música de flauta Hidraxiana que sempre mantinham em som baixo para deixar o clima tranquilo.

Aquilo definitivamente não combinava com ele, e talvez depois de tudo que passara, encontrar conforto em algo totalmente diferente era o que Reath precisava.

Cohmac, por outro lado, não parecia satisfeito.

— De novo — disse ele, virando a cabeça para o lado até ouvir horríveis estalos.

— Mestre... — disse Reath. Talvez seu tom de voz, seu rosto solene ou sua postura de alguma forma dissessem tudo, e ele não precisaria mais explicar qual era o problema.

— Eu disse, de novo. — Sem sorte. A voz de Cohmac era um rosnado rouco. Não soava como uma ameaça; na verdade, Reath já sabia, mas como a pura ferocidade e a determinação que o Jedi mais velho tinha... no quê? O que ele estava tentando conseguir com todo aquele esforço que, honestamente, se tornara um exercício inútil? Reath simplesmente estava ficando cada vez melhor, e Cohmac, não. Portanto, tudo aquilo resultava em um ciclo interminável e cada vez mais esquisito de Cohmac levando uma sova.

Por outro lado, Reath estava gostando, provavelmente mais do que deveria.

— Tudo bem, Mestre Cohmac — disse ele, erguendo e brandindo o bastão de treinamento diante de si.

— Ah, ei, oi, oi! — A porta do ginásio se abriu, interrompendo o avanço de Reath, e Ram Jomaram entrou, acenando desconfortável. O pobre garoto saíra de Valo há alguns meses e ainda não parecia saber viver confortavelmente perto de outras pessoas. Ficava mais feliz em seus aposentos, fuçando em máquinas aleatórias e conversando com aqueles pequenos Bonbraks que levara consigo para o Farol. Aquilo, é claro, fez Reath amá-lo como a um irmão. Mas Reath não era o único. Quase todos no Farol pareciam querer adotar e proteger Ram como um irmão caçula. Por sua vez, Ram só queria consertar as coisas para quebrá-las de novo.

— Padawan Ram — disse Cohmac, parecendo momentaneamente revitalizado e até ostentando um raro sorriso cheio de dentes. — O que você consertou hoje?

— O núcleo do reator para um seletor de conduíte microbiônico! — respondeu Ram, sorrindo orgulhoso. Depois pensou melhor. — Bem, na verdade, ainda não está consertado, mas estou trabalhando nisso!

— Isso parece, hã, perigoso, acho? — sugeriu Reath.

Ram deu de ombros e soltou uma leve risada.

— Não enquanto mantivermos longe de bicarbonato de lítio e da solução de fluxor!

— Você é um indivíduo único e especial — disse Cohmac, sem um pingo de condescendência.

Ram reconheceu aquilo como um elogio claramente genuíno e acenou com apreço.

— O que podemos fazer por você hoje? — perguntou Cohmac.

— Corellia — disse Ram.

Cohmac e Reath piscaram sem entender para ele.

— Estamos indo! Bem, esperamos que vocês se juntem a nós! Mestri Kantam e mim. Quero dizer, hã, Mestri Kantam e eu. Esperamos que vocês se juntem a nós! Ah, e a Zeen!

— Corellia? — Reath ficou boquiaberto. Ele acabara de decidir que a única esperança de obter qualquer resposta que lhe revelasse seu caminho era permanecer no Farol, ao menos por um tempo. Finalmente encontrara um lugar para chamar de lar; finalmente parara de sonhar com a vida no centro da República.

A Força, no entanto, riu ainda mais alto.

E lá estava ele sendo enviado de volta para o Núcleo.

Cohmac inclinou a cabeça.

— Pelas estrelas, por quê?

— Por causa de uma transmissão que recebemos do pessoal da República... essa tal de Crash e alguém que... viu, ou talvez tenha visto, os Nihil.

Reath já podia ver o peso passar por seu mestre como uma nuvem.

— Vou falar com Kantam — disse Cohmac, pegando sua mochila e saindo. — Obrigado, Ram.

Ram e Reath deixaram as gorgolejantes flautas Hidraxianas assobiarem seu canto fúnebre por um momento depois que a porta se fechou.

— Você já... — começou Ram ao mesmo tempo que Reath disse:

— Quer treinar?

Os dois sorriram, e então Ram respondeu, já puxando seu sabre de luz:

— Sim, na verdade quero sim.

— Ei, ei, poderíamos usar os bastões de treinamento. — Reath riu, mas depois pensou melhor. — A menos que... queira praticar com os sabres de verdade?

Ram acendeu o sabre, o sorriso selvagem formado em seu rosto sendo iluminado pela luz da lâmina amarela.

— É mais divertido — disse ele, encolhendo os ombros.

— Com certeza — concordou Reath, acendendo o próprio sabre, verde, e ficando de prontidão. — O que você ia me perguntar?

Os sabres se encontraram com uma onda estridente de poder. Reath teve o cuidado de se mover devagar, sinalizando cada movimento seu para que Ram percebesse e bloqueasse.

— Ah — disse Ram, afastando a lâmina crepitante de Reath com facilidade e, em seguida, o empurrando para o outro lado da sala com a Força. — Deixa para lá.

Reath se sentou com um enorme sorriso estampado no rosto.

— Ah, então é assim? — Ele se levantou, estalando o pescoço como seu mestre fizera pouco antes. — Que os jogos comecem!

SEIS

FAROL DA LUZ ESTELAR

Zeen Mrala e Lula Talisola sentaram-se de frente uma para a outra, em postura de meditação, como tinham feito tantas vezes antes.

Zeen não tinha certeza de quando pararam de se sentar lado a lado durante aquelas sessões e passaram a se sentar frente a frente. Só sabia que, daquele jeito, parecia mais íntimo e mais correto.

Como sempre, um céu infinito parecia se abrir entre elas, como se toda a galáxia selvagem ganhasse vida em suas mentes conectadas, de seus gigantescos planetas rodopiantes até as menores gotas de orvalho em cada folha trêmula.

— Você me sente? — perguntou Lula, e Zeen sabia que ela estava sorrindo. As duas estavam.

— Sempre — respondeu ela. Era verdade. Mesmo naqueles raros momentos em que estavam longe uma da outra, como durante a Feira da República, quando o inferno se fez e milhares de pessoas gritavam de dor e medo, a presença de Lula ainda parecia um farol no meio do caos. Não que Zeen soubesse exatamente onde estava a amiga, mas podia sentir sua presença, seu calor, e aquilo a tranquilizara, a guiara através da carnificina até que seus corpos físicos se encontrassem de fato.

Mas Zeen também sentia algo além — que vinha crescendo dentro dela havia meses, embora não tivesse ideia do que fazer com aquilo, nem mesmo que nome dar.

Medo, talvez. Ou amor.

O que quer que fosse, ela tinha certeza de que estava prestes a explodir. *Ela* estava prestes a explodir.

Lula fora encarregada da força-tarefa. Aquela era uma honra incrível para uma Padawan, e provavelmente significava que ela seria, em breve, elevada ao posto de cavaleiro. No entanto, ela não parecia feliz com aquilo. Lula era a pessoa mais ambiciosa que Zeen já conhecera, mas tal característica não parecia vir de seu ego — ela não estava tentando passar à frente de todos; simplesmente gostava de aprender, amava se desafiar, adorava a emoção de avançar. Zeen sabia que Lula estava tentando ir com calma, deixar cada passo da jornada ser como tinha de ser; mas, algumas semanas antes, uma honra como aquela a teria deixado empolgada.

Lá na sala de reuniões, ela parecera apenas triste. E o primeiro pensamento da própria Zeen fora egoísta: Lula seria elevada a Cavaleiro, e depois? Que espaço poderia haver para uma garota qualquer vinda do fim do mundo na vida de um Cavaleiro Jedi? Jedi não deveriam criar laços; não se casavam e sossegavam. Tinham coisas mais importantes para fazer.

Zeen detestava o amargor em seus próprios pensamentos; naquele momento, ela deveria estar feliz por sua melhor amiga. E o que significava o fato de Lula também não parecer feliz? Apenas que Zeen era encrenca, e das grandes, na vida da pessoa de que mais gostava. Uma distração.

Foi quando Zeen decidiu ir para Corellia com Ram e Mestri Sy. Ela se afastaria um pouco e talvez as coisas fizessem sentido quando voltasse.

Foi uma decisão da qual ela se arrependera imediatamente, mas já era tarde demais.

— Vai ser bom sair daqui — disse Lula, alguns minutos depois, quando as duas abriram os olhos. Era o que elas faziam, quase todos os dias: ficavam sentadas. Deixavam o universo revelar seus segredos cintilantes ao redor delas por meio da meditação, depois conversavam, calma e gentilmente, sendo tão sinceras quanto sabiam ser, sobre o que estava acontecendo em seus dias.

— Não sei ao certo — admitiu Zeen. — Eu... — Era medo que ela ainda sentia? Não exatamente. Apenas um desconforto. Incerteza. Mas... Talvez não fosse dela. — E você?

— Eu... — Lula não costumava ficar sem palavras, mas lá estava ela, vacilando. — Não quero que nossa busca por Krix defina quem você é.

Zeen se encolheu um pouco. Sabia que sua amiga estava expressando um risco muito real. Mesmo assim, doía.

— O que será de você quando o pegarmos?

— Eu...

— Para onde você irá?

— Tinha pensado em ficar aqui — disse Zeen, porque a verdade era que *concluir* a busca por Krix não parecia uma coisa real, e não pareceria até que ele fosse capturado. Ela não pensara muito naquilo, porque podia ser que não o pegassem por anos, e podia ser que o pegassem no dia seguinte. Qual o sentido de se fazer planos quando havia tanta incerteza?

Lula sorriu daquele jeito que a fazia parecer uma criança.

— Isso seria incrível.

Zeen retribuiu o sorriso, mas a tristeza e as dúvidas permaneciam, e ela ainda não sabia se eram sentimentos dela ou de Lula.

— Não sei como vai ser quando a perseguição terminar — admitiu Zeen. — Não sei quem eu vou ser.

— Podemos descobrir juntas — disse Lula. — A galáxia está mudando tão depressa quanto nós. Eu também estive... — o rosto dela ficou sombrio — tentando descobrir quem vou me tornar.

— Você foi encarregada de uma força-tarefa, Lula. Isso é, tipo, inédito para um Padawan. Qual é o problema?

Um alerta soou no sistema de alto-falantes, e então a voz de Ram surgiu, ofegante de ansiedade e de risadinhas contidas.

— Hmm, Zeen Mrala, estamos prestes a partir para Corellia sem você...

A voz de Reath o interrompeu:

— Não, não estamos! Não dê ouvidos a ele, Zeen. Ele ainda está praticando esse lance de piadinhas. Estamos arrumando o transporte, então se apresse, por favor!

Lula e Zeen reviraram os olhos uma para a outra e depois ficaram sérias novamente, ao mesmo tempo.

Zeen não queria ir a lugar algum onde o rosto de Lula não estivesse diante dela, pronto para uma resposta pensativa ou para um silêncio tranquilo, mas também estava desesperada para se afastar o máximo possível de toda aquela confusão e turbulência.

— Não sei — disse Lula. — Não tenho uma resposta para a sua pergunta. Tenho pensado nisso nas últimas semanas. Você já viu. Ainda não tenho uma resposta. — Aquele seu olhar determinado encontrou os olhos de Zeen: o olhar que dizia que a vitória era iminente. — Mas vou descobrir, prometo.

Zeen sorriu. Acreditava nela. O que mais poderia fazer?

Lula sorriu, e pareceu real.

— Agora, vamos mandar você para Corellia.

SETE

FAROL DA LUZ ESTELAR

Corellia?

Estaria lá o caminho de Reath?

Ele balançou a cabeça, tentando manter os pés em movimento firmemente na mesma direção, tentando evitar que seus pensamentos fossem embora sem ele.

Reath não tinha ideia de como deveria buscar respostas para questões mais profundas, sobre como ser um Jedi, por exemplo, quando precisava fazer as malas a cada cinco minutos e correr para um planeta ou fugir de uma estação, sendo atacado, sobrevivendo por pouco e depois repetindo tudo.

Ele estava cansado. Era isso. Ele estava cansado, e cada dia parecia levá-lo para mais longe das respostas de que precisava.

Especialmente dias como aquele.

Mas pelo menos ele sabia que precisava seguir em frente e pedir orientação a Mestre Cohmac.

Reath virou a esquina no corredor e entrou no centro de meditação, onde seu mestre sempre poderia ser encontrado antes de uma missão.

"Você tem certeza de seu caminho", dissera Cohmac a Reath, no mesmo dia em que o jovem lhe pedira para que fosse seu mestre. E ele se *sentira* tão seguro ali, e tal segurança fora uma bênção depois de tanto caos e confusão. Mas acabou que os caminhos só se revelavam um passo de cada vez, e Reath estava pronto para o próximo.

— Hã, mestre? — disse Reath, entrando na pequena e escura sala preferida de seu mestre. Mas então parou.

Uma imagem holográfica pairava no ar diante de Cohmac. Orla Jareni. Ela e Cohmac eram amigos desde Padawans, e sua amizade ainda perdurava. Orla Jareni estivera com eles na estação Amaxine para lutar contra os Drengir, depois partira para se tornar uma Andarilha, deixando a Força guiar seu caminho, mesmo que significasse ir além do senso de dever da Ordem Jedi.

Às vezes, Reath se perguntava como seria a sensação, a liberdade e a abertura que viriam ao seguir a Força daquele jeito. A ideia o aterrorizava. A Ordem podia parecer restritiva de vez em quando, como a camisa de um uniforme muito apertada, mas havia uma certa segurança naqueles regulamentos, uma sensação de conforto em permitir que alguém agisse dentro dos mesmos parâmetros seguidos pelos Jedi há milhares de anos.

— Olá, Reath — cumprimentou Orla. — Está tudo bem, pode entrar.

— Não queria interromper — disse Reath.

— Está tudo bem — insistiu Cohmac, então Reath caminhou para o interior da sala mal-iluminada.

— Eu... — começou ele, então notou as marcas de lágrimas no rosto de seu mestre, e o brilho úmido em seus olhos. — O que houve?

Cohmac balançou a cabeça.

— Não importa.

— Não minta para o menino — disse Orla, bruscamente.

Cohmac a encarou, depois balançou a cabeça de novo.

— Estou tendo dificuldades, meu Padawan. Não sei... — Ele olhou novamente para Orla, que acenou para que continuasse. — Uma grande tristeza está crescendo dentro de mim. É maior do que qualquer uma que eu tenha conhecido. Parece cobrir toda a galáxia. Não consigo ver claramente através dela. Não sei se está dentro de mim ou se é algo além, algo que está por vir. Orla tem me ajudado a refletir sobre isso, a tentar encontrar um significado, mas... — Sua voz falhou.

— Mas eu também a sinto — disse Orla, solenemente. — E isso torna muito difícil ajudar.

De repente, tudo o que Reath queria falar parecia trivial, juvenil. Ele não conhecia seu caminho, grande coisa. Dois dos Jedi mais poderosos que ele conhecia, um deles seu próprio mestre, estavam cercados por suas próprias emoções. O problema estava além de seu alcance, mas ele se recusou a ficar sem fazer nada.

— Posso fazer alguma coisa?

Orla sorriu e disse:

— Você não pode assumir os problemas dos outros, jovem Padawan. É isso.

— Mas...

— Não — disse Cohmac, severo. — Não é algo com que você possa ajudar, Reath. Desculpe, eu sei que você quer. — Ele fechou os olhos. — Vou refletir sobre esses sentimentos e trabalhá-los como sempre fiz.

Um momento transcorreu e, com ele, algum entendimento silencioso se fez entre Cohmac e Orla. Então, Cohmac assentiu e se levantou.

— Cuide-se, velho amigo — disse a Jedi Andarilha.

— Que a Força esteja com você, Orla.

Cohmac desligou o holotransmissor e levou Reath para fora da sala.

OITO

FAROL DA LUZ ESTELAR

Kantam Sy sabia quando algo incomodava sua Padawan, e a conhecia bem o bastante para saber que ela falaria sobre o assunto quando estivesse pronta; nem um instante antes. E parecia que finalmente estava chegando a hora.

— Mestri? — perguntou Lula baixinho enquanto ambos estavam no hangar, verificando as últimas configurações técnicas da *Talmadge*. Reath, Zeen e Ram conversavam animadamente sobre o que poderia esperá-los em Corellia, perto da rampa de embarque.

— Você está pronta para conversar? — perguntou Kantam.

Lula assentiu, com aquela expressão severa e determinada no rosto, que Kantam passara a conhecer tão bem ao longo dos anos.

Kantam sorriu.

— Essa é a cara que você costumava fazer quando não queria dormir. O que está acontecendo?

Ela finalmente cedeu com um suspiro que logo se tornou uma risada, depois esfregou o rosto.

— Não sei, Mestri. Não sinto medo. Não sinto hesitação. Não sinto nem confusão.

— Isso é bom. O que há de errado, então?

— Eu... — Ela desviou o olhar. — Quando você me colocou no comando da missão junto com Mestre Buck, significou muito para mim.

— Mas?

Ela franziu o cenho.

— Acho que no passado eu teria ficado mais animada? E sei que isso não é uma coisa ruim, mas...

Kantam aguardou. Qualquer que fosse o cerne da questão, Lula o estava rodeando, mas também indo em direção a ele. Então, não havia motivo para pressioná-la.

— Você me disse algo uma vez. — Seu olhar encontrou o de Kantam, com uma determinação recém-adquirida. — Que eu lhe ensinei uma lição que você ainda está tentando aprender.

Um alerta urgente soou do sistema de comunicação acima:

— Todos os membros da força-tarefa para a sala de reuniões! — disse alguém. — Farzala e Qort descobriram o esconderijo de Krix! Estamos nos preparando para uma investida.

O foco de Lula desapareceu. Kantam viu sua aprendiz olhar nos olhos de Zeen.

— Eu... — disse Zeen, olhando para Kantam, e depois para a porta.

— Tudo bem — autorizou Kantam. — Vá junto com eles, mas não deixe sua raiva consumi-la. Lembre-se do que lhe ensinamos.

— Vou me lembrar — prometeu Zeen.

Lula voltou-se para Kantam.

— Vou falar com você sobre isso quando estivermos todos de volta. Prometo.

Kantam Sy ergueu as sobrancelhas.

— Tenho orgulho de você, Lula Talisola. Sempre tive.

Ela sorriu com tristeza, um sorriso que parecia antigo, que parecia conter séculos inteiros.

— Eu sei. Obrigada. Por tudo.

Ela abraçou a ambos com força.

— Vou mandar notícias, sempre! Prometo! E sei que estaremos em segurança com Mestre Baldes e os outros!

— E eu juro que encontrarei todos vocês assim que formos atrás dessa pista! — prometeu Zeen, apertando Ram com tanta força que parecia ser capaz de sufocá-lo.

— Está tudo bem — assegurou-lhe Ram. — Eu entendo! De qualquer forma, nós vamos para Corellia. Ficaremos bem! Você é quem está indo de cabeça para uma batalha quase certa contra um inimigo cruel. Seja como for — ele cutucou Reath —, tenho esse mestre duelista aqui para me proteger, não é?

— Ei! Eu só perdi para você duas vezes e você vive mudando as regras! Não aja como...

— Espera! — interrompeu Ram com a mão levantada e um grito. — Eu consegui! EU CONSEGUI!

— O que está acontecendo? — perguntou Cohmac, num misto de diversão e preocupação.

— Ram finalmente fez uma piada. — Kantam riu. — Bom trabalho, Ram!

— Perdi alguma coisa? — perguntou Reath.

— Várias! — disparou Ram. — Nossa, eu estou *demais*! *Ninguém* me segura! Épico!

Reath balançou a cabeça e disse:

— Zeen, talvez eu vá com você e Lula.

— Vamos fazer isso de novo! — insistiu Ram.

Zeen colocou a mão sobre o ombro de Ram e o olhou nos olhos.

— Estou orgulhosa de você, garoto. Está seguindo os passos da verdadeira mestra dos desastres desta estação espacial: eu. Continue assim! — Ela foi saindo. — Espero grandes feitos de você!

E então ela se foi, lado a lado com Lula, como sempre, pelos corredores e rumo a qualquer perigo que estivesse à espreita.

— Eles são os enigmas mais complicados, não são? — riu Cohmac, quando Kantam se virou.

— Padawans?

Cohmac assentiu, e ambos caminharam lado a lado.

— São os melhores professores que teremos — disse Kantam. — Além de Mestre Yoda, é claro.

— Claro — respondeu Cohmac. — Nenhuma notícia, ainda?

Kantam balançou a cabeça.

— Eu... Eu não consigo senti-lo, mas... isso não quer dizer... Não quer dizer nada. Acho que se ele tivesse se unido à Força, todos nós teríamos sentido.

Mestre Yoda simplesmente desaparecera alguns meses antes em Quantxi, a lua ferro-velho. Deixara uma mensagem dizendo que não o seguissem e nem o procurassem, e só. O que eles poderiam fazer? Todos pensavam que ele já teria voltado àquela altura e sua ausência prolongada gerava uma preocupação persistente em Kantam.

Cohmac e Kantam ficaram cada qual na extremidade de um grande e plano contêiner de carga, o ergueram juntos e então se dirigiram para a nave.

— Concordo — disse Cohmac. — Mas isso não me deixa menos preocupado com a ausência dele por tanto tempo.

— Só sei que — falou Kantam — tudo o que está acontecendo ultimamente seria muito mais fácil de entender se Mestre Yoda estivesse aqui.

— Mais alguma bagagem? — perguntou Cohmac enquanto Reath e Ram pegavam suas mochilas de viagem e subiam a rampa.

— Não, pegamos o restante, mas obrigado pela ajuda — disse Ram, com uma das laterais do rosto se contorcendo.

— O que aconteceu com o seu olho? — perguntou Cohmac.

Reath continuou andando.

— Ele está tentando piscar porque acha que acabou de fazer uma piada. Vamos parar com isso, por favor. Essa com certeza vai ser uma longa viagem!

— Hã? Hã? — insistiu Ram, ainda contorcendo metade do rosto.

— Quem vai impedir esse garoto? — Cohmac se perguntou em voz alta. — Esse garoto precisa ser parado.

Então, Kantam deslizou para o assento do piloto ao lado de Cohmac. Ambos colocaram seus fones de ouvido quando a pequena nave, a *Talmadge*, roncou, ergueu-se no ar e disparou para a bocarra aberta do espaço.

NOVE

CIDADE DE CORONET

— *É claro* que aquele era o plano! — insistiu Crash, batendo em sua mesa para aumentar a dramaticidade e fazendo a caneca de caf balançar e respingar em algumas bugigangas ao redor. — Que tipo de operação capenga você acha que eu dirijo?

— Uma que quase me matou. — Svi'no Atchapat não estava abalada, aquele era seu estado normal. Crash pensava que aquilo era parte do seu charme, o que tornava ainda mais hilário o quanto ela era capaz de parecer desesperada e vulnerável em cena. Uma perfeita atriz.

Provavelmente era o que fazia as duas se darem tão bem.

Menos quando não se davam.

— Eu *nunca* — Crash bateu em sua mesa mais uma vez —, *nunca* — e outra —, colocaria você em perigo! Você é minha *amiga*!

— Hã, olá? — soou uma vozinha educada vindo da porta, seguida pela cabecinha educada da Ministra Chips Fendirfal. — Alguém disse que outro alguém está em perigo?

— Não! — respondeu Crash, abruptamente. Depois suavizou o tom. — Desculpe, entre, por favor, ministra. Minha sala — ela apontou para onde Svi'no estava parada, mas a garota já tinha ido embora — é sua, claro.

— Muito gentil, muito gentil — riu a ministra, dando alguns passos para mais perto e olhando para as sombras ao redor, como se uma pudesse estar prestes a disparar contra ela. Um palpite que provavelmente fosse seguro. — Leeeembrando do seu relatório, é claro, com a holomensagem de seu amigo Grindalid. — A mulher de repente deu um sorriso grande demais, então pareceu perceber que não era o momento para toda aquela intensidade e diminuiu alguns graus. Crash apenas a encarou.

— Infelizmente, os escritórios da República estão bastante, hã, abarrotados com vários problemas no sistema, principalmente com a disputa sindical em...

— Gus Talon, eu sei.

— O que também, lamentavelmente, quase esvaziou o templo Jedi, já que a disputa parece envolver algum assunto complicado que apenas os Jedi entendem, é claro. Está acima de mim, percebe?

— Percebo.

— De qualquer forma, passei a suposta ameaça Nihil para alguns especialistas no assunto, e a boa notícia é que eles decidiram enviar um pequeno contingente de Jedi do Farol da Luz Estelar para investigar o caso.

— Do Farol da Luz Estelar? Então eles estarão aqui em algumas semanas?

— Ah, não, não, acredito que devem chegar em breve!

— Foi uma brincadeira. — Crash suspirou. — Já que o Farol está bem distante, sabe?

— Ah, sim, sim, claro!

A mente de Crash já estava trabalhando. Ela ainda não tinha nenhuma pista sobre os desaparecimentos de Prybolt e Ovarto, apenas uma centena de palpites para seguir. Estava prestes a se ocupar indo atrás de cada um deles, ou mobilizando outras pessoas para fazê-lo. Como um grupo de Jedi do Farol mudaria tal equação? Eles tentariam se intrometer em tudo e atrapalhar? Poderiam ao menos servir como distração? Todo mundo adorava os Jedi, e eles provavelmente eram excelentes em truques de salão — ou seriam, se usassem os poderes da Força para valer, em vez de apenas levitar ou parecer serenos.

Mas, por outro lado, também eram grandes guerreiros. Tinham sido fundamentais na luta contra o ataque Nihil em Valo e em outros lugares, é claro... Havia muito a se considerar.

— Hã, senhorita Crash? — disse a ministra.

Crash se deu conta de que juntara os dedos diante do rosto e arqueara as sobrancelhas de modo vilanesco, e provavelmente estava aterrorizando Fendirfal. Ela se levantou e conduziu a mulher até a porta.

— Ah... sim! Obrigada, ministra, por transmitir a mensagem. — Havia muito o que fazer se ela quisesse tirar o máximo proveito daquela nova e peculiar variável na equação. — Ficarei de olho nesses Jedi vindos de longe, hehe.

— Muito bem, senhorita Crash, muito bem, haha. — A ministra hesitou quando Crash a empurrou para fora do escritório. — Espero que encontrem seus funcionários.

— Eu também — disse Crash, baixinho, depois que a porta se fechou.

— Alys!

Crash deu um grito de surpresa, depois se acalmou.

— Só a minha mãe me chama assim, Svi'no.

A estrela cintilante saiu das sombras, com a expressão em algum ponto entre ofendida e chateada.

— Você não me disse que Prybolt tinha desaparecido!

— Eu... — Crash voltou para sua mesa, de ombros caídos. — Não contei, não.

— Se eu soubesse, teria...

— Não queria usar uma coisa ruim que estava acontecendo para obter um favor seu, está bem?

Por um momento, as duas apenas se olharam.

— Não estávamos discutindo, ou algo do tipo? — apontou Crash, porque o momento de repente parecia sério de uma forma que ela não conseguia entender, e por isso precisava acabar com o que quer que fosse aquilo.

— Você *nunca* — Svi'no bateu na mesa, numa imitação bastante fiel de Crash —, *nunca* — e bateu novamente —, me colocaria em perigo! Eu sou sua *amiga*!

Crash também bateu na mesa e se levantou para encarar Svi'no.

— Isso mesmo!

— E? Você percebe que não tem controle total sobre todas ou mesmo sobre qualquer situação, não é, Crash?

— Isso é uma questão de opinião, e eu discordo — disse Crash, com uma careta.

— Então, por que eu quase morri hoje? — perguntou Svi'no, com um sorriso cruel.

Passos subiram as escadas em direção ao escritório. Passos grandes e pesados. Crash fechou os olhos. Tudo finalmente dera certo, mais ou menos — ela conseguira voltar ao normal contra todos os esforços da galáxia, na verdade. E lá vinha a galáxia se vingando.

Svi'no recuou para as sombras novamente quando a porta se abriu e Tamo, o Savrip, entrou, com aqueles enormes braços ameaçando quebrar tudo o que estivesse à vista. Ele parecia desanimado, como se estivesse terrivelmente arrependido por ter falhado no único trabalho que lhe fora dado, o que, é claro, acontecera exatamente como o esperado, mas Tamo estava falando Savripiano, ou o que quer que fosse aquela cacofonia estrondosa e gargarejada. Então quem poderia afirmar, no fim das contas?

— O poderoso Tamo pede perdão por não assassinar a bela estrela como você pediu — anunciou 10-K8 prestativamente, surgindo de trás de um armário de arquivo.

Crash passou a mão no próprio rosto.

— Kaoito! Você não tem noção?

Svi'no saiu das sombras, numa entrada grandiosa como sempre.

— Você disse *assassinar*?

— Hrraaaagh! — rugiu Tamo, imediatamente destruindo cerca de metade do escritório entulhado de Crash com um único movimento de seu braço.

Svi'no saiu do caminho.

— Ora, Crash, eu realmente acho que essa besta pensa que deveria me *assassinar*!

— Tamo! Pare! — gritou Crash. Então ela se jogou no chão quando o golpe seguinte da criatura desfez uma estátua em pedaços e mandou várias canecas de caf pelos ares. — Pare!

— Está tudo bem — disse Svi'no, mais uma vez escapando das mãos de Tamo com um sorriso. — Eu dou conta. — Ela sacou de suas vestes uma pistola elegante e, com um pequeno toque, disparou um dardo bem no pescoço do Savrip.

Tamo se ergueu muito ereto, resmungou e depois murmurou algo que Crash não precisava traduzir para entender e caiu no chão com um chiado.

— O poderoso Tamo diz: "De novo não, sua...".

— Nós entendemos! — interrompeu Crash, levantando-se e olhando para Svi'no, que fez um grande gesto soprando a fumaça inexistente da ponta de sua arma de dardos.

— Ele até que fica fofo quando está dormindo — disse Svi'no.

Tamo soltou um ronco horrível.

— Agora me conta, você realmente acha que esse cara teria a menor condição de *fingir* querer matá-la? — perguntou Crash.

— Bem, acho difícil...

— E, de qualquer modo — continuou Crash, tentando desesperadamente manter qualquer vantagem —, você!

— Eu o quê? — Svi'no piscou com falsa inocência.

— Toda aquela ladainha sobre eu quase te matar e você poderia ter lidado com tudo sozinha!

— Mas não lidei, lidei?

— Não — disse Crash, se sentando, murcha. — Por que não?

— Porque você precisava da minha ajuda, bobinha! Qual é o sentido de preparar uma dramatização elaborada para mostrar como vocês são bons guarda-costas se a cliente nem precisa de proteção? — A superestrela galáctica estava bem diante de Crash, exalando uma nuvem de perfume frutado delicado e obviamente caro demais. — E eu realmente confio em você, mesmo que pretenda mentir para todos de quem gosta.

Havia muito tempo desde que Crash desistira de pensar em qualquer coisa acontecendo entre as duas. Era uma questão de classes: Svi'no estava em uma classe só sua. E, de qualquer maneira, elas tinham se tornado muito mais amigas do que Crash teria imaginado ser possível, então qual seria o sentido de arruinar aquilo?

Mesmo assim, quando Svi'no se aproximava daquele jeito, Crash nunca sabia muito bem o que fazer com o próprio corpo.

— Eu...

— Mas vou lhe dizer uma coisa — disse Svi'no, girando majestosamente e se dirigindo para a porta. — Todos nós confiaríamos muito mais em você se você simplesmente confiasse na gente de volta.

— Mas...

Ela parou na porta, olhando para trás com um brilho melodramático.

— *Imagine* o poder que você possuiria com amigos de verdade, em vez de apenas pessoas que você manipula para fazer o que quer, mesmo que elas a amem e façam qualquer coisa por você!

E então, ela se foi.

Por alguns momentos, Crash ficou ali sentada, só ouvindo os roncos não tão suaves do Savrip enquanto as luzes cintilantes da Cidade de Coronet e os últimos raios do sol poente iluminavam o escritório escuro. O brilho suave do início da noite luzia sobre a baía, mesclado a uma reluzente névoa dourada dos prédios e dos postes de luz. A forma como a própria cidade parecia derrotar a escuridão da noite sempre trouxera a Crash uma sensação de paz. Mesmo com todas as suas sombras e segredos, Coronet era feita de luz, e Crash a amava de todo coração.

— É verdade, Kaoito? O que ela disse? — Crash se levantou, passou por cima da gigantesca figura adormecida de Tamo e parou diante da enorme janela com vista para os Baixios de Sionaro e para as passagens iluminadas que se estendiam por eles. Toda a cidade parecia em chamas durante a noite, e aquele momento fugaz entre o dia e a noite sempre fora o favorito de Crash.

— Ah, de certa forma, claro — disse 10-K8 calmamente. — Mas você também está de luto, devo lembrá-la.

— Ele não está...

— Ele não está morto, isso nós sabemos, mas também não está aqui — disse a droide, bruscamente. — E nós duas sabemos que é muito improvável que ele esteja...

As persianas das janelas de repente se fecharam com um zumbido.

— Ei — Crash gritou, depois engoliu em seco. A silhueta de uma figura imponente estava na porta. Crash conhecia aquelas vestes e aquela postura curvada.

— Ezvangolt? O que está acontecendo?

Ele não respondeu, apenas ficou parado olhando. Das várias centenas de irmãos Grindalid de Prybolt, Ezvangolt fora o único que continuara próximo dele depois que ele havia deixado os túneis para se tornar um dos melhores guarda-costas de Crash. Até aparecia para jantar às vezes e acabava se tornando uma boa companhia depois de relaxar e comer um pouco.

Mas aquilo estava estranho.

— Você não pode simplesmente entrar aqui, fechar as minhas janelas e não responder minhas perguntas, parceiro!

O Grindalid imediatamente provou que ela estava errada ao bater no painel de controle outra vez. A janela mais distante se fechou.

— Olha, isso não é muito legal... — Mais botas subiram os degraus, fazendo Crash calar a boca. Em seguida, mais Grindalids apareceram em sua porta. — Isso não vai ser bom — murmurou ela —, seja lá o que for.

— A Exaltada Mãe Fastidima — anunciou Ezvangolt enquanto vários outros Grindalids entravam carregando um catre com uma figura vestida, ainda mais alta, em cima. Ela usava uma capa escura com várias joias penduradas que tilintaram suavemente enquanto deslizava para fora do catre e depois se erguia em sua altura total de forma aterrorizante sobre Crash.

— Minha querida criança — resmungou Mãe Fastidima regiamente. Ela puxou a frente de seu capuz, revelando sua carne branca e brilhante, alguns daqueles bracinhos contorcidos e as dobras de pele gotejantes ao redor de sua enorme boca reluzente. — Detesto andar por aí nesta coisa. Tenho certeza de que você me entende.

— Claro — disse Crash, fazendo o possível para não vacilar ou agir como se estivesse intimidada. — É bom te ver novamente.

— Por favor, não minta para mim como um de seus capangas — advertiu Mãe Fastidima. — Como... meu filho.

— Mãe Fastidima, juro que estamos procurando em todos os lugares...

A Grindalid silenciou Crash com um aceno de sua garra adornada.

— Eu disse a ele. Eu disse a ele que isso aconteceria, sabe?

— Eu não sabia, mas imaginei que pudesse ter dito.

— Hum, ele não falava muito sobre mim, falava?

— O tempo todo, na verdade — disse Crash. Normalmente era em tom de reclamação, mas aquilo não importava ali.

— Bom, o assunto continua o mesmo. Se o jovem Prybolt foi morto, devemos devorar seu assassino, por questão de honra, é claro.

— Claro.

— E se o assassino não for encontrado, bem, *alguém* deve pagar. — Ela apontou seus minúsculos olhos semicerrados para Crash. — A tradição diz que o responsável pelo assassinato de um Grindalid deve pagar o preço quando o assassino for desconhecido ou inacessível. Você sabia disso, *Crash*?

— Talvez ele não tenha sido assassinado?

Mãe Fastidima emitiu um som engasgado horrível e rouco, que Crash esperava que fosse realmente um engasgo. Sem chance. Era uma risada.

— Não seria incrível? — A verme imponente gargalhou.

— É possível — disse Crash, insistindo no assunto. — Não há nenhum...

— *Claro que não há nenhum corpo* — rebateu Mãe Fastidima. — Somos Grindalids, sua adoradora do sol. Nós nos desintegramos. Meu pobre e precioso bebê provavelmente virou pó. Por *sua* causa, Ongwa.

— Eu não...

Mãe Fastidima esticou seu longo corpo todo para baixo, de modo que seu rosto viscoso e ameaçador ficasse bem diante do de Crash. Ela não cheirava tão bem quanto Svi'no.

— Prybolt já lhe disse quantos vermes o Clã Garavult possui em sua família?

— Novecentos e setenta e seis — disse Crash, suavemente.

— Hum, infelizmente esse é um número muito desatualizado, quase pela metade. Ele deve ter lhe contado há um bom tempo.

— Na verdade, foi no mês passa...

— *Exatamente* o que quero dizer — murmurou Mãe Fastidima. — Crescemos exponencialmente todos os dias, minha criança. Somos um inimigo terrível para se ter atrás de você, porque boa parte do sistema de túneis da grande Cidade de Coronet nos pertence. Isso significa que podemos aparecer em qualquer lugar que quisermos. Entende?

Crash assentiu uma vez, recusando-se a vacilar ou mesmo a torcer o nariz contra o fedor crescente de bile e água de esgoto.

Mãe Fastidima recuou, com aqueles olhinhos inquisitivos ainda fixos nos de Crash. Puxou o capuz de volta sobre o rosto e rastejou suavemente de volta para o catre. Lá, ela fez uma pausa.

— Você tem até o terceiro pôr do sol a partir de agora, minha querida. Depois disso, você nos pertence.

— Vocês não vão nem limpar toda essa gosma que deixaram pingar no meu chão? — perguntou Crash, mas os vermes tinham saído.

Ela caiu de volta em sua cadeira e soltou um longo suspiro. Agora tinha um Savrip adormecido *e* uma poça de meleca de verme de esgoto no chão.

— O que nós vamos fazer? — perguntou 10-K8, reaparecendo das sombras de forma taciturna.

— Encontrar Prybolt — disse Crash. — Ou descobrir quem o matou.

DEZ

A *TALMADGE*

— Ei, Reath?

— Oi?

— Você já tentou isso antes?

— Não.

— Então, como vamos saber se está funcionando?

— Acho que vamos saber, Ram.

— Acho que sim. Mas…

— Sabe como nunca saberíamos se está funcionando?

— Como?

— É só você continuar falando em vez de se concentrar.

— Ah, nossa.

— É.

— Nossa, nossa. Então é assim?

— Pois é.

Ram Jomaram e Reath Silas estavam sentados de pernas cruzadas, a um metro de distância no convés do compartimento de carga. A ideia era tentar conectar suas mentes através da Força, da mesma forma que Mestra Avar Kriss fizera durante o Grande Desastre —

exceto pelo fato de que ela fizera aquilo com centenas de Jedi, e eles tentavam fazer o mesmo apenas entre eles. Kantam e Baldes de Sangue também tinham feito algo parecido recentemente — Ram e alguns dos outros os encontraram um dia, ambos sentados, um de frente para o outro, em meditação profunda, preparando-se para a tarefa que tinham pela frente, disseram eles.

Ram e Reath ficaram cerca de dez minutos sentados em silêncio antes de Ram sentir a necessidade de falar. Não é que ele achasse que não funcionaria; era que ele não tinha nem ideia de *como* aquilo deveria funcionar, e sem saber *como*... bem, de que modo alguém poderia fazer qualquer coisa sem saber *como*?

— Acho que devemos tentar fazer isso levitando — sugeriu Ram.

— Sou péssimo em levitar — disse Reath.

— Eu também.

— Bom, lá se vai a ideia.

— E se eu fizer você levitar?

— Como é que é? — Reath abriu um olho, o que deixou Ram aliviado, porque já fazia uns bons cinco minutos que ele estava com os olhos abertos.

— O que estou dizendo — explicou Ram, tentando não ser muito frustrante —, é que nós dois não somos bons em levitar sozinhos, mas eu sei fazer as coisas levitarem muito bem... Faço isso o tempo todo quando estou desmontando e remontando as coisas. E tenho certeza de que você é bom nisso. Você é bom em basicamente tudo!

— Sou? — Reath parecia realmente pasmo com aquilo, como se tivesse sido uma grande revelação?

— Não é óbvio? — caçoou Ram. — Você é estudioso e durão! Quantas pessoas podem dizer o mesmo?

— Nunca pensei dessa forma — admitiu Reath.

— Tirando Lula, é claro. Mas ela é a exceção de quase toda regra.

— Verdade — assentiu Reath. Depois disse: — Certo, me faça levitar.

— Sério? — Ram ficou boquiaberto. — Não achei que fosse aceitar!

— Vá em frente. — O Padawan mais velho fechou os olhos e esticou as costas, voltando à meditação. Ram resistiu ao impulso de dizer: *"Viu só? É bom até em meditar!"*. Em vez disso, ele se concentrou em fazer Reath levitar.

Como qualquer tarefa, usar a Força era uma questão de seguir um passo a passo. Cada passo tinha seu lugar e levava ao seguinte. Coisas incríveis tendiam a acontecer, se fosse possível se concentrar no que se estava fazendo, e não nos outros quinze passos à frente ou em saber se fizera os anteriores corretamente. Fora o que Ram aprendera, repetidas vezes. A coisa mais importante era a que estava bem diante de si.

Em breve, Reath seria a tal coisa, mas ele tinha que recuar um passo. Havia algo ainda mais importante, ainda mais próximo dele do que Reath, na qual ele precisava se concentrar primeiro: a Força.

Ram permitiu que aquela sensação de fluxo se movesse através dele como uma maré lenta. Quase formigava, quase tinha um som. Mas, mais do que tudo, era uma certeza. Uma sensação de algo imenso presente em seu interior, como parte dele mesmo. Então, bastava segui-la em seu curso pela galáxia e colocar a cabeça para imaginar onde aquilo iria, o que aquilo faria, alinhando o que ele queria que acontecesse com o rumo da Força. E então, era só assistir às coisas acontecerem.

Era menos como apertar um botão em uma máquina e mais como ter um amigo incrivelmente poderoso. Mais ou menos como Reath, na verdade, que levara a atenção de Ram exatamente aonde precisava estar, na Força enquanto ela se movia ao redor do amigo e então o erguia no ar, devagar, a princípio, como se estivesse testando quanto esforço seria necessário, e depois com repentina facilidade.

Reath, com os olhos ainda fechados, abriu um grande sorriso e disse, sussurrando:

— Legaaaal.

Ram ergueu as sobrancelhas para si mesmo.

— Certo, sua vez.

Uma enorme rajada de vento pareceu soprar sobre Ram e, em seguida, girá-lo de cabeça para baixo e jogá-lo de lado em uma pilha de colchonetes e almofadas, deixando-o sem fôlego.

— Humpf!

Reath caiu na gargalhada, abrindo os olhos bem a tempo de ver uma almofada voando diretamente contra seu rosto.

ONZE

A TALMADGE

— Parece que você ficou sem seu parceiro de treinamento — disse Kantam, quando outro estrondo veio do compartimento de carga, seguido por mais gritos e risadinhas.

Cohmac deu de ombros.

— Ah, ele estava ficando bom demais para mim. Provavelmente vai ser melhor para ele mudar o ritmo.

Conforme avançavam pelo espaço, toda a agitação da galáxia era reduzida a um borrão de estrelas em linhas suaves. Kantam adorava o hiperespaço, a sensação de entrar em outra realidade, fora da normal. Tudo parecia um pouco diferente quando uma nave se lançava naquele turbilhão selvagem, e sempre era um lembrete belo e feroz de como cada momento do espaço e do tempo estava realmente em movimento. Depois de viajar pelos desafiadores corredores da percepção no hiperespaço, o mundo normal parecia parado demais. No entanto, sempre que tinha a oportunidade, Kantam tentava se apegar à lição do movimento constante, da fluidez da realidade.

— Você já... — começou Cohmac, mas parou e apenas olhou pela janela de observação em vez de terminar.

— Você me lembra Lula — disse Kantam, calorosamente. — Ela finalmente encontrou um assunto sobre o qual não pode falar comigo, e o que ela faz? Vem me dizer exatamente isso. — Ergueu as mãos no ar. — Como devo reagir a isso?

— Aprecie a sinceridade dela e mantenha-a em movimento — sugeriu Cohmac.

— É o meu plano.

Cohmac falou de uma vez:

— Você já pensou em buscar algo? Como um Andarilho?

— Como sua amiga Orla, você quer dizer?

— Algo do tipo — disse Cohmac, com a voz grave e baixa.

— Na verdade, já. — Kantam não falava sobre aquilo com frequência, mas a lembrança estava sempre lá, um momento estranho e cintilante em meio a muitos outros. — Quando era Padawan.

Cohmac se sentou, atordoado.

— Mestre Yoda *deixou* você fazer isso?

— Hehe. Acho que ele sabia que, se não deixasse, teria sido o fim da minha relação com a Ordem.

— Mas... por quê?

— Por que alguém faria algo ridículo e claramente perigoso? — explicou Kantam, com um riso rouco. — Por amor.

— Continue — disse Cohmac, se ajeitando.

PASSADO

Ele tinha dezoito anos e era ágil, um acrobata de um circo que passava por Endovar, e Kantam nunca vira ninguém como ele. O garoto parecia pairar entre cada aro em movimento, como se o próprio tempo desacelerasse ao seu redor. Então, ele se agarrava ao próximo aro e girava em velocidades absurdas em torno dele, soltava e se lançava tão longe no ar que parecia se tornar uma partícula. Lá em cima, mais um aro o esperava, e ele se enredava em torno daquele e continuava sua rotina como uma espécie de anjo musculoso vestindo meia-calça e saltando facilmente de nuvem em nuvem.

Kantam imaginara, a princípio, que o garoto devia ser sensível à Força. Mas não. Observando com mais cuidado na segunda noite, percebeu que tudo estava dentro do domínio das habilidades de alguém que não era usuário da Força — eram apenas feitos muito, muito difíceis. E não era apenas o esforço e a habilidade em jogo; era a graciosidade naquilo tudo.

— Aytar — disse o garoto, caminhando por entre as arquibancadas e ficando cara a cara com Kantam depois que este se sentou na primeira fileira do circo pela quarta apresentação consecutiva.

— Padawan Kantam Sy — cumprimentou Kantam, e Aytar riu, mas não de uma forma hostil. — O que foi? — perguntou Kantam, sorrindo sem saber bem por quê.

— Nada, é que já tinha ouvido falar de vocês... Jedi, certo? *Achei* que você poderia ser um deles, mas não tinha certeza.

— A túnica — disse Kantam, ainda sorrindo mais do que gostaria.

Aytar emitiu um som rosnado que Kantam não sabia ao certo como interpretar, depois disse:

— Posso ser um Jedi?

— Você pode ser o que quiser — assegurou Kantam, mais rápido do que pôde se conter, apenas para perceber logo em seguida que o que tinha acabado de fazer era, na verdade, um flerte. Retribuir um flerte, na verdade, mas ainda assim um flerte.

— Nós dois sabemos que isso não é verdade. — De repente, ambos estavam muito próximos, e as tochas bruxuleantes ao redor, ou talvez fossem os ventos quentes da noite de Endovar, *algo assim*, faziam com que Kantam suasse mais que o de costume. — Mas eu gostei de como soou, de qualquer maneira.

— Bem, tudo é possível — disse Kantam.

— Você é um perigo, Padawan Sy — respondeu Aytar, subitamente sério. O momento passara, mas ao passar se tornou outra coisa, e de certa forma muito mais intensa.

Kantam ajustou a expressão em seu rosto de acordo com a situação, finalmente apagando seu enorme sorriso.

— Na verdade, não acho que eu seja o perigo aqui.

Naquela noite, caminharam juntos. Os delgados arbustos de salios pelos quais Endovar tinha tanta fama pareciam se inclinar muito baixos, roçando o topo de suas cabeças enquanto passeavam por caminhos sinuosos de terra através de florestas e campos e, por fim, até as ondas que quebravam na baía de Santiv Ru.

— Que horas são? — perguntou Kantam, uma vez que a conversa, ramificada de pelo menos outras três, finalmente chegou ao fim.

— Quem se importa? — sugeriu Aytar. Kantam assentiu, e ambos se sentaram lado a lado na areia, fora do alcance dos respingos da espuma que borrifava.

Um velho Mon Calamari passou mancando, acenou para os dois e depois se afastou. Os sons de outro festival, com gritos e tambores, ferviam durante a noite em algum lugar ali perto. Além de tudo aquilo, o templo Jedi, com seus corredores escuros e silêncio reverente, aguardava o retorno de Kantam.

Pela primeira vez na vida, Kantam não queria voltar. Aquele silêncio não parecia mais representar o doce alento costumeiro. Parecia ameaçador e implacável. Suspirou com o pensamento, com a perspectiva de como as coisas podiam mudar rapidamente.

— O que foi? — perguntou Aytar, sério.

Kantam balançou a cabeça.

— Mestre Yoda sabia que isso ia acontecer.

— Quem?

— Foi por isso que ele adiou minha elevação a Cavaleiro. Agora eu entendo.

— Do que você está falando?

Kantam finalmente olhou Aytar nos olhos.

— Estou à frente de todos os outros da minha classe. Tenho classificação mais alta em combate, meditação e praticamente todas as outras coisas, comparado à maioria dos colegas mais velhos.

Até Mestre Yoda disse que tenho mais disciplina que qualquer outro Padawan que ele já treinou, e com maior conexão com a Força.

— E mesmo assim?

— E mesmo assim, nada. Estou bem com isso. Não tenho pressa de passar pela cerimônia. Quando acontecer, aconteceu. Mas todos ao meu redor ficam se perguntando quando vai ser e por que ainda não aconteceu, já que tenho tanta habilidade, e blá blá blá. Eu sei que não é questão de habilidade. É mais profundo do que isso. E Yoda sabe, mas ainda assim... tinha alguma coisa que ambos estávamos esperando que acontecesse.

— E?

— E acho que acabou de acontecer.

DOZE

CIDADE DE CORONET

Crash estava parada debaixo de um toldo enquanto a chuva cobria as ruas vazias do Distrito de Syllain. Ela já tinha memorizado todo o quarteirão. O peixeiro com peixes-cobre e garoupas-agulha frescos pendurados nas janelas todos os dias. As duas vitrines vazias, com as entradas cobertas de cartazes de candidatos políticos concorrentes, que Crash ajudava a proteger. A sensação dos paralelepípedos sob suas botas. As partes do meio-fio quebradas, não muito longe de onde se inclinavam ligeiramente para a grade do esgoto.

Em cada bairro, o fluxo de ratazanas scree tinha seu próprio ritmo, como Crash percebera há algum tempo. As de Syllain surgiam ao anoitecer e agiam bem juntas, passando restos de comida ao longo de algum tipo de linha organizada de trabalho, até que uma delas desaparecia no subsolo com eles, provavelmente para distribuir entre seus filhotes.

Nenhuma parte daquele conhecimento revelava qualquer dica, por menor que fosse, sobre onde Prybolt, Tralmat, Ovarto ou os cães poderiam estar. Então, que droga de serventia aquilo teria?

Crash suspirou e cerrou os punhos com irritação.

Ela ia até lá todas as noites desde que Prybolt e os outros haviam desaparecido. Provavelmente tinha dado a volta centenas de vezes ao redor daquele prédio ridículo, onde o encontro noturno fora marcado. Era semelhante a todos os outros na área — apenas um grande armazém laranja e brilhante de algum tipo. Parecia não ter janelas e possuir apenas uma porta, embora tal característica, de alguma forma, não parecesse certa para ela. Estava listado como propriedade pública, e a cidade tendia a usar aquelas coisas para manter equipamentos aleatórios próximos de quaisquer projetos que estivessem em andamento. Até aí, nada muito fora do comum.

Crash se debruçou sobre os dados do trabalho. Prybolt e Ovarto tinham servido como sua própria equipe de reconhecimento. Mais cedo, naquele dia, eles haviam pegado os três cães e vasculhado a vizinhança, num raio de cinco quarteirões ao redor do local da reunião em busca de atividades incomuns, postos de franco-atiradores ou quaisquer repórteres irritantes como Malfac Orfk, que às vezes apareciam durante reuniões secretas, com microfones ocultos e as câmeras gravando. E... nada. Checaram até os esgotos e túneis que corriam sob a região, pontos de risco que Crash precisava lembrar constantemente à maior parte da equipe. Mas Prybolt era um Grindalid, e os túneis eram seu lar. Além disso, ele se orgulhava de ser um bom ouvinte. Se Crash estivesse passando informações ou, em raras vezes, precisando desabafar sobre algo, Prybolt sabia como prestar atenção e absorver todas as suas palavras e responder de forma que a fizesse saber que ele ouvira e refletira sobre tudo. E só faria perguntas quando fosse a hora certa. E não seriam aquelas perguntas chinfrins que as pessoas faziam quando já sabiam as respostas ou queriam passar a impressão de que estavam atentas. Prybolt fazia perguntas sérias que sempre faziam Crash pensar mais sobre o que quer que estivesse acontecendo.

Droga, como ela sentia falta dele.

Crash saiu para a rua, deixando a chuva molhá-la.

Nomar Tralmat, que estava sendo protegido por Prybolt e Ovarto. Era outra parte do problema que ela não tinha ideia de como resolver.

Reuniões secretas entre burocratas chatos também não eram nada incomuns na Cidade de Coronet.

Tralmat era um dos quatro Pais da Cidade e, ainda que sua área de atuação incluísse a polícia municipal de Coronet, ele era basicamente um burocrata — um puro negociante de informações. Também não era um daqueles que amavam os holofotes. Claro, o crime aumentara um pouco nos últimos meses, mas era algo aleatório, nada organizado, e não havia nenhuma ameaça relatada contra ele.

Ele contratara recentemente uma série de novos oficiais para lidar com o crime crescente e a construção de cruzadores estelares de alta categoria nos estaleiros, o que fora uma jogada popular, no geral, e certamente não suficientemente controversa para fazer com que alguém se incomodasse em sumir com ele.

Mas Tralmat se fora sem deixar rastros, assim como Prybolt e Ovarto. E os cães.

Simplesmente não fazia sentido. E se havia algo que Crash odiava, era quando as coisas não faziam sentido.

— Simplesmente não faz sentido — disse ela em voz alta, e então tomou um gole de caf.

— Realmente não faz — concordou Svi'no, parecendo surgir do nada ao lado dela.

Crash derrubou seu caf na rua chuvosa.

— Você precisa *mesmo* parar com isso!

Svi'no deu de ombros, indiferente como sempre.

— Talvez você devesse prestar mais atenção ao seu redor.

— Aí que está! — resmungou Crash. — Eu *presto* atenção! Você conhece alguém que presta mais atenção aos arredores do que eu? Esse é literalmente o meu trabalho, e eu sou ótima nele!

— Você está gritando.

— Eu *não* estou gritando! — gritou Crash. — Estou triste!

— Eu sei, querida. — Svi'no a puxou para um abraço brilhante e cheiroso, e elas ficaram abraçadas por alguns momentos, deixando a chuva cair enquanto Crash soluçava baixinho na blusa cara de sua amiga.

— É que... é uma coisa... — Crash choramingava como uma personagem molenga de algum holodramalhão matinal — atrás da outra... e eu... não consigo... *hrggggg*... — Ela suspirou, depois desabou. — Obrigada por estar aqui.

— É para isso que servem as amigas e tudo mais — confortou Svi'no, flutuando um pouco para trás, dando a Crash um pouco mais de espaço para colocar aquela catarreira para fora.

— Aliás — disse Crash, já se sentindo mais no controle depois de desabafar um pouco —, como é que você continua se esgueirando atrás de mim? Ninguém mais consegue fazer isso além de...

— Caf? — perguntou 10-K8, ao lado de Crash.

— Arre! — Crash saltou para trás e cobriu o rosto com a mão. — Sim, por favor. — Ela pegou a caneca de 10-K8 e deu um gole taciturno. — Hmm, caf.

— Disponha — disse 10-K8 alegremente.

Crash se inclinou para as duas.

— Agora, o que é que vocês duas estão fazendo aqui?

— Quem disse que são só as duas? — perguntou uma voz rouca.

— *Reeeargh ragh!* — soou uma voz em Shyriiwook, concordando.

— Fezzonk? Tangor? — Crash se engasgou quando o imponente Dowutino e a Wookiee de dorso prateado saíram lado a lado de um beco. Smeemarm e Barchibar vinham logo atrás deles, junto com toda uma tropa de cães Corellianos presos em coleiras feitas de correntes, farejando e latindo.

— Ah, droga, a equipe toda está aqui? — perguntou Crash, emocionada. — Eu não... Por quê?

— Para ajudar você, bobinha — repreendeu Svi'no. — Eu pedi a eles que viessem. Você não precisa... não *deveria* fazer isso sozinha.

— Eu sei, mas...

— Você não queria nos incomodar, já que ele é seu melhor amigo — disse Fezzonk, revirando os olhos e alisando os enormes chifres que se projetavam de seu queixo. — Mas adivinhe só? Ele também é nosso amigo, assim como Ovarto.

— E Beeta, Serenata e Sibak! — acrescentou Barchibar, sob os uivos de concordância dos cães.

Um rugido veio de trás deles, e Tamo surgiu, sorrindo agradavelmente para todos.

— Vocês também trouxeram o Savrip? — perguntou Crash. — Hã, alguém falou para ele não tentar matar Svi'no?

— Afirmativo — sibilou 10-K8. — Acontece que ele é um fã, e ficou bastante aliviado com isso.

— Não, eu não esqueci disso, Crash — acrescentou Svi'no. — Para sua informação.

Crash se voltou para a equipe.

— Bem, já que estamos todos aqui, vamos fazer o que fazemos de melhor!

Sem que ela precisasse dizer mais nada, todos se espalharam pelo pequeno quarteirão.

Smeemarm deslizou pela entrada de esgoto mais próxima, murmurando algo para si mesma sobre o lixo. 10-K8 liberou uma equipe de pequenos droides-câmera que se espalharam chilreando pelo ar, mandando a ela instantaneamente mais lotes de informações digitais do que qualquer ser orgânico poderia imaginar. Fezzonk encontrou uma escada próxima que levava aos telhados, seu lugar favorito além daquele pequeno veículo voador que tinha, e lá ficou empoleirado como uma gárgula gigante com cara de assassino, inspecionando o mundo abaixo. Tamo e Tangor, agora aparentemente amigos, vasculharam o perímetro, procurando pistas no terreno. E Barchibar deu aos cães uma única palavra de comando, "Encontrem", simplesmente soltando-os na noite chuvosa de Corellia.

— Às vezes é bom deixar as pessoas se envolverem, não é? — disse Svi'no, vendo Crash dar o que parecia ser seu primeiro sorriso verdadeiro em dias.

Crash aceitou o comentário com um pequeno aceno de cabeça, e encostou o ombro no de Svi'no.

— Ah, e sobre eu ser boa em desaparecer — comentou Svi'no, com um tom incomum de nervosismo na voz. — Achei que, talvez...

Crash se virou para ela com os olhos arregalados.

— Você quer se juntar ao time? — perguntou, gritando. — Pelas estrelas, Svisvi! Não pensei em... Mas é claro! — Ela envolveu Svi'no com os braços e apertou com toda a força.

— Haha — riu Svi'no, nervosa. — Acho que também não pensei, mas... a verdade é que eu sempre... Ai! Não tão forte, por favor! A verdade é que eu sempre quis, e preciso tirar uma folga dessa porcaria de estrelato, sério. É cansativo. E eu sou *muito* boa em passar despercebida...

— Ficaríamos honrados em recebê-la! Quer ser a chefe de reconhecimento de adversários?

Svi'no sorriu maliciosamente.

— Esse é o meu segundo nome.

Uma comoção de uivos do outro lado do quarteirão tirou as duas daquele momento.

— O que foi? — gritou Crash, correndo sob a chuva torrencial. Estava claro que os cães tinham encontrado alguma coisa. Estavam todos reunidos ao redor... O que seria...?

— Serenata! — gritou Barchibar, passando por Crash e levando o bando de cães para onde Serenata estava sentada, abanando a cauda atarracada e balançando alegremente as gavinhas do rosto. — Você está bem!

— Preciso dizer — começou Crash, parando ao lado de Barchibar, que estava dando uns tapinhas em Serenata —, trazer os outros cães foi uma jogada de mestre, Barchi. Ela deve ter sentido o cheiro e veio procurar. Estamos muito longe da base para ela saber como encontrar o caminho de volta. — Crash deu um tapinha no ombro do companheiro e se agachou para dar uma olhada melhor em Serenata. — Bom trabalho, cara. Agora só temos que... Opa.

Alguma coisa estava entre os enormes dentes de trás do cão. Um pedaço de algo. Crash se aproximou.

— Aquilo é...? Barchibar, você pode manter a boca dela aberta para mim?

Ponto para Barchibar, que não hesitou. Simplesmente calçou as luvas grossas à prova de mordidas e montou no cão, depois colocou gentilmente uma mão em cada lado da boca de Serenata e a abriu.

Crash piscou com o bafo tenebroso e a saliva viscosa.

Com muito, muito cuidado, ela enfiou a mão e puxou o que se revelou ser um único pedaço de tecido.

Do mesmo tipo de tecido do traje de Prybolt.

Crash se levantou, processando todas as possibilidades que aquilo implicava. Nenhuma delas fazia muito sentido.

— Que... droga — disse ela, balançando a cabeça.

PARTE DOIS

TREZE

GUS TALON

Graim Torv precisava admitir, a garota Er'Kit era muito fofa. Era bonita de um jeito desajeitado e incerto, como se ainda estivesse se descobrindo, com aquele rosto vermelho brilhante e aqueles grandes olhos abertos para o mundo.

A grande questão era: a garota era fofa o bastante para ele confiar nela?

Ela tinha acabado de aparecer nas barricadas, mais cedo naquele dia, mas não era algo incomum. O Sindicato Estudantil de Gus Talon fizera uma convocação geral duas noites antes para que os apoiadores fossem até lá e se juntassem à greve, e, desde então, chegavam pessoas de todo o sistema. Logo a greve estava cercada por barreiras de arame farpado, que brotaram durante a noite como uma planta espinhosa (não muito diferentes daquelas criaturas chamadas Drengir que enlouqueceram a Orla Exterior fazia pouco tempo, na verdade!), e a unidade CorSec que a mantinha contida aparecia com armaduras cada vez mais pesadas.

Os grevistas e seus diversos aliados, alguns deles armados, respondiam bombardeando a unidade de segurança com frutas e uma ou outra eventual garrafa por cima da barricada. Então, a CorSec realizou um ataque rápido, apreendendo alguns estudantes que estavam por perto, vivendo suas vidas, e enfurecendo a todos ainda mais.

Por isso, para Graim, as coisas estavam transcorrendo normalmente, dado o tipo de evento que se desenrolava.

Certo, pensar daquele jeito não era algo que ele realmente pudesse fazer, honestamente, já que era apenas um estudante do terceiro ano de biologia e nunca estivera em um protesto antes, muito menos em algum grande confronto com barricadas policiais da CorSec que atraía os olhares de todo o sistema. Mas parecia certo, pelos holos que assistira e pelo que suas irmãs mais velhas, Brana e Fai, tinham contado. Ele mal podia esperar para ver o rosto delas quando lhes contasse sobre aquilo. Elas sempre tinham sido as mais rebeldes da família, e Graim havia assistido com os olhos arregalados quando elas invadiram o gabinete de admissões da universidade onde estudavam em Corellia e obtiveram uma cobertura completa da mídia antes de conseguirem da administração uma versão diluída e um tanto conciliadora de suas exigências.

A garota Er'Kit, que era alta para sua espécie, parecia, de alguma forma, achar tudo aquilo muito legal. Ela fazia um milhão de perguntas e olhava para Graim com a mais completa admiração.

Era cativante.

Seu nome era Sabata. Ela disse que abandonara a Universidade de Corellia, mas esperava voltar no outono, depois de ver um pouco da galáxia. Usava uma jaqueta militar, provavelmente roubada do pai.

— Quer causar alguma encrenca? — perguntou ela com um sorriso perverso e repleto de dentes assim que o sol começou a se pôr.

Graim ergueu os olhos do cartaz que estava pintando. Deixou o canto da boca se curvar ligeiramente para cima, com os olhos sonolentos e a cabeça inclinada para o lado. Sabia que ela estava mexendo com ele, apreciando a visão de seus ombros nus e cabelos despenteados. Ele gostava de ser observado.

— Que tipo de problema? — perguntou ele, levantando-se e ficando perto o bastante dela para sentir os pequenos sopros da respiração da garota em seu rosto.

Ela ergueu uma sobrancelha, sem recuar.

— Do tipo que vai virar manchete.

— Conte-me mais. — Ele queria beijá-la, mas havia muita gente por perto, então, qual seria o sentido daquilo? Mais tarde. Mais tarde seria melhor. Naquele momento havia uma aventura a ser vivida. Sim, ele podia confiar nela. Como poderia não confiar naquele sorriso fácil e maroto?

— Aquele prédio. — Ela apontou para além da área entre as barricadas e as fileiras de oficiais da CorSec, para onde a biblioteca do campus se erguia acima de tudo, uma torre severa e reluzente contra o céu que escurecia. — Pode ser visto a quilômetros de distância. A CorSec isolou a mídia longe demais para que consigam qualquer filmagem boa do que estamos fazendo, então nossa mensagem não se espalha, sabe?

— Gosto de como você pensa — disse Graim, suavemente. — Vamos pendurar um cartaz lá?

A garota assentiu, satisfeita por ele estar acompanhando o que ela dizia. Depois deu um tapinha em sua bolsa.

— Já pintei e deixei pronto para usarmos.

— Melhor ainda — disse ele. — Nós vamos bem tarde da noite, certo? Daí, quando eles acordarem, já vai estar lá! Bam!

Pela primeira vez desde que chegara, mais cedo, e grudara em Graim, o sorriso de Sabata diminuiu. Até suas grandes orelhas de Er'Kit caíram, de um jeito adorável.

— É que... eu estava tão animada para ir agora. Achei que podíamos aproveitar o restinho da luz do sol e todos veriam nosso poder ainda *hoje à noite*! Veriam como somos imbatíveis, sabe?

Graim queria se manter firme, mas, de qualquer modo, ele realmente estava improvisando as coisas. Não tinha ideia se o dia seguinte seria melhor do que aquela noite. Ele semicerrou os olhos como se estivesse considerando todas as diversas possibilidades, balançou a cabeça e depois sorriu.

— Quer saber? Acho que você está certa. Vamos lá!

Valeu a pena ceder, só para ver Sabata brilhar daquele jeito. Eles partiram no mesmo instante, passando em meio à multidão irritada de organizadores, estudantes e todas as outras pessoas aleatórias que tinham aparecido.

Brana e Fai ficariam loucas quando descobrissem que ele estava por trás daquilo. Todo o setor veria o que ele tinha feito. As imagens ficariam nos noticiários durante dias.

No outro extremo das barricadas, a presença da CorSec era mais escassa, por isso não seria difícil atravessar suas fileiras e entrar na biblioteca. Perfeito. Sabata certamente tinha pensado naquilo muito bem.

A garota fez sinal para que ele ficasse abaixado enquanto ela se aproximava primeiro. Ele teria se oposto, mas ela parecia saber o que estava fazendo, e Graim queria ver o melhor caminho a seguir.

Sabata piscou para ele, depois desapareceu nas sombras. Alguns momentos depois, reapareceu na entrada lateral da biblioteca, com as costas contra uma parede que a mantinha fora da vista dos cinco ou seis oficiais da CorSec que estavam usando equipamentos antimotim, parados por ali, de costas.

Graim se levantou, com as palmas subitamente suadas. Então era assim... era daquilo que os heróis eram feitos. Ele esperou um pouco para se certificar de que os oficiais ainda estavam olhando para o outro lado, depois, com Sabata gesticulando freneticamente, começou a correr.

À frente, a viu erguer um blaster. Onde ela tinha conseguido aquilo? Ela não estava apontando a arma para ele, é claro, mas mirava diretamente contra o grupo de oficiais da CorSec.

— Não! — gritou Graim, assim que Sabata disparou cinco tiros, cada um atingindo um dos oficiais.

— Ei! — gritou alguém. Mais gritos e o barulho de botas soavam por perto.

Graim derrapou até parar, seu cérebro entrando em parafuso com o medo e a confusão. Tudo tinha acontecido muito rápido, e cinco guardas da CorSec estavam caídos no chão, uns se contorcendo, outros estranhamente imóveis. Seus ferimentos exalavam fumaça.

— Anda logo! — gritou Sabata. — Eles estão vindo!

Ele deu um passo na direção dela, ainda sem saber o que estava acontecendo, e então um disparo de blaster o acertou pela lateral e o fez cair no chão.

Ardia! Pelas estrelas, como ardia!

Mais disparos de blaster atingiram a calçada ao seu redor. Ele ia morrer. Graim tropeçou e correu com toda a força que lhe restava na direção da biblioteca.

Quando alcançou Sabata, ela agarrou seu braço e o puxou para dentro, em meio a uma saraivada de disparos de blaster.

— Por que... Por que você...? — murmurou ele, seguindo-a para o mezanino iluminado em uma corrida desesperada e tortuosa. As palavras não faziam muito sentido. Sua respiração era curta e irregular. Acima de tudo, aquela sensação de ardência e crepitação continuava se expandindo a partir do ponto onde fora atingido em seu flanco direito. Suas entranhas provavelmente estavam torradas, pelo menos algumas delas. Sabata, porém, talvez pudesse levá-lo a um médico... de algum jeito. *Qualquer jeito.*

— Por aqui. — Ela o guiou para a direita, em um corredor escuro, depois pressionou um botão brilhante para chamar o turboelevador.

Graim bateu as costas contra a parede, mal conseguindo ficar de pé.

— Por que... Por que você fez aquilo? — ele finalmente perguntou, quando um apito baixo soou.

— Venha, fique aqui — disse ela, segurando-o bem na frente das portas do turboelevador. Elas se abriram. Ela o olhou nos olhos e sorriu. — Porque eu precisava que você fosse visto.

— Que eu fosse visto? — O cérebro dele continuava transmitindo sinais frenéticos para que ele corresse, encontrasse ajuda, fugisse. Mas não havia para onde ir e ele mal conseguia ficar de pé. — Para quê?

— Para que eles saibam que foi você quem fez isso. — Ela o empurrou com força para dentro do pequeno compartimento. Ele caiu com um baque tão doloroso que teve certeza de que rompera alguma parte já ferida de suas entranhas. Quando olhou para cima, viu que Sabata estava tirando a jaqueta. Ela a jogou sobre suas costas. Era muito pesada. Graim percebeu que os bolsos deviam estar cheios de alguma coisa... de várias coisas. Ele se contorceu para se levantar, todos os sinais de alerta dentro dele disparando de uma só vez.

O que quer que houvesse naqueles bolsos era pesado, redondo e apitava com urgência.

A última coisa que Graim viu foram as portas do turboelevador se fechando diante do rosto vermelho e sorridente de Sabata.

CATORZE

CIDADE DE CORONET

Ram jogou a última mochila sobre o beliche que dividiria com Reath nos aposentos Jedi de Coronet e bateu a poeira das roupas.

— Ei, posso perguntar uma coisa?

Reath puxou um braço diante do peito e depois o outro, se alongando.

— Claro. O que foi?

Tip e Breebak tinham saído para explorar a cozinha e provavelmente já estavam ocupados montando armadilhas um pouco irritantes ou algo do tipo. Kantam e Cohmac tinham saído para encontrar os administradores, e todo o lugar parecia praticamente vazio.

Mesmo que os dois garotos não tivessem saído juntos antes muitas vezes e passado o voo inteiro até Corellia em um embate épico e demolidor que envolvera toda a *Talmadge* e quase havia feito até mesmo Mestri Kantam perder a paciência, Ram tinha a impressão de que poderia dizer qualquer coisa a Reath. Tinha certeza de que poderia dizer algo como: "Reath, na verdade eu sou vários Bonbraks empilhados usando um traje humano", e Reath ergueria as sobrancelhas com simpatia e responderia: "Certo... Vamos conversar a respeito", e depois encontraria um antigo texto Jedi sobre o assunto.

Por sorte, o que ele tinha para falar era um pouco menos estranho, ainda que difícil de explicar. Ram sentou-se em uma das camas e colocou os óculos sobre os olhos, um sinal que, ele percebera, todos entendiam significar que ele estava prestes a dizer algo sério.

— É que... perdi as contas de quantos meses se passaram desde o ataque à Feira da República. E estive com todos vocês lutando contra os Nihil, certo?

— E contra os Drengir — acrescentou Reath. Ele fizera parte da tripulação que enfrentara as plantas do mal pela primeira vez, e já tinha se... embrenhado?... com elas diversas vezes.

— Certo. E tipo... Eu? Eu cresci sem imaginar que precisaria sacar o meu sabre de luz, sabe?

— Eu também! — disse Reath, intensamente. — Eu era um menino de biblioteca. Totalmente.

— É... *era*. — Ram deu risada. — Certo. Bom, de qualquer forma, tiiiipo... foi assustador no começo, não foi? Muito assustador. Lá em Valo, durante o ataque. Eu praticamente pensava que ia morrer a todo instante. E meio que ainda não consigo acreditar que não morri. Além disso, muita gente morreu. Mas esse sentimento também só persistiu durante as primeiras horas.

— Certo — disse Reath. — Porque a mente e o corpo não conseguem sustentar tanta tensão por tanto tempo. É como dar voltas e mais voltas pensando que você vai morrer. Em algum momento você precisa, sabe... parar. Mas não é como se pudesse simplesmente fazer uma pausa e tirar um cochilo no meio de um enorme conflito galáctico, não é?

— Exatamente! — declarou Ram, pulando, porque sentia que uma piada estava chegando e queria marcar o momento. — A menos que você seja Mestre Obratuk! Hein? — O lendário Parwano Jedi entrara em um estado temporário de hibernação recentemente durante uma missão, deixando Farzala para negociar com os Hutts. Ele acordara bem a tempo de cortar um droide inimigo em pedacinhos e ajudar a salvar o dia.

Reath ergueu as sobrancelhas e inclinou a cabeça.

— Essa não foi ruim, mas você precisa disfarçar, Ram. Se eu não conseguir perceber que você está prestes a contar uma piada, ela fica mais engraçada, porque vai me pegar desprevenido. Mas se continuar piscando assim, consigo perceber a um quilômetro de distância. Entendeu?

Ram assentiu, determinado a acertar.

— Disfarçar, sem piscar. Entendi, entendi. Obrigado.

— Sem problemas. Mas o que quero dizer é que eu entendo. Desde, sei lá, as últimas três ou quatro vezes que eu quase morri, sinto que não consigo entender a vida cotidiana porque estou o tempo todo achando que vou ser atacado por mais Drengir ou que vou levar um tiro. E aí é como se estivesse perdido esse tempo todo. Não sei como é o caminho que devo seguir, porque parece que ele está sendo destruído a todo instante.

Ram piscou de surpresa para ele. Não esperava que Reath compartilhasse seus receios, e definitivamente não esperava que fossem diametralmente opostos aos dele.

— O que houve? — perguntou Reath, olhando para baixo. — Sinto muito, talvez não devesse ter falado tudo isso. Sei que você está descobrindo suas próprias coisas, e acabei de despejar todas as minhas em você.

— Não — respondeu Ram, rapidamente. — Está tudo bem, Reath. — Parecia que toda a conversa estava se afastando para longe dele. Estava *contente* por Reath ter sido honesto com ele, mesmo que fosse uma experiência totalmente diferente. — Fico feliz que tenha me contado algo. É que escutar que outro Padawan está sofrendo para entender as coisas faz com que eu me sinta menos sozinho.

— Ah. — Reath pareceu genuinamente surpreso, depois aliviado. — Ótimo.

— Para mim, é totalmente diferente — disse Ram. Reath fora tão honesto com ele, que Ram queria fazer o mesmo. — Com relação a batalhas, sinto que ainda devo sentir muito, não sei, medo? São muitas emoções.

Reath estendeu as duas mãos, como se pesasse dois pequenos objetos.

— Quero dizer... não é esse tipo de objetivo que deveríamos ter? Mais ou menos?

Ram franziu o rosto.

— Espero que não. Não acho que seja algo que devemos almejar. Devemos ser equilibrados. Isso não parece equilíbrio, parece um vazio.

— Certo, consigo ver como é perturbador. Por outro lado, você não é governado pelo medo. Isso é bom.

— E se for o meu medo que estiver me impedindo de sentir medo?

Ambos se olharam por um momento.

— Você está vasculhando a biblioteca do arquivo do Farol, que memorizou procurando por uma resposta? — perguntou Ram.

Reath deu uma gargalhada, depois pareceu sombrio.

— Pois é. Isso mesmo. Ainda não encontrei nada, mas vou descobrir!

— Rapazes! — disse uma garota com cabelo rosa brilhante, invadindo a sala com um sorriso astuto e assustando os dois.

— Opa! — sobressaltou-se Reath.

— É uma garota! — gritou Ram, pulando.

Ela olhou para eles, divertida e intrigada.

— Eles realmente não deixam vocês saírem muito, não é?

— Hã, podemos ajudá-la? — perguntou Reath, parando ao lado de Ram.

Ela parecia ter a idade de Reath, alguns anos mais velha do que Ram, e usava um macacão verde largo e uma camisa roxa sem mangas, com capuz. Cintos utilitários estavam pendurados em ambos os ombros, claramente cheios de uma tonelada de bugigangas e coisas interessantes.

— Vocês são os Jedi do Farol, certo?

O velho Ram, lá em Valo, teria silenciosamente aguardado que Reath explicasse que eram apenas humildes aprendizes Padawan e que os Mestres Jedi estavam ocupados com a política local.

O novo Ram apenas estendeu a mão de maneira amigável e disse:

— Sim!

QUINZE

CIDADE DE CORONET

Não era *tecnicamente* uma mentira, mas definitivamente também não era toda a verdade, pensou Reath quando a resposta-não-completamente-verdadeira de Ram os levou porta afora, para as ruas iluminadas e movimentadas de Coronet.

— Excelente! — disse a garota, sem pensar duas vezes. Quase rápido *demais*, Reath percebeu em retrospecto. Então, ela explicou que enviara as gravações holográficas para os oficiais da República.

— Crash! — gritaram Ram e Reath, empolgados, e ela pareceu, pela primeira vez desde que surgira ali, um pouco confusa.

Reath sabia que aquele definitivamente fora o momento em que deveriam ter avisado Cohmac e Kantam sobre o que estava acontecendo. Ram provavelmente também. Mas os dois já tinham se comprometido ao dizer que eram *os* Jedi do Farol, e chamar seus supervisores adultos significaria admitir que não tinham sido totalmente sinceros sobre o assunto.

E, de qualquer modo, Reath precisava admitir que estava curioso sobre aquela garota de fala rápida e sobre o que ela tinha em mente.

— Hã, sim — dissera ela, já caminhando em direção à porta, com um garoto de cada lado, seguindo-a como se fosse a coisa mais natural a se fazer. E parecia natural, pensou Reath, tentando juntar as peças enquanto caminhavam por uma grande avenida, conversando como velhos amigos.

— Seja como for, estou realmente me esforçando para parar de não contar o que penso às pessoas — falou Crash. — Tem sido... uma luta, admito. Mas vejam só: só o fato de admitir isso já é uma grande coisa, francamente. Então vamos lá, temos algumas horas antes da reunião, e o que estou pedindo a vocês é um grande favor, por isso pensei que poderia retribuir antecipadamente levando vocês a algum lugar em Coronet onde sempre quiseram ir! Porque, sejamos honestos, vocês dois não parecem já ter vindo aqui antes.

— Espere, espere, espere, vá com calma — disse Reath, parando na parte da calçada onde, ao que parecia, os deslizadores podiam circular, porque Crash o havia tirado imediatamente do caminho de um deles, que passou zunindo. — Oxe! — Ele se virou para ela, tentando recuperar algum senso de autoridade. — Antes de mais nada, sou de Coruscant, certo? Não crescemos no Farol. Isso não a torna mais metropolitana do que nós, só porque vocês, Corellianos, deixam as pessoas passarem por cima de pedestres como se fossem bárbaros!

— Nossa, o rapaz é sensível — disse Crash, ainda com um sorriso no rosto.

— Era isso o que você queria dizer com disfarçar? — perguntou Ram.

Reath suspirou e percebeu que estava se divertindo. Claro, era tudo estranho e estava acontecendo rápido demais, e mesmo assim... ele gostava de Crash e da forma como ela era descarada. E estava claro que ela não queria fazer mal com suas zombarias gentis. Na verdade, provavelmente era daquele jeito que ela fazia amigos. Ele deixou sua careta se transformar em um sorriso e acenou para Ram.

— Sim, isso mesmo. Vai anotando.

— Ah, estamos praticando piadas? — Crash se manifestou. — Tenho algumas dicas!

— Espere — disse Reath, antes que ela tivesse a chance de tirar mais uma com a cara dele. — De que reunião você está falando?

— Bem, isso nos leva de volta a eu ser direta — declarou ela —, o que, em minha defesa, estava *tentando* fazer antes de você se jogar na frente de um deslizador!

— Eu estava na... — começou Reath.

Crash o interrompeu.

— O que é absolutamente um direito seu, e extremamente cosmopolita! — Ela piscou para ele. Ele não *achou* que fosse para flertar, mas já desistira há muito tempo de tentar descobrir como aquelas coisas funcionavam. Não muito bem. Pelo menos não quando ele estava envolvido. E provavelmente era para o seu bem.

— Você ainda não nos respondeu — apontou ele, com uma sobrancelha levantada. Aquilo era flertar? Ele esperava que não.

— Certo. É a reunião de vários líderes da cidade e de pessoas importantes, assim como eu e meu rival constantemente humilhado e profundamente amargo, Dizcaro!

— Seu rival *o quê*? — perguntou Ram.

— Ah, sim, achei que tinha contado a vocês — disse Crash, dando um tapa na própria testa. — Eu dirijo uma empresa de segurança para diplomatas. E preciso que... err... *quero* que vocês trabalhem para mim. Melhor, que trabalhem comigo! Por um tempo!

— *Como é?* — perguntou Reath.

— Podemos voltar para a parte em que você ia *nos* fazer um favor? — pediu Ram.

— Espere — disse Reath, avançando um pouco quando outro deslizador passou zunindo, junto com uma torrente de palavrões Ithorianos bem variados.

— Os estaleiros — falou Ram. — Onde estão construindo a frota de cruzadores estelares MPO-1400 classe-*Purrgil*? Igual aquele que rebocou o Farol! Ah, cara! Eles fizeram aquela coisa...

— Sim, aqueles estaleiros — interrompeu Crash, com um sorriso de compreensão e um movimento de sobrancelhas. — Aqueles que são praticamente impossíveis de entrar, mesmo para Jedi sofisticados como vocês.

— Os próprios — disse Ram.

— Achei que nunca perguntariam. Por aqui!

E lá foram eles.

— Esperem! — gritou Reath, correndo para alcançá-los.

DEZESSEIS

CIDADE DE CORONET

— Certo, esperem. — Crash ergueu a mão quando o grupo se aproximou do desvio que levava ao local onde dois corpulentos guardas municipais protegiam a entrada do estaleiro. Os garotos pararam de andar e olharam ao redor, cautelosos. Ao menos sabiam ficar de olho em problemas, o que já era alguma coisa. E pareciam ser, no geral, rapazes sensatos e de bom coração. Se teriam ou não utilidade numa briga, só o tempo diria. Ela os encarou: — Temos um acordo?

Ram sorriu.

— Com certe...

— Ram — disse Reath. — Aguenta aí. Não concordamos com acordos que não compreendemos completamente.

— Isso é sábio — admitiu Crash.

— O negócio é o seguinte: você nos leva até o famoso e impenetrável estaleiro que Ram está morrendo de vontade de ver, e a gente... — Reath fez círculos com as mãos.

— Fingem ser meus capangas para que possamos resolver o desaparecimento dos meus ami... funcionários.

— E descobrir se os Nihil foram os responsáveis — acrescentou Ram. — Nossos interesses estão alinhados, basicamente.

— Se vamos ajudá-la — disse Reath —, significa que você está sendo sincera com a gente, que vamos compartilhar informações. Lembre-se, acabamos de conhecê-la.

— E mesmo assim você me acha estranhamente charmosa e confiável? — sugeriu Crash.

— Sim — admitiu Ram.

— Isso não vem ao caso — disse Reath. — Mas, sim.

— Sim, temos um acordo? Ou sim, você me acha charmosa e confiável?

Ram e Reath se entreolharam. Então o garoto mais velho semicerrou os olhos.

— Sim, eu acho você charmosa. Se é confiável, ainda vamos ver. — Ele estendeu a mão. — E, sim, temos um acordo.

— Épico! — gritou Ram levantando o punho uma vez.

Crash olhou para ele, piscando de perplexidade.

— Vou entender isso como uma coisa boa. — Ela colocou um único crédito na mão de Reath e outro na mão de Ram. — Aqui. Vamos nessa.

Ram olhou para o crédito como se ele fosse pular e mordê-lo.

— O que é isso?

— Dinheiro — disse Crash. — Para comprar coisas.

— *Isso* eu sei! — resmungou Ram. — O que quis dizer foi...

— Você não pode nos pagar — interrompeu Reath, oferecendo o crédito de volta para ela. — Somos Jedi. Isso seria... estranho.

Crash já estava a caminho da esquina.

— É só *um* crédito. Podem passar para frente, não ligo. Mas se estão trabalhando para mim, ou mesmo que só *finjam* estar trabalhando para mim, vocês dois precisam estar na folha de pagamento. Pelo bem da transparência, pelo menos. — Ela puxou o comunicador. — Dez-kaoito?

— Aqui, Mestra Crash.

— Anote nos arquivos que temos dois novos funcionários, por favor. Marque como — ela olhou para eles — Farol A e Farol B. Salário: um crédito cada.

— Feito.

Ela virou a esquina e deu um gemido baixo no mesmo instante.

— O que foi? — perguntou Ram, caminhando para o lado dela junto com Reath.

Os dois seguranças, um Gamorreano e um humano corpulento de aparência entediada, usavam uniformes da guarda municipal, mas não eram nenhum dos que ela conhecia. Claro que não. A maioria dos recém-contratados fora trazida especificamente para proteger os Estaleiros Santhe e, pelo que Crash ouvira dizer, era um bando qualquer de desconhecidos. Nem mesmo os pés-rapados e marginais de rua das partes mais baixas da cidade sabiam qualquer coisa sobre eles.

— As coisas nunca são tão simples quanto poderiam ser — disse ela. Crash esperava que aquilo talvez pudesse ser fácil de vez em quando. Mas não. — Não importa, vamos lá.

"Saudações, excelso porco!", bufou Crash em Gamorreano, quando o primeiro guarda se aproximou do grupo, já procurando briga.

Ele proferiu uma série de palavrões que certamente não eram ensinados nos cursos de Introdução ao Gamorreano. Por sorte, aprendera vários nas ruas perigosas dos estaleiros, então conseguia responder na mesma moeda, com uma saga épica ainda mais variada de coisas tenebrosas sobre a avó do cara, seus antepassados e sobre como ele surgira de uma pilha de dejetos de rancor e se parecia com ela, além de como todas as suas sobrinhas e seus sobrinhos eram fetos regurgitados. Era realmente uma língua adorável.

Por um breve momento, o guarda simplesmente piscou os olhinhos de porco para ela.

— Hã — disse Reath, calmamente. O garoto provavelmente estava sacando seu sabre de luz, só por precaução.

Então, o guarda soltou uma gargalhada enorme e estúpida e correu para abraçar Crash. Foi um dos abraços menos agradáveis que ela recebeu na vida, mas foi melhor do que ter o rosto partido ao meio pela enorme baioneta do guarda. Ele passou um braço suado ao redor dela e começou a escoltar o grupo na direção do portão, querendo saber como ela aprendera a falar Gamorreano tão fluente, como sabia tanto sobre a família dele e coisas do tipo.

— Espere — disse o guarda humano, erguendo uma das mãos e ainda parecendo não se incomodar o bastante para levantar. — Borgar, está ocupado fazendo amigos? Ninguém entra aqui. Ponto final. Nem mesmo Jedi.

O cara tinha um grande rifle blaster pendurado no ombro, que era... incomum para um guarda municipal. Crash fez uma anotação mental sobre aquilo e se pôs a trabalhar.

— Meus amigos são visitantes de fora da cidade, senhor, vieram comprar remédios, sabe? São de um planeta muito pequeno e sem recursos, e eu prometi à sua querida e moribunda mãe que lhes mostraria os famosos estaleiros de Coronet antes que eles voltassem para seu leito de morte!

— É verdade — disse Ram, desajeitado. Foi uma boa tentativa; pelo menos ele estava disposto a entrar no jogo.

— Não é problema meu — retrucou o guarda. — Problema deles.

Borgar soltou Crash e entrou no espaço pessoal do outro guarda, bufando e gritando.

— Eu não falo porco! — gritou o cara, logo antes de ter sua mandíbula quebrada por um duro gancho de esquerda. Ele caiu no mesmo instante, e Borgar logo começou a arrastá-lo para a guarita.

— Obrigado, excelso porco! — gritou Crash em Gamorreano, gesticulando de forma elaborada para que os garotos a seguissem até os pátios. — Seu avô é um saco de lixo purulento!

Borgar acenou e bufou um xingamento alegre em resposta, depois foi cuidar da própria vida.

— Quando você disse que poderia nos levar a qualquer lugar em Corellia a que quiséssemos ir — disse Reath, olhando para ela assim que se aproximaram um pouco e se esconderam atrás de um armazém —, achei que estava dizendo que tinha acesso aos bastidores ou algo do tipo. Não que fosse convencer um Gamorreano indefeso a agredir um colega de trabalho.

Crash ficou na ponta dos pés para quase alcançar o queixo de Reath e ergueu um dedo.

— *Dificilmente* ele estava indefeso. — Depois ergueu outro dedo. — Aquele cara *claramente* não era amigo dele. — E então ergueu um terceiro dedo. — E eu nunca disse *como* entraríamos, em parte porque eu não sabia. Dependia de onde vocês gostariam de ir e de quem estaria no portão, certo?

— Acho que foi um lance bem épico — disse Ram, parado entre os dois, mas a uma distância segura. — Pelo menos para mim.

— O que aconteceu com aquela coisa de você ser sincera sobre seus planos? — perguntou Reath.

— Isso se chama improviso. Não posso ser sincera com vocês sobre planos que não conheço até que eles aconteçam. Da próxima vez, vou pedir ao enorme porco guerreiro para esperar um pouco enquanto explico para os meus companheiros como pretendo confundi-lo. O que acha?

— Eu...

— De qualquer modo, quem não está sendo sincero aqui, hein, poderosos Cavaleiros Jedi?

Aquilo fez Reath parar da mesma forma que um tapa na cara, exatamente como deveria. Crash manteve o sorriso guardado, não adiantava tripudiar sobre aquilo.

— Ah, sim, essa culpa é minha — disse Ram.

Reath se virou, mas era tarde demais.

— *Tecnicamente*, nós somos Jedi do Farol da Luz Estelar, que foi o que você perguntou.

— Hmm, até onde sei, uma mentira por omissão ainda conta como uma mentira — rebateu Crash.

— Como você soube? — perguntou Reath, desanimado.

Crash inclinou a cabeça para o lado, com os olhos arregalados.

— Como eu soube que o Conselho Jedi, em sua infinita sabedoria, não enviaria dois garotos patetas para investigar uma possível incursão mais profunda de Nihil no Núcleo da galáxia, *sozinhos*?

— Patetas? — protestou Reath.

— Está bem, eu retiro essa parte — concedeu Crash. — Mas o argumento é o mesmo. Além do mais, vi os outros dois Jedi saindo antes de eu entrar, e eles claramente eram mais velhos do que vocês. E não tinham essas tranças bonitinhas que vocês usam.

Ram puxou sua trança Padawan de onde ele a enfiara em seu coque e a segurou diante do rosto.

— Você acha que elas são bonitinhas?

— Quer dizer que você estava vigiando o lugar — disse Reath —, esperando que estivéssemos sozinhos antes de chegar e nos aplicar um golpe?

— Não é um golpe! — insistiu Crash. — Eu já disse exatamente o que estou fazendo esse tempo todo! — Ela balançou a cabeça. — Preciso dizer a Svi'no que essa coisa de ser sincera com as pessoas não é tudo o que dizem.

— Dizer para quem? — perguntou Ram.

— É uma cantora famosa — informou Reath, não parecendo particularmente impressionado. — E Crash aqui está claramente tentando dar uma carteirada.

— Ela é a maior artista musical que a galáxia já conheceu — disse Crash. — E não posso fazer nada se meus amigos são importantes. Ela também é uma pedra no meu sapato. O que quero dizer é que estamos quites, está bem? Sim, esperei que os adultos fossem embora, porque já lidei com eles o bastante no trabalho, e tudo o que fazem é nos subestimar, até que você se mostre mais esperta do que eles, e depois ficam surpresos ao descobrir que tudo o que você tem dito o tempo todo era verdade. Cansa. Eu mantenho um grupo muito pequeno e seleto deles em meu círculo pessoal, e todos estão na folha de pagamento. Seja como for, adultos vêm com regras demais. Sinceramente, vocês conseguem imaginar Mestre Cabeludo Rabugento e Mestre Suíças se metendo com a gente nessa última aventura?

— Mestre Suíças! — gritou Ram, cobrindo a boca para abafar o riso.

Reath parecia estar fazendo o máximo possível para não perder a compostura. Crash decidiu que gostava dele, mesmo que ele fosse um pouco travado em seus costumes. E Ram claramente era o garoto mais legal da galáxia; só precisava praticar um pouco mais suas habilidades de atuação.

Levando tudo em consideração, ela precisava admitir que arranjara um bom conjunto de potenciais parceiros.

— Então — disse ela, cruzando os braços sobre o peito. — Estamos quites. Trégua?

Reath sorriu com o canto da boca, ainda segurando o riso, e assentiu.

— Trégua.

— Agora vamos ver aquelas naves estelares! — gritou Ram, já correndo.

DEZESSETE

DOL'HAR HYDE

Zeen imaginara a vitória várias vezes — finalmente capturar Krix e impedi-lo de uma vez por todas.

Tinha pensado naquilo durante muitas das noites passadas em claro, quase tantas vezes quanto se perguntava sobre como seria morrer, especialmente se fosse pelas mãos dele.

Centenas de situações passaram por seus pensamentos e depois a perseguiram em sonhos. E ali... a possibilidade de vitória estava tão próxima que ela podia senti-la se tornando uma realidade quase palpável.

Podia quase prová-la.

Lá em cima, os graves estrondos dos canhões dos caças estelares soavam enquanto as naves da força-tarefa esmagavam o que restava dos Nihil.

Mas Krix estava em algum lugar lá nos túneis. Zeen tinha certeza. Ela o vira pular da torre de artilharia de onde disparara contra sua nave. Ela o tinha visto correr, com destroços explodindo ao redor, e depois sumir.

Krix havia matado muita gente, mas como todos os Nihil, no fundo era só mais um covarde. Seu esquadrão era conhecido por atacar alvos civis com uma pequena equipe avançada e depois retornar com força total para atacar os trabalhadores dos esforços de socorro aos necessitados.

Uma vez, quando Zeen estava com medo, ele cuidara dela, jurando mantê-la segura, sem se importar com o que acontecesse. E depois se tornara um monstro.

Um monstro que ela finalmente ia deter.

Ao lado dela, enquanto entravam nos túneis, estavam Lula, Farzala e Qort. A equipe! Os Padawans que a encontraram primeiro, lá em Trymant IV, as pessoas em quem ela mais confiava no mundo. Ela os via como heróis, e eles se tornaram amigos incríveis, aceitando-a como um deles, mesmo que Zeen não pudesse se tornar uma Jedi completa.

E lá estavam eles, se aproximando do inimigo juntos. Tinham se separado numa ramificação dos túneis, e Qort — confiável e atencioso — caminhava pela escuridão ao seu lado, com o sabre de luz de prontidão.

Eles estavam tão perto. Não era o próprio Krix que Zeen podia sentir, apenas a certeza de que, de um jeito ou de outro, o fim daquele capítulo em sua vida se aproximava, avançava em sua direção, implacável. Ela esperava que fosse apenas o fim do capítulo, e não de toda a sua vida. Ou da vida de qualquer outra pessoa.

Zeen olhou para Qort enquanto se aprofundavam no túnel sombrio. Sendo um Aloxiano, ele era menor do que os outros Padawans. Tinha a pele azul-clara e um rosto gentil. Mas tudo aquilo podia causar uma falsa impressão. Ela nunca vira alguém lutar como Qort em Takodana, quando o templo Jedi explodiu e os invasores Nihil se aproximavam.

A máscara de caveira que ele usara durante toda sua vida se quebrara e, ao quebrar, havia libertado um espírito guerreiro em seu interior. Mesmo assim, quando a luta chegou ao fim, ele ainda era aquele garoto doce e adorável de sempre.

Zeen duvidava muito de que ele precisasse da ajuda dela em uma enrascada, mas com alguém tão dissimulado e astuto quanto Krix por perto, não era possível prever o que poderia acontecer.

E Lula. Lula descia o outro túnel com Farzala. Se algo acontecesse a qualquer um deles...

Não.

Ela não se deixaria consumir por sua própria ira, como acontecera em Quantxi. Lá, ela ficara cara a cara com Krix depois que ele havia disparado contra ela, e usara a Força para sufocá-lo. Zeen o teria matado se Lula não a tivesse impedido, abaixando sua mão com a dela e com sua presença apaziguadora.

— Não é assim que fazemos — dissera ela. E Zeen sentiu a verdade daquilo em seu interior. Ela estava com os Padawans havia apenas algumas semanas naquela época, e ainda assim sabia... Sabia que o poder e a presença deles em sua vida, principalmente a de Lula, eram mais importantes do que qualquer satisfação que ela pudesse sentir ao tirar a vida de Krix com as próprias mãos.

Ela respirou fundo o ar viciado do túnel. Depois soltou.

A Força estava com ela. Ela estava em união com a Força.

Adiante, uma porta de ferro fechava o caminho para dentro do túnel.

Ele estava lá. Aquela era a sala segura. Aquele conhecimento vibrava através de Zeen. O fim inevitável brilhava em sua direção, em rajadas cruas e vagas. Lula também estava por perto.

Lula.

Zeen ergueu seus blasters, sentindo os punhos das armas escorregadios contra o suor de suas mãos. Estava pronta.

Não estava. De forma alguma.

Sua respiração acelerava cada vez mais.

Tudo ali parecia uma armadilha. Onde estavam Lula e Farzala? Ela olhou para Qort. Ele piscou de volta, com o rosto determinado, inescrutável.

Uma decisão errada mataria a todos. Zeen sentia a verdade daquilo na boca do estômago. Ou era medo? Esperar demais também era uma decisão e poderia ser igualmente fatal. Os comunicadores não funcionavam tão no fundo dos túneis.

Ela normalmente podia sentir Lula. Normalmente, sabia por instinto o que sua amiga faria a seguir.

Mas ali tudo estava confuso.

O medo percorria seu corpo, fazendo-a pensar em uma centena de tragédias diferentes.

Não.

Ela tinha que confiar na Força. Era tudo o que podia fazer. Confiar na Força. Confiar no amor. Confiar em Lula.

Zeen fechou os olhos e estendeu sua consciência.

Sentiu a onda familiar da Força crescendo nela; sentiu Lula, seu calor, de repente próximo e gigantesco, um sol suave e implacável.

Lula, cujo rosto ela vira ao abrir os olhos depois de tantas longas sessões de meditação.

Lula, que também estava estendendo a consciência, confiando na Força. Confiando no amor. Confiando em Zeen.

Você está pronta, Zeen? A voz dela soava tão clara como se ela estivesse ali.

— Sempre — sussurrou Zeen.

Os olhos de Zeen se abriram e, por um momento fugaz, ela viu o rosto calmo de Lula à sua frente, com os olhos abertos.

— Agora!

Ela agarrou a maçaneta da porta, acenou com a cabeça para que Qort se preparasse, depois a abriu.

Lá, encolhido na pequena sala escondida, estava Krix, já saltando e pegando seu rifle blaster. Atrás dele, Lula escancarara outra porta, e a primeira coisa que passou pela cabeça de Zeen foi como era estranho que nenhuma delas estivesse trancada.

Mas aquilo não importava. Ela tinha vantagem sobre Krix, e não havia como ele alcançar sua própria arma antes...

— Zeen! Não! — gritou Lula e então, com um estrondo, a porta mais próxima de Zeen se fechou na cara dela.

Houve um grunhido do lado de dentro, depois o guincho do disparo de um blaster seguido quase instantaneamente pelo som da outra porta se fechando. E então um terrível rosnado flamejante soou.

Qort fungou uma vez e franziu a testa.

— Ridônio — disse ele, com sua vozinha áspera. — Teria incendiado a todos nós.

Lula os salvara. Salvara a todos. Mas ela e Farzala estavam bem?

— Vamos! — gritou Zeen, já voltando pelo túnel. Qort corria a seu lado, murmurando suas preocupações em Aloxiano.

— Também não sei — disse Zeen. Eles contornaram a divisão, depois correram para onde os sons de batalha estavam mais altos.

— Nós... nós o pegamos! — gritou Lula, quando Zeen e Qort viraram a esquina. Krix estava no chão, contorcendo-se sob o pé de Farzala.

— E fique aí abaixado — ameaçou Farzala, com um sorriso sombrio. Qort correu para se juntar a ele enquanto Krix gritava ameaças covardes.

Zeen sentiu que poderia desmoronar com o olhar suave de Lula e nunca mais se levantar.

Durante alguns segundos felizes naquele túnel escuro, as duas apenas se entreolharam, saboreando a pequena e gigantesca vitória. Ainda havia muito a fazer, os planos de Krix para desvendar, um milhão de perguntas impossíveis de responder.

Mas, naquele momento, Zeen sentia apenas a galáxia deslizando em um minúsculo e perfeito tipo de equilíbrio ao seu redor.

E, naquele momento, era o bastante.

DEZOITO

PASSADO

— Não sei como você faz isso — disse Kantam enquanto Aytar passava o pincel em seu próprio rosto num longo arco, completando a brilhante onda prateada.

Seus olhos se encontraram no espelho. Aytar exibia aquele sorriso, que desarmava Kantam e causava, lá no fundo, uma onda desconhecida de… alguma coisa, alguma coisa quente e feroz.

— Como faço o quê? Minha própria maquiagem? É fácil, na verdade. Precisa de um pouco de prática, mas você pega o jeito. Aprendi com Dondar Volt. Ela é incrível.

— Isso é fascinante — disse Kantam, jogando para o lado algumas vestes de seda e recostando-se no velho sofá do camarim bagunçado de Aytar. — Mas eu estava falando de você se apresentar. Todas as noites. Não sei como consegue subir lá de novo e de novo e… ser outra pessoa, sorrir e sentir todos aqueles olhares sobre você, e… — Balançou a cabeça, passando a mão pelo cabelo curto. — Acho que o que quero dizer é que admiro isso.

Aytar enxaguou o pincel em um pote com água turva e depois o mergulhou na tinta dourada.

— Isso incomoda você?

— Eu... — Não ocorrera a Kantam se incomodar com aquilo. Deveria? Conheciam-se havia apenas cinco dias. Quatro dias e oito horas, na verdade. Aqueles tinham sido realmente os dias e noites mais selvagens da vida de Kantam, facilmente, e nenhum dos dois sabia como chamar... o que quer que tivessem. Lance. Não tinha nome e, portanto, não tinha regras, nem um começo claro ou um fim óbvio. E era o que tornava tudo tão perfeito.

No templo, tudo era arregimentado, claro, delineado, colocado em uma caixa e rotulado até virar outra coisa. Aí ganhava uma nova caixa e um novo rótulo. Certo, não era inteiramente verdade. A Ordem Jedi certamente tinha uma compreensão das infinitas complexidades do universo, daquelas partes da vida que desafiavam definições, especialmente a Força — sempre a Força e apenas a Força. Kantam não percebera como tudo aquilo era cansativo até passar um tempo fora.

— Padawan Sy? — chamou Aytar, piedosamente.

Kantam sorriu, afastando os pensamentos incoerentes.

— Não consigo decidir se amo ou odeio que você me chame assim com esse deboche tão claro na voz.

— Deboche? — perguntou Aytar, fingindo estar ofendido. — Só um pouco. — Então ele ficou sério. — A verdade é que admiro isso em você, Kantam. O que você é. Sua dedicação. Claro que eu me apresento o tempo todo e, sim, é cansativo, mas eu adoro. É quem eu sou, e eu realmente não poderia fazer nada diferente, então... Eu vejo o que você faz, o respeito que tem pela galáxia, pelos mais velhos e isso... é lindo para mim.

Kantam desviou o olhar, sem saber o que fazer com seu corpo, o que dizer.

— Não parecia tão simples até... — Olhou de volta para Aytar, encontrando os olhos do rapaz. — Até você, Aytar.

— Hmm — disse Aytar. Aquele tipo de grunhido que não queria dizer uma coisa nem outra: Kantam já se acostumara tanto com ele que começara a reproduzir espontaneamente em seu próprio padrão de fala.

Nem tinham feito amor, mas Kantam tinha certeza de que, quando fizessem — e não havia dúvidas de que fariam —, algumas estrelas poderiam explodir em algum lugar. Tinham conversado bastante sobre o tema, gostavam de se levar ao limite e depois recuar — um exercício excitante de confiança e tentação. Esperar não tinha sido uma decisão consciente. Estava claro: aquela era a única coisa certa a fazer no momento. Quando chegasse a hora, resolveriam a situação. Tal acordo parecia — de um jeito estranho e impossível — simples. Não precisavam falar sobre ele, era simplesmente assim.

— Não quero complicar as coisas para você — disse Aytar.

— Isso é ótimo, mas… é tarde demais — zombou Kantam. — Vou falar com Mestre Yoda amanhã.

Aytar girou.

— Sobre o quê?

Kantam suspirou e se sentou.

— Eu… Eu não sei, na verdade. Não sei.

— Você não está pensando em deixar a Ordem, está, Kantam?

— Você não quer que eu deixe?

Tudo estava acontecendo tão rápido. Kantam sentia a velocidade ao seu redor, como a linha repentina das estrelas se estendendo no hiperespaço. Fosse o que fosse, não havia como impedir. Era maior do que eles.

— Não sei — disse Aytar. Kantam quis se aconchegar na honestidade brutal e gentil daquelas palavras e chorar baixinho.

CIDADE DE CORONET

— Por mais que eu prefira ouvir o restante dessa história em vez de lidar com alguma bobagem burocrática da República — disse Cohmac —, e eu realmente gostaria… não estamos esperando aqui há muito tempo?

Kantam se desvencilhou de todas aquelas imagens e sentimentos vívidos que pareciam ganhar vida em sua mente só de serem contados, depois os liberou no ar viciado da sala de espera e acenou com a cabeça.

— Na verdade, estamos. O que acha disso?

Cohmac coçou o cavanhaque e arqueou uma sobrancelha.

— Eu diria que é algum típico absurdo oficial, mas com as coisas sendo o que são... suspeito de que possa ser mais do que isso.

Kantam e Cohmac olharam ao redor da sala monótona em que estavam sentados... Já tinha se passado quase uma hora? Uma mulher Twi'lek idosa os cumprimentara calorosamente, oferecera um pouco de caf aguado e depois os acompanhara por um corredor bem-iluminado e pedira que se sentassem, explicando que a ministra viria falar com eles em breve.

Não aconteceu.

Então, Kantam voltou a relembrar o passado, principalmente porque Cohmac incitara — a história fora interrompida durante o voo por causa de um cinturão de asteroides e alguma turbulência, e aí muita coisa havia acontecido depois que o impedira de continuar.

Ali... eles estavam esperando por tempo o suficiente para que fosse sinal de um insulto intencional ou de que algo mais estivesse em andamento. Kantam e Cohmac se levantaram, com as mãos nos sabres de luz.

— Diga — disse Kantam.

— O que me diz de ignorarmos a secretária e fazermos uma visita diretamente à ministra? — propôs Cohmac.

— Digo que um pequeno incidente diplomático é melhor do que passar mais uma hora nesta sala — respondeu Kantam.

— Excelente lógica. — Eles voltaram para o corredor, olhando para os lados antes de prosseguir para onde uma porta elegante ocupava toda a parede.

Kantam e Cohmac se entreolharam, depois acenaram com a cabeça. Então, Cohmac tocou no painel de controle.

O amplo e extravagante escritório da ministra fora convertido em um tipo de sala de guerra — uma grande mesa holográfica no centro projetava imagens giratórias de um prédio em ruínas, uma lua e o que parecia ser o movimento de tropas ao longo do mapa de uma cidade.

Um punhado de oficiais uniformizados se debruçava sobre a mesa, verificando números e consultando uns aos outros em sussurros com tom de urgência. Droides mensageiros deslizavam rapidamente pelo chão e saíam por pequenas escotilhas que provavelmente levavam a outro centro de comando em algum lugar do complexo.

— Ah, Mestres Sy e Vitus, presumo! — exclamou a Ministra Fendirfal, andando ao redor da mesa e abrindo os braços de modo majestoso. As janelas atrás dela se abriam para uma vista deslumbrante do Distrito Portuário; um pouco além dele, o sol do meio-dia dançava sobre as ondas agitadas. — Sinto muito por deixar vocês esperando!

— Sem problemas — assegurou Cohmac. — Parece que estava ocupada. Podemos ajudar em alguma coisa?

— Ministra — disse um ajudante, caminhando rapidamente para o lado de Fendirfal e murmurando algo em seu ouvido. Ela acenou com a cabeça, perdendo toda a pretensão de formalidade, sussurrou algo de volta e depois regulou seu sorriso novamente para o máximo e se dirigiu aos Jedi.

— Duvido, amigos, mas agradeço.

— Podemos perguntar o que aconteceu? — disse Kantam, tentando conter a irritação por chegar ao ponto de precisar perguntar. Parecia que deveriam simplesmente ir em frente e contar a eles, mas sendo a política e a República como eram, Kantam tentava não fazer suposições. Provavelmente havia autorizações de segurança que precisavam ser liberadas e coisas do tipo.

— Um atentado na Universidade de Gus Talon, receio.

— Foram os Nihil? — perguntou Kantam, imediatamente desejando não ter feito isso.

O rosto da ministra se enrugou numa espécie de sorriso doloroso.

— Vocês percebem, caros Jedi, que nem *tudo* que dá errado na galáxia tem a ver com esses saqueadores, não é?

Kantam sentiu um lampejo de emoção em Cohmac, depois se aliviou ao senti-la passar como uma rajada de vento errante.

— Claro — respondeu. — Nós apenas...

— Têm sido bastante eficientes em garantir que os invasores Nihil não tenham qualquer esperança de chegar tão fundo ao núcleo da galáxia — continuou a ministra. — Eles *não são bem-vindos* aqui em Corellia, você sabe.

— Também não são bem-vindos na Orla Exterior. — Cohmac conseguiu manter a voz num tom constante e frio, mas Kantam sabia que aquelas palavras continham um fogo esperando para ser liberado. — E, no entanto, temos lutado contra eles no último ano. Certamente também não eram bem-vindos no hiperespaço e, ainda assim, Hetzal quase foi destruído. Você certamente não está sugerindo que qualquer um dos planetas vitimados por esses invasores os acolheu, ministra.

— O que estou *sugerindo* — respondeu Fendirfal, quase cuspindo as palavras — é que não temos Nihil aqui e nem pretendemos ter. Se tivéssemos, lidaríamos com eles e os despacharíamos. Agora, vocês, por outro lado — ela voltou repentinamente a seu sorriso extremamente cativante —, são nossos convidados; bem-vindos, é claro, e estão livres para seguir quaisquer rumos de investigação que precisem para obter as respostas que buscam.

Kantam curvou-se ligeiramente, prestes a encerrar a conversa.

— Isso...

— Devo avisar, no entanto, que estamos muito ocupados no momento, como vocês podem ver, e não poderemos ajudar.

— Quantos Jedi do templo de Coronet foram alocados em Gus Talon? — perguntou Cohmac.

— Ah, todos eles, é claro. — Fendirfal riu caprichosamente, depois ficou tensa. — Parece que a greve sindical explodiu violentamente em uma insurreição completa.

— Ah — disse Cohmac. — Isso explica porque não havia ninguém para nos receber nos alojamentos.

— Agradeço, ministra — disse Kantam, voltando para a porta. — Por favor, avise-nos se pudermos ajudar de alguma forma.

Ela se curvou, com um sorriso tenso.

— Claro. Eu ofereceria o mesmo, mas não seria o certo, infelizmente.

Kantam piscou rapidamente.

— Eu...

— Esta noite, no entanto, estarei cuidando de alguns assuntos que podem estar relacionados à sua *investigação* mais tarde. Vocês podem se juntar a mim se quiserem.

— Suponho que... — começou Cohmac.

— Muito bem — interrompeu Fendirfal. — Passarei em seus aposentos quando estiver a caminho.

Cohmac e Kantam suspiraram longamente quando a porta se fechou, bloqueando o ruído ansioso da sala de guerra.

— Bem, parece que eu errei — disse Kantam. — Passar mais uma hora naquela terrível sala de espera teria sido bem melhor do que isso.

DEZENOVE

CIDADE DE CORONET

— Este — disse Ram, sem fôlego, mais para si mesmo do que para qualquer outra pessoa — é o melhor lugar DE TODA A GALÁXIA!

Ele estava na extremidade da maior nave que já vira: um cruzador estelar MPO-1400 classe-*Purrgil*. A nave parecia se estender até o horizonte, e ao longo dela vários seres trabalhavam, consertando e martelando, enquanto conversavam uns com os outros. Guindastes e grandes andadores manobravam através do gigantesco cruzador, e droides pairavam ao redor, saindo de dutos de ventilação, manobrando pelos canais das asas e dos conduítes de fiação.

A melhor parte: ao lado daquele cruzador havia outro igualzinho! E um terceiro depois!

Ram correra todo o caminho até as naves quando percebeu que estavam perto, mas não era por isso que estava ofegante. Ele estava ofegante porque nunca se sentira tão feliz em toda sua vida. E, pelo visto, nem os Bonbraks.

— *Breekpatz*! — gritou Tip, rastejando para fora das vestes de Ram e se empoleirando em seu ombro.

— *Prakapraka* — concordou Breebak, subindo no outro.

— E não é? — suspirou Ram. — Paraíso!

— Hmm — disse Crash, parando em um lado de Ram enquanto Reath parava do outro. — Reath, seu amigo tem um rato em cada ombro.

— *Fika fika prap!* — rosnou Tip, eriçando o pelo.

— Sim, você acaba se acostumando — suspirou Reath. — São Bonbraks. E eles entendem Básico.

— Imaginei — disse Crash. — Porque um deles simplesmente pareceu me xingar. — Ela puxou um punhado de bolinhas de um daqueles bolsos em seu cinto de utilidades e estendeu algumas para cada Bonbrak. — Petiscos gork gork?

— Eles provavelmente estão bravos porque você os chamou de ratos — apontou Reath, enquanto Tip e Breebak devoravam as bolinhas alegremente. — Olha, eles já adoram você, como todo mundo.

— Bem... — Crash deu de ombros, já pegando mais petiscos do bolso. — Eu guardo isso para os cães e, nos últimos tempos, descobri que também funcionam com Tamo. Mas os ratos adoram esses petiscos gork gork. — Os Bonbraks começaram a praguejar novamente enquanto comiam mais petiscos, depois simplesmente desistiram e se empanturraram com mais dois punhados que Crash deu a eles.

Ram só percebia parte do que estava acontecendo. Ele estava muito ocupado imaginando quais seriam as especificações daqueles cruzadores gigantescos, como equilibravam as relações de sustentação/massa com um design comercial sofisticado e como tudo se encaixava.

Algumas pessoas falavam admiradas sobre as maravilhas da natureza, sobre como a própria Força deveria ter sido a grande mestra projetista por trás de uma galáxia tão bela e complexa. Certamente fazia sentido. E Ram amava a Força, é claro.

Mas principalmente porque ela o ajudava a compreender melhor e brincar com todos os dispositivos mecânicos e máquinas legais da galáxia! E aquilo... o que passara pela mente de Shug Drabor, o grande mestre projetista por trás daqueles magníficos colossos?

Mais além — Ram deu alguns passos cambaleantes pela passarela principal, estreitando os olhos para algo adiante —, algum tipo de exibição. Parecia uma nave de piloto único.

— Esse garoto é diferente — riu Crash.

— Não há ninguém como ele — confirmou Reath.

Aquilo era...? Ele se aproximou, ignorando as gracinhas de ambos os lados, depois começou a correr.

— Caras — disse ele aos Bonbraks, que finalmente tinham terminado seu lanche e também olhavam admirados para o milagre diante deles. — Aquilo é o que eu acho que é?

Parecia que alguém pegara uma das brocas de arco de Ram, ampliara cerca de cem vezes e soldara elegantes asas nas laterais e canhões ao redor para criar aquele pequeno caça estelar todinho preto. Marcas de disparos cobriam toda a pesada carapaça da nave — aquela coisa passara por momentos de ação intensa e conseguira, de algum modo, sair inteira. Não parecia que muita coisa pudesse atravessar aquele metal.

Não havia sequer uma janela de observação em lugar algum! O piloto provavelmente precisava usar algum sistema de sensor primitivo e...

— A Força! — disse Ram, em um sussurro reverente.

— Muito bom, pequeno Jedi — resmungou alguém com uma vozinha baixa, atrás e acima de Ram. Ele girou, depois olhou para cima, bem para cima, ao longo do exoesqueleto metálico de uma enorme estrutura de levantamento de carga com proporções semelhantes às de um gigantesco Anzellano turbinado: pernas curtas e atarracadas e enormes pinças de quatro dedos nas extremidades dos braços metálicos extralongos.

— Ah, obrigado! — disse Ram, bloqueando o sol com a palma da mão para poder dar uma olhada melhor no... minúsculo Anzellano no assento do piloto na parte superior da estrutura de trabalho. — Espere, você acabou de me chamar de pequeno?

— Vejo que encontrou o grande Shug Drabor em pessoa — anunciou Crash, aproximando-se com Reath ao seu lado.

— Espere — disse Ram, exasperado. — Este é...

— Ei, doutor! — Crash acenou para o Anzellano como se estivesse conversando com um amigo, que também era o maior engenheiro de naves estelares de literalmente TODOS OS TEMPOS. Então, Ram percebeu que era porque ela *estava* conversando com um amigo, que também era o maior engenheiro de naves estelares de literalmente todos os tempos.

— *Abacrash!* — Shug fez uma dancinha animada, que o exoesqueleto de trabalho imitou, quase pisoteando Ram, depois fez uma pequena reverência. — Sempre bom encontrá-la!

— Você o *conhece*? — perguntou Ram, tentando se conter. — Vocês dois são, tipo, amigos?

— Doutor Drabor — disse Crash, ignorando o garoto. — Estes são Ram Jomaram e Reath Silas, aprendizes Jedi do Farol da Luz Estelar. Ram o adora, caso não tenha notado.

— *Jedi-no bá!* — exclamou o pequeno engenheiro, apertando um botão e pulando de seu assento de piloto para o topo do antigo caça estelar.

Ram não falava Anzellano, mas achou que aquilo era algo bom, a contar pelo pequeno sorriso caprichoso que o engenheiro tinha no rosto quando tirou os óculos e piscou para ele.

— *Eh-vi ya Bonabaraka* — gritou ele, feliz, abrindo os braços.

Tip e Breebak, que assistiam em silêncio, finalmente exclamaram algo e saíram correndo dos ombros de Ram para o caça estelar, onde começaram a se envolver em algum tipo de abraço coletivo elaborado com Shug.

— Bem, o doutor adorou os seus ratos — disse Crash, já separando mais petiscos gork gork.

— Você poderia...? Eu não falo Anzellano — confessou Ram. — Você poderia perguntar a ele sobre esta nave?

Crash acenou com a cabeça e se virou para Shug, que tinha um braço ao redor de cada um dos Bonbraks, como se os três tivessem acabado de passar uma noite agitada em um bar juntos.

— *Vizi vizi starfih ho-ka?*

— Quantas línguas você fala, Crash? — perguntou Reath, com uma admiração perceptível em sua voz.

Crash se encolheu e depois piscou.

— Muitas. Protejo pessoas para viver e gerencio uma equipe grande. Poder falar com as pessoas em seu próprio idioma ajuda. Além disso, pega todo mundo desprevenido. É uma ótima maneira de descobrir segredos, porque ninguém espera que eu saiba o que estão dizendo quando saem do Básico.

— Estou... impressionado — disse Reath.

Ram silenciou os dois porque o Doutor Drabor se lançara em um monólogo extenso e elaborado.

— Ele diz que ela tem cerca de duzentos anos — explicou Crash, quando o engenheiro terminou de falar, e voltou a abraçar seus novos amigos. — Shug não a construiu, mas a mantém como fonte de inspiração. É a única que restou desse tipo, mas esses bebês, como o bom doutor as chama, estiveram em serviço durante toda a Guerra de Eiram e E'ronoh. Esta serviu na Batalha dc Jcdha, pouco antes da República fazer uma petição para encerrar sua produção e bani-las. É uma Evisceradora Viz-Core classe-*Espiral* com dois cilindros ômega, blindagem metálica força-VIX à prova de explosões e um navicomputador modulado para missões de procurar e destruir.

— Surreal — sussurrou Ram.

— Essa parte da frente em forma de broca era usada para perfurar o casco de grandes naves inimigas e depois penetrar nos núcleos de seus reatores. Acho — acrescentou Crash, claramente fazendo um recorte de sua tradução — que é por isso que é a última que sobrou.

— Gostaria... de ter... uma dessas... por favor — disse Ram, baixinho. Crash fez o favor de não traduzir aquilo para Shug, que imediatamente começou outro monólogo sobre alguma coisa. — O que ele está dizendo?

Crash sorriu.

— Ele quer saber se você gostaria de fazer um passeio pelo restante do estaleiro.

— ÉPIIICOOO!

VINTE

CIDADE DE CORONET

Reath tinha que admitir, ele estava se divertindo. Bastante.

Estava fazendo o possível para manter a guarda alta, ficar alerta, mas não tinha percebido o quanto precisava ser apenas um adolescente na companhia de outros adolescentes por um tempo, depois de todas as tantas batalhas, fugas e surras que levara. E estava contente por ter encontrado em Ram alguém com quem conversar sobre as partes mais complicadas de ser um Padawan.

Reath estava resistente em deixar o Farol, a princípio, mas talvez uma resposta o esperasse em Corellia, indicando a direção que ele deveria seguir.

Eles percorreram os vastos corredores da *Luz Vagante*, uma nave irmã da famosa *Halcyon*, que havia ajudado a rebocar o Farol durante sua missão de resgate em Dalna. Acontecia que Bonbreez tinha alguns ancestrais linguísticos em comum com o idioma Anzellano, então Tip e Breebak assumiram o papel de intérprete entre Shug e Ram, deixando Reath e Crash livres para passear num ritmo mais lento e apreciar a exuberância e a imensidão da bela nave estelar.

Crash era um mistério, pensou Reath enquanto caminhava com ela por uma passarela quase invisível que os levava ao que parecia ser um pequeno ecossistema — árvores cobertas de flores se estendiam na direção deles entre a névoa artificial.

Ele poderia confiar nela? Só porque a garota agia como se estivesse sendo sincera sobre incluí-los em seus planos não significava que aquilo era verdade. Nem nada do que dissera. Seus instintos lhe diziam que estava tudo bem, e ele tinha certeza de que não era só porque ela era bonita. Esperava que não fosse por isso, de qualquer modo. Já tinha sido enganado por uma aparência agradável e um sorriso fácil antes, levado a contar coisas demais sobre a Ordem Jedi a uma agente dos Nihil, e lembrar daquilo ainda o fazia se contorcer por dentro.

E aí tinha vindo Vernestra — um tipo completamente diferente de beleza, e um tipo completamente diferente de paixão. Ela parecia o tipo de pessoa que entenderia tudo sobre Reath antes que ele tivesse chance de explicar. Ele se imaginava explorando a galáxia junto com ela — às vezes de mãos dadas, por mais brega que fosse — e descobrindo novas maneiras de usar a Força.

Reath desistira de tentar não se apaixonar, optando por neutralizar toda a situação ao se apaixonar o *tempo todo*. Com certeza havia um antigo provérbio Jedi sobre aquilo, ou talvez aquele fosse o antigo provérbio. Se não, ele criaria um novo.

Crash era diferente das outras. (Embora se parecesse um pouco com Nan. Reath se perguntava se era aquilo o que as pessoas queriam dizer quando falavam que alguém tinha preferência por um *tipo* específico.) Pelo menos parecia ser diferente. Ele nunca conhecera ninguém igual, e se ela estivesse trabalhando para os Nihil de alguma forma, por que entregaria o holovídeo de seu amigo às autoridades, chamando mais atenção para o que estava acontecendo? Aquele teria que ser um estratagema muito elaborado, mesmo para os padrões dos Nihil.

— Tentando me decifrar? — perguntou Crash, com um movimento astuto das sobrancelhas. Eles pararam na passarela para sentir o aroma fresco do solo e escutar o canto de quaisquer criaturas trazidas para viver no biossistema abaixo deles.

Reath teve que sorrir.

— Algo do tipo.

— E consultou sua velha amiga, *a Força*?

— Como você faz isso? — perguntou ele, estreitando os olhos para ela.

— O quê? Ler a mente das pessoas?

— Não, essa coisa de claramente caçoar de todo mundo, e ainda assim fazer todos gostarem de você em vez de odiá-la?

— Ah, isso! — Ela dispensou a ideia como se não fosse grande coisa, e logo depois pareceu confusa. — Espere, não tenho certeza. Na verdade, não é de propósito. Só faço isso com as pessoas de que gosto. — Ela torceu a boca para um lado. — Tirando aquele Gamorreano, mas isso não conta... ele era um alvo.

— E nós não somos?

Ela revirou os olhos e continuou andando.

— Já disse que não. — Ela parou e o encarou com seriedade. — Você acredita em mim?

Reath assentiu, olhando-a nos olhos para que ela soubesse que ele falava sério.

— Acredito. E, sim, estive remoendo isso na minha cabeça. Confio em você, Crash. Não tenho certeza do porquê, mas acredito.

— Porque a Força lhe disse para acreditar, claramente!

Eles voltaram a caminhar. Mais à frente, Ram gritou algo ininteligível e os Bonbraks começaram a tagarelar enquanto Shug ria.

— Então, sobre hoje à noite — disse Crash, inusitadamente parecendo um pouco nervosa. Então ela fez uma pausa e apertou um botão em um fone de ouvido que Reath não notara que ela estava usando até então. — Equipe avançada sete, vá. — Ele piscou de surpresa para ela, que ergueu um dedo e sorriu se desculpando. — Certo, confere. Confirmado, sim. Parece bom. Cheque isso com Ar-Onze.

— *Ar-Onze*? — murmurou Reath, incrédulo.

Crash deu de ombros.

— Existem mesmo outras dez unidades de suporte aéreo? — sussurrou ele.

Ela balançou a cabeça.

— Nós só achamos que parecia legal. Desculpe, Barchibar, não foi com você. O que estava dizendo? — Crash franziu o rosto. — *Powlo também está aí?* — perguntou ela, praticamente cuspindo as palavras. — Ele... é um dos caras do Dizcaro.

Reath praticamente conseguia ver as engrenagens meticulosas e fantásticas da mente dela girando em velocidade máxima.

Crash caminhou em direção à plataforma distante.

— Descubra os detalhes sobre ele, Barchi. Mas não faça isso de um jeito óbvio. Não chegue e *pergunte* para ele. E... na verdade, não faça nada. Quero dizer, vou enviar Kaoito até você. Sim. Certo, nós estaremos lá em breve. — Ela parou. — Sim, *nós.* — Ela olhou para Reath. — Temos alguns novos membros na equipe. Não se preocupe, você vai gostar deles.

Depois ela encerrou a ligação e começou a correr.

— O que está acontecendo? — perguntou Reath, alcançando-a com alguns passos largos e acompanhando-a.

— Aquela reunião de hoje à noite — disse Crash, irritada. — Que *eu* convoquei, a propósito...

— Aquela com todos os diplomatas e lideranças chiques da cidade e tudo mais?

— Isso mesmo. Normalmente, como eu a convoquei e providencio a segurança de todos os participantes, também seria a responsável pela segurança de todo o encontro.

— Porém?

— Correto, existe um porém. Sempre tem um porém! — Eles dobraram uma esquina e cruzaram uma longa sala chique, cheia de vários dispositivos de jogos. — Meu principal concorrente, Dizcaro, também tem uma equipe avançada no local.

— E isso significa...

— E isso significa que ele está tentando usar o desaparecimento da outra noite para se meter no meu território. Até aí, nenhuma novidade, mas agora ele parece ter feito algum progresso com um dos líderes da cidade. Isso quer dizer que estão acontecendo coisas nos bastidores sem que eu saiba.

— Deve ser cansativo ser você — Reath se admirou.

Crash riu, debochada.

— Você não faz ideia. Ram! Ram e os ra... Bonbraks! — chamou ela, do outro lado do corredor. Ram e os outros olharam para cima. — Temos que correr! Desculpe levar seus novos amigos, Doutor Drabor, mas precisamos preparar os disfarces deles!

— Disfarces? — perguntou Reath, boquiaberto, virando-se repentinamente em direção à saída junto com Crash, enquanto Ram suspirava e se despedia.

Crash abriu aquele sorriso.

— Disfarces!

VINTE E UM

CIDADE DE CORONET

— Estou me sentindo ridículo — reclamou Ram.

Svi'no o agarrou pelos ombros e semicerrou os olhos.

— Se não ficar parado, vai parecer mais ridículo ainda. Vai por mim.

Ele resmungou, e ela se inclinou e voltou ao trabalho, deslizando a escova pelas bochechas dele e depois pela testa. Não era a sensação mais desagradável; era legal, na verdade, e Svi'no era uma diva pop importante, pelo jeito. Ela tinha um rosto fino e turquesa, e olhos que pareciam brilhar com a luz das estrelas. Ram não sabia de que espécie ela era — ela tinha um monte de braços e conseguia flutuar de alguma forma, mas seu rosto parecia o de uma humana.

— Você não é uma superestrela ou algo do tipo? — perguntou Ram, acomodando-se no ritmo suave da respiração da garota e na sensação de frescor causada pela pintura em seu rosto.

Ela deu um risinho conspiratório.

— Algo do tipo. Mas não conte a ninguém.

O estranho saguão noturno ao redor de Ram parecia estar em constante movimento, com vários membros da equipe de Crash arrumando mesas e checando as partes inferiores de móveis — provavelmente em busca de explosivos ou dispositivos de gravação ocultos. O lugar era muito legal, Ram tinha que admitir. Todos os assentos eram feitos de algum tipo de couro exótico extremamente macio. A madeira de que as paredes e prateleiras eram feitas era rica e de uma cor âmbar quente, que aumentava a sensação de conforto. E o esqueleto de um peixe gigante em uma das extremidades era o bar!

Reath havia entrado ao lado de Ram e ficado boquiaberto. Prateleiras cobriam as paredes e sobre elas havia uma coleção de tubos de aparência antiga, do tipo que algumas civilizações usavam para guardar documentos e arquivos. Ele correra até um deles e tentara puxar, mas a coisa estava presa.

— O que...? — grunhiu Reath, puxando ainda mais forte. Então ele se aproximou, olhando o tubo com aquele olhar de especialista em arquivo. — Isso nem é de verdade! É plastiflex! Que tipo de pegadinha é essa?

Crash revirara os olhos com um risinho e os conduzira até um canto da sala que alguém tinha preparado para a maquiagem, e era ali que eles estavam sentados, reclamando.

— O que devemos ser? — perguntou Reath, no assento ao lado de Ram, onde estava recebendo sua própria sessão de transformação total de uma alegre Ithoriana chamada Ansh, que seguia cantarolando e resmungando para si mesma.

Crash surgiu entre os dois e começou a rir.

— Perfeição! Vocês se superaram, senhoritas!

Svi'no flutuou um pouco para trás e observou Ram com um gesto de admiração.

— Certo, legal. Está funcionando. Pessoal, podem dar uma olhada.

Ram e Reath giraram suas cadeiras para o espelho atrás deles.

— Uau — ofegou Reath.

— Incrível! — gritou Ram. — Retiro o que disse.

— Por que temos crânios vermelhos e brilhantes pintados em nossos rostos? — perguntou Reath.

— Porque — disse Crash, colocando os braços ao redor dos ombros dos garotos e sorrindo de volta para eles no espelho — vocês são membros do Culto da Caveira Escarlate, o esquadrão de assassinos mais temido do setor, formado inteiramente por crianças e adolescentes.

— Isso é horrível — comentou Ram. — Mas também é meio épico.

Reath fez uma careta, que ficou ainda mais alarmante com aquela maquiagem mórbida.

— Eu me pergunto como os membros desse culto se sentiriam se vissem outras pessoas se vestindo como eles...

— Bem — disse Crash, alegremente. — Jamais saberemos, já que estão todos mortos há cerca de um século.

— Oh! — Ram se aproximou do espelho para inspecionar as intrincadas linhas que Svi'no desenhara ao longo de sua mandíbula. — Bem, então por que nós...

— Porque mesmo que eles tenham morrido há muito tempo, as pessoas em Corellia ainda têm medo deles. E assim elas vão pensar que eles voltaram e se juntaram ao meu esquadrão.

— Assassinos não são tipo... o oposto de guarda-costas? — apontou Reath.

Crash não se impressionou.

— Como diz um antigo provérbio Jedi, "às vezes, para salvar uma vida, você precisa tirar uma vida", certo?

— Olha, eu tenho cem por cento de certeza — insistiu Reath — de que esse *não* é um provérbio Je...

— Tudo está no equilíbrio — rebateu Crash. — De qualquer forma, a outra coisa boa é que todo mundo sabe que os Caveiras Escarlates faziam um voto de silêncio para a vida toda, cortando suas próprias línguas...

— Isso parece... excessivamente eficaz — disse Reath.

Crash ignorou.

— Por isso vocês não precisam se preocupar em falar qualquer coisa boba e se entregar. Hã... Não que eu estivesse preocupada com algo do tipo!

— Ei! — disse Reath.

— Opa, preciso ir fazer um discurso — disse Crash, saindo de fininho.

— Ela pode estar certa — admitiu Ram.

Svi'no ergueu um chapéu preto de abas largas sobre a cabeça de Ram.

— E agora, o toque final!

Ansh fez o mesmo para Reath, e as duas baixaram os chapéus cerimoniosamente.

— Perfeito! — disse Crash, do outro lado da sala, onde estava de pé sobre uma mesa, reunindo todos ao seu redor.

Reath e Ram se entreolharam, depois deram de ombros. Já tinham tirado suas vestes Jedi e as guardado em uma sala nos fundos, e estavam vestidos com misteriosos macacões pretos adornados com quase uma dúzia de botões e franjas douradas.

— O que eu queria mesmo saber — murmurou Ram — é como aqueles garotos conseguiam matar alguém com todos esses fru-frus pendurados nas mangas.

— Essa é uma pergunta que as pessoas provavelmente um dia vão se fazer sobre as vestes Jedi — disse Reath, enquanto os dois atravessavam a sala.

— Mestra Crash — chamou da porta um droide baixo com cabeça de cogumelo. — A maioria dos convidados chegou e está extremamente ansiosa para entrar.

— Ótimo — disse Crash. — Deixe-os se contorcer. Reúnam-se todos. Vou fazer isso logo.

Ram e Reath se viram ombro a ombro com uma multidão bastante diversa de rufiões esquisitos, todos os quais tinham se tornado extremamente agradáveis e receptivos quando Crash os informara que os Padawans eram os novos membros de sua equipe.

— Todos vocês sabem o que fazer — disse Crash —, mas vou repassar porque temos alguns novatos a bordo. Todos saúdem os primeiros Caveiras Escarlates recém-iniciados em cerca de um século!

A sala toda riu, e vários braços corpulentos deram tapinhas nas costas de Ram.

— Mas, falando sério — continuou Crash, com um repentino tom sombrio —, esta noite é mais do que apenas uma demonstração padrão de segurança, como todos sabem. Perdemos dois dos nossos e precisamos estar em alerta máximo para qualquer, e quero dizer qualquer, informação que possa nos levar ao culpado. Além disso, Dizcaro já conseguiu abrir caminho até alguns de nossos clientes. — Diversos xingamentos e vaias foram proferidos ao redor de Ram. — E quem sabe o que mais ele pode ter planejado? — Ela pareceu profundamente triste por um instante, como se a verdade de tudo o que estava acontecendo de repente caísse sobre seus ombros. Mas depois pareceu se livrar daquilo e seu olhar se estreitou. — Portanto, lembrem-se: fiquem alertas. Haja o que houver, ainda somos guarda-costas, e guarda-costas não se envolvem emocionalmente. Não estamos aqui esta noite para vingar nossos irmãos caídos. Estamos aqui para descobrir a verdade, para que possamos nos vingar adequadamente mais tarde. Esta noite, o jogo é de reconhecimento. Vocês estão comigo?

Gritos e rosnados entusiasmados soaram pela sala, depois Crash fez um sinal para o droide e as portas se abriram.

Vários humanos de meia-idade trajando túnicas entraram, parecendo um tanto antiquados e presunçosos, depois algumas outras pessoas, e todos começaram a conversar e a se misturar.

— Quem são esses caras? — perguntou Ram quando Crash pulou da mesa e foi até eles.

— Está falando demais para alguém que não tem mais língua, garoto — avisou Crash. — Chega de conversa. Vocês estão aqui para escutar e descobrir tudo o que puderem e depois me contar. Usem suas feitiçarias Jedi, se for preciso.

— Não é bem assim que... — começou Reath.

Crash o silenciou com um olhar.

— Esses caras se autodenominam os Pais da Cidade. É basicamente a porcaria da soma das antigas fortunas, da indústria e das tradições de Corellia, mas o poder que eles exercem é bastante real. Aquele cara ali — ela acenou com a cabeça na direção de um homem alto de ombros largos com um tufo de cabelo grisalho empoleirado no topo da cabeça brilhante — é Ovus Buckell, Pai das Finanças. Aquele — um sujeito baixo e corpulento com uma barba muito ruiva —, Finmos Tagge, Pai da Indústria Química. Aquele é Deklar Graf, Pai da Metalurgia. — O último, Deklar, usava um bigode elaborado e um chapéu alto e cintilante que gritava para as pessoas prestarem atenção em quem o usava.

— Não existem as Mães da Cidade? — perguntou Ram.

— Existe — disse Crash —, mas ela é um verme gigante que provavelmente quer me matar e é alérgica à luz do sol, por isso você não vai encontrá-la hoje. Mas ela administra o sistema hidráulico. Agora, quietos.

O grandalhão fez uma piada que todos fingiram rir.

Crash revirou os olhos.

— Buckell foi quem assumiu o lugar de Nomar Tralmat recentemente. Foi Tralmat quem desapareceu junto com meus dois guarda-costas. Ele está no comando da guarda municipal, por conta de algum arranjo estranho e supercomplicado, não me perguntem. Então, se alguém tinha algo a ganhar com o que aconteceu, de certa forma era ele. Mas não se deixem enganar por essa arrogância superconfiante. O homem não tem ideia do que está fazendo e está perdendo a cabeça. Confiem em mim.

Ram e Reath assentiram, finalmente conseguindo ficar quietos.

— Ah, vejam, aí vem nossa última convidada. — Crash se admirou, já indo em direção à porta para cumprimentar a mulher alta de bochechas pálidas que entrava à frente de uma pequena comitiva. — Ministra Fendirfal, a oficial de colaboração com a República.

Ram agarrou o braço de Reath.

— Ela disse...

Não havia sentido em terminar a frase, porque os dois próximos convidados entraram, parecendo quase tão desconfortáveis quanto Ram e Reath: Mestres Cohmac Vitus e Kantam Sy.

VINTE E DOIS

CIDADE DE CORONET

Bem, isso provavelmente é bastante estranho, pensou Crash, enquanto o Jedi com as costeletas bagunçadas — Kantam, de acordo com os garotos — discretamente cutucava o outro — que deveria ser Cohmac — e acenava com a cabeça para a direção onde Ram e Reath estavam tentando passar despercebidos. Claro, aquilo seria impossível, considerando que estavam vestidos como antigos assassinos juvenis.

Ah, bem. Realmente não era problema de Crash. De qualquer forma, Cohmac e Kantam pareciam ser tipos razoáveis. Tudo se resolveria. Ela tinha problemas maiores com que lidar.

Ela subiu em uma mesa novamente, ignorando vários suspiros e olhares dos diversos diplomatas, e ergueu a mão para chamar a atenção deles. Dezenas de olhos — alguns em hastes, alguns olhando por baixo de dobras de carne incrustadas de lodo, outros atrás de óculos de proteção — se voltaram para ela.

— Convidei todos vocês aqui porque ambas as nossas comunidades perderam um ou mais integrantes recentemente — disse Crash, cruzando o olhar brevemente com algumas pessoas da multidão. Os Pais da Cidade tinham levado seus vários cônjuges e assistentes, é claro, e uma série de guarda-costas de Dizcaro circulavam, abordando o pessoal de Crash como amadores que certamente eram. Em algum lugar, Svi'no espreitava nas sombras, um pensamento que trazia a Crash uma onda calorosa e reconfortante. — E sei que todos ansiamos para chegar ao fundo do que aconteceu e para compartilharmos nossa tristeza comum.

Por dentro, Crash zombou. Aqueles velhos idiotas quase certamente não tinham tais emoções, mas estavam empenhados em realizar aquela frágil encenação de um vago pesar, mesmo a portas fechadas, provavelmente até para si mesmos, por isso ela ficava mais do que feliz de ir na mesma onda. Todos iriam beber e seguir em frente, e alguém, quase certamente, estragaria tudo.

— Amanhã à noite iremos nos misturar com um círculo mais amplo da elite de nossa grande cidade: artistas e formadores de opinião, ricos e poderosos magnatas corporativos e barões dos estaleiros no Baile das Finanças. Mas esta noite, somos apenas nós que compartilhamos essa perda comum, e vocês, Pais, me conhecem bem, assim como eu os conheço. Então, brindemos juntos a aqueles que perdemos.

Nada mal, pensou Crash, erguendo o copo.

— A Nomar Tralmat!

— Nomar Tralmat! — gritou a sala, em resposta, e todos beberam.

Crash virou um gole de água pura e ergueu outro copo do mesmo líquido.

— A Ovarto Bitolo-Bash!

As pessoas praticamente massacraram o nome, mas um esforço foi feito, e a multidão estava muito mais desleixada.

Crash ergueu o último copo.

— A... — Ela precisou fazer uma pausa. Um soluço não anunciado, espontâneo, deslizou silenciosamente das profundezas dela e cortou a palavra seguinte. Droga. Crash nem estava bebendo, e lá estava ela se expondo demais para uma sala cheia de inimigos com suas facas em punho. Ela riu, esperando transformar o momento em nada além de uma simples piada, e afastou a tristeza. — Prybolt Garavult!

A multidão ecoou o nome, bebeu novamente e começou a conversar entre si. Ela desejou que o amigo estivesse ao seu lado, aguardando enquanto ela descia da mesa, dando tapinhas em suas costas com um risinho presunçoso e alguma pequena parábola encorajadora.

Droga, ela sentia falta dele.

Em vez de seu melhor amigo, no entanto, a última pessoa que Crash queria ver abria caminho em direção a ela pelo meio da multidão.

— Dizcaro — disse ela presunçosamente, quando o homem magro e bem-penteado se aproximou com indiferença e abriu um sorriso estreito.

— Ongwa.

Ela acenou com a cabeça para Ovus Buckell, que estava subindo em uma mesa, ligeiramente desequilibrado, para se dirigir à sala.

— Vejo que conquistou um novo cliente.

— Sim. Deve imaginar como eles tinham reservas com relação a você, levando em conta... — Dizcaro deixou que os vagos movimentos de suas mãos concluíssem o pensamento.

Crash refreou uma onda de ira. Não era a hora certa. Aquela era a hora de coletar informações. Só isso.

— Não sei se os rumores sobre aqueles horríveis saqueadores Nihil envolvidos nisso são verdadeiros — declarou Ovus, com entusiasmo —, mas guardem as minhas palavras: Corellia é para os Corellianos! Não precisamos de estranhos vindo aqui nos dizer como viver nossas vidas, basta olhar para aquela bagunça em Gus Talon! — Diversas vaias e assobios soaram, mas não era surpresa. Os Pais da Cidade detestavam os sindicatos e, é claro, se apressariam em criar um vínculo totalmente inexistente entre os agitadores sindicais e os Nihil. — E com certeza não precisamos daqueles *bandidos* Nihil! Não é mesmo?

Alguns aplaudiram; outros resmungaram. O velho debate sobre o quanto Corellia deveria se abrir para empresas de construção aeroespacial não Corellianas continuou. Ovus absorveu tudo e conseguiu descer sem se preocupar. Crash, por sua vez, não conseguiu não resmungar.

— Ah, além disso — acrescentou Dizcaro, como se tivesse acabado de pensar naquilo —, Varb Tenart arrumou novos talentos para o baile de amanhã à noite.

Os olhos de Crash dispararam para o bar, onde um elegante e sociável Dug estava sentado conversando com a esposa de algum diplomata. Varb Tenart organizava todas as aparições de celebridades em comemorações estatais chiques. Ele não era particularmente brilhante ou agradável, mas tinha talento para criar contatos, e Crash normalmente se dava bem com ele.

— Ele disse que Svi'no provavelmente levaria algum tempo para se recuperar — continuou Dizcaro —, dada a tentativa de assassinato de ontem e tudo mais.

Crash teve que lutar contra o próprio rosto para não demonstrar a irritação explosiva que sentia. Detestava quando as pessoas fingiam se importar como um pretexto para bajulações. E o baile era algo importante. Crash contava com ele tanto pela quantidade de dinheiro que o evento traria para ela quanto pela oportunidade de reunir mais informações sobre sabe-se lá o quê.

— Ninguém me contou.

— É claro que não. A nova convidada de honra é Crufeela, a lendária cantora Shani...

— Eu *sei* quem é Crufeela — rebateu Crash, a cada segundo mais perto de perder a batalha para manter suas emoções sob controle. — E *lendária* é um exagero. — Ela não gostava nem um pouco do rumo que as coisas estavam tomando.

— Então você sabe que ela é uma das minhas clientes.

— Bem, então espero que consiga mantê-la longe daqueles animais em extinção que os holos de fofoca toda hora a flagram comendo.

— É por...

— Ouvi dizer — prosseguiu Crash, novamente alegre depois de Dizcaro ter lhe apresentado um alvo tão fácil — que já havia alguns mandados contra ela de autoridades ambientais em vários sistemas.

Dizcaro seguiu em frente, sem se deixar levar pela zombaria de Crash.

— E é por isso...

— Ainda bem que é só uma simples participação no evento, não é mesmo? Já pensou se alguém tentasse pedir uma música para ela durante o baile? Ela teria que descobrir como dublar no improviso.

— *É por isso* — rosnou Dizcaro — que minha equipe e eu cuidaremos da segurança do baile daqui para frente. Você não será necessária. Será bem-vinda, é claro, para proteger qualquer um de seus próprios clientes. Se... — Ele deixou a voz sumir, abrindo a boca em um sorriso cruel. Um completo canalha. — Se ainda tiver algum amanhã à noite, é claro.

Inacreditável.

Crash sentiu vontade de derrubá-lo, mas conseguiu se conter. Então, o grande e sorridente rosto de Ovus Buckell apareceu do lado de Dizcaro.

— Ah, Crash, Crash — disse o Pai das Finanças. — Tão terrível o que aconteceu. Sinceramente, sinto muito por essa terrível tragédia.

Crash apenas assentiu; estava bastante claro que não se sairia bem se decidisse falar.

Ovus a encarou como se ela fosse uma criança perdida, com o rosto enrugado em uma falsa expressão preocupada.

— Ouvi dizer que você encontrou um pedaço de Hyehole...

— Prybolt — corrigiu Crash, sabendo que sua voz soava como fogo ardente, sem se importar, embora soubesse que deveria.

— Isso... Um retalho do traje dele nos dentes de um de seus cães? É verdade? Misericórdia!

Até Dizcaro parecia visivelmente desconfortável. Havia algo estranho na maneira como aquele cara estava agindo, principalmente considerando que seu próprio predecessor devia ter morrido no mesmo incidente.

— Mas sabe o que dizem sobre os cães Corellianos. — Ovus deu risada, e foi então que Crash soube que, não importava mais o que ele dissesse a seguir, ela bateria nele. E ela deveria ter ido embora naquele exato momento. Apenas se afastado, respirado fundo e voltado revigorada. Em vez disso, ela ficou ali em silêncio enquanto Ovus dizia: — Eles comem qualquer coisa, não é? Até mesmo verm...

Então, ela o nocauteou.

PARTE TRÊS

VINTE E TRÊS

A SALTADORA ESTELAR

Certa vez, quando Zeen era pequena, uma tempestadc dc vidro varreu um dos modestos acampamentos onde seu povo tinha se estabelecido. Primeiro, um vento estridente uivou no terreno arenoso onde tinham montado suas tendas. O local parecia bom demais para ser verdade, quando o encontraram depois de passarem um dia inteiro sendo expulsos de outras áreas habitacionais. Era bem amplo, com tufos de grama surgindo por entre as dunas e com um imenso céu aberto acima. Acontecia que, obviamente, havia mesmo um motivo para que os habitantes locais mantivessem distância dali.

Logo depois das dunas, um pequeno desfiladeiro levava a uma bacia subterrânea. Nela, a temperatura interna do planeta subia muito repentinamente, liquefazendo toda a areia soprada para lá, e depois despencava com a mesma rapidez. O resultado era um bilhão de minúsculos fragmentos de quartzo que seriam lançados de volta para a atmosfera por uma série de minúsculos tremores de terra, apanhados pelas rajadas de vento que haviam se originado em um litoral próximo e transformados em fragmentos pontiagudos e ferozes que podiam ser disparados pelo ar com velocidade suficiente para rasgar roupas, carne, tendões e ossos.

Zeen estava em uma duna fora do acampamento e sentiu aquilo se aproximando. O mundo ao seu redor deixava claro que algo grande estava acontecendo — a maneira repentina com que o ar havia mudado fez seus ouvidos estalarem, o cheiro forte e nauseante de algo queimando, as violentas rajadas de vento que pareciam surgir do nada. E mesmo que ela não entendesse o que cada mudança significava, o peso que crescia nela não deixava dúvidas sobre o que estava por vir: uma tragédia certa.

Mas havia algo que ela sabia com ainda mais clareza: a sensação que tivera, aquele pavor, aquela certeza que parecia presenteá-la com uma consciência das coisas que ela sabia que estavam além de seu alcance... aquela era a Força. A energia densa e brilhante dentro dela que, de vez em quando, jorrava como um gêiser das profundezas. Era o único segredo que guardava dos Anciãos e de Krix, seu melhor amigo, a quem ela contava absolutamente tudo... menos aquilo. Os Anciãos proibiam o uso da Força. Era sagrada demais para ser manipulada por seres vivos, e qualquer um que ousasse permiti-la se manifestar em seu interior deveria ser considerado um herege. Um demônio propriamente dito, de acordo com algumas interpretações mais antigas.

Zeen não se sentia como um demônio, mas os Anciãos diziam que bastava usar a Força uma vez, e ela não sabia se o que sentia em seu interior contava como usá-la ou não. A pior parte era que ela nunca poderia perguntar, porque e se contasse? Ela então seria expulsa da única família que já conhecera e nunca mais veria Krix. Além disso, ele e todos os outros provavelmente a odiariam. E talvez estivessem certos. Quem não odiaria um demônio?

Por isso, ela travou a mandíbula, tentando afastar e ignorar o sentimento de inquietude e nervosismo que estalava nela como um raio, desejando que ele minguasse e sumisse.

Mas não aconteceu, e ela assistiu horrorizada quando um turbilhão de minúsculos estilhaços brilhantes irrompeu do chão e chicoteou o ar na direção deles.

Zeen se virou e saiu correndo. Alarmes soaram pelo céu, e o ruído de um tilintar mortal ficou ainda mais alto.

A maior parte da comunidade conseguiu alcançar um abrigo subterrâneo antes que o pior da tempestade de vidro chegasse, mas algumas pessoas se recusaram e nunca mais foram vistas. Zeen se encolheu perto de Krix na escuridão enquanto o vento uivava com gritos de terror e depois de angústia. Por fim, tudo o que ela ouviu foi o vento.

Ela sentiu algo semelhante em Trymant IV, no dia em que a Emergência do desastre do hiperespaço fez destroços flamejantes despencarem sobre a cidade de Bralanak. O dia em que sua vida havia mudado para sempre.

E ela sentia aquilo de novo, ali, sentada na *Saltadora Estelar* diante de Lula Talisola, ambas ainda empolgadas e nervosas com a emoção caótica de finalmente terem acabado com a fúria mortal de Krix Kamarat na Orla Exterior.

Mas daquela vez... a sensação era diferente. Não se tratava do mundo externo. Aquela sensação, a Força se movendo através dela em ondas claras e repentinas, falava do tumulto que havia em seu próprio coração. Ela não a entendia completamente, nem conseguia lhe dar um nome exato; apenas sabia que todas as partes microscópicas de seu corpo pareciam estar cheias de uma luz estranha e indomável, similar ao medo e, talvez, similar ao amor.

Seria apenas a súbita embriaguez da vitória? Não. Finalmente aprendera a parar de questionar a Força e a confiar nela do jeito que deveria, mas ainda não sabia o que a Força estava tentando lhe dizer. Tudo parecia confuso e impossível.

Lula se inclinou no pequeno espaço entre as duas, aproximando seu rosto sorridente ao de Zeen.

— Desembucha.

Lula estava sempre três passos à frente de tudo, sempre parecia ter tudo resolvido, mesmo nas situações mais absurdas e caóticas. Mas Zeen também podia sentir a turbulência dentro dela. Apenas não sabia que nome dar ou como expressar.

— Eu estou... sentindo muitas... coisas... ao mesmo tempo — disse ela, por fim, testando a técnica que Mestri Kantam lhe ensinara alguns meses antes de apenas dizer cada palavra lentamente e certificar-se de que era verdade, em vez de cuspir sentenças pela metade.

Lula recostou-se, acenou com a cabeça, a boca ainda curvada naquele sorriso meigo que parecia uma canção.

— Eu também — revelou ela, ficando com o rosto sério logo depois. — Quer tentar falar sobre o que estamos sentindo e talvez possamos entender isso juntas?

Zeen não conseguia olhar nos olhos da amiga, e não sabia por quê. Tudo parecia estar desmoronando de alguma forma, e elas finalmente tinham começado a arrumar as coisas.

— Eu... não sei — admitiu ela, sentindo que aquilo parecia uma traição, mas sem saber o motivo.

— Hã, Zeen — disse Farzala, colocando a cabeça para dentro da sala de meditação. — Krix disse que só vai falar com você.

Zeen balançou a cabeça, ficando de pé.

— Mas é claro. — Ela estendeu a mão para Lula, sentindo alívio e decepção guerrearem inexplicavelmente dentro de si. Lula pegou sua mão, sem olhar nos olhos de Zeen, e se levantou. As duas caminharam lado a lado pelo corredor em direção ao brigue, um oceano inteiro de coisas não ditas flutuando no silêncio entre elas.

Zeen estava sem palavras. Mesmo que tentasse a técnica de cada palavra verdadeira de Kantam, não teria saído nada. Ela simplesmente não compreendia o que estava sentindo.

Turbulência.

Elas pararam do lado de fora dos aposentos onde Mestre Yoda morava antes de desaparecer em Quantxi. Zeen sentia falta dele de uma forma que só achava ser possível sentir por alguém que tivesse conhecido durante a vida inteira. Os Jedi pareciam causar esse efeito — ela conhecia qualquer um deles somente há alguns meses, mas confiava em todos com sua vida e teria feito qualquer coisa para protegê-los.

Muitos Jedi tinham sido perdidos no último ano, mas a ausência de Yoda deixava um vazio em sua pequena tripulação que parecia mais profunda e irreparável. O pequeno sábio verde tinha um jeito de acolher a todos ao seu redor apenas com sua presença, com sua risada gentil, com as pequenas rugas que se estendiam para longe de seus olhos.

E quem poderia saber onde ele estava? Mesmo tendo capturado Krix, Zeen tinha certeza de que precisavam de Mestre Yoda mais do que nunca para se preparar para o que estava prestes a acontecer.

— Você acha que ele vai voltar? — perguntou Zeen, depois que ambas tinham refletido silenciosamente durante algum tempo sobre o velho mestre.

Lula fez aquela cara que sempre fazia quando tentava parecer corajosa.

— Com certeza. — Depois os ombros da garota caíram, e todo seu corpo pareceu murchar. — Só não sei quando. Mas sei que ele não gostaria que ficássemos preocupadas com isso.

Zeen assentiu.

Lula ergueu o queixo para a porta.

— Quer que eu vá com você?

Zeen queria e não queria ao mesmo tempo. Ela sempre queria a companhia de Lula. Ponto. Mas sabia que Krix se calaria diante da presença dela, ou tentaria jogá-las uma contra a outra. Não funcionaria, mas seus esforços inúteis provavelmente fariam Zeen desejar machucá-lo ainda mais do que já desejava.

Ela vinha planejando aquele reencontro havia muito tempo, e não queria que nada tirasse seu foco. Precisava descobrir o que os remanescentes da célula Nihil de Krix estavam fazendo. Um planeta, um setor... qualquer pista, por menor que fosse; Zeen tinha certeza de que poderiam descobrir o restante a partir daquilo. Mas a galáxia era gigantesca e os planos dos Nihil eram caóticos. Não havia como adivinhar do zero.

— Quero — disse ela. — Mas a gente sabe o que vai acontecer se você entrar junto.

Lula assentiu.

— Estarei bem aqui. — Ela pegou a mão de Zeen, apertou-a uma vez e recuou quando a porta se abriu.

Zeen gostaria de poder apenas ficar ali, sentindo os dedos de Lula ao redor dos seus, depois deixar que suas mãos puxassem seus corpos para um abraço, respirar fundo e chorar por causa de toda aquela confusão. Em vez disso, ela entrou no brigue improvisado e ficou diante do garoto pelo qual fora capaz de dar a vida, depois quase assassinara e em quem agora só queria nunca mais ter que pensar.

— Bem, aqui estou eu — disse Krix, das sombras. Ele tinha a cabeça baixa e as mãos amarradas. — Pronto para ser sacrificado.

Ele estava tão magoado e previsível, que ela supôs que fosse uma bênção.

— É isso que você gostaria que eu fizesse, Krix?

Ele ergueu os olhos com um sorriso sombrio.

— Não importa. Já está tudo em andamento. Não há nada que você possa fazer para impedir. Me matar só vai machucar você.

Ela puxou um banquinho e se sentou de frente para ele, tentando não parecer muito ridícula na mobília apropriada para o tamanho de Yoda.

— O que não quer dizer que eu não iria gostar, no entanto.

Aquilo tirou o sorriso do rosto dele, mesmo que por um instante.

— Você realmente decaiu, não foi? Olha o que fizeram com você.

Aquilo era ótimo, vindo de alguém que havia atirado contra dezenas de socorristas e pessoas inocentes. Mas ela guardou as piadas para si. Não havia sentido em jogar de igual para igual. Era hora de conseguir o que queria. Zeen estendeu a mão, levantando uma sobrancelha, e balançou os dedos na testa de Krix, esforçando-se em busca de concentração.

— O que... o que você está fazendo?

— Shh.

— O que você está tentando fazer? — ele se enfureceu. — Pare com isso!

— Vai acontecer de um jeito ou de outro, então é melhor você parar de gritar.

— O que vai acontecer?

— Estou usando a Força para extrair todos os seus segredos. Aqui, deixe-me ajudá-lo a entender. — Ela apontou para a mão estendida. — Imagine que este é um daqueles rastejadores de limpeza sanitária que costumávamos ver, e a Força é o raio trator, certo? E todos os seus planos, esperanças e sonhos são, bem... — Ela sorriu. — Lixo.

— Você não pode fazer isso! Os Jedi não agem assim!

Zeen deu de ombros.

— Está vendo algum Jedi aqui?

Ela não estava fazendo nada daquilo, é claro. A Força não permitia que as pessoas lessem mentes, ao menos não daquele jeito. E mesmo que permitisse, ela provavelmente não teria habilidade suficiente para usá-la daquela forma. Mas Krix não precisava saber. Ambos tinham crescido escutando as mesmas histórias de terror sobre os usuários da Força. Segundo os Anciãos, pessoas como ela podiam cometer todos os tipos de magia distorcida, desde transformar pessoas em guerreiros descerebrados até ressuscitar os mortos. Não seria um grande esforço fazer Krix acreditar na leitura de mentes.

— Uau — disse ela, depois de passar alguns momentos apreciando vê-lo se contorcer. — Você realmente tem umas coisas terríveis guardadas aí, hein?

— Você está blefando — arriscou Krix, com uma careta.

— Claro que estou. — Zeen assentiu de forma sagaz.

— Conheço você, Zeen Mrala. Sei quando está blefando.

— Certo, Krix. Só lamento que tenha depositado tantas esperanças naquela garota Er'Kit, considerando que...

— Espere, como você...? O que você quer dizer? Considerando o quê?

— Como você acha que o encontramos, Krix? Achou que foi sorte? Ou a Força? — Ela balançou a cabeça com falsa tristeza. — É uma pena. Vocês dois pareciam ter uma parceria muito boa.

— Ela tinha potencial, e eu estava mostrando os procedimentos, colocando-a sob a minha proteção, como... Não importa. O que ela fez?

— Ela tem nos passado informações o tempo todo — disse Zeen, presunçosamente. Uma mentira completa, mas passável. — Você acredita que ela só explodiu o templo em Takodana para impressionar você e ser recebida de volta como heroína? Quero dizer, ela explodiu mesmo, mas só depois que ordenamos, sabendo que isso atrairia o tipo certo de atenção que a faria subir rapidamente na hierarquia.

— Chega de mentiras! — cuspiu Krix. — Os Jedi nunca explodiriam seu próprio templo só para...

— Estava agendado para ser demolido, de qualquer maneira — alegou Zeen. — A República tem atualizado os templos em toda a Orla Exterior como parte do programa das Grandes Obras. E para aprimorar suas defesas por causa de pessoas como você. — Ela lançou a ele um olhar repleto de puro desdém. Depois suavizou. — Seja como for, a garota Er'Kit manipulou você, Krix, e todos os Nihil, e agora parece que todo seu pequeno plano está nos ombros dela, o que é uma pena, porque...

— Você está mentindo! — gritou Krix, e Zeen soube que o tinha nas mãos. — Ela pode ter me traído, claro, mas foi para tomar o controle, não para ajudar a República! De jeito nenhum ela estava passando informações para vocês todo esse tempo! Isso não é possível! E você sabe por quê? Porque eu ensinei tudo o que ela sabe! Eu a apresentei aos meus contatos e a enviei para Gus Ta... — Ele se conteve uma palavra tarde demais. Havia duas luas em Corellia que começavam com *Gus*, e apenas uma tinha a sílaba *Ta* no começo do segundo nome.

Zeen se levantou, e assentiu. Esperava nunca mais ver Krix novamente, mas sabia que não importava o que acontecesse, era daquele jeito que se lembraria dele. Patético, exasperado, derrotado, enganado, impotente e enfurecido. O mundo se recusava a caber na caixinha simplista na qual Krix tentava espremê-lo, não importando o quanto ele gritasse e explodisse as coisas.

— Você me disse algo uma vez — falou Zeen, enquanto recuperava o fôlego, ainda abalada pela confissão. — Quando estava tentando me fazer fugir com você. Disse que eu simplesmente poderia parar de usar a Força e ela iria embora. E poderíamos ser normais. — Ela balançou a cabeça, subitamente mais calma do que se sentira nas últimas semanas, senão nos últimos meses. — Mas isso foi o que estive fazendo durante toda a minha vida. Esperando que o poder dentro de mim fosse embora. Diminuindo a mim mesma para os outros. Para *você*. — A palavra saiu como um xingamento. — Desejando ser *normal*. Estou tão, tão feliz por ter encontrado pessoas que me amam por quem eu sou e não a uma versão de mim mesma que precisava ser menor para deixá-los confortáveis.

— Eu sempre am... — ofegou Krix.

— Guarde isso para você — disse Zeen, já na porta. — Aquele momento? Foi quando eu soube que você precisava ser parado. Que se tornaria uma praga na galáxia, depois de se associar a pessoas que despertaram seu pior lado. Eu só achava... só achava que teria que fazer isso sozinha, porque pensava que você era minha responsabilidade. Mas não é. Você não é problema meu. É só um garoto que eu conheci. Não temos nada a ver um com o outro.

Zeen deixou que a porta se fechasse acima dos gritos dele. Depois caiu nos braços de Lula com o que parecia ser o suspiro mais longo de sua vida. Ela percebeu que estava rindo. E chorando um pouco também. E, por alguns momentos, tudo o que conhecia era Lula, o cheiro suave e familiar da garota, seu ombro subindo e descendo a cada respiração, as batidas de seu coração e o reconfortante redemoinho da Força que fluía através das duas.

Ela finalmente soltou o abraço, enxugou as lágrimas dos olhos e disse:

— Estou bem. Temos que...

— Eu sei — disse Lula, já de volta ao modo de ação. Elas seguiram juntas pelo corredor, o momento se transformando em outro.

Sua parceira mudando rapidamente do modo íntimo e delicado para o modo estratégico e durão sem perder o ritmo. — Gus Talon. Há relatos de agitação crescente depois de uma greve sindical e um atentado a bomba. A CorSec foi chamada lá de Corellia, já que a lua não possui muita segurança própria.

— Os outros... — questionou Zeen, ainda achando difícil emitir frases completas.

Lula parecia cabisbaixa.

— Tentei falar com eles pelo comunicador, mas ninguém respondeu.

— O quê? — Zeen ficou pasma. — *Nenhum* deles?

Lula buscou alguma explicação, com os olhos tristes.

— Eles podem estar em algum lugar onde não haja um bom sistema de comunicação, ou se escondendo. Algo do tipo. Vai saber?

— Qual foi a última vez que recebemos notícias deles? — O caminho à frente de repente parecia estar se desdobrando diante de Zeen em linha reta. Aquilo acontecia de vez em quando; se era a Força ou o simples ímpeto de saber o que precisava ser feito, Zeen não sabia ao certo. De qualquer modo, *tudo* vinha da Força, então por que importaria? Ela já estava se virando na direção do hangar.

Lula a acompanhava, checando um datapad enquanto caminhava.

— Mestres Kantam e Cohmac registraram a chegada há algum tempo e tudo parecia bem. Não ouvimos nada de Ram nem de Reath, mas isso não é estranho. No entanto, com tudo que está acontecendo...

— Não há reforços disponíveis para enviar — concluiu Zeen, já apertando o botão de liberação em um dos mecanismos de trava de um pequeno transporte. — E a *Saltadora Estelar* precisa levar Krix de volta para o Farol.

O semblante de Lula se anuviou.

— Você está indo.

— Não sabemos o que está acontecendo, mas é definitivamente ruim. Sabata Krill está por aí, planejando alguma coisa, e nossos amigos estão prestes a entrar nisso, se já não entraram. — Era bom estar em movimento, prestes a partir. Parecia... simples. Zeen poderia se afastar de tudo o que acontecera com Krix, de Lula e tudo o que ela significava, o que quer que fosse. E, com sorte, salvaria seus amigos.

— Vou garantir que Krix seja entregue ao Farol — disse Lula. — Zeen, espere, apenas...

Zeen congelou, com uma mochila meio fechada em suas mãos. Ela não tinha mais emoções dentro de si. Era mais fácil simplesmente fugir.

— Tome cuidado — disse Lula, atrás dela. — Sei que não deveria, mas... eu preciso de você.

Zeen assentiu e sussurrou:

— Eu também preciso de você.

— Sinto que você não vai voltar.

— Eu vou — respondeu Zeen, embora não tivesse certeza se era verdade. Ela se virou e descobriu que não conseguiria encarar Lula nos olhos. — Cham-Cham está no meu quarto. — Lula sabia mais do que ninguém que Zeen nunca deixaria seu animal de estimação para trás por muito tempo. — Cuide dele para mim enquanto eu estiver fora?

Lula concordou.

— Claro, mas... — Suas palavras sumiram. Provavelmente não havia ninguém que pudesse descrever como ela se sentia. Zeen sabia que o sentimento era real, no entanto. Por isso, em vez de responder, ela deu um passo à frente e encostou sua testa na de Lula. Elas ficaram paradas por um instante, de olhos fechados, em meio ao ronco dos motores e ao cheiro de combustível das naves.

Então Zeen recuou, limpou alguma coisa da vista e subiu a escada até a cabine.

— Que a Força esteja com você — uma disse para a outra enquanto os motores eram acionados e Lula dava um passo para trás. Zeen percebeu que ela estava sorrindo. Ela esperava que a garota parecesse aflita ou desesperada, que exibisse qualquer coisa além da calma serena e perspicaz que estava irradiando dela. Mas Lula era implacável, claro, pensou Zeen, e aquele era o motivo pelo qual a amava.

A realidade daquilo, a certeza repentina, a atingiu como um tapa na cara. Era inegável. Mas ela conseguiu afastar todas as complicações, possibilidades e tragédias que poderiam ser acarretadas pelo amor e, em vez de pensar naquilo, apenas retribuiu o sorriso de sua amiga, seu brilho.

Fique viva, por mim, balbuciou Lula. *Por favor.*

Zeen soprou um beijo através da janela de observação quando saiu do convés, depois apontou sua nave para as estrelas e decolou.

VINTE E QUATRO

CIDADE DE CORONET

Fazia eras que Kantam Sy não se metia numa boa briga de bar.

Claro, aquele lugar parecia mais uma sala de convívio após algum tipo de expediente, e o clima estava mais para o de uma galeria de arte do que uma pocilga comum. Mesmo assim, aquela violência particularmente explosiva que irrompia quando muitos corpos ingeriam muito álcool enquanto guardavam muitos segredos era exatamente a mesma que podia ser encontrada em ruelas e casas noturnas, de Nar Shaddaa a Coruscant.

E Kantam teve que admitir, quando um banquinho revestido de pelúcia passou zunindo e atingiu uma Quarren musculosa, havia uma parte sua que ainda saboreava o caos em tudo aquilo.

Como sempre acontecia com todas as escaramuças embriagadas, estava tudo calmo, até que de repente não estava mais. Claramente, muitos dos presentes tinham coisas, muitas coisas a esconder uns dos outros, e a maioria estava se saindo mais ou menos bem em manter suas cartas ocultas enquanto tentava fazer com que os outros revelassem as suas próprias. Então, em alguns segundos, tudo passou de gargalhadas alegres e zombarias a dentes quebrados e possíveis concussões.

Kantam se esquivou de outro banquinho — quem os estava arremessando? — e deu um passo para trás, ficando lado a lado com Cohmac, que observava tudo com um olhar aguçado.

— Conseguiu ver o que aconteceu? — perguntou Kantam. — Eu estava me ocupando em observar nossos Padawans com trajes extravagantes.

— A garota ali do meio — disse Cohmac, inclinando o queixo para onde uma mecha de cabelo rosa brilhante podia ser vista saltando para cima e para baixo no meio da briga. — Aquela que convocou a reunião. A famosa Crash, se não me engano.

— Ah, sim. — Kantam assistiu Crash chutar um enorme Crolute e, em seguida, sair do caminho quando uma Wookiee de dorso prateado prosseguiu com um soco duplo, encerrando a participação do Crolute em tudo aquilo no futuro próximo. — Ela parece estar dando conta. Como estão os rapazes?

Cohmac inclinou a cabeça para um canto distante, onde Reath e Ram espreitavam nas sombras, observando a sala ao redor.

— Bons garotos — disse Kantam. — Mas, pelas estrelas, o que estão fazendo aqui? E vestidos como Caveiras Escarlates, ainda por cima!

Cohmac deu de ombros.

— Estou ansioso para descobrir.

A Quarren tropeçou, balançando seus braços grandes e musculosos indiscriminadamente enquanto voltava para a peleja. Um pequeno e barulhento Aleena vestindo um terno sofisticado tentou falar com ela e imediatamente se deu muito mal.

— Você faz alguma ideia do que está acontecendo? — perguntou Cohmac.

Kantam estreitou os olhos e olhou para o centro da sala, onde Crash se recuperava de um gancho que algum tipo de criatura peluda de quatro braços desferira antes de sair correndo.

— Acho que tudo começou com um provável comentário ofensivo sobre o amigo Grindalid do holovídeo, e com duas equipes de segurança rivais à solta, mais um punhado de políticos embriagados com seus pares, bem... era uma câmara de explosivos.

— Parece isso mesmo — reconheceu Cohmac, caminhando com cuidado na direção da confusão. — Vamos aproveitar a oportunidade para falar com nossos protegidos?

— Certamente — disse Kantam. — Eles nos devem algumas explicações.

Kantam e Cohmac deixaram a Força guiá-los através das garrafas quebradas e corpos em colisão. Kantam só precisou parar uma vez para erguer dois dedos no ar e desviar para o lado um Gran que avançava em sua direção.

— Uma palavrinha? — disse Cohmac, quando ele e Kantam surgiram em ambos os lados dos Padawans. — Mas não aqui — acrescentou com um sorriso tenso. — A menos que eu esteja enganado, vocês fizeram um voto de silêncio horrível e vitalício.

Reath e Ram assentiram com a cabeça, arregalando os olhos, e todos os quatro deslizaram por uma passagem próxima para uma sala lateral claramente destinada a reuniões clandestinas.

— Podemos explicar — Ram deixou escapar assim que a porta se fechou.

— Ah, estou muito ansioso por isso — disse Cohmac, com um sorriso astuto.

— Crash nos pediu um favor — esclareceu Reath, parando na frente de Ram.

— E ela nos mostrou os estaleiros onde estão construindo os cruzadores MPO! — disse Ram.

— Foi épico? — perguntou Kantam.

— Extremamente! — gritou Ram, antes de se calar com uma cutucada de Reath.

— Ela disse que está investigando um desaparecimento e pediu a nossa ajuda — contou Reath. — E está bastante ligada à política de Coronet, por isso... — A voz do garoto falhou.

— Por isso vocês se vestiram como crianças assassinas mortas há muito tempo e se infiltraram em uma reunião secreta — concluiu Cohmac, prestativo.

— Isso mesmo! — disse Ram. — Os estaleiros eram *muito* legais!

— E não quiseram nos avisar sobre onde estavam? — sugeriu Kantam. — Para o caso de precisarem de reforços?

— Eu quis. *Nós dois* quisemos — acrescentou Reath. — Queríamos, na verdade, mas não avisamos. Mas enfim, aqui estão vocês! A Força providenciou.

Cohmac semicerrou os olhos para o Padawan, mas tanto ele quanto Kantam estavam se divertindo demais com aquilo para se incomodarem em repreendê-los muito.

— Aham. Pelo menos descobriram alguma coisa útil em meio a todos esses passeios e disfarces?

— Acho que sim, na verdade — disse Reath. — Crash está bastante convencida de que um desses Pais da Cidade está envolvido de alguma forma.

— E nós confiamos em Crash? — perguntou Kantam.

Reath e Ram se entreolharam. Kantam se admirou com a forma como os dois tinham se tornado tão próximos em tão pouco tempo, já compartilhando daqueles entendimentos silenciosos e tácitos que eram a marca registrada do trabalho em equipe Jedi.

— Sim — disse Reath. — E não é só porque ela foi legal com a gente. Eu realmente acredito que ela é sincera e é uma aliada extremamente engenhosa.

— E é boa de briga — acrescentou Ram. — Além disso, ela conhece *todo mundo* e fala um bilhão de idiomas.

Cohmac abriu um sorriso largo e generoso, do tipo que fazia qualquer um que estudasse com ele sentir que realmente fizera algo especial.

— Parece que eles se saíram muito melhor do que nós, Kantam.

Kantam assentiu.

— Tudo o que fizemos foi esquentar as cadeiras de uma sala de espera por várias horas e descobrir um pouco mais sobre o conflito crescente em Gus Talon, para onde aparentemente *todos* os Jedi de Corellia e oficiais de segurança planetárias foram destacados, depois uma ministra da República cabeça dura nos expulsou de lá e nos convocou para vir aqui, nos tirando de nossa meditação.

— Nossa — disse Ram. — Foi dureza.

— Podemos checar se Crash está bem? — perguntou Reath, com a voz instável e ligeiramente encantada.

— Ela parecia já ter uma equipe e tanto garantindo isso — disse Cohmac. — Mas não vejo motivos para não darmos uma mãozinha.

VINTE E CINCO

CIDADE DE CORONET

O comunicador de Ram zumbiu com uma chamada recebida no instante em que ele saía pela porta atrás dos outros.

— Hã, só um minutinho — disse ele, voltando para a sala lateral.

Um minúsculo holograma de Zeen Mrala apareceu diante dele.

— Ah, graças às estrelas! — soltou ela, exasperada. — Vocês estão bem!

— Claro que estamos bem, Zeen. O que está...?

— Espere aí, você está com uma caveira pintada no rosto? — perguntou ela, ativando o modo de irmã mais velha. — O que está rolando? Vocês estão *bem*?

Ram revirou os olhos.

— Longa história. E, sim, estamos bem! Só estamos no meio de algum tipo de briga de bar e tudo mais, mas está tudo bem. Os outros estão cuidando disso.

— *Briga de bar?* — Zeen ficou boquiaberta. — No que...

— Zeen! — insistiu Ram. — Fale comigo! Vocês pegaram Krix? Onde está Lula?

— Pegamos! — disse Zeen. — E Lula está bem. Está levando Krix para o Farol. — Então, ela olhou para algo diante dela e ajustou as mãos.

Ram percebeu que ela pilotava alguma coisa.

— Aí sim! — celebrou ele. — Parabéns! Onde você está?

Zeen voltou a olhar para ele.

— Estou indo até vocês. Bem, agora que sei que estão bem, primeiro vou parar em uma lua próxima. A segunda em comando de Krix está envolvida em algum tipo de conspiração em Gus Talon. Vou...

— Espere — disse Ram. — Venha até nós. — Ele olhou ao redor. — *Estamos* bem, mas tem algo acontecendo aqui e acho que é coisa grande. Seja como for, há um monte de Jedi indo para Gus Talon agora mesmo, então acho que eles podem lidar com o que está acontecendo por lá sem você. Aqui, por outro lado, pode ser que a gente precise de toda ajuda possível.

— Eu... — Zeen pensou sobre o assunto. Ela parecia ter centenas de esperanças e receios passando ao mesmo tempo por sua cabeça, como se metade dela quisesse dar a meia-volta e a outra quisesse apenas continuar voando e nunca mais olhar para trás, e as duas metades eram tão fortes que ameaçavam dividi-la ao meio.

— Além disso — acrescentou ele, esperando ajudar —, estamos com saudade!

Zeen soltou um longo suspiro, com os olhos fechados.

— Tudo bem — disse ela, por fim. — Vou avisar quando estiver perto.

— Uhul! — comemorou Ram. — Vou contar aos outros que pegamos Krix e que você está a caminho!

Ele seguiu pelo corredor de volta para a área do salão, onde a briga finalmente tinha diminuído. Alguns grandalhões bêbados e machucados ainda tropeçavam tentando recuperar seu orgulho despedaçado, mas o pessoal de Crash estava reunindo-os e despachando-os rapidamente para casa.

Crash estava sentada em uma mesa perto da porta, emburrada, cuidando de um olho roxo.

— Não fale nada — advertiu ela.

— Falar o quê? — perguntou Ram.

— *Guarda-costas não se envolvem emocionalmente* — cuspiu Crash, em uma imitação cruel da própria voz.

— Não estamos aqui esta noite para vingar nossos irmãos caídos — acrescentou Svi'no, prestativa, saindo das sombras. — Esta noite, o jogo é de...

A sala inteira se virou para eles e gritou em uníssono:

— RECONHECIMENTO!

Crash começou a rir com todos os outros. Ela conseguia lidar com uma piada, mesmo às suas próprias custas, pensou Ram, calorosamente, enquanto a ajudava a subir na mesa outra vez, junto com Svi'no.

VINTE E SEIS

CIDADE DE CORONET

— Olha, gente — anunciou Crash. — Sei que estraguei as coisas...

Vários “nãos” e “que nada” soaram do grupo de guarda-costas reunido. Crash deu um tempo e logo todos começaram a gargalhar e dizer “É, você estragou tudo” e “Sim, aquilo foi péssimo”.

— Além disso, perdemos o contrato do Baile das Finanças de amanhã à noite — continuou ela. Vários gemidos e suspiros dramáticos se seguiram. — O que é importante tanto para que nossa empresa sobreviva *quanto porque*, depois dos eventos desta noite, ainda suspeito de que *alguém* que esteve aqui teve *algo* a ver com o que aconteceu com Prybolt e Ovarto. Minha droide, 10-K8, vai coletar e comparar qualquer informação que vocês possam ter reunido. Por isso, por favor, avisem-na sobre o que conseguiram quando tiverem um momento. De qualquer forma, está claro que há mais do que os vários negócios sujos de sempre em Coronet.

— Houve muito falatório sobre o baile! — gritou alguém.

Fezzonk ergueu a mão.

— Eu também ouvi. Ninguém parece saber o que, mas parece existir um consenso nervoso de que *alguma coisa* vai acontecer.

Teorias e palavrões surgiram à medida em que as discussões eclodiam.

— Tudo bem! Tudo bem! — gritou Crash, acalmando um pouco o grupo. — Isso torna ainda mais importante entrarmos amanhã, e este jogo está longe de terminar, meus amigos! Na verdade...

A entrada principal do outro lado da sala se abriu, e o lugar ficou muito, muito quieto quando Dizcaro entrou de repente, com ambas as mãos erguidas.

— Ei, ei — apaziguou ele, sério e com o rosto machucado. — Venho em paz. De mãos vazias, viram? E sozinho.

— Aham — disse Crash. — Fale o que tem a falar a vá embora, Diz.

Ele se aproximou, olhando de um lado para o outro, cauteloso, e parou diante dela.

— Eu só queria dizer que sei que temos nossas divergências, mas isso não torna o que Ovus disse esta noite menos errado. Ele passou dos limites. Não posso me desculpar em nome dele, mas posso dizer que, da minha parte, fiquei enojado.

— É, este roxo no meu olho diz outra coisa — grunhiu Crash.

— Crash, você sabe melhor do que ninguém que, independentemente da minha opinião sobre quem ele é ou o que ele disse, nosso trabalho, o meu, o seu e o de todos aqui, é proteger o cliente. É só isso que importa.

— É mesmo? — disse Crash, com a face repentinamente desanuviada, a pergunta era sincera, não apenas uma tirada rápida. E então, quando Dizcaro simplesmente a encarou, ela desviou o olhar. — Me pergunto se...

— Bem, seja como for, sinto muito que as coisas tenham ficado... — Ele apontou para o salão destruído ao redor deles. — Desse jeito. Não deveriam.

— Não se arrepende o suficiente de tentar lucrar com o desaparecimento de membros da minha equipe, não é? — rebateu Crash.

Dizcaro virou-se, carrancudo.

— Tudo bem. Olha, sabe de uma coisa? Acabei de me dar conta... Deixa para lá.

— Dizcaro — chamou Crash, com a expressão deixando claro que estava falando sério. — Eu aceito suas desculpas.

Ele se virou, fez uma mesura elaborada e depois saiu.

— Certo — disse Crash, assim que a porta se fechou atrás dele. — Ainda estamos no jogo.

— Como? — perguntou alguém rispidamente. — O baile é amanhã à noite!

Crash examinou a sala, procurando quem tinha feito a pergunta. Claro que fora Barchibar.

— Justamente por isso que ainda estamos no jogo — gritou ela. — Se fosse esta noite, poderíamos estar em apuros!

— Ouvi dizer que Crufeela tem o lugar de convidada de honra agora — disse 10-K8. — Como vamos assumir a segurança dela?

O sorriso de Crash se abriu mais ainda.

— Ah, não vamos. Vamos dar a ela algo mais emocionante para fazer durante a noite.

Smeemarm se abaixou de cabeça para baixo, de um dos candelabros de ferro.

— Como vamos entrar em...

— Vamos entrar em contato através de um canal em que ela certamente confiará — disse Crash, segurando um comunicador.

— Isso é do Dizcaro? — perguntou Fezzonk, com expressão espantada e aprovadora.

Crash sorriu.

— Peguei enquanto estávamos brigando. Mamãe sempre disse para nunca desperdiçar uma surra. — Um grito de alegria soou.

— Então, estou de volta à lista? — perguntou Svi'no, e Crash reparou que ela soava um pouco desapontada.

— Não, minha querida. Essa seria uma jogada óbvia, e mesmo que Varb Tenart não seja completamente sincero em sua preocupação com seu bem-estar, suponho que você prefira trabalhar a festa a partir desse ponto de vista.

Svi'no sorriu em agradecimento e perguntou:

— Então, quem será a convidada de honra?

Crash se virou para a multidão.

— É aí que preciso da ajuda de vocês. Criar uma estrela da noite para o dia não é um problema, na verdade. Não para a gente. Temos a mídia e, mais importante, temos as ruas. Além do mais, temos a rainha pop do nosso lado! — Ela acenou com a cabeça para Svi'no, que respondeu com um cumprimento carinhoso. — Por isso vamos criar uma estrela. E aí Varb virá atrás dela quando descobrir que Crufeela não comparecerá. A pergunta é: quem? Precisamos de uma pessoa totalmente anônima para as sociedades Corellianas, tanto altas quanto baixas, que também saiba como conquistar a atenção da plateia.

— Oh! — gritou Ram, dos fundos, erguendo a mão para o alto. — Oh!

Crash apontou para ele, incapaz de conter o sorriso. Aquele garoto era demais.

— Você é meu favorito, Ram, mas não tenho certeza se é o candidato certo para o papel!

Ele pareceu horrorizado por um momento, depois percebeu que ela estava brincando.

— Não, mas eu conheço a pessoa *perfeita*!

VINTE E SETE

CIDADE DE CORONET

Altas horas no salão depois do expediente, pensou Reath Silas. Depois que a reunião terminou e a maioria dos guarda-costas se espalhou pela noite Corelliana em várias missões complexas designadas por Crash, ele e Ram finalmente tiveram a chance de lavar toda aquela tinta vermelha do rosto. Revigorado e se sentindo muito bem, ele saiu do banheiro para encontrar o que parecia mais uma reunião tranquila e descontraída entre velhos amigos do que uma sessão urgente de planejamento estratégico para uma guerra de propaganda.

Crash, de alguma forma, tinha se acomodado numa posição confortável com as canelas apontando para cima ao longo das costas de uma daquelas grandes cadeiras de couro, com o queixo apoiado nas palmas das mãos, os cotovelos pressionando a almofada e os olhos nivelados com a mesa central. Nela, estavam posicionados alguns holoprojetores que mostravam vários conjuntos de dados, incluindo um grande mapa da Cidade de Coronet e outro de seu sistema de túneis subterrâneos. Svi'no, a famosa cantora, estava esparramada na mesma cadeira, parte sobre Crash, parte sobre o apoio de braço, também parecendo extraordinariamente confortável. Cohmac e Kantam dividiam um sofá do outro lado da mesa. Pareciam se sentir em casa, conversando animadamente sobre um ou outro aspecto tático mais delicado com Ram, que estava sentado em um pufe, mexendo em alguma espécie de máquina minúscula, como sempre. A droide de Crash, 10-K8, estava circulando, conferindo várias coordenadas com qualquer informação que tivesse em seu datapad, cantarolando uma cantiga para si mesma.

— Ei, Ram — começou Reath, puxando uma banqueta e se jogando nela. — Zeen disse alguma coisa sobre a garota Er'Kit Nihil?

Crash quase caiu da cadeira ao tentar se levantar.

— Você disse *Er'Kit*?

— Sim — disse Ram. — Duas irmãs Nihil desertaram quando atacaram Takodana. Bem, só uma delas desertou. A outra, Sabata Krill, acabou apenas fingindo desertar para se livrar da própria irmã. Depois destruiu o templo Jedi antes de fugir de volta para seu bando.

— Pele vermelha? — perguntou Crash, finalmente se levantando, com ambos os punhos cerrados ao lado do corpo. — Alta e desajeitada?

— Como você… — começou Reath.

— Crash! — gritou Svi'no, flutuando no ar ao redor da garota. — O que você tem escondido?

Crash ergueu as mãos, de repente em modo defensivo.

— Olha, pessoal. Estou *tentando* melhorar, certo? É um trabalho em andamento, mas estou realmente tentando.

— Bem — pressionou Reath. — O que você tem aí?

VINTE E OITO

CIDADE DE CORONET

Crash puxou outro holoprojetor.

— Vai falando que eu vou arrumar isso. Conte-me tudo o que sabe.

— Não é muito mais do que já falei — admitiu Ram. — Pelo que pudemos deduzir, todas aquelas manobras e destruição renderam a ela a posição de segundo em comando no grupo de Krix.

— Quem é Krix? — perguntou Crash.

— É outro que conseguiu uma posição elevada entre os Nihil por meio de pura violência — explicou Reath. — Nossas forças acabaram de capturá-lo esta noite, colocando fim a uma investida brutal em toda a Orla Exterior.

Crash colocou o holoprojetor na mesa central.

— E você está me dizendo que ele vem trabalhando com... — Uma imagem trêmula apareceu, a mesma figura que Ram mostrara a Reath a caminho de Corellia para colocá-lo a par da missão: um Grindalid trajando um macacão, cambaleando pelas ruas de Coronet, apavorado. Crash apertou um botão e a projeção congelou. — Ela — disse Crash, apontando para uma figura comprida, que podia ser vista por pouco, acima do ombro do Grindalid. Ela era alta e desajeitada, especialmente para uma Er'Kit, e Reath conseguia ver as orelhas vermelhas características saindo de cada lado do que parecia ser uma máscara respiratória Nihil.

Ram deu um pulo.

— É ela! Aquela é Sabata Krill! Mas isso é de antes da gravação. Não vimos essa cena! — Então ele se virou para Crash, percebendo o que aquilo significava. — Você...

— Sim — disse Crash, solenemente. — Eu cortei essa parte antes de enviar para as autoridades.

— Você nem contou *nada* disso para a gente — reclamou Svi'no, com os olhos fixos em Crash. — E se tivéssemos... e se tivéssemos encontrado essa pessoa enquanto estávamos investigando tudo?

— Eu *tinha* que manter em segredo — insistiu Crash —, porque precisava ver quem sabia que havia uma Er'Kit envolvida sem ver a filmagem. É assim que funciona! — Informação era poder, às vezes o único poder que Crash tinha. E quando as coisas ficavam tão complicadas e cruéis como estavam ali, bem... era preciso se agarrar a qualquer poder que pudesse obter. Mas estava tudo saindo tão errado, tão rapidamente, e ela não fazia ideia de como melhorar a situação.

— Mas de *mim*, Crash? — rosnou Svi'no. — Você pensou que eu poderia saber?

— Não! — disse Crash. — Nada disso! Quando é que eu ia contar só para você, Svi'no? Não tivemos tempo!

— Talvez, se não estivesse sempre ocupada com dez mil outros assuntos e pessoas que precisa proteger, teria notado que estou bem aqui, pronta para você confiar em mim.

De repente, a sala pareceu muito, muito silenciosa. Svi'no estava dizendo que queria que Crash prestasse mais atenção nela? Aquele certamente era um problema melhor do que Crash ser uma traficante de informações não confiável que não podia deixar ninguém com quem se importasse se aproximar demais!

Svi'no parecia mais chocada com o que acabara de dizer do que qualquer outra pessoa.

— Hã... — disse Ram, colocando-se entre as duas mulheres, que apenas olhavam uma para a outra. — Sei que esse é tipo, um *momento* importante, mas nós precisamos... sabem, desvendar o que aconteceu? Rápido!

Crash saiu dali e se virou para dirigir a palavra aos Jedi, que olhavam para ela com os olhos arregalados.

— Sinto muito por não ter compartilhado isso antes. Tenho dificuldade em confiar nos outros; mas, nesse caso, sem ofensa, acabei de conhecer vocês.

— Compreensível — disse Kantam, que tinha olhos tão gentis e um sorriso que parecia entender os segredos mais profundos do universo do que Crash jamais imaginaria. Ela gostou de Kantam. E apreciou a tábua de salvação. — Principalmente considerando nossa recente interação com a Ministra Fendirfal. Foi para ela que você entregou o holo, correto?

— Sim — disse Crash. O olhar chocado de Svi'no ainda queimava na lateral de seu rosto. Ela imaginava que, se virasse para encarar a garota, poderia acabar levando um tapa ou sendo beijada, e não tinha ideia de qual das duas coisas era mais provável. Parte dela morria de vontade de descobrir; a parte mais razoável se concentrava na tarefa em questão. — Fico feliz que compreendam a minha situação. Não tenho problema algum com a República como um todo, mas alguns de nossos oficiais e políticos locais, bem... vocês já puderam ver de perto. Então podem compreender a razão de eu manter algumas de minhas cartas escondidas.

Cohmac se levantou.

— De fato. Não há necessidade de mais explicações. — Ele olhou cauteloso para Svi'no. — Para nós, de qualquer maneira. Só posso falar por nós, é claro. — Ele então se virou para Ram. — Padawan Jomaram, o que mais Zeen disse?

— Gus Talon — disse Ram. — Ela estava indo para Gus Talon impedir Sabata. Eu a convenci de que precisávamos mais dela aqui.

— Bem pensado — reconheceu Crash. — Gus Talon está tendo todo o suporte de que precisa agora.

— Essa também é a minha preocupação — disse Cohmac, massageando galantemente o cavanhaque. — Principalmente com os estaleiros aqui.

— Também tenho pensado nisso — acrescentou Kantam. — Eles já devem ser impossíveis de proteger completamente em um dia normal. Mas com a maioria das forças de segurança de Coronet fora do planeta...

— Não tivemos muitos problemas para entrar hoje — apontou Reath. — Apenas dois guardas em um posto de controle, e não estavam na melhor forma.

Crash começou a andar de um lado para o outro.

— Aqueles eram guardas municipais. Nomar Tralmat, o cara que desapareceu na outra noite, tinha acabado de contratar um monte de novos guardas especificamente para manter os estaleiros seguros, com toda a empolgação em torno do Anzellano trabalhando naqueles cruzadores.

— Que são extremamente épico, a propósito — observou Ram. — Se tiverem chance, vocês realmente deveriam...

— A questão é — continuou Crash —, o cara que o substituiu, Ovus...

— O que você socou mais cedo? — perguntou Cohmac.

— Aquele, sim. Se ele estivesse tramando com algum Nihil para derrubar Tralmat e assumir o controle dos guardas municipais, ele não demitiria os novos contratados, sei lá, imediatamente? Ou desarmaria todos os guardas, ou algo do tipo? Por que se dar ao trabalho de assassinar um político apenas para manter as coisas como já estavam?

— E ele estava protestando contra os Nihil em seu discurso — disse Reath. — Não que isso queira dizer muita coisa...

Crash balançou a cabeça.

— As promessas de um político são lixo, como diz o velho ditado Corelliano. — Ela parou de andar, coçou a nuca e fez uma careta. — Certo, pessoal. É quase meia-noite. Temos um plano para colocar em prática e uma garota Mikkiana desconhecida para tornar famosa pela manhã. Vamos começar!

VINTE E NOVE

CIDADE DE CORONET

— Este parece ser um plano incrivelmente imprudente — disse Reath, enquanto se dirigiam para as ruas escuras de Coronet.

Ram mexeu as sobrancelhas.

— Sim! Adoro isso!

Apesar de tudo, Reath sorriu.

— Claro que adora. Eu meio que também, para ser sincero. Só estou espantado que Mestres Kantam e Cohmac nos deixem fazer isso sem eles.

— Estão gostando de nos ensinar na prática ultimamente — disse Ram —, caso não tenha notado. Acho que nunca fizeram nada como Padawans e querem que seja mais fácil para nós.

Reath passou a mão pelo cabelo de modo distraído.

— Não sei. O mestre de Kantam era Yoda. Ele parecia ser bem divertido.

— Yoda... — repetiu Ram, num sussurro maravilhado. — Você o conheceu?

À frente, Smeemarm, a esguia Arcona de cabeça triangular que dirigia as operações nos túneis subterrâneos para a equipe de Crash, avançava e voltava pelo beco escuro, procurando armadilhas ou agressores. Seus olhos bulbosos tinham um brilho esverdeado nas sombras.

— Apenas brevemente — disse Reath. — E estive em alguns eventos com ele. Mas dá para sentir a sabedoria de Mestre Yoda a um quilômetro de distância, e seu poder. Eu queria... — Ele fez uma pausa. A onda súbita de emoção o pegara desprevenido. Ele mal conhecia Yoda, e o Mestre Jedi se fora sem deixar vestígios e ninguém sabia para onde. E podia nunca mais voltar. Todos diziam que saberiam se ele tivesse morrido, que poderiam sentir, mas... Será que realmente sentiriam? E se ele não tivesse morrido, mas estivesse inconsciente em algum lugar, em um fosso ou algo do tipo, apenas esperando para morrer? Ou sendo mantido vivo clinicamente enquanto seu corpo definhava? Reath estremeceu, tentando abafar todas as histórias de horror que contava para si mesmo.

— Você está bem? — perguntou Ram. Eles estavam se aproximando do fim do beco; uma suave luz dourada parecia irradiar da rua adiante.

— Sim. — Reath se livrou da sensação. — Só estou preocupado com Mestre Yoda, sabe? Mesmo que, como disse, eu mal o conheça.

— Ah, eu sei — disse Ram. — Eu nunca o encontrei e passo ao menos uma hora por dia tentando parar de imaginar situações terríveis que possam ter acontecido com ele!

Reath não pôde deixar de sorrir. Ram estava ali com ele, mesmo quando o assunto se tratava de dúvidas e receios.

— Não é muito Jedi, eu sei — admitiu Ram.

Reath deu um tapinha no ombro do amigo.

— Estamos fazendo o nosso melhor. Ser um Jedi não significa não ter coração. Se Mestre Yoda estivesse aqui, provavelmente diria: "Perdoar-se, um Jedi deve, hm? Não ser governado pelo medo não significa medo algum sentir, hm!".

Ram deu risada.

— Acho que sim.

Eles viraram a esquina e pararam, espantados. Tinham entrado em uma grande alameda. Ela tinha sido fechada para o tráfego de veículos, para que as pessoas pudessem passear sem pressa pelos paralelepípedos sob o brilho suave dos lampiões a gás. Cantinas e bares tinham montado mesas de jantar ao ar livre em ambos os lados da via, e sinais luminosos anunciavam vários estabelecimentos de lazer com neons animados.

— Já não passou, tipo, da meia-noite? — perguntou Ram, seus olhos brilhando com o espetáculo à frente.

— Em Coruscant — disse Reath, admirado —, há lugares abertos até tarde, claro, mas a maioria dos que vi... você não ia querer entrar sem um traje de proteção.

— Rapazes? — gritou Smeemarm, lá na frente. — Vocês estão bem?

— Sim — assegurou Reath. — Apenas... impressionados.

Ela se virou para apreciar as lojas e os restaurantes.

— Ah, sim! Nós, moradores locais, esquecemos como a cidade pode ser adorável até que um forasteiro apareça e seja contagiado por ela! É por isso que chamam de Cidade Dourada, sabiam?

— É perfeito — disse Ram.

— Este é o Distrito de Kalamu. A maioria dos hotéis fica aqui, por isso, quando entrarmos em contato com Crufeela, ela provavelmente estará hospedada em algum lugar próximo. Além disso, há um mercado noturno, então todas as nossas necessidades serão atendidas! Estão prontos? — Ela estendeu o comunicador que Crash roubara de Dizcaro. — Quem vai fazer a ligação?

Reath e Ram se entreolharam.

— Deixa comigo — disse Reath, pegando o comunicador.

— Tem certeza? — perguntou Ram, erguendo uma sobrancelha em sinal de ceticismo.

— Absoluta! Eu sou o mais equilibrado.

— *O quê?* Você é o caos encarnado!

— Sim, sim, me dê o roteiro. Isso significa que você pode ir buscar a mercadoria.

Ram passou a ele um datapad, e Reath abriu o roteiro que Crash escrevera para eles.

— Sim, aqui é Borgo Val. Trabalho para Dizcaro — disse Reath, praticando.

— Tente não mudar tanto a sua voz — sugeriu Smeemarm. — Principalmente porque Crufeela não conhece você, por isso não precisa disfarçar quem você é. Só seja alguém diferente.

Reath assentiu.

— Só seja alguém diferente, entendi.

Ram esfregou os olhos.

— Ai, cara.

— Quieto aí — rebateu Reath. — Eu consigo.

— Atuar não é fingir ser outra pessoa — continuou Smeemarm. — Trata-se de encontrar outra pessoa dentro de você e usar esse pequeno fragmento para *se tornar* essa outra pessoa, certo?

— Parece meio confuso — comentou Ram.

— Bem, que bom que você não precisa se preocupar com isso — disse Reath. Ele apertou o botão para entrar em contato com Crufeela.

— Dizcaro, meu amor — cantou uma voz fininha. — Estive esperando por você!

Por um instante, tudo o que puderam fazer foi olhar de um lado para o outro, horrorizados.

— Diz? Você está aí?

— Ah, sim — disse Reath, por fim, com o corpo estremecido. Então, ele mudou de voz sem querer. — Bem, não exatamente. — Ele se encolheu ainda mais. Por que tinha feito aquilo? — Quero dizer — prosseguiu ele, voltando à sua voz normal. — Sou eu, hã... — Ram pegou o datapad esquecido e o ergueu diante do rosto de Reath, apontando para o roteiro com urgência. — Borgo Val!

— Ah — disse Crufeela, com evidente desapontamento. — Aconteceu alguma coisa com o meu Diz?

— Ah, não, senhora! — assegurou Reath. — Na verdade, muito pelo contrário! Não aconteceu nada com ele!

— Isso é ótimo, mas então por que você está me ligando tão tarde?

— Sim, é, isso mesmo. — Reath tentou ignorar os olhos semicerrados de Ram e a expressão vazia de Smeemarm. — Éée, veja, o lance é o seguinte! Hãāã, o senhor Dizcaro realmente gostaria que você se juntasse a ele para jantar.

Ram mordeu o punho e se afastou.

— Oh! — disse Crufeela, animada. — Claro!

— É um jantar especial — continuou Reath, voltando ao roteiro. — Um com um prato principal muito especial!

— Esse prato principal se chama... Dizcaro? — sugeriu a cantora.

— Não! — gritou Reath. — Certamente não!

— Oh.

— É algo melhor! — Sua voz ficou aguda. Por quê? O que estava acontecendo? Ele estava todo suado. Smeemarm ainda olhava para ele. — Muito, hã, muito melhor! Algo — ele checou o roteiro — raro e incrivelmente inteligente. Está sacando?

— Oh! — Ele pensou que talvez tivesse ouvido o momento em que tudo finalmente tinha feito sentido para Crufeela. — Oh! Ah, Diz... Ele é um homem tão atencioso! Só me dê um momento para me arrumar! Ele vem me buscar aqui no hotel?

— Ah, não, senhora. — Aquela seria a parte difícil, Reath sabia. Ele disparou: — Ele me mandou buscá-la, mas não me disse em que hotel você está...

— Ah, que estranho. Estou no Pluma, é claro. Sempre fico aqui.

— Sim, sim, claro — disse Reath. — Estarei aí, senhora. Leve o tempo que precisar para se arrumar, sem pressa!

— Ora, claro, eu...

Reath encerrou a ligação e soltou um suspiro alto.

— Ufa!

Smeemarm piscou de perplexidade para ele.

— Bem, você tentou.

— Mas eu consegui! — argumentou Reath. — Consegui o que precisávamos!

— Terminou? — perguntou Ram, do meio do quarteirão. — Simplesmente não consegui ficar ouvindo. Não tinha como.

— Mal posso esperar até que seja a sua vez — rebateu Reath. — Você vai ver.

Ram voltou, balançando a cabeça.

— Tudo o que preciso fazer é ir buscar a parada. Estou tranquilo.

— Eu ia acompanhar você — disse Smeemarm a Ram. — Mas acho que vou junto com o nervosinho ali pegar a cantora. Pode ser que ele precise de alguém que saiba falar Básico. Vá com Tangor buscar o item.

Ram ergueu os olhos quando uma enorme forma peluda emergiu de um beco próximo.

— Tínhamos uma Wookiee nos acompanhando todo esse tempo? E agora eu posso dar uma volta com ela? Perfeição!

TRINTA

CIDADE DE CORONET

Como Ram não falava Shyriiwook, eles caminharam em silêncio pela multidão de turistas e foliões ao longo da Alameda Kalamu. Mesmo assim, Ram sentia que Tangor provavelmente teria acabado com um batalhão inteiro de agressores para mantê-lo em segurança, e não só porque aquele também era o trabalho dela. Tangor parecia o tipo de pessoa que, assim que descobria que alguém fazia mesmo parte de sua equipe, estava pronta para ajudá-lo de qualquer jeito. Ram tinha que suprimir constantemente o desejo de abraçá-la, exceto pelo fato de que ele só chegava à cintura dela e, como a Wookiee andava à sua frente, fazer aquilo basicamente significaria encher a boca de pelos de bunda.

Por isso, Ram guardou o abraço para si por um tempo e, de qualquer modo, toda a reluzente cidade dourada parecia se apresentar a ele em um maravilhoso panorama de visões, cheiros e sons. Os dois saíram da avenida principal e serpentearam por tranquilas ruas laterais iluminadas por globos de gás incandescente, onde Ram imaginava ser a parte antiga da cidade. Pequenas padarias estavam bastante movimentadas durante a noite, lançando no ar enevoado um caloroso aroma de massa recém-assada. Alguns garotos Twi'lek passaram correndo, claramente muito depois da hora de dormir, com um velho que deveria ser o avô deles acompanhando-os lentamente. Em algum lugar ali perto — um telhado, pensou Ram —, uma banda tocava enlouquecida sob os gritos de uma pequena plateia.

Então, o cheiro salgado e gorduroso de peixe tomou conta de tudo, e eles viraram em uma praça escura sob uma catedral, onde várias barracas tinham sido montadas e grupos de vendedores em longos aventais anunciavam suas iguarias recém-pescadas em cerca de dez idiomas diferentes.

Tangor conduziu Ram ao longo da extremidade do mercado até uma árvore ao pé da catedral, onde estava um Kubaz de focinho comprido que parecia se encaixar em todos os significados de suspeito. Kubaz não falava Básico, nem os Wookiees. Nada daquilo seria fácil, pensou Ram, se preparando. Mas ele daria um jeito.

Ele puxou o datapad e deslizou a tela até o nome do animal que deveria adquirir.

— *Vo'vrrrr grangrrrak?* — perguntou o comerciante, e Ram esperava que significasse "Como posso ajudá-lo?".

— Barat-karabak — pronunciou ele, cuidadosamente. — Um, por favor. — Ele nunca tinha ouvido falar de barat-karabaks, provavelmente porque aparentemente estavam ameaçados de extinção ou algo do tipo, mas esperava que fossem pequenos e fáceis de carregar.

A reação foi imediata e muito ruim. O Kubaz acenou com as mãos no ar, balançando para frente e para trás, gorjeando algum tipo de oração ou xingamento; Ram não tinha certeza. Então ele começou a recuar.

— Não, eu só... espere! — chamou Ram.

Mas o Kubaz continuou balançando a cabeça e recuando até que finalmente se foi, e o mercado pareceu estranhamente quieto.

— Hã... — disse Ram. — Isso não foi bom. Estamos prestes a ser presos ou algo do tipo?

A enorme mão quente de Tangor pousou em seu ombro, e aquilo significava que, de um jeito ou de outro, estava tudo bem. Nada poderia ser tão ruim quando uma mão forte segurava seu ombro, mantendo-o firme. Ela fez um ruído suave e Ram concordou silenciosamente em ter paciência.

— *Fzooo brrrrrrrzzak ak!* — sibilou o Kubaz, gesticulando, impaciente, ao lado da catedral. — *Fzzrrak ak!*

— Acho que devemos segui-lo — disse Ram, se preparando. Eles podiam ser assaltados, presos ou conseguir o que tinham ido buscar. Ainda assim, Ram tinha uma Wookiee em sua equipe, e era aquilo o que importava.

— *Den'tizbar brrrra* — murmurou o Kubaz, tirando um pequeno caixote de um carrinho frágil que estava preso a algum tipo de criatura bufante de seis patas.

Ram tentou ver através dos pequenos orifícios de ventilação, mas não conseguiu distinguir nada.

O Kubaz agarrou a caixa resmungando uma resposta e estendeu a mão.

— Certo, certo — disse Ram, esperando soar como um morador mal-humorado do submundo, e não um garoto Jedi qualquer. — Estou com os créditos, acalme-se.

Crash dera a Ram um monte de fichas e lingotes, mais do que ele já vira antes, então ele entregou a pilha, percebendo tarde demais que provavelmente deveria ter usado apenas parte dela, ou pelo menos tentado pechinchar.

— *Fazoooo!* — exclamou o Kubaz, embolsando o dinheiro. Ele entregou a caixa a Ram.

Tangor passou a mão grande e peluda pelo rosto grande e peludo e resmungou.

— Ah, obrigado por fazer negócios! — disse Ram. O Kubaz balbuciou alguma coisa, provavelmente um "Volte quando quiser, bobinho!".

— Acho que correu tudo bem — comentou Ram.

Tangor simplesmente sacudiu a cabeça e começou a andar.

TRINTA E UM

PASSADO

Kantam já tinha os olhos marejados enquanto se aproximava da porta da sala de meditação. Um milhão de possibilidades martelavam em sua cabeça, cada uma mais elaborada e ridícula do que a anterior. Um milhão de maneiras de tentar explicar. Nenhuma fazia sentido — porque *aquilo* não fazia sentido. Era simplesmente assim. Algumas coisas estavam além da lógica e da razão. A Força, por exemplo. E o amor.

Era o que aquilo era? Kantam lera sobre o assunto, assistira aos patéticos holovídeos sobre pessoas se apaixonando, às vezes até mesmo Jedi. Sempre tinha parecido uma grande piada, uma coisa que as outras pessoas faziam. Não que Kantam julgasse o amor ou aqueles que se apaixonavam. Simplesmente não se via naquela situação.

Até que, muito de repente, o amor parecia consumir cada movimento e cada respiração de Kantam.

Não importava. Aquele era o momento em que se encontrava, e a realidade que tinha que enfrentar. Nenhuma medida de lógica, nem mesmo versos sobre a falta de lógica poderia mudar aquilo.

A porta se abriu.

Mestre Yoda estava do lado de dentro, com as costas retas, de frente para a parede oposta.

Por um breve instante, Kantam se perguntou de forma ridícula se Yoda chamaria para um duelo como punição por manchar a imagem da Ordem Jedi e jogar no lixo todo o treinamento.

Então, Yoda estendeu o sabre de luz.

Kantam soltou um suspiro alto.

Yoda riu daquele jeitinho peculiar: rouco, agudo e implacavelmente cativante.

— Muitas vezes nesta mesma sala já duelamos, Padawan Sy. Não?

— Eu...

— Uma última sessão — disse Yoda solenemente, depois se virou e ergueu os olhos, cruzando o olhar com o de Kantam. — Talvez?

Kantam acionou o sabre de luz. Não se recusava um duelo com Mestre Yoda. Mesmo em circunstâncias tão difíceis. Simplesmente não se recusava.

— Claro, Mestre. Mas... você sabe?

Yoda cruzou o ar em um arco rodopiante, a lâmina verde traçando ferozes espirais ao seu redor. Ele pousou agachado, com uma mão estendida e o sabre de luz posicionado acima da cabeça.

Vindo de qualquer outro Mestre, aquilo poderia ser intimidador. Levando em conta a compreensão implícita de que algo muito real estava acontecendo, Kantam normalmente teria entendido aquilo como algum tipo de ameaça velada.

Mas sempre fora daquele jeito que Kantam e Mestre Yoda encontravam compreensão, desde que Sy era muito jovem. Mestre e Padawan lutavam, lutavam e lutavam e, de alguma forma naquele choque de bastão contra bastão — e depois sabre contra sabre —, o que quer que estivesse perturbando Kantam começava a se desvendar, o mundo começava a se colocar em ordem. Mesmo que o problema não fosse resolvido, Kantam se encharcaria de suor e se encheria de vigor, sentindo que de alguma forma uma resposta poderia existir, e se fosse o caso, ela seria encontrada.

Tais expectativas não existiam naquele duelo, mas não importava. Duelar com Yoda era a resposta, naquele momento, o único momento que realmente importava. Então Kantam saltou para frente, desferindo um corte controlado para baixo, facilmente aparado por Yoda, e depois seguiu com um movimento reto na altura dos ombros do oponente. Yoda se abaixou, depois saltou no ar apontando o sabre diretamente contra Kantam, que aparou cada golpe enquanto recuava com graciosidade.

— Venha, a hora chegou — disse Yoda — de uma escolha fazer, hm.

— Sim, mas... — Kantam saltou para o lado, desviando de um golpe de Yoda, e recuou, se afastando o suficiente para recobrar o fôlego. — Como posso fazer uma escolha para o resto da minha vida quando mal entendo qual é a escolha?

Yoda abaixou a cabeça e suspirou. Foi um suspiro amoroso, não exasperado. Mas também havia tristeza, e Kantam a sentiu.

— Não essa escolha, Padawan. Todos os dias, hm? A Força escolhe Kantam Sy. Para ser seu canal a Força escolheu Kantam, sua personificação viva, como a todos os Jedi em seu nascimento, hm?

— Claro — disse Kantam, permanecendo imóvel para guardar energia. O contra-ataque de Yoda viria a qualquer momento, sempre quando menos esperasse.

— Mas quando Kantam a Força escolhe, hm?

— Todos os dias! — gritou Kantam, com uma onda de raiva atravessando seu corpo. Ela foi liberada, como Yoda ensinara, depois liberada de novo porque não fora a lugar algum. — Todos os dias — repetiu Kantam, mais baixo. — Eu acordo aqui, como Padawan. Treino, medito, estudo. Eu... — Kantam estava se irritando, seus ombros oscilavam para cima e para baixo com fúria e confusão, e é claro que foi quando Yoda decidiu atacar novamente.

Kantam nunca entendeu como um corpo tão minúsculo podia se mover de forma tão impetuosa. Yoda simplesmente parecia explodir para o lado com apenas uma contração muscular como sinal. Ele correu ao longo da parede, saltou do teto e caiu sobre Kantam em um ataque.

Kantam, por sua vez, ergueu seu próprio sabre para bloquear o de Yoda e, como recompensa, recebeu um forte pé verde pousando em seu ombro. Yoda virou para frente, aterrissou agachado atrás de Kantam, depois se lançou em arco passando rente aos pés de Sy, que mal teve tempo de desviar e caiu de qualquer jeito no chão e rolou de costas.

— Hm — disse Yoda, gravemente. — É uma escolha o que fazemos quando não acreditamos verdadeiramente que outras opções existem? — Ele desativou o sabre.

Kantam se apoiou nos cotovelos.

— Não entendo.

— Uma razão existe para a nomeação não ter acontecido, mesmo que em quase todos os sentidos grande qualificação você tenha.

— Eu sei, Mestre. E não estou com pressa. Nunca estive.

Yoda assentiu, estendendo sua diminuta mão verde para ajudar Kantam a se levantar, como fizera tantos anos antes, quando Sy era uma criança, e tantas vezes desde então.

— Hm.

Sem mais nenhuma palavra, sentaram-se frente a frente e deixaram que o silêncio falasse um pouco.

Kantam usou todos os truques de meditação que conhecia para tentar acalmar aqueles pensamentos furiosos, dúvidas, medos, esperanças.

Desejos.

Não recebera de Yoda o título de Cavaleiro por uma razão. Aquilo nunca incomodara Kantam antes. A hora chegaria; não havia dúvida. Parecia tolice pensar que não havia uma pergunta ali.

— Você está dizendo que eu deveria deixar a Ordem, Mestre Yoda?

Yoda deu uma risadinha, de olhos fechados.

— *Deveria* não há, jovem Kantam. Muitas vezes, *o certo a se fazer* é uma ideia que inventamos, hm? Para melhor nos sentirmos. O que *eu* sei, Padawan, é que de ouvir você parou.

Kantam sabia que era verdade, mesmo enquanto Yoda ainda estava falando. Mal conseguia se agarrar a uma simples frase, quanto mais se concentrar na Força. Muitos pensamentos atravessavam sua mente.

— Muito parecidos com o vento nossos sentimentos são — proferiu Yoda. Era algo que ele repetia muitas vezes ao longo dos anos de treinamento de Kantam, que nunca soubera totalmente o que fazer com aquilo.

— O vento nos toca. Nós o experimentamos — disse Kantam, finalizando a lição. — É real, mas passa. O mesmo acontece com nossos sentimentos.

Yoda assentiu.

— Mas, às vezes, um furacão há. Os ventos são tão fortes que nos levantam. Levados podemos ser. Tudo o que conhecemos e confiamos se vai, hm? Então fica fácil à raiva e à agressividade ceder, hm? Temer.

— Então devo ficar? — Kantam sabia que aquela não era a resposta certa, que não havia uma. Mas todos aqueles poemas e metáforas pareciam estar a um milhão de anos-luz de distância, mesmo quando eram certeiros quanto a seus sentimentos.

Yoda abriu os olhos e encontrou o olhar preocupado de Kantam.

— A Força você deve escolher. Um Cavaleiro Jedi ninguém se torna por engano, hm? Ou por cômodo ser! Para isso, a ouvir novamente você deve aprender. Para o mundo ouvir, o mundo fora de suas próprias emoções. Mesmo quando muito fortes elas são, fortes como um furacão, hm?

— Eu...

— Paciente Yoda é, hm? A única pessoa com pressa aqui é Kantam.

Uma estranha paz finalmente caiu sobre Kantam. As emoções ainda surgiam, os pesadelos e as fantasias. Mas o caminho à frente estava claro. Ou tão claro quanto podia estar naquele momento. O próximo passo, que era o único que precisava entender.

Lentamente, Kantam desembainhou o sabre de luz e o colocou no tapete diante de Mestre Yoda.

Mestre Yoda assentiu levemente.

E então, Kantam foi embora.

CIDADE DE CORONET

Cohmac parou de andar, com as sobrancelhas erguidas.

— Mas que *rebelde*!

Kantam não pôde deixar de sorrir. Era bom, de um jeito estranho, vasculhar todas aquelas lembranças atormentadas. E parecia distrair o outro Jedi do que o estava incomodando. Tudo fora tão pesado na época, cada momento um enigma sem resposta correta. E Kantam supôs que era exatamente aquilo o que Yoda quisera dizer com "*Deveria* não há". Mesmo assim... depois de todos aqueles anos, Kantam ainda conseguia experimentar a sensação arrepiante de mal ter conseguido sobreviver a tudo aquilo.

Na rua à frente, aplausos animados e palmas rítmicas podiam ser ouvidos na noite, junto com os sons estrondosos, retumbantes e reverberantes da Orquestra Galan-Kalank da Família Atchapat.

O nome do estilo musical era bem apropriado, refletiu Kantam. Todos os seis irmãos, o pai e a mãe criavam uma parede rítmica de potentes sons industriais. E soava exatamente como as fábricas do estaleiro onde nascera, exceto por parecer muito mais dançante. O público respondia com gritos nas horas certas e coreografias coordenadas. Era o som mais Corelliano que alguém poderia imaginar, e a capital o reivindicava com um amor que beirava a obsessão.

No ápice da música, a voz suave e hipnótica de Svi'no soava acima de tudo, como um raio de sol rompendo sobre a superfície de um oceano escuro. Ela cantou uma nota que Kantam teve dificuldade até de entender — enquanto a família martelava o tempo todo aqueles instrumentos cheios de graxa — e depois, de alguma forma, a misturou com outra, ambos os sons se harmonizando no ar noturno como cristais brilhantes.

Kantam olhou de esguelha para Cohmac, que ainda estava se divertindo com tudo aquilo.

— Você simplesmente… deixou seu sabre na frente de *Mestre Yoda*, dentre todos os Jedi, e foi embora — disse Cohmac. — Mal consigo imaginar uma coisa dessas.

— Ele era meu mestre — explicou Kantam. — Pois é. Com quem mais eu teria feito isso? Quem mais teria a perspicácia e a delicadeza de saber que a única forma de eu continuar na Ordem era deixar a Ordem?

— Hmm — disse Cohmac, balançando a cabeça sabiamente. — Fico imaginando o que Mestre Yoda diria disso tudo.

Kantam deu um tempo e aceitou a onda de tristeza que surgia sempre que o nome de seu mestre era mencionado. Parecia um buraco — um vazio apenas, um vazio insondável, que aumentava cada vez mais. Kantam respirou, aceitou a tristeza e a liberou, sabendo que o sentimento retornaria em breve, e assentiu.

— Pois é.

A música terminou com um clímax triunfante. Aplausos explodiram por todos os lados, e Svi'no flutuou entre uma multidão de fãs, contando-lhes sobre uma estrela pop obscura da qual ninguém ainda ouvira falar. Não parecia haver qualquer problema à espreita, embora estivesse claro que as sombras de Coronet podiam abrigar todos os tipos de ameaças misteriosas.

Foi quando aquela pequena vibração interior alertou Kantam de que algo estava acontecendo. Olhou ao redor, alerta, até que um movimento nas sombras à frente atraiu seu olhar.

— Ali — disse Kantam, dando um leve toque em Cohmac.

A figura saiu do beco onde estava se escondendo e partiu em direção a Svi'no. Mas Kantam já tinha uma mão estendida e a Força já estava de prontidão, como sempre. Ela atravessou seu corpo, parecendo dançar como um relâmpago invisível pelo espaço aberto e então empurrou o agressor para o lado. Ele grunhiu, de repente no ar, e depois caiu sobre uma pilha de latas de lixo.

— Você realmente gostou dessa história de guarda-costas — comentou Cohmac, enquanto caminhavam até o agressor derrubado.

Kantam sorriu com o canto da boca.

— Tive muitos empregos durante o tempo que passei longe da Ordem.

Cohmac gargalhou e agarrou o homem, colocando-o de pé.

— Não pense que vai escapar de mim sem terminar essa história, Kantam.

— Nem sonharia com isso — respondeu; depois, virando-se para o agressor, um jovem magricela com o cabelo preso em uma cauda e usando um poncho de grife. — Agora você. O que foi aquilo, hein?

— Eu só... Eu só... — gaguejou ele.

— Oh, Tivbak... — A voz melodiosa de Svi'no veio de trás dos Jedi.

Cohmac e Kantam se viraram. A cantora escapara da multidão e estava pairando nas sombras ali perto, seu brilho esmaecido de forma a se misturar com a névoa das lanternas da rua.

— Meu amor — gritou Tivbak, começando a se contorcer. Cohmac o deteve com um olhar.

Svi'no revirou os olhos.

— Nós saímos na faculdade durante, tipo... dez minutos. Aquilo claramente foi o bastante para arruinar a sua vida toda. Por favor, pare de fazer isso, Tiv. É muito perturbador.

— Meu... meu amor! — choramingou ele.

— Nós vamos cuidar disso — assegurou Kantam a ela. Então o puxou para um beco lateral enquanto Svi'no voltava para seus outros fãs adoradores.

— Como você sabia que ela estaria aqui? — perguntou Cohmac, com aquela intensidade tranquila característica que deixava seus inimigos mais nervosos do que qualquer grito jamais conseguiria.

— Está... Está em todos os holos de fofoca — lamentou Tivbak. — Eu juro, parei de usar o rastreador quando o tribunal determinou!

Kantam e Cohmac se entreolharam.

— O que os holos estão dizendo? — perguntou Cohmac.

— Apenas as mentiras de sempre! — rosnou Tivbak, subitamente furioso. — "Estrela ferida vai às ruas em turnê de despedida para nomear a próxima grande artista das paradas!"

Kantam ergueu as sobrancelhas.

— Hã?

— Uma garota Mikkiana de quem todo mundo está comentando a noite inteira. Tenho certeza de que não chega aos pés da minha Svi'no!

Kantam ergueu dois dedos diante dos olhos de Tivbak e os deslizou para o lado.

— Talvez seja hora de voltar para casa e pensar nos fatores sociais que o trouxeram até este momento.

Tivbak concordou.

— Sim, faz sentido.

— Talvez você pudesse se esforçar em desfazê-los.

— Hmm, talvez!

— E não precisa mais pensar em Svi'no.

Tivbak franziu o cenho, confuso.

— Pensar em quem?

Kantam assentiu.

— Muito bem. Agora siga seu caminho.

Tivbak se afastou depressa, olhando para o céu noturno com ansiedade.

— Obrigada — disse Svi'no, flutuando de volta para perto com uma piscadela confiante. — Se meus irmãos o tivessem visto aqui, com certeza o teriam mandado para o hospital de novo. Para ser bem sincera, essa é a última coisa de que preciso agora.

— Quem teríamos mandado para o hospital? — perguntou alguém com uma voz áspera, e então Barg'no Atchapat, o mais velho dos irmãos, flutuou para o lado de sua irmã.

Kantam nunca pensaria que um ser capaz de flutuar também poderia ser tão corpulento, mas Barg'no e vários outros Atchapat, incluindo sua mãe, se encaixavam naquele perfil.

— Ninguém, meu irmão — assegurou Svi'no. — A propósito, esses são meus novos amigos, aqueles de quem falei.

Barg'no olhou intensamente para Cohmac e Kantam, depois assentiu.

— Ouvi dizer que podemos vir a ter algum tipo de problema com os Nihil aqui em Corellia — disse ele. Três dos outros irmãos se aproximaram flutuando, com seus muitos braços cruzados sobre os peitorais largos.

— Ainda não temos certeza — falou Kantam. — Mas parece muito provável.

— Os Corellianos não gostam dessa corja de invasores tentando usar nosso belo planeta em seus joguinhos sujos.

Kantam assentiu.

— De acordo. Nem os Jedi.

— Se houver uma luta — declarou Barg'no —, os Atchapat estarão a seu lado. — O restante da família se reuniu, junto com uma multidão considerável de fãs. Todos eles levantaram os punhos. — Corellia enfrentará os Nihil! — gritou Barg'no. — Somos todos a República!

— Somos todos a República! — repetiu a multidão.

Kantam, surpreso, sentiu uma onda de emoção. Mesmo os próprios políticos da República não levavam a ameaça Nihil a sério, mas as ruas, pelo menos, estavam do lado dos Jedi. E aquilo talvez fosse o que mais importava.

— Agradecemos — disse Kantam. — Pela luz e pela vida.

— Pela luz e pela vida! — repetiu a multidão, e depois todos caíram em um frenesi de conversas sobre a luta contra os Nihil e sobre quando conheceriam a famosa Senhorita Z.

— Parece — observou Cohmac — que o plano de Crash está em pleno vigor.

Kantam pegou seu comunicador.

— Vou avisá-la.

TRINTA E DOIS

CIDADE DE CORONET

— Excelente — disse Crash em seu comunicador. — Fique com ela. Vou fazer a ligação.

Fezzonk olhou para ela, depois voltou sua atenção para os brilhantes telhados da Zona Leste de Coronet que seu pequeno veículo voador sobrevoava.

Ainda bem que Crash era baixa e magra, caso contrário ela não caberia no minúsculo assento lateral que Fezzonk preparara para Betzo, um Lurmen que partira para se tornar um caçador de recompensas alguns anos antes. Crash estava espremida; coubera por pouco, mas estava acostumada — o Dowutino lhe dava carona para casa depois de noites longas com frequência. A verdade é que não havia como chegar ao Relvado depois de uma certa hora, e a pequena plataforma flutuante de Crash era boa para manobrar e supervisionar as operações da equipe, mas levava uma eternidade para ganhar velocidade.

Lá embaixo, os complexos de apartamentos tornavam-se unidades menores, que aos poucos se reduziam a cortiços e barracos. A densa escuridão por fim os cercou, com apenas um punhado de luzes aqui e ali marcando os acampamentos de vários habitantes do pântano.

— Qual é o problema? — perguntou Fezzonk.

Crash fez uma careta. Ela odiava o quanto podia ser transparente de vez em quando, mas também apreciava o fato de ele ter se incomodado em perguntar.

— Você acha que eu omito coisas demais?

Fezzonk soltou uma gostosa gargalhada.

Crash revirou os olhos.

— Valeu, cara.

— Não, não — disse Fezzonk, acenando com as mãos enormes (e quase esbarrando em Crash naquela cabine apertada). — É que... omitir faz parte do negócio. É difícil saber em quem confiar. Além disso, há certas coisas que simplesmente não precisamos saber e, às vezes, informações assim podem só complicar nosso trabalho.

— É isso mesmo! — concordou Crash, feliz por finalmente alguém estar do seu lado naquele assunto.

— Por outro lado — continuou Fezzonk.

Crash colocou a cabeça entre as mãos.

— Somos uma *equipe* e, no geral, funcionamos melhor quando temos mais informações. Porque a inteligência, como você costuma repetir, é o jogo todo, na verdade. Na real, acredito que tenha sido sua mãe a primeira a dizer isso.

— Ah, sim — resmungou Crash. — Parece algo que mamãe diria. — Ela suavizou. — Mas ela tem razão, no entanto. É que... com Prybolt e Ovarto desaparecendo... eu só... — Ela olhou para Fezzonk e finalmente colocou para fora, jogando as duas mãos para cima, quase acertando um dos grandes chifres de seu amigo. — Estou assustada. É só isso.

Fezzonk fez sinal com a cabeça para que ela continuasse, os olhos ainda fitando o céu escuro.

— Tenho medo por mim e por todos vocês. Não quero que mais ninguém se machuque sob a minha supervisão.

— Mas eles não estavam sob *sua* supervisão — observou Fezzonk. — E não digo isso pra tentar fazer você se sentir melhor. É que não é assim que funciona. Sim, você está no comando das coisas; mas, no campo, todos nós tomamos nossas decisões e vivemos e morremos por elas. Literalmente. Aquele não parecia ser um trabalho que precisava de mais do que dois agentes…

— Só que, pelo jeito, era — interrompeu Crash.

Fezzonk ignorou o argumento.

— Mas nós não sabíamos. Não havia como saber. Claramente era algum tipo de emboscada, uma armação para Tralmat, se tivesse que dar um palpite. Era só uma escolta de ida e volta, até deixar de ser. Não podemos enviar a equipe inteira toda vez que um Pai da Cidade quiser visitar uma amante depois da meia-noite ou coisa do tipo. Não é taticamente inteligente e nem temos recursos para isso.

Crash assentiu. Ela sabia que ele estava certo. Só que… A verdade era que remoer o assunto parecia melhor do que viver o luto.

— Então tomamos nossas decisões. E são decisões informadas. — Ele os levou por cima das copas das árvores, depois virou para a esquerda e mergulhou em uma inclinação gradual em direção às luzes cintilantes de uma pista. — Elas não estão erradas só porque um incidente estranho aconteceu. E se algo precisa ser consertado, nós nos unimos e consertamos, Crash. Como sempre.

— Eu sei — disse ela, sentindo o aperto contínuo de culpa, dúvidas e inseguranças vazando de seu corpo exausto. — É que… — Lá estava. Ela sacudiu a cabeça e as lágrimas desceram lentamente por suas bochechas. — Estou triste.

Fezzonk passou seu enorme braço cuidadosamente por trás de Crash e a puxou para perto de si, de modo que o rosto molhado da garota fosse espremido contra seu enorme ombro.

— Eu sei. — Ele enxugou os próprios olhos com a outra mão. — Eu também.

O RELVADO

— Crash! — gritou Baynoo Ongwa, descendo os degraus de casa e correndo na direção do veículo.

— Oi, mãe! — Crash a encontrou no meio do caminho e as duas se envolveram em um longo abraço.

— Não pensei que viria para casa hoje à noite! — Baynoo cheirava a algum tipo de perfume floral. É claro que ela estaria apenas relaxando em casa usando perfume! — Tem caf em cima do fogão, se quiser. E fiz o jantar para os anciãos do Relvado, então sobrou bastante.

— Sem caf — disse Crash, caminhando para casa de braço dado com Baynoo. — Tenho que fazer uma ligação e depois preciso dormir.

— Vai ficar para comer alguma coisa, Fezzonk? — perguntou Baynoo por cima do ombro.

— Não posso recusar um convite da minha antiga patroa, posso, senhora Ongwa? — respondeu ele.

— É um cavalheiro. — Baynoo riu. — Espero que sossegue o facho um dia.

— Mãe — alertou Crash enquanto eles subiam as escadas de madeira frágil, mas bem-pintada. — Se aposentar também significa não meter mais o bedelho na vida pessoal de todo mundo, sabia?

— Que absurdo! Na verdade, é bem o contrário! Finalmente tenho tempo de meter o bedelho. Deixe esta velha senhora com suas manias, por favor!

Eles entraram, e Crash soube imediatamente que não deveria ter esperado tanto para fazer sua última ligação de trabalho da noite. Um caldeirão de ferro pendia do teto; lá dentro, chamas dançavam ao redor de brasas crepitantes que emanavam calor e projetavam sombras serenas que se estendiam pela aconchegante casa de campo. O lugar todo cheirava a erva Veev e uva verde, e Crash sabia que havia uma cama forrada com cobertores felpudos esperando por ela logo depois daquela portinha no canto mais afastado.

— Deixe-me fazer isso lá fora, rapidinho — disse ela, dando meia-volta e quase esbarrando em Fezzonk ao sair.

A pequena mão de Baynoo pegou o antebraço da filha. A mulher mais velha parecia mesmo uma gentil moradora do pântano aposentada, mas a firmeza de seu aperto dizia o contrário. Crash teve que sorrir.

— Alguma notícia de Prybolt? — perguntou Baynoo.

O sorriso de Crash desapareceu ainda mais rápido do que havia surgido. Ela balançou a cabeça.

— Nada bom.

Todo o comportamento alegre de Baynoo pareceu ceder. Ela assentiu, soltou o braço de Crash e já estava se recobrando quando virou para o Dowutino que ocupava a maior parte de sua sala de estar.

— Sente-se! Jantar e caf! Já está saindo.

Crash suspirou, puxando seu holotransmissor enquanto caminhava pela varanda rumo aos fundos da casa. A escuridão pantanosa fervilhava com os rosnados dos creedoks — répteis anfíbios que caçariam uns aos outros até desmaiarem — e os trinados agudos de dez mil snomats se preparando para encontrar seus parceiros de vida, acasalar uma única vez e morrer imediatamente. Ela tentou não se comparar demais a nenhuma daquelas criaturas.

— Crash! — A forma holográfica de Malfac Orfk surgiu diante dela. — Finalmente! Estou tentando falar com você há horas! Ficou importante demais para retornar a ligação de um velho amigo?

Crash teve que rir. Eles se conheciam desde pequenos, claro, mas chamar o que tinham de *amizade* era forçar a barra. Ainda assim, Malfac era conhecido por exageros ainda mais extravagantes, se o fizessem cair nas graças de uma boa fonte em potencial. Ele também era conhecido por esquecer convenientemente que tinham algo a ver um com o outro quando necessário. Por isso, o fato de ele fingir camaradagem significava que tudo estava funcionando exatamente como deveria.

— Ah, Malfac. Você é mesmo levemente divertido, vagamente irritante e totalmente indigno de confiança.

— É o que elas sempre dizem!

— Presumo que esteja interessado em saber se um dos meus velhos amigos *de verdade* pode lhe dar alguma informação sobre a misteriosa e indescritível Senhorita Z?

— Bem... — Malfac se esforçou na atuação, mas logo desistiu. — Qualquer coisa ajudaria, sério mesmo! Ninguém encontrou nenhuma gravação, uma fofoca publicada, um endereço residencial, nem qualquer coisa sobre essa garota! Ela é um completo mistério! Mas as ruas estão morrendo de vontade de saber mais, Crash! Nem sabemos de onde ela é, pelas estrelas! Só preciso de um fragmento de alguma coisa, uma descrição, qualquer coisa!

Crash piscou, convocando o que restava de sua capacidade de ser agradável.

— Posso fazer algo melhor para você.

Malfac ficou desconfortavelmente próximo de sua própria holocâmera.

— Estou ouvindo.

— Estou enviando uma hologravação da primeira e única Senhorita Z.

— Crash! *O quê?*

— É bem recente, antes do sucesso todo, claro. Antes de ela ter chamado a atenção da primeira e única Svi'no.

— Não consigo acreditar numa coisa dessas!

— E ela está... veja só... cantando e dançando em seu quarto, esperando se tornar uma estrela algum dia.

— CALE A BOCA E SUMA DA MINHA VISTA, ALYS ONGWA!

— Certo, falo com você mais tarde! — Crash fingiu estar prestes a encerrar a ligação.

— Não! Não! Não! É brincadeira, claro! — gritou Malfac. — Envie isso! Pelas estrelas, envie agora!

A imagem de uma jovem Mikkiana da idade de Crash surgiu enquanto era transferida para o receptor de Malfac. Ela era linda, com olhos sonolentos e um leve sorriso direto e sensato que partiria centenas de corações. Ela estendeu um braço para o lado e girou o corpo inteiro atrás dele, deslizando pelo ar como água. Todas aquelas gavinhas de sua cabeça balançavam como se dançassem em meio a uma brisa invisível. A imagem ficou tremida por um instante — Ram deveria estar se ajeitando para acompanhá-la pela sala —, depois voltou ao normal quando ela começou a rir de alguma coisa.

— Sempre pensei que, talvez em outra vida, eu pudesse ter sido uma estrela famosa! — Um ombro rosa aparecia por debaixo de seu roupão solto. A garota sorriu timidamente para a câmera, depois desviou o olhar. — Mas isso não é para mim, não mesmo...

— Incrível! — gritou Malfac, provavelmente alto o bastante para perturbar os delicados rituais de acasalamento que aconteciam no pântano ao redor. — Perfeição!

— É muito bom. — Crash se maravilhou. *Bem do jeito que planejamos*, pensou. Ela só tivera um vislumbre da filmagem quando Ram a transferiu para seu holotransmissor mais cedo, tinha coisa demais acontecendo para prestar atenção no momento. Mas, nossa... ela realmente não poderia ter pedido uma cena melhor.

— Vou ficar devendo uma! — gritou Malfac, já usando dois datapads ao mesmo tempo, enviando mensagens para a holosfera, sem dúvidas, de forma a deixar todos animados com a iminente divulgação de um conteúdo exclusivo. — Não! Vou ficar devendo cem! Sério, Crash, obrigado!

— O prazer é literalmente meu — disse ela, e encerrou a ligação.

A vida selvagem do pântano enxameava e fervilhava por toda a noite ao redor. Era mil vezes mais cruel e complexa do que a cidade abarrotada em que ela trabalhava; oferecia milhares de vezes mais maneiras de morrer. Mas, para Crash, era o som da paz. Ela certamente amava seu trabalho, e o escritório em Coronet era um lar por si só. Porém, ela adorava ter um lugar que fosse exatamente o oposto para onde fugir e acalmar sua mente.

— Um sucesso — disse Baynoo do sofá quando Crash voltou para dentro de casa. Fezzonk roncava alto no chão, e a mulher mais velha tinha os pés confortavelmente apoiados no peito dele e uma taça de vinho Corelliano na mão. — Dá para dizer por causa desse sorriso presunçoso que você herdou de mim, hein.

— Sucesso absoluto — confirmou Crash, rumando diretamente para o quarto.

— Crash.

A garota congelou. Conhecia aquele tom de voz. Deveria ter pensado melhor antes de dizer qualquer coisa — sua mãe sempre conseguia perceber o que ela realmente sentia por entre as palavras que dizia.

Baynoo já tinha cruzado a sala e colocado os braços em torno de Crash, antes que ela pudesse escapar para o quarto silencioso.

— O que há de errado, minha querida?

Crash sacudiu a cabeça e enterrou o rosto contra a blusa macia da mãe.

— Venho tentando fazer o que você me ensinou: manter todos afastados. Principalmente desde o que aconteceu com Prybolt e Ovarto, mas... o tiro continua saindo pela culatra. Continuo não dizendo coisas que deveria dizer às pessoas, e tudo está desmoronando.

— Ah, Crash, amor. Eu falava dos clientes, não da sua equipe. Sua equipe é a sua família. Você não pode manter todos tão distantes.

Crash afundou ainda mais, tentando mergulhar no abraço macio de sua mãe. Ela sabia que não significava afastar a todos, mas... Prybolt desaparecera e, à medida que a verdade de sua morte se estabelecia gradualmente em seu subconsciente, ainda mais cedo do que ela estava disposta a admitir, parecia envenenar tudo ao seu redor. Todas as amizades e todas as negociações.

A única maneira de sobreviver no mercado ou, diabos, em tudo aquilo, era manter todos a uma distância segura.

Realmente não fazia sentido — no fundo, Crash sabia —, mas era mais fácil do que sentir toda a dor de perder alguém repetidas vezes. Ou correr o risco de ter que trabalhar para a mesma pessoa responsável pela perda de um amigo.

— Vou melhorar, mãe. Prometo.

Baynoo a beijou na testa e a apertou com força mais uma vez antes de soltá-la.

— Eu sei, garotinha. Se não, vou tomar o negócio de volta e deixar o papel de velha bruxa do pântano para você! Hehe.

Crash se arrastou para o quarto.

Tudo o que restava era que aqueles garotos Jedi executassem uma tentativa de captura bem direta, e aí o trabalho de verdade começaria.

O que poderia dar errado? Crash teve que rir um pouco daquele pensamento ridículo. *Literalmente tudo* era a única resposta.

Ah, bem.

Ela estava dormindo antes mesmo de ajeitar as cobertas.

TRINTA E TRÊS

CIDADE DE CORONET

Reath só tinha visto Crufeela usando um elegante vestido azul e dourado, por isso se perguntava, enquanto aguardava sentado em uma poltrona extremamente macia e desconfortável no saguão do Hotel Pluma, se a reconheceria nos trajes e comportamentos normais do dia a dia. Azul e dourado eram as cores planetárias oficiais de Corellia, e Crufeela era todinha Corelliana. Na verdade, Reath só a havia visto uma única vez numa holotransmissão de algum tipo de show de talentos galáctico brega, com um refrão infeliz e estridente chamado "Corellia para os Corellianos", se ele bem se lembrava. Sim! Ela fizera um grande alarde sobre como escrevera a letra para as vítimas de algum desastre natural que havia acontecido no planeta, mas aí descobriram que a música na verdade tinha quarenta anos e fora escrita como piada por um Alderaaniano. Para piorar as coisas, também descobriram que não era Crufeela cantando, e sim uma adolescente de Naboo que tinha sido enganada ao tentar fazer sucesso nas holos e teve sua voz gravada e entregue a um nome já famoso para uso na competição.

E tudo aquilo *depois* do escândalo envolvendo os papdoos ameaçados de extinção. Na verdade, aquela coisa do show de talentos deveria ser seu retorno triunfal depois do lance do papdoo. Reath olhou ao redor, ansioso. Ele ainda estava vestindo a roupa preta dos Caveiras Escarlates, e se sentia ridículo, mesmo com a pintura facial lavada. As vestes Jedi eram tão familiares que nada poderia se comparar. Tomou um gole d'água. Estava irritado consigo mesmo por conhecer tantas bobagens de cultura pop, mas alguns dos outros Padawans eram mais antenados do que ele, e não havia como evitar escutar conversa fiada enquanto tentava estudar.

— Ah, você é... o agente do Dizcaro? — disse uma voz tímida, puxando Reath de volta daqueles pensamentos incoerentes. Ele ergueu os olhos e quase cuspiu a água que esqueceu que estava bebendo.

— Ah, sim! — respondeu ele, levantando-se rapidamente. — Está pronta para ir?

No fim das contas, ele não precisava ter se preocupado sobre conseguir reconhecer Crufeela em roupas casuais, porque aparentemente ela não possuía nenhuma do tipo. Estava diante dele trajando o mesmo vestido brilhante azul e dourado que usara no show de talentos. A única diferença é que ali ela usava uma bolsinha azul e dourada para acompanhar. Talvez ela não *tivesse* nenhuma outra roupa, pensou Reath. Crufeela tinha a pele verde-clara, com sutis linhas prateadas que Reath não notara nos holovídeos. Uma plumagem de penas coloridas se erguia no topo de sua cabeça careca.

— Claro — disse ela, com um olhar nervoso ao redor. Não podia estar preocupada em ser reconhecida, não vestindo aquela coisa. Os dois seguiram pelo saguão, Reath ignorando todos os olhares curiosos.

— Vire à direita do lado de fora da porta — indicou Smeemarm através do fone de ouvido que dera a Reath antes de sumir em um poço de serviço. ("Há uma chance remota de Crufeela me reconhecer", explicara a Arcona, com a cabeça saindo do buraco no chão. "Eu costumava trabalhar para Dizcaro antes de Crash me encontrar. Duvido que Crufeela prestasse muita atenção em alguém além de Dizcaro, mas é melhor não arriscar.")

Reath saiu para a movimentada alameda iluminada com Crufeela ao seu lado. Ele olhou em volta com astúcia, do jeito que imaginava que um guarda-costas olharia, e depois acenou para que Crufeela o seguisse, dirigindo-se para a direita.

— Ande atrás dela — disse Smeemarm, não de forma indelicada. — Um guarda-costas nunca fica na frente do cliente, a menos que seja para levar um tiro de blaster.

— Certo — sussurrou Reath, diminuindo o passo.

Crufeela também diminuiu o passo, olhando preocupada para ele.

— Alguma coisa errada?

— Ah, não, não — assegurou Reath a ela, acenando como um controlador de voo em um hangar. — Continue! Só... estou atento.

— Muito bem — disse ela, claramente sem se convencer nem se impressionar.

— Atravesse a rua e vire à esquerda na esquina — sugeriu Smeemarm. — Você está indo bem.

Reath se dirigiu para a rua em um ângulo que o colocava quase ao lado de Crufeela, para que ela percebesse para onde ele estava indo. Artistas de rua com os rostos pintados giravam e grasnavam em algum tipo de encenação maníaca de um assassinato. Um deles usava uma máscara de pássaro e vestia somente penas. Um monte delas.

— Fique de olho — advertiu Smeemarm. — Muitos pontos de ataque por aí. Sei que tecnicamente não somos a equipe de proteção dela, mas não seria bom que uma cantora famosa fosse atacada sob a nossa vigilância. Mesmo que ela seja uma sonsa traficante de espécies em extinção.

— Entendido — disse Reath, baixinho. Crufeela cruzou a área aberta logo à sua frente e ninguém se aproximou demais. Depois ele a direcionou para a esquerda e os dois seguiram para um quarteirão mais tranquilo.

— A entrada do hotel fica à sua direita — informou Smeemarm. — Abra a porta para ela e verifique se há alguém do outro lado.

Tudo aquilo parecia uma dança muito delicada, pensou Reath, tentando não tropeçar em si mesmo ao avançar e ficar suficientemente à frente de Crufeela de modo a alcançar o teclado da porta. Uma dança em que ele era absolutamente terrível.

A porta de vidro do hotel se abriu e Reath não viu ninguém dentro do elegante saguão, nem mesmo na recepção. Aquilo provavelmente não era bom. Mas Crufeela já havia passado por ele e estava indo na direção do turboelevador.

— Passe na frente dela — disse Smeemarm. — Aperte o botão. Já está tudo pronto no andar de cima. Só precisamos que ela esteja prestes a morder o item, de forma que pareça plausível.

Como aquela mulher consegue ver tudo?, Reath se perguntou, distraído. *Ela está no subsolo!* Ele avançou rapidamente para as portas do turboelevador e o chamou, tentando não parecer esbaforido, nem transparecer o completo desastre que se sentia.

— Suíte na cobertura — disse Smeemarm quando a porta se abriu. Reath apertou o botão.

— Oh, coberrrtura! — guinchou Crufeela, forçando o *r* de forma desnecessária.

Reath estava desconfortável até a alma.

As portas se abriram para um lindo jardim ao ar livre, com luzes cintilantes penduradas no alto e uma mesa elegante no centro. Havia lugares para duas pessoas na toalha de mesa de tecido transparente, completa com taças de vinho, velas e pratos de sobremesa.

— Legal, né? — disse Smeemarm, com orgulho, no ouvido de Reath.

Crufeela deu um passo para dentro, depois se virou e enfiou a mão na bolsa.

— Uh — disse Reath.

— Abaixe-se! — gritou Smeemarm. — É uma...

Mas a cantora já tinha sacado um minúsculo blaster e apontado diretamente para Reath.

TRINTA E QUATRO

CIDADE DE CORONET

"Só precisamos que ela esteja prestes a morder o item, de forma que pareça plausível", foi o que disseram a Ram. "Ou então vai tudo pelos ares."

Aquelas palavras ficaram ecoando na mente de Ram enquanto ele esperava atrás do arbusto, segurando a caixa. De vez em quando, a criatura dentro dela se arrastava ou emitia um pequeno arrulho, e Ram estremecia e a aquietava. Ficava cada vez mais difícil não libertá-la, o que quer que ela fosse.

Ram nem mesmo era do tipo que se atraía por criaturas fofinhas. Animais de estimação e de carga, em geral, eram épico e tudo mais, mas poderiam ser épico em outro lugar, de preferência bem longe, onde Ram não precisaria interagir com eles e nem sentir seu cheiro. Máquinas eram tudo o que Ram precisava.

E sim, ele também *percebera* nos últimos tempos que era ótimo ter amigos. Amigos que não fossem criaturinhas minúsculas, peludas e teimosas.

Foco, Ram.

Ele estava ali parado na escuridão perfumada daquele elegante jardim na cobertura por... mais tempo do que imaginava. Estava ficando impaciente.

Além do mais, não tinha ideia de como faria a tal diva comer aquela pequena criatura. Teria que fritá-la primeiro? Ram não via nenhum aparelho de cozinha por perto. A mulher Arcona, Smeemarm, dissera que Crufeela ficaria imediatamente animada quando a visse e não prestaria muita atenção em todo o resto, por isso só o que ele tinha que fazer era oferecer a criatura. Mas ela ainda precisaria cozinhar! E se ela matasse a criatura antes de chegar quem quer que devesse estar ali?

Ram imaginou que pessoas como aquelas geralmente tinham um plano B, mas levando em conta a pressa com que tiveram que organizar tudo aquilo, parecia improvável.

E como ele poderia seguir o plano sem saber exatamente o que tinha comprado?

Ninguém dissera a ele para não abrir a caixa. Se fosse realmente importante não abri-la, alguém provavelmente o teria informado.

Dar uma olhadinha não faria mal.

Ram abriu a caixa com muito, muito cuidado.

— *Akapropak?* — chamou uma vozinha na escuridão dentro dela.

Aquilo era...? Não poderia ser...

Com o batimento cardíaco trovejando em seus ouvidos, Ram estendeu a mão, envolveu o pequeno corpo peludo e puxou uma Bonbrak muito jovem e muito assustada.

— *Daka-daka!* — gorjeou ela, aparentemente feliz em vê-lo.

— Ah! — Ram se engasgou. — Eu... Eu...

Aquilo era horrível! Aquele não era o plano! Era para ser algum tipo de animal, não algo senciente! Não algo de que Ram seria amigo! A criatura seria salva de qualquer jeito, mas aquilo... E, de qualquer maneira, havia Bonbraks por toda parte em Valo, eles certamente não estavam ameaçados de extinção lá.

Ele tinha que... Tinha que...

O turboelevador apitou, as portas se abriram e Crufeela saiu, toda trajada em um vestido azul e dourado absurdo e brilhante. Ela se virou, tirando um minúsculo blaster de sua bolsa e o apontando para Reath no momento em que as portas do turboelevador se fecharam atrás dele.

Porcaria.

Só precisamos que ela esteja prestes a morder o item, de forma que pareça plausível, lembrou Ram a si mesmo. Só que o "item" não era um item; era uma Bonbrak. E por mais que ele precisasse ter certeza de que ela sairia viva de tudo aquilo, também tinha que garantir que aquela mulher não tivesse a chance de comer nenhuma outra criaturinha inocente. Por isso, ele não poderia simplesmente chegar brandindo seu sabre de luz para salvar Reath. Reath, por sua vez, estaria quase certamente pensando a mesma coisa. Mas e se ela atirasse nele? O que aconteceria? Enquanto estava ali parado, suando, Ram percebeu que Reath era seu melhor amigo. Ele nunca tivera um melhor amigo antes. Nunca tivera amigos que não fossem Bonbraks. E passara a ter um monte, e seu favorito estava prestes a ser assassinado bem na sua frente por uma cantora maníaca que odiava animais fofos.

— *Ata Teetak!* — chiou a Bonbrak, com orgulho. *Ata* significava "pode chamar" em Bonbreez, então ela provavelmente estava anunciando que seu nome era Teetak.

— Shhh! — disse Ram, colocando-a de volta na caixa. — Teetak, shhh!

— *Teetak shhh!* — repetiu ela, com uma risadinha.

— *Ata Ram*. Mas você precisa ficar quietinha, está bem, Teetak?

— *Teetak shh!* — assentiu ela.

— Você realmente pensou que eu era estúpida, não foi? — sibilou Crufeela.

Reath olhou para ela com as mãos erguidas.

— Eu... O que você quer dizer?

— Por que meu querido Dizcaro mandaria alguém me buscar e não diria em que hotel eu estava, hein?

— Eu...

— Como uma coisa dessas poderia fazer sentido? Eu ligaria para perguntar, mas é claro que você entrou em contato usando o comunicador *dele*, então... Diga o que você fez com o meu Diz? — rosnou ela, apontando o blaster contra o rosto de Reath.

— Nada! — insistiu Reath. — Juro! Eu nem conheço esse cara!

— Bem, explique!

— Espere — implorou Reath. — Vocês duas, parem de gritar!

Vocês duas, pensou Ram, ao mesmo tempo em que Crufeela gritou:

— *Vocês duas?*

— Não, hã... Esperem... Muita coisa ao mesmo tempo.

A Arcona devia ter dado a ele um comunicador auricular, como aqueles que os guarda-costas usavam nos holofilmes. Ela provavelmente estava surtando enquanto Crufeela gritava, e Reath não conseguia ouvir nenhuma das duas.

— Com quem você está falando? — perguntou Crufeela. Então ela se virou, apontando o blaster para todos os lados, inclusive para Ram. — É aquela vadia turquesa flutuante? Ela está sempre sumindo e se esgueirando pelas sombras! Foi assim que ela roubou minha coroa, sabia? Esgueirando-se pelas minhas costas, aquela trambiqueira...

— Arrá! — disse Ram alegremente, saindo de trás do arbusto. — Aí estarr você! Sua refeiçon já estarr... Oh!

Reath ficou estarrecido, provavelmente se perguntando qual sotaque estaria sendo massacrado por Ram e por quê. Ram também gostaria de saber. Simplesmente saiu daquele jeito.

Por sorte, Crufeela não percebeu ou não deu importância. Pela primeira vez, algo saíra do jeito que deveria. A partir do momento em que Ram surgiu, a diva só tinha olhos para a caixa em suas mãos.

— Isso é... — perguntou ela, exasperada. — Isso é... o que eu acho que é?

Ram, resistindo à ânsia de vômito, ergueu uma sobrancelha.

— Aaaah, é clarro, minha querrida! Este serr um prrato muito especial!

— Deixe-me ver — choramingou ela. — Por favor, deixe-me apenas... deixe-me ver esta delícia!

— Hã, hã, hã — repreendeu Ram, acenando para que ela se afastasse. — Porr favorr, um passinho parra trrás! — Ele colocou a caixa no chão, desejou que suas mãos parassem de tremer e a abriu.

A pequena e adorável bola de pelo e fofura olhou para cima, piscando com uma luz repentina, olhou para Ram mais uma vez e... aquilo era um sorriso? Ram queria se enrolar num canto e explodir.

Crufeela ficou boquiaberta.

— É *de verdade*! — Ela enfiou as mãos de dedos compridos dentro da caixa e as passou ao redor da pequena Bonbrak. — E é *minha*!

Ram resistiu ao impulso de pegar seu sabre de luz. Reath estava de prontidão atrás de Crufeela. Mas de prontidão para fazer o quê? Os dois estavam à mercê de todo um redemoinho de maquinações que nem compreendiam e nem controlavam. Ram esperava que Smeemarm estivesse dizendo algo de útil naquele fone de ouvido.

— A República classificou essas criaturas como protegidas — disse Crufeela, tristemente —, porque em seu planeta natal, Bartokan V, o enorme Clã Svor as adora como deuses e as chamam de barat-karabak: dentes ferozes. Eles exigiram a designação especial e os mimizentos patéticos de Coruscant obedeceram. Mas eu particularmente conheço planetas nos quais elas são uma *praga*! Mesmo assim... isso não as torna menos *deliciosas*.

— Err — disse Ram.

— Você sabe o jeito certo de comer um barat-karabak? — Os astutos olhos reptilianos de Crufeela não desgrudavam de sua presa.

— Hã... ah... — gaguejou Ram.

— Já ouvi falar de pessoas que assam e até mesmo fritam, como completos *bárbaros*! — continuou ela, aproximando-se do ápice da vilania culinária. Crufeela sacudiu a cabeça, mal conseguindo suportar a tragédia de toda aquela ideia. — Não, não! — gemeu. — Eles devem ser comidos... — Por um instante, tudo o que Ram ouvia eram os zumbidos e ruídos do tráfego noturno, o som do vento Corelliano e as batidas de seu próprio coração.

Então, Crufeela gritou:

— *VIVOS!* — E sua bocarra se abriu de uma forma inumana.

A Bonbrak guinchou quando aquelas mandíbulas gigantescas e aqueles dentes pontiagudos avançaram para abocanhá-la. Ram convocou a Força e arrancou a pequena criatura das mãos de Crufeela no instante em que uma dezena de holofotes de milhares de watts ganharam vida ao redor deles.

— Não! — gritou Crufeela. Quatro soldados de armadura correram para dentro, com os blasters em punho, seguidos por uma corpulenta Twi'lek parecendo muito satisfeita consigo mesma.

— Crukibolt Nart Adeen — disse a Twi'lek, pronunciando com imponência —, também conhecida como Crufeela, eu sou a Inspetora-Chefe Deemus Abrus, da Divisão da Sociedade Galáctica dos Entusiastas de Criaturas da Cidade de Coronet! Trabalhamos com as autoridades locais para garantir que várias criaturas como esta não sejam vendidas no mercado ilegal.

A Bonbrak estremeceu nas mãos de Ram, arrulhando suavemente, tentando abrir caminho com o focinho em sua axila.

— Seus decrépitos vis — disse Crufeela em um sussurro enfurecido e desesperado.

— Sim, sim. — Deemus suspirou. — Guarde isso para os bastidores do documentário sobre sua... vamos ver... terceira queda em desgraça?

Crufeela olhou ao redor, dando-se conta da realidade de sua situação.

— Eu só estava brincando com ele!

Deemus assentiu agradavelmente.

— E eu sou uma grande pilota de corridas de pods. Rapazes. — ela deu um aceno alegre para os soldados. — Levem-na daqui.

— O quê? Vocês não podem me prender! — guinchou Crufeela, já a meio caminho do turboelevador.

— Eu literalmente acabei de fazer isso, minha querida. — Deemus riu. — Está tudo bem. Provavelmente vão sentenciá-la com algum tempo de serviços comunitários, recolhendo esterco de happabore no zoológico municipal. — Ela acenou amigavelmente enquanto os soldados arrastavam Crufeela para o turboelevador. — Não coma os happabores! — A detetive se virou para Ram, que ainda tinha a Bonbrak aconchegada em seus braços. — Ah, olá, jovem! Você prestou um grande serviço para a vida selvagem da galáxia.

— Prestei? — Ele deu mais um abraço na Bonbrak e depois a passou para os braços abertos de Deemus.

— Claro! Todo ser é sagrado! Ora, esta única Bonbrak pode ajudar a repovoar os Picos Azuis do hemisfério sul, que não têm uma população Bonbrak estável há mais de um século, graças ao comércio ilícito e demônios como Crufeela.

— Uau!

— A porta do turboelevador se abriu mais uma vez. Smeemarm acenou para Ram e Reath de dentro. Ela fez contato visual com Deemus Abrus, e as duas acenaram uma para a outra enquanto os dois Padawans saíam da cobertura.

PARTE QUATRO

TRINTA E CINCO

CIDADE DE CORONET

— Entendido, sim. — Varb Tenart pressionou seus dois pés parecidos com mãos sobre a mesa e piscou cerca de mil vezes. — Bem, isso é... hmm.

Crash conhecia aquele movimento. Significava que o Dug organizador do evento estava estressado, irritado e encurralado, preferindo estar em qualquer outro lugar. Ela conseguia escutar alguém tagarelando as más notícias incessantemente através do fone de ouvido de Varb. Crash tomou outro gole de caf e conseguiu não sorrir.

— O negócio é... — murmurou Varb. — Certo, certo. Não, claro que entendo.

O sol do meio da manhã entrava pelas janelas do escritório, dançando ao longo de vários hologramas dos irmãos de ninhada de Varb e suas quase quatro dúzias de filhotes. Crash pegou uma das imagens e fez caretas para elas. Tinha que admitir que os bebês Dug eram incrivelmente fofos. Se ignorasse a ideia de todos eles crescerem e se transformarem em Varbs Tenarts totalmente formados, realmente não eram tão ruins.

— Certo, bem, é uma pena, sim — continuou Varb, desculpando-se de forma complexa para Crash com um pé e revirando os olhos.

Tudo bem, balbuciou Crash, fazendo sinal para ele. Porque sim, estava tudo bem mesmo. E ia ficar ainda melhor, logo mais.

— Certo, então nos falamos em breve. Mande lembranças minhas se conseguir falar com ela antes... sim, bem, você sabe. — Ele desligou a chamada e esfregou um pé nos olhos com um longo suspiro. — Minha doce Suspirala! Que manhã!

— Não vou nem perguntar — disse Crash, calorosamente. — Só vim buscar alguns formulários para uns clientes meus.

Varb piscou, recobrando-se e dando um sorriso.

— Está tudo bem! Vai ficar. De algum jeito. São os negócios... sabe?

— E como sei! — Crash *quase* se sentia mal por ele. Ela sabia, e se identificava profundamente com aquela determinação Dug. Ele provavelmente estava dizendo para si mesmo que *encontraria* um novo artista para fazer uma aparição no baile daquela noite, com um caloroso senso de autoconfiança. Ele *encontraria*.

De fato, pensou ela ironicamente.

— Bem, se precisar conversar sobre isso, estou bem aqui. — Ela deslizou seu datapad sobre a mesa, com uma imagem de Zeen olhando pensativa para fora da tela. — Só preciso da sua assinatura em alguns desses formulários para...

— Esta é... — Varb pegou os óculos da mesa com um pé e depois usou os dois para ajeitá-los sobre o focinho. — Esta é a Senhorita Z, que não sai da boca do povo?

— Oi? — disse Crash, fingindo estar superinteressada em um dos holos da ninhada. — Ah, a Senhorita Z? Sim, acabei de assinar com ela esta manhã, na verdade. Para a festa toda, sabe? — Ela apontou para o holo. — Crianças fofas.

— Sim, sim, sim, e fazem uma bagunça. Mas, espere... espere, espere, espere. — Varb se inclinou totalmente para frente em sua mesa. — Você a *representa*?

— Quem?

— Essa garota Z. A que não sai da boca do po...

— Ah! Sim. A galáxia sabe que ela precisará ser detalhista nesse ritmo. Ela mal entrou em cena e a demanda já está nas alturas. Consegue imaginar como deve ser a situação da segurança.

Varb apenas a encarou por um momento, com os olhos vidrados. Seu hálito cheirava a leite.

— É ridícula — disse Crash. — A questão da segurança.

— Ah, claro que é! Ela é uma estrela! Uma estrela de boa índole! Todos os programas matinais estão falando dela. As crianças comprando aquelas terríveis gavinhas falsas, colando em suas cabeças e se pintando de rosa! Ridículo!

— Verdade — disse Crash, balançando a cabeça.

— Digamos que... — Varb olhou para ela por cima dos óculos e fez beicinho. — Você não acha que ela estará disponível hoje à noite, por acaso, acha?

TRINTA E SEIS

HIPERESPAÇO

— Então — disse timidamente a imagem trêmula de Lula Talisola. — Olha...

Zeen apertou um botão e pausou o holovídeo. Não queria ver o restante. Cada parte dela estava morrendo de vontade de ver o restante. Era uma agonia. De repente, a cabine pareceu muito, muito pequena, e a galáxia, muito grande. Ela colocou a mão no painel de controle, tentando encontrar algo real para se manter com os pés no chão. As estrelas passavam ao seu redor; a galáxia parecia em paz. Mas não estava.

Tudo era guerra, por dentro e por fora. Ela não conseguia diferenciar uma sensação de desgraça da outra, e não tinha ideia de quais eram os toques sutis da Força lhe dizendo que algo estava muito errado e quais eram apenas causados pelo pânico. Tudo aquilo fora apagado por um sentimento complicado que chegava ao âmago de quem ela era e se debatia em seu interior até o alto de sua cabeça.

Se aquilo era amor, o amor era absolutamente a pior das coisas.

— Não sei como dizer nada disso. Nunca tive medo de falar o que penso ou de ser sincera. Não tenho medo dos Nihil nem dos

Drengir, não mais. Não tenho medo da morte, Zeen, mas não faço ideia de como falar com você sobre os meus próprios sentimentos. — Ela parou, enxugou os olhos. Respirou fundo. — Não sei fazer *isso* ter sentido.

Isso não faz sentido, quis gritar Zeen.

Todos os alarmes internos dispararam ao mesmo tempo. *Corra!*, pedia sua mente. Ou era a Força? Provavelmente era, porque tudo que estava acontecendo ali era quase definitivamente uma abominação aos olhos da Ordem! Os Jedi não deveriam se apegar, e o que era aquilo senão apego propriamente dito? E Lula queria ser a maior Jedi de todos os tempos. Era o que ela sempre quisera ser. E aí Zeen tinha aparecido e arruinado a vida inteira de Lula apenas por existir, assim como arruinara a de... Não.

De repente, tudo dentro dela parou de tremer. Krix fizera suas próprias escolhas. Ela sabia. E Zeen fizera as dela. E Lula também teria que fazer.

Mas uma coisa que Zeen sabia era que não se tornaria um obstáculo no caminho de alguém, nem a atrapalharia em sua jornada para se tornar o que sempre quisera ser.

E aquilo significava que Zeen tinha que fugir. Para longe. Para longe daquilo tudo. A ideia pareceu um alívio e um pesadelo ao mesmo tempo. O Farol da Luz Estelar se tornara sua casa. Mais importante, ela encontrara um lar dentro de si mesma enquanto estava no Farol. Encontrara seu verdadeiro eu — não aquele que ficava tentando se diminuir, ser mais quieto e mais fraco para as pessoas que fingiam amá-la, mas apenas enquanto ela representasse o papel que elas imaginavam.

Aquilo não era amor, pensou Zeen. Amor era o que ela tinha com os Padawans.

O amor era...

Entrando no sistema de Corellia, avisou a leitura do navicomputador com um apito. *Prepare-se para sair do hiperespaço.*

Muito bem. Zeen desligou o holograma pausado, grata pela distração.

Ela ajudaria seus amigos em Coronet, garantiria que estivessem bem. Agiria com discrição, faria o que fosse preciso fazer, e só. Se fosse necessário, mataria Sabata Krill sozinha.

Ela abraçaria seus amigos e se despediria. Depois, entraria em sua nave e voaria para longe, sem nunca olhar para trás.

TRINTA E SETE

CIDADE DE CORONET

Kantam e Cohmac ergueram os olhos da refeição quando a porta de seus aposentos se abriu.

— Bom dia, Jedi — cumprimentou a Ministra Fendirfal. — Creio que tenham gostado das festividades e do caos da noite passada.

— Sem dúvidas — disse Cohmac, alegremente.

Kantam apenas sorriu.

Um leve sorriso se abriu no rosto da ministra.

— Uma recepção deveras Corelliana, eu diria. Seja como for, houve alguns relatos de problemas no quartel da guarda municipal do outro lado da cidade.

Do outro lado da mesa, os Jedi se entreolharam e depois olharam de volta para Fendirfal.

— Que tipo de problema? — perguntou Kantam.

— Não está claro. — Ela franziu a testa. — Parece que uma briga se intensificou. Pode haver vítimas. Ou uma possível — ela desviou o olhar — situação com reféns com baixo nível de perigo, mas estou certa de que provavelmente não é nada.

Ambos os Jedi já estavam de pé.

— Estava planejando ir até lá assim que terminasse de lidar com um lote de dados e algumas reuniões. Vocês podem ir comigo, se quiserem.

— Vamos para lá agora mesmo — Cohmac assegurou a ela, passando rapidamente pela ministra e lançando um olhar significativo para Kantam por cima dela.

— Ah, certo — disse Fendirfal, frustrada. — Suponho que haja um motodeslizador extra que vocês podem pegar emprestado na garagem.

— Talvez nos encontremos lá — disse Kantam, apressando-se para alcançar Cohmac. — Se seu trabalho permitir.

— Acordamos os garotos? — perguntou Cohmac, acenando com a cabeça para o outro beliche.

Kantam balançou a cabeça.

— Eles vão querer ir junto, e provavelmente é melhor ver o que conseguem descobrir no baile de hoje à noite. Pode ser que haja pessoas envolvidas no que quer que esteja acontecendo. E quem sabe por quanto tempo essa confusão vai nos ocupar. De qualquer forma, tenho certeza de que eles precisam dormir.

— Sei que a República pode ter suas questões... burocráticas — disse Cohmac, com delicadeza, enquanto o vento do porto fazia seus longos cabelos negros lhe açoitarem a nuca com ferocidade. — Mas aquela ministra parece meio que entusiasmada demais em chafurdar em impasses inúteis e mediocridade abjeta.

Kantam desviou de um veículo de carga lento e depois os levou cada vez mais para cima, na direção das pistas mais altas e abertas, que estavam praticamente livres do tráfego do meio da manhã. Cruzaram a Alameda Whyren e seguiram para o norte, passando pelo centro cívico, onde a água abaixo brilhava intensamente, margeada de um lado por uma majestosa conflagração de arranha-céus da cidade e, do outro, pelos estaleiros.

— Não acho que haja nada nefasto nisso — disse Kantam. — Se é isso o que você está perguntando.

— Não, não intencionalmente — concordou Cohmac. — É que... é chocante, sabendo o quanto a República fez nos últimos anos para evitar esse tipo de comportamento.

— O que eu sinto é que as ações e sentimentos dela estão menos em sintonia com a República e mais com Corellia. Ou, mais precisamente, com a Cidade de Coronet. Todo o sistema político daqui é uma gigantesca catástrofe à moda antiga, como você certamente reparou ontem à noite. Menos corrupção e mais tolice gratuita, simples e direta, com uma pitada de ganância.

— Imagine só, fazer Coruscant parecer eficiente — admirou-se Cohmac. — De qualquer forma, você me deixou no que os holodramas chamam de gancho em sua história, creio eu. E temos algum tempo pela frente.

— Ah, sim — disse Kantam, desviando da via à beira-mar e seguindo por entre os imponentes monumentos da indústria e da generosidade em direção ao setor da Vila Teeno. Ao se lembrar, Kantam sorriu.

PASSADO

Kantam observava das laterais quando Aytar se lançou no ar, girou uma, duas vezes e depois agarrou a barra oscilante e se içou nela. Ele esticou o peito, equilibrando-se na barra, e jogou os braços para os lados em uma reverência elaborada enquanto os aplausos trovejavam ao seu redor.

Aquele leve sorriso, aquele que deixava Kantam sem saber como reagir, deslizou pelo rosto de Aytar. E então, o garoto se largou, acertando a barriga na barra. Ele impulsionou as pernas para trás, girando duas vezes ao redor da barra, depois soltou. Kantam absorvia tudo como se acontecesse em câmera lenta. O corpo tenso de Aytar disparou para cima e girou, virou e se torceu, caindo graciosamente na direção da rede abaixo. O mundo inteiro pareceu explodir com gritos de excitação. Ele afundou totalmente na rede e depois voltou a subir no ar, com um enorme sorriso no rosto. O número estava completo; tudo o que restava fazer era mergulhar na adoração da plateia.

Quando Aytar atingiu o auge de seu salto e começou a descer novamente, Kantam ergueu a mão, permitindo que a Força fizesse Aytar desacelerar em uma pausa suave, pairando ali no ar por apenas um instante.

Todos se espantaram, incluindo Aytar.

Kantam sentiu um sorriso astuto e rude cruzar seu rosto. Não era o sorriso que costumava ter. Um novo sorriso para uma nova era. Para uma nova faceta.

Kantam baixou Aytar lentamente enquanto gritos selvagens de diversão e confusão ecoavam por todos os lados e, finalmente, os olhos do garoto encontraram os de Kantam e se arregalaram. Ele se levantou, seu rosto expressando uma mistura selvagem de confusão, fúria e... alguma outra coisa, que Kantam não conseguia nomear, mas esperava que fosse amor.

E descobriria em breve.

A área dos bastidores era uma bagunça, um lugar com cheiro de suor e repleto de torsos desnudos e criaturas excessivamente fantasiadas. Kantam desviou de um Ithoriano totalmente vestido com os trajes reais de algum sistema distante, depois precisou sair do caminho de um grupo de Narquoisianos risonhos, com os rostos cobertos por extravagantes maquiagens de palhaço enquanto desfilavam para o palco de arena.

Daquela vez, o circo tinha parado no centro de uma cidade em Elphrona, e a organização estava um pouco diferente do que fora em Endovar. Mesmo assim, Kantam encontrou o camarim dos acrobatas e bateu educadamente, seu coração num ritmo imprudente e desesperado soando em seus ouvidos.

— Você — disse Aytar, aparecendo na porta. Aquilo era metade uma acusação, e metade uma canção de amor.

Kantam não sabia em qual metade acreditar com certeza. Ambas eram verdadeiras.

Aytar e Kantam se encararam por um momento, então o acrobata suspirou e deu um passo para o lado, fazendo um gesto teatral com a mão para que Kantam entrasse.

— Você... — Aytar se empoleirou na mesa de maquiagem, apoiando os cotovelos nos joelhos dobrados e juntando os dedos contra o rosto. — Você.

— Eu — disse Kantam, perfeitamente imóvel, com as costas retas, olhando Aytar de frente. — Em carne e osso.

— Eu falei para você... não deixar a Ordem por minha causa — ralhou Aytar calmamente.

— Não fiz isso por você — disse Kantam, percebendo a verdade enquanto as palavras saíam de sua boca. — Fiz isso por mim.

De certa maneira, era simples daquele jeito. De outras, jamais seria simples. Ambas eram verdade, assim como um milhão de outras coisas.

— Eu não posso ser responsável por... por você jogar fora o trabalho de uma vida toda. É um fardo muito grande para eu carregar.

— Não estou pedindo que carregue.

Aytar ergueu os olhos.

— Não?

— Também não cabe a você decidir se eu posso ou não jogar alguma coisa fora. — Kantam não esperava que aquela estranha calmaria durasse. Tinha imaginado uma espécie de reencontro desesperado e cheio de lágrimas. Esperava discutir, fazer amor, provavelmente as duas coisas. Algo que parecesse tirado de holodramas ruins e livros largados pela metade.

Kantam pensava que a súbita onda de emoção que sentira durante toda a semana anterior era simplesmente como a vida seria dali em diante. Uma tempestade. Mas, como sempre, Mestre Yoda estava correto. A única coisa em que se podia confiar era a mudança. Emoções eram como o vento. Kantam sabia o que queria naquele momento e, naquele momento, estava exatamente onde queria estar. De certa forma, nada mais importava.

— A única decisão que você precisa tomar agora — disse Kantam — é se quer que eu fique ou vá embora.

Aytar colocou a cabeça entre as mãos e só respirou por alguns momentos muito longos. Quando ergueu os olhos, estava sorrindo.

CIDADE DE CORONET

— Ainda tem mais, não tem? — perguntou Cohmac sob o vento forte. — Sei que essa história ainda não acabou.

— Sempre tem mais.

— Por quanto tempo você ficou fora?

— Um pouco — disse Kantam. — Para ser honesto, eu perdi a noção do tempo. De qualquer forma, estamos chegando.

Kantam e Cohmac subiram uma larga avenida entre os armazéns, depois viraram uma esquina em um distrito comercial lotado. Mercearias, lojas de equipamentos tecnológicos e peixarias se alinhavam nas ruas, e cada um cuidava do seu próprio negócio. De algum modo, tudo parecia estranhamente calmo. Kantam não sabia dizer o motivo. As pessoas estavam fora de casa, mas olhavam umas para as outras furtivamente e pareciam prontas para sair correndo a qualquer momento.

— O que você acha que é? — perguntou Cohmac.

Kantam diminuiu a velocidade do deslizador e olhou para um grupo de idosos que observava um ponto vazio no céu distante, murmurando uns com os outros.

— Estão tentando descobrir se o que aconteceu no quartel da guarda está prestes a se espalhar entre eles. — Kantam voltou a acelerar, subindo uma colina e depois descendo em direção a uma área aberta de estacionamentos e zonas industriais espalhadas em torno de um prédio central com vários andares de altura e a cobertura adornada por diversos tipos de antenas de transmissão. — Lá está — disse

Kantam. Uma única coluna de fumaça preta subia do outro lado do prédio. Poderia ser facilmente confundida com qualquer coluna de fumaça emitida pelas chaminés das fábricas espalhadas por toda a cidade, exceto pelo fato de que aquela, como Kantam percebeu ao olhar mais de perto, vinha de uma nuvem química amarelada que envolvia todo o edifício. O sinal de guerra dos Nihil.

TRINTA E OITO

CIDADE DE CORONET

— Não acredito que eles foram sem a gente! — protestou Ram, enfiando biscoitos velhos na boca e mastigando agressivamente.

— Você queria mesmo visitar um quartel da guarda? — perguntou Reath, do outro lado da mesa.

— Não é essa a questão. Deveríamos ser uma equipe, e mal conseguimos fazer as coisas de Jedi juntos porque sempre tem algum de nós escapando.

— Na maioria das vezes, nós dois — apontou Reath.

— Sim, sim, verdade — admitiu Ram. — Mesmo assim.

— Tome um caf. — Reath deslizou um copo para a frente de Ram. — Não é tão ruim quanto você pode achar.

— Não bebo caf — respondeu Ram, sacudindo a cabeça. Depois pensou melhor. — Na verdade, vou levar um pouco para os Bonbraks. Eles adoram esse treco.

— Claro que adoram — resmungou Reath. — Alguma notícia de...

O rosto fanfarrão de Crash apareceu no holoprojetor de Ram antes que Reath pudesse dizer o nome dela.

— Sou eu! Uma garota!

— Você nunca vai me deixar esquecer que eu reagi assim quando você apareceu aqui pela primeira vez, vai? — perguntou Ram.

— Claro que não! — disse Crash. — E você também não deveria. Foi um momento icônico da juventude. Eu vos saúdo.

— Quais as novidades? — perguntou Reath.

— As novidades, meus amigos, é que vocês dois são agentes extremamente eficazes e sempre terão portas abertas para fazer parte da Proteção Suprema enquanto eu estiver no comando.

— Deu certo! — disse Reath, estendendo a mão através do holograma para cumprimentar Ram.

— Aquele cara Dug ofereceu o contrato do baile de hoje à noite para você? — perguntou Ram.

— Ofereceu o contrato para a Senhorita Z — disse Crash. — E como representante dela, isso me dá o contrato geral para o evento, então, sim. Tudo o que precisamos fazer agora é tentar informar à nova estrela misteriosa que ela é uma nova estrela misteriosa! Alguma atualização?

Ram sacudiu a cabeça.

— Tentei entrar em contato com ela algumas vezes, mas as comunicações podem ser complicadas no hiperespaço. Ela deve chegar por aqui a qualquer momento.

— Certo, tragam-na aqui para o escritório quando ela aparecer, para que possamos colocá-la a par da situação e deixá-la toda bonita e arrumada. Preciso ir dar uma olhada no local e ver o que mais consigo descobrir! — Crash fez algum gesto complicado com a mão, que Ram interpretou como uma gíria gestual Corelliana e tentou corresponder, mas ela já tinha encerrado a ligação.

— Bem, acho que...

O estrondo de uma nave entrando na doca soou. Ram e Reath saíram correndo dos aposentos para a área de pouso aberta. Fedia a borracha, combustível e metal queimado. Um transporte espacial desacelerava acima deles, e depois baixou suavemente para a plataforma de pouso.

— Zeen! — gritou Ram, quando um rosto rosa surgiu na janela de visualização. A cabine se abriu com um assobio e um sibilo, e Zeen Mrala saiu, parecendo surpresa e confusa.

— Oi, eu... — disse Zeen. Então ela simplesmente agarrou Ram e o abraçou.

— O que houve? — perguntou Ram. Reath estava ali perto, tentando descobrir se deveria se juntar ao abraço ou simplesmente ir cuidar de sua vida.

Zeen deu um passo para trás e balançou a cabeça. Ela não estava chorando, mas parecia vazia, de algum jeito, mais perdida do que Ram jamais a vira.

— Eu... não sei explicar.

— Teve problemas no caminho para cá? — perguntou Reath. — Não conseguimos entrar em contato com você por um tempo.

— Não, foi uma viagem tranquila. Deixem que... Me desculpem, vocês dois. Só estou pensando demais em tudo e... achei que ia aparecer aqui e salvar o dia ou algo do tipo, mas agora sinto que só vou acabar causando mais problemas.

— Aconteceu alguma coisa com Krix? — arriscou Ram.

Zeen revirou os olhos.

— Aquele tolo está sob custódia. Não... Eu vou ficar bem. Sério.

Ram pegou a mala dela e começou a conduzi-la para fora da doca.

— Vamos — disse ele. — Vamos colocar alguma comida aí pra dentro e tudo mais. Você tem um longo dia pela frente...

— Como é?

— Padawan Silas, na escuta? — soou o comunicador no cinto de Reath. Era Cohmac, e parecia urgente.

— Estou aqui, Mestre — disse Reath.

— Ram está com você?

— Está aqui sim, Mestre. E Zeen acabou de chegar.

— Ah, graças à Força. — Cohmac suspirou. — Onde vocês estão?

— Ainda estamos nos alojamentos. O que está acontecendo?

— Escutem, todos vocês. Os Nihil estão em Corellia. Não há mais dúvidas disso. Não sabemos quantos são ou qual o objetivo deles, mas definitivamente estão aqui e diria eu que com alguma força.

Os olhos arregalados de Zeen se cruzaram com os de Ram. Se realmente houvesse uma infiltração Nihil em Corellia, Ram sempre imaginou que seria um ou outro político, alguém que fizesse as coisas de dentro. Mas não com alguma força militar. Os Nihil com certeza eram ambiciosos, mas eram principalmente covardes, até onde Ram pudera ver. Atacariam alvos fáceis, civis locais, onde sabiam que conseguiriam causar o máximo de estragos e destruição e escapar impunes. Confrontos diretos com exércitos maiores que os deles não faziam seu estilo.

Então, mais uma vez, Ram sentiu seu batimento cardíaco dobrar de velocidade. A CorSec, a força de defesa de todo o planeta, estava toda concentrada na lua próxima, Gus Talon, assim como a maioria dos Jedi da Cidade de Coronet. Então, quem realmente estaria ali para impedir os Nihil?

Ele olhou para seus amigos, sozinhos no hangar quase vazio.

Era uma armadilha. Aquilo tudo. E lá estavam eles, no meio de tudo, ainda sem saber qual era o plano que tentavam impedir. Sem reforços e sem saída, não se planejassem manter os Nihil sob controle. E teriam que entrar em contato com Coruscant para obter reforços, mas o que diriam que estava acontecendo? Tudo ainda era muito vago, e ninguém poderia aparecer naquele momento. Provavelmente seria tarde demais quando qualquer ajuda chegasse.

Tudo o que tinham era uns aos outros.

Ram se inclinou para falar no comunicador de Reath:

— Vamos até vocês. Ainda estão no quartel?

— Não — respondeu Cohmac, com firmeza. — Não sabemos se essa é só mais uma distração, um ataque real ou algum acidente. Se nos reunirmos aqui e descobrirmos que eles já lançaram um ataque ao centro da cidade, teremos perdido momentos preciosos. Por enquanto, devemos ficar separados e alertas.

— Sim, Mestre — disse Reath.

— E esta é uma ordem direta, Padawans: de agora em diante, não saiam mais em missões sem avisar os outros. E sim, isso também vale para Kantam, e para mim também. *Devemos* nos manter coordenados, disciplinados e em contato uns com os outros. Entendido?

— Perfeitamente — disseram Ram, Reath e Zeen.

— Vocês devem agir como se estivesse tudo bem. Os Nihil ainda não sabem que já temos conhecimento de sua presença aqui, e essa pode ser a única vantagem que nos resta. Dirijam-se até o local do baile. Contem para Crash, acredito que podemos confiar nela, e depois prossigam com tudo conforme planejado. Seja como for — um tom caloroso surgiu na voz tensa de Cohmac —, esta será uma grande noite para Zeen. Ela não deve perdê-la. Cohmac desligando.

Zeen piscou de perplexidade para Ram e Reath.

— Como é?

— Vamos — disse Ram. — Temos muita coisa para contar.

TRINTA E NOVE

CIDADE DE CORONET

— Ainda não tem nada acontecendo — disse Kantam, fazendo uma última varredura pelo quartel da guarda com os macrobinóculos uma última vez. — Só fumaça e gás.

Kantam e Cohmac tinham subido uma colina próxima com vista para o local, depois encontraram alguns motodeslizadores enferrujados para usar como cobertura e montaram um pequeno posto avançado de vigilância para ficar de olho nas coisas.

O Farol ainda não respondera a nenhuma de suas mensagens, e a estrondosa sensação de que alguma coisa estava muito errada sentida por Kantam durante o dia todo estava se transformando em um rugido.

Cohmac, parado com os braços cruzados, cabeça abaixada e o rosto tenso, de olhos fechados, claramente também a sentia.

Não era mais uma pergunta: alguma coisa *estava* muito errada.

Se era em Corellia, em algum outro lugar ou... simplesmente em toda parte, Kantam não tinha certeza. Por um momento, também fechou os olhos, afastando-se do zumbido distante do maquinário, do piado dos mocricks, do leve cheiro do gás de guerra dos Nihil, deixando tudo aquilo no fundo enquanto a canção elementar da Força cobria tudo e se tornava o mundo.

Quietude.

A canção da Força falava sobre quietude. Não a quietude suave de um campo de neve intocado. Aquilo era muito mais sinistro, um vazio onde outrora tanta vida tinha prosperado. E ali não havia nada.

Kantam permitiu ser atravessado pela canção, até mesmo sentiu se extenuar por ela, de alguma forma. Ela parecia ganhar vida, pulsar em cada um de seus órgãos e vasos sanguíneos.

Não podia se deixar levar.

Mas a meditação não funcionava daquele jeito, não era o modo como a Força agia. Então, o que significaria?

Tristeza. Pesar. Arrependimento. Incerteza.

Não era o lado sombrio propriamente dito, apenas as emoções que levavam a ele, surgindo entre tantos seres. Entre tantos... entes queridos.

Os olhos de Kantam se abriram. Nada havia acontecido, não ali onde estavam, de qualquer maneira. A espessa névoa amarela ao redor do prédio começava a se dispersar, mas a fumaça ainda subia, os mocricks ainda piavam. Ao seu lado, Cohmac ainda estava em meditação solene, mas seu rosto se contorcera em uma careta de agonia. O que quer que fosse aquilo, ele também sentira. Estavam em segurança naquele momento, e Kantam precisava saber mais.

Fechando os olhos mais uma vez, convocou a Força.

Uma canção de pura devastação soou tão repentinamente que quase derrubou Kantam. Elevou-se a um lamento agudo, depois detonou, numa explosão que abalou as próprias estrelas, depois o vazio novamente devorou totalmente um espaço outrora cheio de riso, envolvimento, consideração, amor.

Daquela vez, Kantam tinha se preparado. Assentiu em seu íntimo, a compreensão se espalhando lentamente por seu ser.

Independentemente do que acontecesse, muitos morreriam.

Era bem provável que muitos daqueles seres que estavam em perigo eram os que Kantam mais amava e estimava. Era por isso que sua conexão com aquela... coisa... era tão forte. Parecia um apocalipse, e talvez fosse.

O Farol.

O Farol não respondera nenhuma de suas mensagens.

E Torban Buck... Ele e Kantam tinham estabelecido uma conexão por meio da Força pela meditação intensiva. Sabendo que teriam muitas batalhas pela frente e, especialmente com tantos jovens sob seus cuidados, Kantam e Buck precisavam de qualquer nível de prevenção que pudessem obter. Mesmo tão distantes, seu vínculo não fora cortado. Mas estava obscurecido, ferido por pontas afiadas de dor e medo.

Torban não estava morto — Kantam teria percebido. Mas algo terrível estava acontecendo ao redor dele, com ele.

Kantam lutava para acalmar seus pensamentos frenéticos, todas as possibilidades e opções de como agir.

Não havia opções de como agir.

Voltar para o Farol naquele instante não iria salvá-lo. Era loucura. No mínimo, permitiria que qualquer catástrofe prestes a acontecer em Corellia acontecesse livremente.

Não.

Kantam sabia, sem sombra de dúvida, que não importava o que fosse acontecer a seguir, seu papel não envolvia seguir a única coisa que seu corpo inteiro desejava fazer. Correr de cabeça para a destruição certa não ajudaria ninguém.

Seu caminho estava na Cidade de Coronet, e Kantam sabia que não seria fácil.

Os Mestres ensinavam o desapego — era parte do voto Jedi. E muitos Jedi distorciam aquela noção ao oposto de como Kantam a entendia. Falavam em suprimir as emoções, abandonar o amor, enterrar qualquer desconforto até que fosse um mero sussurro.

Mas Kantam sabia que as emoções não podiam ser dominadas. A própria ideia de dominar algo como um sentimento parecia tão egoísta e imprudente. As emoções também não podiam governar um Jedi. Mas havia mais do que aquelas duas opções simplistas.

Para Kantam, o princípio e a prática do desapego eram feitos para momentos exatamente como aquele.

Mestre Yoda já havia partido, e a única pessoa que Kantam amava tanto quanto seu mestre era sua Padawan, Lula Talisola. Ela, quase certamente, estava em perigo mortal. Tal verdade ecoava incessantemente por todo o ser de Kantam. Mas para melhor servir à Força, para melhor servir a Lula, e certamente para sobreviver à batalha que se aproximava, Kantam só poderia estar realmente presente para o que estivesse logo diante de si. Aquela era a única verdade. Lula poderia muito bem morrer, e Kantam ficaria de luto por ela. Mas perder-se inteiramente em um redemoinho de preocupação em um canto diferente da galáxia não a ajudaria.

Não era apenas Lula. Farzala, Qort — todos os Padawans estiveram sob os cuidados de Kantam, de uma forma ou de outra, nos últimos meses. Eles enfrentariam horrores inimagináveis, e Kantam não poderia estar lá com eles.

Um tremor percorreu seu corpo. Parecia que centenas de dentes se fechavam em torno de seus braços, pernas, coração.

Tanta vida e tanta morte.

Kantam confiaria na Força, não para garantir que tudo ficaria bem, nem a vitória ou mesmo a sobrevivência. Não. Kantam confiaria na Força para se manter presente, firme e alerta para cada momento e cada detalhe do curso pela galáxia espiralada que precisaria completar para cumprir sua jornada na vida.

Era tudo o que podia pedir.

— Alguém está fugindo — disse Cohmac, sua voz reduzida a um soluço sufocado.

Kantam abriu os olhos. Cohmac parecia pálido, tinha o rosto abatido, e lágrimas pareciam se acumular nos cantos de seus olhos. Perto do quartel, uma única figura saiu correndo do prédio, indo na direção de um deslizador.

— Eu vou — disse Kantam, já recuperando o equilíbrio. — Você precisa...

— Estou bem — insistiu Cohmac. — Você dirige, eu atiro.

Kantam não gostou muito da leve ânsia presente na voz de Cohmac quando ele falou em *atirar*, mas não havia tempo para discutir. Desceram a colina correndo até o motodeslizador que os esperava. Kantam saltou na frente, agarrando o guidão e balançando para o assento, pousando com um pé em cada pedal.

— Vejo que nunca deixou o circo para trás, afinal — disse Cohmac, subindo na garupa e dando um tapinha no braço de Kantam para avisar que estava pronto.

— É aquele ditado... — Kantam ficou feliz em ouvir Cohmac fingir normalidade, mesmo quando a tristeza e o medo percorriam seu corpo em ondas intermináveis.

Os Jedi seguiram por um caminho sinuoso de terra até a área aberta ao redor do quartel, depois viraram à esquerda para seguir o mesmo caminho do deslizador em fuga.

— Por ali — disse Cohmac, acima do vento. Ele apontou por cima do ombro de Kantam para uma rampa que levava a um antigo viaduto. A maior parte era composta de pedra coberta por hera, e a estrutura parecia existir havia pelo menos mil anos. O deslizador só pôde ser visto subindo a rampa e desaparecendo.

Kantam pisou fundo, passando por barracos térreos, por uma estação de pesagem, depois até a pista de alta velocidade, onde largas árvores de sargolo forneciam uma suave cobertura contra o sol escaldante. A longa estrada de pedra parecia se estender para sempre.

— Mais rápido — insistiu Cohmac. — Ele está escapando.

Kantam sentia a ira irradiando de Cohmac, e os esforços urgentes que ele estava fazendo para sufocá-la. Pelo que Kantam entendera, ele já estava lutando havia algum tempo com sua própria fé e com a compreensão de seu caminho. O desastre emergente que sentiram poderia colocar Cohmac em um ciclo perigoso. Ou poderia fortalecer sua determinação. De qualquer maneira, ambos seguiam rumo a uma jornada perigosa.

Com o motor levado ao limite e rangendo de forma irritada, Kantam e Cohmac se aproximavam do deslizador.

Cohmac passou o braço por trás do ombro de Kantam, com o blaster em punho.

— Firme...

— Não sabia que andava com um desses — disse Kantam.

— Estava no veículo, veio bem a calhar — esclareceu Cohmac. Ele disparou uma vez, depois outra, reduzindo os propulsores do deslizador à frente a estilhaços fumegantes.

O motorista, que parecia vestir o uniforme da guarda municipal — o que não significava muita coisa —, olhou para trás e gritou. Tentou colocar o veículo em sobrecarga, arrancando as últimas gotas de potência; mas, sem os propulsores, o deslizador simplesmente estalou e seguiu de forma desajeitada.

— Não! — gritou o motorista, saltando e correndo na direção da beira da estrada.

— Pare! — ordenou Cohmac.

Kantam desviou para o lado, por pouco não atingindo o veículo parado, depois saltou do motodeslizador no momento em que o motorista se jogou para o lado com um grunhido.

— Não! — gritou Cohmac atrás de Kantam.

Kantam, porém, o pegara. Estendeu a mão com a Força pouco antes do homem pular e conseguiu, por pouco, interromper sua queda.

— Vá — Kantam disse a Cohmac, ainda com as mãos estendidas e abertas. — Cuidado, ele também pode estar armado.

Cohmac sacou o sabre de luz, o ativou com um floreio e saltou para a beira da pista, olhando para baixo.

— Deixe-me ajudá-lo — disse ele, e junto com Kantam, ergueu o homem de volta para o pavimento de pedra, onde ele ficou gritando e ofegando.

— Chega — disse Cohmac. A ira rastejava mais uma vez em sua voz. Kantam gostaria que pudessem se sentar e conversar calmamente sobre as visões que tiveram, comparar impressões e se ajudar a entender, a superar aquilo.

Mas não havia tempo e muitas tramas pareciam se desenrolar ao redor.

— Fale — disse Kantam calmamente. — Não estamos tentando machucar você. Só queremos respostas.

— Eu... Eu... Quem são vocês? — perguntou o homem, exasperado, finalmente se acalmando o suficiente para formar palavras. Seu coldre estava vazio e ele parecia não carregar nenhuma arma escondida, o que já era alguma coisa.

— Somos Jedi — revelou Kantam. — Do Farol da Luz Estelar. Conte-nos sobre o que aconteceu. Comece nos dizendo o seu nome, por favor.

O guarda olhou ao redor, confuso, depois pareceu murchar — toda a luta e desespero deixando seu corpo num suspiro.

— Eu... Meu nome é Sanke Paro. Sou um oficial da guarda municipal. Dois anos na corporação. — Sanke parecia ter vinte e poucos anos, com os primeiros fios de barba laranja e cabelos cacheados.

— Certo — disse Cohmac. — Agora nos diga o motivo de seu quartel estar fumegando.

— Tinha uma garota, uma briga... Tudo aconteceu tão rápido que eu mal entendi.

— Essa garota — disse Kantam. — Era humana?

Sanke balançou a cabeça.

— Tinha a pele vermelha... longas orelhas caídas. Talvez tivesse uns dezoito ou dezenove anos?

Cohmac e Kantam se entreolharam, depois voltaram a encarar Sanke.

— Ela chegou junto com os caras novos — continuou ele. — Tem muitos caras novos.

— Quantos? — Cohmac exigiu saber. Depois pareceu se conter, e suavizou um pouco o tom. — Mais ou menos?

— Hã, uns cento e cinquenta, talvez? Muitos são Mimbaneses. Mas também há muitos humanos. E outras espécies. Estão contratando o mês todo, aumentando a força para...

— Proteger os estaleiros durante o projeto de construção de cruzadores de alto perfil — disse Cohmac. — Ficamos sabendo.

— Isso, e eles não... Ninguém sabe quem são esses caras, na verdade. O que é normal, acho? É uma cidade grande, e alguns deles provavelmente foram enviados de Kol Vella ou Tyrena, mas ainda assim... todos? Ninguém saber nada sobre nenhum deles é estranho.

— Isso é esquisito. — Kantam coçou o próprio queixo e ofereceu a mão a Sanke.

Ele a pegou e se levantou com dificuldade.

— Obrigado. De qualquer forma, havia tensão, pequenos comentários, até mesmo uma briga ou outra de vez em quando. E parecia que estava piorando. Tudo entre os caras novos e nós, veteranos da força. Daí esse cara apareceu hoje com a garota vermelha, e todo mundo sabe que não se deve receber convidados no quartel. Era claro que alguma coisa ia dar errado. Só que acho que ninguém sabia em que nível. Não a gente, pelo menos... — Ele balançou a cabeça, os olhos ficando marejados. — O Capitão Orban falou alguma coisa, disse para levar a garota embora, e o cara interpretou como um insulto, com a garota provocando o tempo inteiro, e acabou em uma briga desarmada. Todos se reuniram, como sempre fazem, daí alguém apareceu com um bastão e simplesmente... eles simplesmente derrotaram Orban... simplesmente... o massacraram. Foi a coisa mais horrível que já vi.

Kantam assentiu, pousando uma mão amigável sobre o ombro trêmulo do homem.

— Você passou por muita coisa, Sanke.

— Piorou depois disso. Outros que tentaram defender o capitão também foram espancados, então os dois lados, os veteranos e os recém-chegados, sacaram os blasters, viraram as mesas do refeitório e começaram a atirar para todos os lados. Daí alguém, não sei quem foi, soltou algum tipo de gás. Uma explosão aconteceu. Todos começaram a correr, se esconder e gritar. O fogo dos blasters cortava a névoa. Eu... Não sei. — Ele bufou, enxugando as lágrimas. — Eu me escondi dentro da cabine de uma nave, que me protegeu do produto químico, e fiquei esperando. Ouvi muitos gritos ao meu redor. Não sei de quem, mas consigo adivinhar. Esperei que as coisas se acalmassem, daí fugi... e aqui estou eu.

— A garota — disse Cohmac, dirigindo-se para o motodeslizador. — Ela ainda está na estação?

— Não, está por aí. Os novatos tiraram ela de lá rapidamente, assim que as coisas começaram a ficar feias.

Cohmac soltou um rosnado baixo que só Kantam conseguiu ouvir.

— Alguma ideia de onde ela possa estar?

— Nenhuma. — Sanke gemeu, então seus olhos se arregalaram. — Eu... acho que vou... vou embora! — Ele se virou e saiu correndo pela estrada.

Cohmac e Kantam já tinham os sabres de luz acionados quando se viraram.

QUARENTA

CIDADE DE CORONET

— Eles disseram o quê? — Crash estava boquiaberta. Então, quase imediatamente, as peças começaram a se encaixar.

Ela estava sentada em seu escritório, com os pés sobre a mesa, tentando desfrutar de um momento de paz antes da tempestade que seria o baile. Foi quando Ram chegou com tudo, de braço dado com Zeen, sua nova estrela, que parecia completamente em choque, e Reath, a reboque.

Os Padawans começaram a contar a ela uma história maluca sobre os Jedi mais velhos indo investigar uma ocorrência no quartel da guarda municipal. Aquilo fora noticiado bem por cima durante as holonotícias matinais daquele dia — havia relatos de algum tipo de explosão e bastante fumaça subindo do prédio, mas o porta-voz oficial da guarda deu uma declaração afirmando que estava tudo bem e dentro dos conformes, que não era nada com que as pessoas precisassem se preocupar, e aquela foi a notícia transmitida por todos os canais. Não importava que o porta-voz estivesse claramente cuidando de um olho roxo ao ser entrevistado — tudo o que importava é que ele estava vestindo um uniforme.

Na hora, Crash revirou os olhos e tentou não se preocupar com aquilo; ela precisava se concentrar.

Mas lá estavam os Padawans dizendo a ela que os Nihil definitivamente se encontravam em Corellia, podendo estar infiltrados na guarda municipal e contando com fileiras significativas entre eles.

Crash tirou os pés de cima da mesa e se inclinou sobre ela, como se estivesse prestes a dizer algo importante. Zeen e os Padawans a encararam, esperando.

A verdade era: se ela fosse atacar a Cidade de Coronet, a primeira coisa que faria seria criar algum tipo de distração que reduziria as forças de segurança do planeta. Ela se levantou, vagamente ciente de que os outros ainda esperavam pelo que ela tinha para dizer, mas sem se importar. Gus Talon tinha um acordo de segurança com a CorSec e, acima de tudo, *não* tinha um templo Jedi.

Isso significava que qualquer crise em Gus Talon retiraria números significativos de ambas as entidades de Coronet quase imediatamente. Quanto pior a crise, maior o número de agentes retirados.

E claro, aqueles eram detalhes que apenas alguém tão envolvido na política local quanto Crash ou algum membro da casta política saberia.

Por isso, é claro, as defesas de Coronet seriam deixadas para a guarda municipal e, no caso de um grande incidente, para qualquer uma das outras unidades que poderiam ser potencialmente retiradas das cidades próximas. Mas tudo demandaria tempo, ainda mais levando em consideração todas as disputas políticas e territoriais que se seguiriam.

Crash estava parada diante da janela, sentindo três pares de olhos ansiosos grudados nela.

Abaixo, o sol da tarde apenas começava sua longa descida na direção do porto.

— Toda essa... situação... imunda e... suja — disse ela, por fim, muito, muito devagar — tem sido fomentada por alguém aqui de dentro desde o começo.

Ela já sabia, ou pelo menos suspeitava, desde a noite em que Prybolt, Ovarto e Tralmat tinham desaparecido. Mas imaginara que fora apenas mais um acerto de contas local do tipo olho por olho, dente por dente. Os Pais da Cidade provocavam e atacavam uns aos outros constantemente, como um bando de gundarks. Vez ou outra, toda aquela mesquinhez irrompia em um conflito total e depois em diversas tentativas de assassinato, algumas bem-sucedidas. É o que mantinha Crash com um trabalho estável, para ser franca, e era parte do motivo de ela ter jurado nunca escolher lados. Eram todos palhaços corruptos e sedentos por poder, por isso a melhor coisa a se fazer era simplesmente coletar créditos e mantê-los em circulação. Aquela era a primeira lição do manual de guarda-costas de Baynoo, uma lição que ela garantira que Crash aprendesse ainda cedo.

Mas aquilo... aquilo era algo completamente diferente. Os Nihil vinham brutalizando a fronteira havia anos. Tinham provocado o Grande Desastre, quase aniquilando Hetzal e vários outros planetas. Haviam massacrado pessoas inocentes na Feira da República; provavelmente tinham assassinado dezenas de milhares, ao todo, se não mais. E lá estavam eles em Corellia. Quase certamente conectados a alguém que Crash protegera ou ainda protegia.

Tal ideia a deixou mal do estômago.

Ela tossiu e percebeu, de repente, que estava encostada no parapeito da janela e só estava de pé por causa disso.

— Crash? — chamou alguém, provavelmente Ram. — Você está bem?

Ela... tinha ajudado aquilo a acontecer, de algum jeito? Crash tossiu novamente para conter as lágrimas. A bile fez cócegas no fundo de sua garganta, ameaçando subir e sair.

— Eu... *ugh*.

Uma mão tocou suas costas, depois outra e uma terceira.

Crash respirou fundo e soltou um suspiro longo e trêmulo. Ela não estava bem. Mas havia trabalho a fazer, mesmo que, pela primeira vez, não tivesse certeza de que deveria fazê-lo. Se deixaria sua mãe orgulhosa. Baynoo protegeria alguém que estivesse ajudando os

Nihil a se estabelecer em sua cidade? Sem chance. Ela tinha deixado os negócios por causa de um já falecido Pai da Cidade que fora pego plantando equipamentos de vigilância nos uniformes de seus funcionários, mas manteve seu escritório. Baynoo se recusou a protegê-lo, deixando-o para as agências menores, motivo pelo qual ele já era falecido. Crash a amava por isso e sabia que, mais do que tudo, Baynoo não queria que a agência desmoronasse deixando dezenas de pessoas desempregadas, tudo por sua causa.

Crash crescera no ramo. Era universalmente considerada a melhor agente da empresa. Quando tinha doze anos, Baynoo tentara, meio insegura, fazê-la se interessar por outra carreira, qualquer uma que não envolvesse a possibilidade de levar um tiro, mas não adiantou. Crash queria ser como a mãe e, assim como a mãe, quando colocava algo na cabeça, não podia ser impedida.

Então ela havia assumido a agência, administrando as operações e o lado comercial das coisas, e era muito boa nisso. E deu certo, porque mesmo detestando a política e a maioria dos políticos, ela amava sua cidade. E protegê-los fazia parecer, de alguma forma, que estava protegendo Coronet.

Mas Coronet estava sob ataque, e era capaz que esse ataque viesse de dentro.

A questão era: *quem*?

Ela se virou para Zeen e os Padawans, enxugando os olhos e enrijecendo o rosto, depois tentando relaxá-lo.

— Poucas pessoas me viram ficar chateada e sobreviveram — disse ela. — E todos são meus amigos íntimos ou a minha mãe.

— Bem… — Ram fingiu que ia sacar o sabre de luz, depois abriu um sorriso enorme. — Só estava tentando aliviar o clima!

— Ah — disse Crash, revirando os olhos com um sorriso. — Você está ficando melhor nessa coisa de fazer cara de sério. O que quis dizer é: Zeen, eu não sei nada sobre você, mas Ram te adora e Reath também parece gostar de você, e mesmo que eu só os conheça, tipo, desde ontem, e não tenha o hábito de elogiar estranhos, são duas das pessoas mais genuínas que já conheci.

— Ah, eita — disse Ram.

— E eu conheci muitas pessoas — acrescentou Crash. — Embora, para ser justa, a maioria delas sejam políticos ou criminosos. Seja como for, o lance é que, sendo a galáxia do jeito que é, não tenho escolha a não ser confiar em você e lhe pedir que confie em mim. Porque, aconteça o que acontecer, vamos precisar de muita confiança.

O rosto preocupado de Zeen se transformou em um olhar gentil e calmo, e ela encontrou os olhos de Crash com um leve sorriso, que a fazia parecer tão enigmática e iluminada quanto o holovídeo sugeria.

— Eu confio em você também — disse Zeen. — Não sei ao certo por que, talvez seja a Força me dizendo que está tudo bem, mas confio. Além disso, se os meninos dizem que você é legal, então você é legal.

— Eu concordo — disse Ram.

— Você concorda que se dissermos que alguém é legal, então esse alguém é legal? — repreendeu Reath.

Ram sorriu de volta para ele.

— Sem dúvida! Temos um gosto impecável para pessoas!

Crash voltou para a mesa, tentando se livrar do incômodo de não saber quem estava trabalhando secretamente com quem. Era uma parte rotineira do trabalho com a qual ela se acostumara, mas normalmente aquilo acontecia em circunstâncias de traição internas ao governo, não em circunstâncias de um bando de arruaceiros fomentadores de guerra invadindo os Mundos do Núcleo.

— Bom trabalho com a armação de ontem à noite, a propósito — comentou ela, acenando com aprovação para Ram e Reath. Ambos encolheram os ombros e deram sinais desajeitados de satisfação consigo mesmos. — Smeemarm disse que tudo correu bem, e ela é outra que não elogia facilmente.

— Só estávamos fazendo o nosso trabalho, senhora — disse Ram, com uma piscadela presunçosa.

— Falando nisso, onde está o troco daquela transação de criaturas raras? Preciso devolvê-lo ao caixa.

Ele arregalou os olhos.

— Hãã...

— Brincadeira — disse Crash. — Eu sei que você torrou tudo. Tudo bem, você está aprendendo. Mas, falando sério, vocês dois ainda têm os créditos que dei a vocês ontem, quando os contratei?

— Você quer dizer quando — Reath fez gestos de aspas com os dedos imitando pequenas orelhas de Lepi — *nos contratou?* — Ele sacou o crédito. — Sim. — Ram também pegou o dele.

Crash estreitou os olhos para ele.

— Sei que os Jedi são legais demais para se preocupar com coisas como contratos e acordos, mas isso é importante para *mim*, certo? Agora, entreguem-nos.

— O quê? — perguntou Ram. — Fomos demitidos? Lamento ter pagado demais pelo Bonbrak! Não entendo muito bem de dinheiro!

Crash bufou, tirando os créditos deles.

— Não, bobo. Vocês estão me contratando.

— Como é? — perguntou Reath.

— As coisas estão prestes a ficar ainda mais feias, e muita coisa vai acontecer. Com vocês sendo meus clientes, estando sob a proteção direta da empresa, significa...

— Eu meio que achei que você poderia cuidar da gente porque somos seus amigos — disse Ram, soando mais do que ligeiramente magoado. — Não porque pagamos você.

Crash conteve uma careta. Ela detestava ser mal interpretada, mas também sabia que as pessoas que não estavam no mesmo ramo de trabalho não conseguiam entender realmente.

— Não é pelo dinheiro — disse ela, segurando os dois créditos. — *Obviamente*. Se fosse, vocês não teriam como me pagar. É sobre transparência. Eu... Todos na minha equipe temos apenas frações de segundo para tomar decisões de vida ou morte. Decisões que outras pessoas poderiam facilmente passar dias agonizando para tomar, mas que, se hesitarmos, alguém as toma por nós. E há muitas ameaças, vários clientes para proteger, sem mencionar nossos colegas de equipe e nós mesmos. E não importa o que aconteça, o cliente sempre vem em primeiro lugar. Esse é o nosso trabalho, e nós o fazemos desse jeito. Por isso... sei que uma coisa que preciso que aconteça esta noite é que vocês três sobrevivam. E é muito mais provável que isso aconteça se vocês estiverem sob os meus cuidados. Ponto final.

Reath e Ram estavam ouvindo com atenção, pensativos, e ambos assentiram.

— Kaoito — disse Crash. — Sei que está à espreita em um desses cantos escuros.

— Já os excluí dos registros de funcionários — informou a droide, saindo de uma caixa próxima — e os registrei como clientes, Mestra Crash.

— Ótimo — disse Crash. — Adicione Zeen Mrala como cliente em um desses registros.

— Pronto.

— Quer dizer que não podemos mais nos vestir como assassinos mirins? — protestou Ram.

Crash lançou um sorriso irônico.

— Ah, nada disso — disse ela. — Significa apenas que estou pedindo que, desta vez, vocês façam isso de graça.

QUARENTA E UM

CIDADE DE CORONET

Uma canhoneira da guarda municipal disparava pela antiga estrada de pedra na direção de Kantam e Cohmac. Parecia uma antiguidade, toda enferrujada e quadrada, com vapor saindo da traseira, mas seus motores rugiam de forma estrondosa e havia um cara no topo manejando uma espécie de canhão antiaéreo embutido.

— Com base no que acabamos de escutar — disse Kantam —, quais as chances de serem guardas municipais de verdade?

Cohmac nem se preocupou em responder; correu para enfrentar a primeira saraivada de tiros de canhão, aparando um tiro depois do outro com seu sabre. Os disparos deviam ser de artilharia pesada, pois cada um empurrava Cohmac meio metro para trás depois de ser desviado.

— Foi o que pensei — disse Kantam, correndo à frente para rebater os disparos seguintes, tomando o cuidado de ajustar o equilíbrio para o peso de cada um. Com o canhão avançando em sua direção, Kantam rebateu o último disparo diretamente contra a arma, destruindo o canhão e o artilheiro numa explosão cintilante.

Kantam deu um passo para o lado e estendeu o sabre de luz enquanto a nave avançava por eles, abrindo um corte cruel em sua fuselagem.

Cohmac já tinha saltado para o topo quando Kantam olhou para cima. Uma escotilha se abriu na parte superior da nave, e um Weequay tentou pular para fora com um detonador térmico em uma das mãos. Cohmac decepou a mão que segurava o explosivo com um golpe de seu sabre de luz, depois chutou o Weequay no rosto, fazendo-o cair de volta para dentro da nave, atrás de sua mão. Cohmac bateu a escotilha e saltou no momento em que um estalo agudo irrompeu do lado de dentro.

A canhoneira se inclinou para a esquerda, colidindo contra o parapeito de pedra da estrada e explodindo em chamas. Cohmac pousou agachado, depois se levantou de frente para Kantam, que o encarou com uma expressão vazia. Cohmac se movera precisamente e sem hesitação. Eliminara todos os oponentes — não importava quantos estivessem naquela coisa — com apenas meia dúzia de movimentos. Era impressionante e perturbador ao mesmo tempo, e Kantam ficou sem palavras.

Durante a maior parte de sua vida, acionar um sabre de luz para matar era uma coisa rara. Uma geração antes, durante a expansão da República na Orla Exterior, as coisas tinham sido mais difíceis, certamente, mas a maior parte daqueles conflitos ocorrera na época em que Kantam estava nascendo.

Mas os Jedi da Orla Exterior estavam atolados em batalhas quase constantes por mais de um ano, e seu inimigo se provara implacável, livre de qualquer noção ou código de honra, e quase irrefreáveis em seus impulsos destrutivos. Mais Jedi tinham sido mortos nos últimos meses do que em todos os outros anos da vida de Kantam somados.

E Kantam sabia que não estava só em ter problemas para se ajustar àquela nova fronteira devastada pela guerra. Os Jedi deveriam ser mensageiros da paz, mas tal função parecia cada vez mais uma metodologia para a derrota.

— O que foi? — perguntou Cohmac, desligando o sabre de luz.

— Estou... — Kantam piscou, escolhendo as palavras. — Ainda estou me acostumando à guerra constante, mesmo depois de tudo o que passamos. E você, Cohmac, de todas as pessoas...

Cohmac fez um gesto com a mão, interrompendo.

— Eu sei o que eu disse antes. — Sua voz se tornou um sussurro rouco. — Mas nos últimos meses... e especialmente com tudo o que está acontecendo agora... isso me transformou, Kantam. A galáxia não é mais... não é mais aquela em que crescemos. Não é aquela para a qual a Ordem que conhecemos foi construída. Não sei para onde vamos a partir daqui, mas sei que se não enfrentarmos essa nova realidade com tudo, ela nos devorará por inteiro. — Ele respirou fundo, trêmulo. — Não temos escolha. Ainda mais agora. Recuar significa perder tudo.

— Eu não...

— Eles estavam tentando nos matar — insistiu Cohmac. — Não há nada em nosso código sobre nos deixar ser assassinados em um aqueduto qualquer esquecido pela Força nos arredores de Coronet.

— Eu...

— E às vezes, Kantam, devemos atacar primeiro. Todos nós celebramos depois de Quantxi, quando ouvimos sobre como sua Padawan segurou a mão de Zeen, impedindo-a de matar Krix. Mas levando em consideração tudo o que aconteceu desde então, será que podemos dizer que foi a coisa certa? Quantas vidas...

— Todos nós sabemos — disse Kantam, esforçando-se para manter a voz calma — que, se não fosse Krix atacando todos aqueles planetas, teria sido Sabata, Nan ou sabe-se lá quem mais.

— Mais uma razão para eliminarmos quem pudermos quando tivermos a chance.

— Você está ignorando Zeen nesse cenário — alertou Kantam. — Ela deveria ter assassinado seu antigo amigo enquanto ele implorava por sua vida? Devemos fingir que teria sido bom para a garota, que isso não a deixaria traumatizada? Que não a enviaria para uma espiral da qual ela poderia muito bem não retornar mais? Que ela teria simplesmente esquecido e seguido a própria vida?

— Todos devemos fazer sacrifícios — argumentou Cohmac, em um sussurro rouco. Ele se virou e começou a descer a estrada.

— Cohmac — disse Kantam, alcançando-o. — O que você viu?

Cohmac continuou descendo, seu rosto como um túmulo.

— Cohmac? O Farol. O que você viu?

Ele parou e encarou Kantam. Toda a infinitude do espaço parecia se estender em seus olhos tristes; a preocupação ocupava sua fronte.

— O que eu vi não importa. Precisamos ir para lá, *agora*. Vamos.

Kantam segurou o braço de Cohmac antes que ele pudesse se virar.

— Não.

— Como é?

— Não sei o que você viu; mas, neste momento, é aqui que precisam de nós. Os Nihil claramente estão tentando se estabelecer em Corellia, e o que quer que estejam fazendo pode muito bem ter a ver com o que pode estar acontecendo no Farol.

— Kantam. — Sua voz estava tão baixa que Kantam mal podia escutá-la. — Precisamos ir. O Farol... é a nossa casa — começou ele novamente.

— Não há nada que possamos fazer lá que os Jedi que já estão na estação não possam.

Cohmac girou, com um dedo em riste e os olhos aguçados.

— Tem certeza, Kantam, ou isso é o que diz para si para que o peso do arrependimento não te esmague por dentro?

— Tenho certeza — disse Kantam, calmamente.

— Bem, *eu* não tenho.

— Precisamos de você, Cohmac. Precisamos de você aqui.

— Ela precisa de mim no... — Cohmac congelou, com os olhos arregalados e a boca aberta. Sacudiu a cabeça. — Eles precisam de nós.

Kantam esperou um instante.

— Orla.

Cohmac pareceu se encolher, toda aquela fúria repentinamente varrida como uma camada de pó sob o vento de Corellia. Kantam sabia que Cohmac era próximo da Jedi Andarilha. Eles tinham sido Padawans juntos e passado por algumas experiências difíceis, tanto na época quanto mais algumas vezes desde então. Não tinham nada de sórdido ou dramático, apenas o cuidado genuíno de dois amigos inevitavelmente ligados que tinham visto e compartilhado coisas que poucos outros poderiam compreender.

— Ela está... O perigo... — murmurou Cohmac. — Seja o que for, é... é tão terrível. É algo... muito pior do que os Drengir.

— Eu sei — disse Kantam, se aproximando, estendendo um braço enquanto Cohmac abaixava a cabeça entre as mãos e soluçava. — Também senti isso.

— Levou Loden. Infectou Terec e Ceret...

Kantam assentiu. Aquele horror insondável estava espreitando nos pesadelos de todos desde que Loden Greatstorm fora transformado em pó por alguma entidade desconhecida em Grizal. E depois Terec e Ceret sofreram uma calcificação parcial, provavelmente pela mesma coisa, e sobreviveram por pouco.

O que quer que os Nihil tivessem, certamente estariam cultivando e aperfeiçoando para um ataque contra o coração dos Jedi. E talvez a hora finalmente tivesse chegado.

— Precisamos de você aqui — insistiu Kantam mais uma vez, depois que a raiva de Cohmac tinha passado. — Todos nós, mas principalmente Reath.

Cohmac ergueu a vista, com os olhos repentinamente lúcidos. Então ele piscou para Kantam, como se visse o Mestri pela primeira vez.

— Pelas estrelas... Lula! Eu sou... Onde eu estava com a cabeça? É claro que você está...

Kantam balançou a cabeça.

— Não podemos... ceder ao medo. — O medo continuava crescendo cada vez mais, mesmo quando Kantam se movia através de cada onda do sentimento. Sabia que aquilo não teria fim, continuaria vindo. Mas Kantam também não cederia. Enfrentaria o medo, e o deixaria passar, quantas vezes fossem necessárias. — Mesmo com aqueles com que mais nos importamos em perigo e fora do nosso alcance. Ainda há muito que não entendemos, mas sei que, neste momento, nosso lugar é aqui. Os Padawans precisam de nós, e pode muito bem ser que aqueles que estão no Farol precisem de nós, se não para sobreviver, para manter viva esta luta contra os Nihil, para detê-los e às suas empreitadas. Sinto o impulso de deixar este perigo mais palpável para trás e voar rumo ao desastre incerto. Mas sei que é o medo me puxando, e a você também. Devemos encarar esse medo e descartá-lo, como fomos treinados, e fazer o que temos que fazer.

Cohmac recuou e cruzou o olhar com o de Kantam.

— Muito bem. Mas se ficarmos, é para *lutar*. Não vamos ficar parados esperando que alguém nos dê motivos para contra-atacar. Não vamos nos envolver na mesma loucura que nos perseguiu durante todo o último ano, mal preparados para cada nova onda de ataques, apenas reagindo em vez de tomar a iniciativa. Certo?

Kantam assentiu.

— Pela luz e pela vida.

— Pela luz e pela vi...

Um estrondo mais adiante na estrada os interrompeu. Kantam e Cohmac ergueram o olhar. Um comboio inteiro de tanques, transportes e andadores de construção — Kantam não conseguia identificar quantos ou o que mais — avançava pesadamente na direção do quartel. Os Nihil estavam em movimento.

— Em termos de números, podemos estar em alguma desvantagem aqui — disse Cohmac, se recompondo.

— Ah, estamos — concordou Kantam. — Mas tudo bem, tenho uma ideia melhor.

QUARENTA E DOIS

CIDADE DE CORONET

Crash estava em uma sacada com vista para o salão de eventos — uma suíte bem-iluminada na cobertura do Hotel Mangue, localizado no descolado Distrito Financeiro. As janelas, que iam do chão ao teto, revelavam longos padrões dourados de sombras e luz que o sol da tarde lançava sobre a cidade ao redor; ao longe, a baía brilhava, preparando-se para outro glorioso crepúsculo.

Em algum lugar, os Nihil provavelmente estariam preparando qualquer ataque que tivessem em andamento.

E logo Mãe Fastidima viria visitá-la, ou enviaria um de seus vermes capangas, mais provavelmente.

Sem dúvida, estava tudo terrível, um caos total.

A atenção de Crash estava no andar de baixo. Tangor e Barchibar se moviam em círculos lentos e metódicos pela sala, Tangor com um detector de armas, Barchi com os cães. Com os dois, Crash podia ter certeza de que não havia dispositivos ocultos. Smeemarm vasculhava o porão do hotel e os túneis logo abaixo. Alguns dos membros mais esguios da equipe de túneis desciam pelos canos e dutos de ventilação de todo o nível da cobertura, farejando, provando e observando.

Lá em cima, em algum lugar, Fezzonk circulava em seu veículo aéreo, certificando-se de que os únicos atiradores nos telhados das proximidades fossem de Crash ou de Dizcaro. Os droides de 10-K8 zumbiam em pequenos círculos pela sala aberta, seus pequenos e vibrantes sistemas rastreando e verificando cada detalhe e cada canto em busca de anomalias.

Em diversos pontos da cidade, seus agentes abriam portas antes de um cliente, verificando esquinas e ruas secundárias, deslizavam por baixo de veículos à procura de explosivos ou dispositivos de escuta, patrulhavam cruzamentos em busca de postos de atiradores e maneiras de realizar uma retirada rápida. Logo todos iriam convergir e ficar seguros, porque Crash assim o desejava, e todos sabiam que ela sempre conseguia o que queria.

Ela sorriu. Tudo aquilo era como uma bela e vasta sinfonia — cada indivíduo desempenhava sua parte, e todas aquelas partes fluíam juntas para um resultado maior do que a soma. E Crash era a maestrina, observando tudo, absorvendo cada detalhe, cada surpresa, reviravolta ou possibilidade à medida que surgia, transformando-a, ajustando-a e encaixando-a no todo maior. Era delicioso, na verdade.

E conseguia, mesmo que apenas por um instante, tirar sua mente do desconforto que vinha crescendo desde que os Padawans confirmaram a presença dos Nihil em Corellia.

Lá embaixo, Varb Tenart vagava pela sala naquele passo Dug, conduzindo sua própria sinfonia selvagem com gritos em diversos idiomas, enquanto criaturas de tamanhos diferentes em trajes formais combinando arrumavam toalhas de mesa, equipamentos de som e peças de decoração.

Crash não invejava o meio de vida do Dug. Sabia que ele adorava, mas ter todo aquele trabalho apenas para fazer uma festa correr bem para pessoas com quem ela não se importava parecia um verdadeiro inferno.

Aquilo, porém — ela voltou sua atenção para os guarda-costas em movimento, cada um conferindo diversas caixas para garantir que ninguém se machucasse. Claro, não significava realmente que *ninguém* se machucaria — sempre havia um elemento caótico em jogo, uma peça faltando, uma brecha nas defesas. Era o que tornava tudo aquilo um desafio, e o desafio valia a pena.

Se ao menos Prybolt estivesse lá para se divertir com ela enquanto tudo ia se encaixando.

De qualquer forma, Tangor e Barchi estavam terminando suas varreduras atrás de dispositivos, e Tamo, o Savrip, que trabalhava no andar de baixo, acabara de enviar uma mensagem para Crash.

— Vá em frente — respondeu Crash.

Ele gargarejou algo que significava mais ou menos "Agenciada em mãos", uma das frases em Básico que tinham lhe ensinado. Zeen e os Padawans tinham chegado e estavam passando por Tamo a caminho do saguão do hotel.

— Só queria dizer — sussurrou alguém atrás de Crash.

— Arre! — gritou Crash, quase caindo do parapeito da sacada. Ela se virou para encarar Svi'no. — Você precisa parar com isso!

— Oops — disse a cantora, sem se esforçar muito para soar como se estivesse falando sério.

Crash fez uma careta.

— Você veio me repreender novamente na frente da minha equipe?

Svi'no parecia genuinamente arrependida.

— Não. Vim dizer que estou um pouco desalinhada com isso tudo.

Crash ergueu as duas sobrancelhas e empinou o queixo.

— Ah, só um pouco, é?

Svi'no desviou o olhar, depois voltou a encarar Crash.

— Você tem que ser teimosa assim, não é? Você sabe que eu não estava totalmente errada. Eu só não precisava ter falado tão... publicamente. Só isso.

Crash cruzou os braços sobre o peito. É claro que Svi'no sabia que a maneira de destruir as defesas de Crash era com uma explicação boa e cuidadosa de algo que não estava em lugar nenhum.

— Entendo.

Svi'no lhe deu um tapinha delicado, depois deixou a mão no punho descoberto de Crash, como se não quisesse soltá-la. Crash olhou para a mão de sua amiga, depois a olhou nos olhos.

— Você tem o direito de esconder as coisas de sua equipe — disse Svi'no, revirando os olhos. — Acho que a maioria das coisas funciona melhor quando você não esconde, mas não vem ao caso.

— Onde quer chegar? — perguntou Crash, muito suavemente.

— A questão é que eu, e a maioria de nós, na verdade, mas principalmente eu, não apenas *estamos* na sua equipe. Somos mais do que uma equipe.

Crash piscou de perplexidade. Tinha certeza de que se dissesse alguma coisa, seria a coisa errada. Se fizesse um movimento, seria o movimento errado. E aquilo acabaria com o que quer que estivesse acontecendo. Tudo aquilo, toda aquela ternura, viraria pó.

— Nós todos somos amigos. *Seus* amigos. E é por isso que as coisas funcionam. Por isso que é diferente. E isso importa. Se não tomar cuidado, vai jogar tudo isso fora.

— Eu... — Crash ficou de boca aberta como se ainda estivesse falando, mas no fim das contas ficou parecendo mais um peixe bobo. Por fim, disse: — Você... talvez queira dizer... que somos *mais* do que amigas?

Um leve sorriso surgiu na boca de Svi'no, depois desapareceu.

— Talvez — falou ela, solenemente. Então, estreitou os olhos, como se eles pudessem se cravar nos de Crash. — Quero dizer, espero que sim. No futuro. Mas, para mim, isso não pode ser nada se não partir primeiro de uma amizade.

Crash assentiu com a cabeça, tentando ignorar a forma como as batidas de seu coração não paravam de soar em seus ouvidos.

— Consigo lidar com isso.

O sorriso voltou, e daquela vez foi maior.

— Ótimo.

E então, Svi'no se foi, evaporando de volta para as sombras.

— Ahaha! — gargarejou Varb de repente, com gosto. — A agenciada chego-ou!

Anúncios não eram necessários. A sala toda, com todos aqueles preparativos frenéticos, parou quando Zeen entrou vestindo um macacão prateado brilhante sob um vestido de baile translúcido verde-água que combinava perfeitamente com sua pele magenta. Ansh, a fashionista Ithoriana, também fizera um trabalho incrível na maquiagem da garota — um meio sol brilhante enchia uma face, depois parecia fervilhar em uma série de gemas brilhantes que subiam pela ponta de seu nariz e cruzavam seu rosto até a testa. Batom roxo com brilhos dourados completava o conjunto. Ao redor de uma tiara de diamantes, as gavinhas de sua cabeça ondulavam como se estivessem debaixo d'água.

Mesmo com tudo aquilo, Crash só conseguia pensar no que Svi'no acabara de dizer. Eles a apoiariam. Todos eles. Crash só precisava permitir.

Mas tudo bem. As coisas estavam exatamente como deveriam. A sala toda já estava perdida, só olhando para Zeen, então a missão de Zeen já estava cumprida. Logo os convidados chegariam, e também se perderiam contemplando a deslumbrante superestrela que surgira, literalmente, da noite para o dia, do anonimato ao fenômeno galáctico sem nenhum verso cantado nas holos. E Crash estaria lá, de prontidão, quando acontecesse. Iria descobrir quem estava trabalhando com os Nihil e lidaria com quem quer que fosse.

— Um verdadeiro espetáculo de se observar! — suspirou Varb, subindo as escadas até Crash. — Devo agradecer por me ajudar a fazer isso dar certo.

Crash afastou a ideia, abrindo espaço para ele no corrimão.

— Ah, uma mão lava a outra.

Os garotos tinham assumido suas posições em ambos os lados de Zeen, e alguns dos funcionários de Varb se reuniam para dar uma olhada naquele estranho trio: dois assassinos da Caveira Escarlate, há muito considerados extintos, e uma estrela pop que ninguém tinha ouvido cantar.

— Os convidados provavelmente vão acabar tirando as máscaras para vê-la melhor — disse Varb.

Crash desviou a atenção do chão e dirigiu toda a intensidade do olhar para o Dug.

— Você acabou de falar em *máscaras*?

Varb deu de ombros, irritado com a clara acusação no tom de voz de Crash.

— Claro! Isso está sendo planejado há alguns meses.

Máscaras traziam uma nova camada de perigo para qualquer situação. Anonimato automático, muitos novos lugares para esconder uma arma, a quase impossibilidade de se rastrear alguém. A mente de Crash vacilou com todas as maneiras como aquilo mudaria as coisas.

— Foi ideia de Tralmat, na verdade — divagou Varb. — E pensamos em mantê-la, considerando tudo o que *aconteceu*... Sabe, parecia a coisa certa honrar os desejos dele. Embora admito que tenha achado estranho quando ele sugeriu. — Varb balançou a cabeça. — Uma festa com o tema *Nihil*. Muito sinistro.

— Uma *o quê*? — perguntou Crash.

— Era basicamente o jeito dele de zombar com a noção de que os Nihil poderiam vir para Corellia, algo do tipo: "Haha, que piada, todos usaremos máscaras de gás porque isso é algo que jamais poderia acontecer, haha". — Varb olhou para Crash. — Haha?

Lá embaixo, os primeiros convidados já estavam chegando. Usavam vestidos de baile extravagantes e ternos sob medida atrás de máscaras de respiração oleosas, com óculos e capacetes.

Crash passou por Varb e desceu as escadas.

— O que você *fez*?

QUARENTA E TRÊS

CIDADE DE CORONET

O que estava acontecendo? Ram não sabia se deveria sacar o sabre de luz escondido em seu traje de assassino ou... apenas ficar lá parecendo ridículo enquanto seus inimigos jurados circulavam livremente, desfrutando de bebidas espumantes e rindo com descontração.

Não eram os Nihil, eram? Não poderiam ser. Não todos eles, pelo menos.

Ele sabia que aquela era a ideia terrível que alguém tivera como piada, dava para perceber pela forma como as pessoas estavam se comportando e, obviamente, pelo fato de os Nihil não usarem trajes formais. Ou, se usavam, não era durante as mesmas ocasiões em que vestiam suas máscaras de batalha, certo?

Era tudo estranho e perturbador de um jeito repugnante. Mesmo que ninguém ali fosse realmente Nihil, por que alguém acharia engraçado ou fofo se vestir do mesmo jeito que as pessoas que estavam aterrorizando a galáxia, que tinham atacado o planeta natal de Ram, que massacravam pessoas inocentes aos milhares enquanto riam e prometiam mais caos e destruição? *Qual é a graça?*, Ram queria gritar. *Como vocês podem fazer piada com isso?* Nenhuma daquelas pessoas mortas pelos Nihil estava por perto para passar por aquele ultraje, mas Ram estava, e aquilo o sacudia como um terremoto.

É porque os Nihil não estão aterrorizando a galáxia, lembrou uma voz baixa dentro de Ram. *Estão aterrorizando a Orla Exterior.* E ele sabia que, mesmo que os Nihil conseguissem se embrenhar tão profundamente nos mundos do Núcleo, não seriam aqueles ricos engomadinhos e cheios de joias que sentiriam sua ira. Seriam as pessoas comuns, mortas nas ruas e em suas próprias casas, como sempre. E depois os ricos e poderosos organizariam um sarau para homenageá-las e se vestiriam novamente como seus algozes.

Para piorar as coisas, Ram vinha se sentindo mal desde... praticamente o dia todo. Aquela sensação crescia dentro dele em ondas repentinas, como se uma poça de água suja aumentasse mais e mais em seu peito e logo fosse engolir seu coração, seus pulmões, e ele fosse se afogar por dentro.

De repente, a sala pareceu girar e Ram não tinha certeza se conseguia respirar.

Como essas pessoas conseguem fazer tão pouco caso de todas essas mortes e sofrimento?, Ram gritou por dentro.

E elas estavam lá, só rindo e de conversinha, checando seus pequenos dispositivos de comunicação atrás de mais fofocas e conversa fiada. Enquanto isso, pessoas lutavam e morriam para proteger a galáxia contra os Nihil. Não apenas pessoas... amigos de Ram.

O que elas fariam se tivessem que enfrentar os Nihil? Se estivessem em Valo, em Takodana, em qualquer lugar em meio à guerra e à devastação que tinham se espalhado? Ele imaginou todos aqueles comunicadores e holoprojetores quebrando de uma vez, explodindo na cara de todos, enquanto gritavam e se abaixavam para se proteger.

Então, alguém gritou, e uma faísca disparou para cima em algum lugar ali perto.

Ram engoliu em seco, olhando ao redor. Mais um estalo soou do outro lado da sala; todos resmungavam, preocupados. *O que estava acontecendo?*

Uma mão pousou no ombro de Ram, e ele quase bateu nela.

E então, ficou feliz por não ter batido. Era Reath.

A sala ficou mais lenta. A maioria das pessoas olhava de um lado para o outro e tratava de seus próprios assuntos. Ram respirou fundo. Reath apertou seu ombro e o olhou nos olhos. *Fica frio*, dizia o olhar. *Estou aqui*.

As pessoas cujos comunicadores misteriosamente tinham entrado em curto franziram a testa olhando para seus aparelhos quebrados, depois deram de ombros e os guardaram no bolso.

— Foi você que fez... aquilo? — sussurrou Reath, enquanto os dois se escondiam em um canto afastado, fora de vista.

Ram piscou de perplexidade. Teria sido ele? Ele estava tão, tão zangado, e imaginara aqueles dispositivos explodindo... Poderia ter sido.

— Acho... que sim — disse ele, retribuindo o olhar de seu amigo.

— Você não sentia nada — lembrou Reath. — E agora sente tudo.

Ram assentiu. Era exatamente aquilo. Como Reath surgia do nada com as respostas? Não era realmente mágica, Ram sabia. Seu amigo simplesmente o escutava, observava e prestava atenção.

Mesmo assim, Ram estava tomado pela tristeza, por todos que conhecia, pela República... O sentimento aplacava a raiva, mas era quase tão avassalador quanto.

— O que devo fazer? — perguntou Ram. — Isso machuca.

Reath assentiu sabiamente.

— Está tudo bem. De verdade. Mesmo quando não está. Tudo bem sentir o que sente...

— Mas — começou Ram.

Reath o deteve com a mão erguida.

— Não terminei. Tudo bem sentir o que sente, mas você precisa encontrar o equilíbrio.

Ram inclinou a cabeça para o lado. Ele sabia disso. Não era uma grande novidade. Então por que parecia uma solução tão simples para o problema todo naquele momento?

— Equilíbrio — repetiu ele.

— Isso. Não dá para evitar... a raiva, a tristeza. Por isso, você tem que se equilibrar.

— Mas... como?

— Bem, do jeito que eu vejo... agora que você sente tantas coisas, *incluindo* nada, é como se tivesse uma paleta muito cheia de cores para pintar. Ou, no seu caso, acho que uma bandeja cheia de bugigangas?

O rosto de Ram se iluminou.

— Oh! Como o meu carrinho de utilidades?

— Isso. Cada emoção é uma ferramenta, e uma vez que você as sentiu, elas estão em seu carrinho de utilidades. Você sabe reconhecê-las, então talvez possa usar uma para equilibrar a outra. Não pode ficar totalmente vazio e insensível o tempo todo, isso não é equilíbrio. Você seria um droide. Mas também não pode sair explodindo os comunicadores de todo mundo.

Ram soltou uma risada que surpreendeu até a si mesmo. Depois sacudiu a cabeça.

— Tantas emoções! Mas... equilíbrio. Acho... Acho que consigo.

— Ótimo. Porque temos um trabalho a fazer.

Ram assentiu, determinado, enquanto voltavam para o meio das pessoas.

Equilíbrio. Parecia tão simples e impossível ao mesmo tempo, mas era mais plausível e pragmático do que tentar afastar a raiva.

Primeiro ele não sentia nada. Depois sentia tudo. Daí tinha que equilibrar as duas coisas.

Ele daria conta.

E Reath também estava certo sobre outra coisa: tinham um trabalho a fazer. Fosse ou não uma piada nojenta, sem compaixão e de mau gosto, havia uma boa chance de que algum Nihil de verdade pudesse estar ali, disfarçado entre os idiotas e tolos fantasiados.

E, de qualquer maneira, os Padawans precisavam manter Zeen em segurança.

Ram a observou se mover como um feixe de luz vivo através da multidão de membros da alta sociedade bem-vestidos e com máscaras de saqueadores. Eles a bajulavam, ficavam pasmos e boquiabertos por trás dos óculos de proteção e das máscaras blindadas. Alguns encaravam, outros fingiam não se impressionar, tentando puxar papos casuais. Outros ainda mantinham distância. Mas todos os olhares estavam voltados para Zeen.

Ram manteve o próprio olhar em movimento, verificando as mãos de todos que se aproximavam, do jeito que Crash o ensinara. Ele não conseguia distinguir muito bem os rostos, que Crash dissera que muitas vezes era o primeiro lugar onde se podia notar um ataque: na determinação intensa de um assassino contratado, por exemplo, ou no olhar arregalado de um fanático. Mas o próximo lugar a se olhar eram as mãos. As pessoas com coisas a esconder muitas vezes ocultavam as mãos. O nervosismo podia fazê-las tremer. Uma delas poderia sacar uma pistola blaster ou um punhal.

Seguindo essa lógica, aqueles convidados pareciam ter muito a esconder. Mãos, às vezes várias delas, escondidas sobre pelagem ou nos bolsos fundos de calças de seda. Mãos entrelaçadas atrás das costas ou mexendo sem parar dentro de bolsas e algibeiras. Dedos trêmulos ao redor das compridas hastes das taças de espumante, piteiras, outros dedos.

— Detesto isso tudo — murmurou Ram, aproximando-se o bastante de Reath para falar em seu ouvido. — Mas enfim, *equilíbrio*!

— Equilíbrio — sussurrou Reath de volta.

— Épico — sibilou Ram.

— Olha só! — disse uma mulher idosa usando um vestido verde-limão e um elaborado capacete, triunfante. Então ela riu, porque pelo jeito tudo aquilo era uma grande piada de salão. — Sempre pensei que a iniciação no Culto da Caveira Escarlate exigia que os membros cortassem as próprias línguas fora!

Ram se moveu desconfortavelmente para perto dela e falou, tornando sua voz um sussurro áspero:

— O que a faz pensar que esta é a *minha* língua?

Ela ofegou e cambaleou para longe, provavelmente tentando descobrir como transformar o incidente em uma anedota hilária.

— Você acabou de insinuar que... — sussurrou Reath. — Deixa para lá. Você está ficando bom demais nessa coisa de disfarçar a piada.

Ram deu de ombros.

— Funcionou.

Ele esperava que Crash não tivesse visto aquilo; funcionando ou não, ela não ficaria satisfeita. Ram olhou ao redor e a viu em um canto distante, tendo uma conversa acalorada com aquele tal de Dizcaro, seu rival bem penteado. Ela estava cara a cara com ele (ficando nas pontas dos pés), que parecia totalmente arrependido. Crash chamou sua droide, deu a ela algumas instruções e, em seguida, conduziu Dizcaro para trás de uma cortina.

O que está acontecendo?, Ram se perguntou.

QUARENTA E QUATRO

CIDADE DE CORONET

Reath Silas sentia como se seu mundo estivesse afundando em um poço de lixo.

Aquele era o único modo de descrever.

Claro, ninguém estava atirando contra ele no momento, mas Reath tinha a sensação de que não seria o caso por muito mais tempo. De qualquer forma, não precisavam tentar matá-lo ativamente; aquela pequena festa à fantasia o informara de que sua vida não importava para aquelas pessoas.

Ele tentou esvaziar a mente. Ondas de raiva e desgosto continuavam crescendo enquanto pensava nas pessoas que tinham morrido, em quantas vezes ele mesmo quase tinha sido morto.

Reath deixava os sentimentos irem embora.

Eles voltavam.

Ele os deixava ir de novo.

A pior parte era: ele nem tinha certeza se aquela sensação era por causa do lance doentio das máscaras acontecendo ao seu redor, ou se era outra coisa… uma coisa pior. No fundo, sentia uma profunda perturbação na galáxia, mas não conseguia senti-la claramente no meio de todas aquelas emoções.

Se ao menos pudesse ir a algum lugar, fechar os olhos e se conectar com a Força.

Se ao menos estivesse de volta ao Farol, examinando alegremente os arquivos Jedi em busca de alguma nova linha de raciocínio lógico e conhecimento para desvendar.

Se ao menos... Algo chamou sua atenção, uma oscilação de movimento que não se encaixava. Ele examinou a sala e seu olhar pousou sobre alguém que andava rápido demais no meio da multidão.

A pessoa estava indo na direção de Zeen? Reath semicerrou os olhos, já cutucando Ram. Parecia uma mulher com um macacão vermelho e uma máscara de respiração com chifres.

E definitivamente estava indo na direção de Zeen.

E o vermelho... era do macacão, ou aquela seria Sabata Krill?

Reath saiu trombando com a multidão, ignorando suspiros e grunhidos indignados. Ram ia logo atrás dele.

— Como ousa? — gritou alguém assim que Reath empurrou outro convidado da festa. Ele ouviu o barulho de vidro quebrado e murmúrios raivosos. Não importava. Nada importava, além de alcançar Zeen antes de Sabata, ou quem quer que fosse.

Mas já dava para ver que era tarde demais — a pessoa tinha começado a correr enquanto Reath ainda estava emaranhado no meio dos convidados, e já se aproximava de Zeen, que se virava, com o rosto claramente surpreso e...

— Você pode me dar um autógrafo? — A voz saiu abafada pela máscara de respiração. Reath tropeçou e parou pouco antes de se chocar com as duas.

— Claro — disse Zeen, tendo um desempenho admirável em esconder o horror que devia estar sentindo por estar cercada de pessoas usando máscaras Nihil.

Não era Sabata Krill — aquela mulher era mais baixa e tinha a pele verde; o vermelho era de fato um macacão. Mas não significava que não fosse uma dos Nihil. Ram se aproximou de Reath, ofegante, e deu um suspiro de alívio.

— Vocês estão bem? — perguntou Zeen quando a mulher verde sumiu na multidão.

— Claro que não — murmurou Reath. Ele se perdera em seus pensamentos, o que era bom quando acontecia em casa, no Farol, quando não havia ninguém tentando matá-lo. Mas em Coronet, naquele ninho de víboras repleto de assassinos e pessoas que se vestiam como assassinos... Reath não podia se dar ao luxo de ficar tão aéreo novamente.

Um murmúrio percorreu a multidão. Preocupação, surpresa, medo... Uma centena de emoções ansiosas parecia surgir de uma só vez, por todos os lados. Reath, Ram e Zeen trocaram olhares cautelosos, depois voltaram sua atenção para o centro da sala, onde alguém havia ligado um holoprojetor.

Reath não conseguiu entender, a princípio, o que estava sendo dito. Mas ouviu suspiros. Mãos procuravam comunicadores em busca de mais informações, programas locais de fofoca ou para alertar entes queridos.

Alertá-los sobre o quê? Reath olhou por cima das cabeças ao redor dele e finalmente viu uma imagem holográfica girando lentamente, que o fez prender todo o ar em sua garganta: fumaça saindo do Farol da Luz Estelar.

QUARENTA E CINCO

CIDADE DE CORONET

— Mas que *kark* você estava pensando, Dizcaro? — cuspiu Crash quando a porta se fechou atrás deles.

A elegante sala de reuniões tinha a atmosfera chique de um lugar onde pessoas sofisticadas se esgueiravam para cheirar fileiras de pós sofisticados que terminariam em funerais sofisticados depois de alguns anos. Uma mesa baixa e estilosa ficava entre duas poltronas de couro absurdamente altas — tudo parecia uma caricatura distorcida do mundo, e Crash detestava. Era tudo preto e brilhante, com cantos vivos, até mesmo as cortinas grossas que pendiam na frente das gigantescas janelas, deixando apenas um feixe de luz entrar. As cortinas dançavam delicadamente com o ar que entrava das aberturas de ventilação abaixo, e aquele era o único movimento naquele lugar sufocante, elegante e sem vida.

— Eu não sabia das fantasias Nihil — insistiu Dizcaro. — Varb disse que estava no contrato original, então a questão é: o que *você* estava pensando, Crash?

— Não vi isso lá — disse Crash. Se tivesse visto, aquilo teria lhe saltado aos olhos, não havia outra possibilidade... — A questão é — ela se virou para ele —: alguma coisa realmente estranha está rolando, e não é a porcaria de sempre dos Pais da Cidade.

— Também tenho essa sensação — reconheceu Dizcaro. — Mas o que devo fazer quanto a isso?

— O mesmo que estou fazendo — disse ela. — Descobrir do que se trata.

— E?

— E acabar com isso.

Eles olharam um para o outro. Ambos sabiam que as chances eram de que, seja lá quem estivesse envolvido com os Nihil, também estivesse sob os contratos de proteção de um deles. Ambos estavam prestes a se meter em um dilema moral/financeiro/protocolar que pouca gente de fora seria capaz de compreender.

O rosto de Dizcaro ficou pesaroso.

— Não sei se...

— Aqui é o Protetor do Principal Um — disse uma voz no comunicador de Dizcaro.

Crash ergueu as sobrancelhas.

— Ah, arrumou um comunicador novo? Meus parabéns.

Dizcaro lançou um olhar furioso a ela.

— Vou mandar a conta daquele que você pegou, aliás. E o valor da fiança de Crufeela.

— Vou me certificar de encaminhar para a Sociedade Protetora dos Bonbraks — zombou Crash.

— Protetor do Principal Um para o Líder da Equipe Um — disse a voz no comunicador.

Crash fez uma careta para ele.

— *Líder da Equipe Um*? Isso foi o melhor que você conseguiu?

— Prossiga para o Líder Um — disse ele. Então, segurando o comunicador longe do rosto, perguntou: — Como sua equipe chama você?

— Crash — respondeu ela. — Quando você tem um apelido legal, não precisa inventar codinomes bobos.

— O Principal Um precisa da sala de reuniões privada — disse o guarda-costas. — Ele está indo para lá em dois.

Dizcaro arregalou os olhos para Crash.

— Ah, dez-quatro, Pe Um-pe. Já cheguei. No aguardo.

— Ah, certo.

— *Esconda-se* — sibilou Dizcaro. — *Agora!*

— Me esconder? — resmungou Crash. — Eu *detesto* me esc...

O som de passos se aproximando a interrompeu. De qualquer forma, Dizcaro estava certo. Não havia melhor maneira de chegar ao fundo de alguma coisa do que ouvir o que as pessoas falavam quando pensavam estar sozinhas. Ela deslizou para trás das pesadas cortinas pretas assim que a porta se abriu, suas costas pressionadas contra a janela, a brisa das saídas de ar no chão subindo desconfortavelmente pela perna da calça.

— O que estava fazendo aqui? — perguntou Ovus, entrando rapidamente.

— Ah, só tive que cuidar de um assunto pessoal — disse Dizcaro.

Um péssimo mentiroso, pensou Crash. Bom saber.

— Ah, certo, espero que esteja tudo bem. Meu convidado deve aparecer para a reunião a qualquer momen...

Algo zumbiu na parede oposta. Uma porta, Crash percebeu. Uma porta secreta! Como poderia haver portas secretas que *ela* não conhecia naquele lugar? Qual a melhor maneira de um assassino entrar e sair sem ninguém saber? Ela teria que repreender Varb por causa daquilo — provavelmente seria culpa dele mesmo, de um jeito ou de outro.

Ela espiou pela cortina. Uma figura curvada saiu da passagem. Vestia uma túnica aveludada e usava algum tipo de máscara que parecia ter sido projetada para caber em uma criatura com uma probóscide extralonga, talvez um Kubaz ou um Culisetto excepcionalmente alto e corpulento.

— Você está atrasado — repreendeu o homem de túnica, com a voz ligeiramente distorcida por um vocalizador.

— Escute aqui, Respriler — disse Ovus, elevando-se sobre a figura curvada —, ou qualquer que seja seu nome *verdadeiro*...

— Não vou ser tratado dessa maneira — resmungou Respriler.

Crash ouviu Dizcaro mudar o peso de um pé para o outro, provavelmente tentando descobrir se deveria intervir.

— Ah, não? — perguntou Ovus. — Você vem me enrolando por meses, sem quase nada para mostrar. E agora estou recebendo relatos de que o quartel da guarda municipal foi invadido e um comboio Nihil está a caminho do centro! Isso é verdade?

— Devo a você exatamente zero resposta, *Ministro das Finanças* Ovus. — Claramente, aquele tal de Respriler sentia a necessidade de lembrar Ovus de seu cargo.

— Nós concordamos com *alguns pequenos* ataques de Nihil aqui e ali! Espalhados e facilmente combatidos. Apenas o bastante para fazer com que as pessoas se unissem em torno da ideia de fechar Corellia para forasteiros. Só isso. Não com um exército inteiro marchando para o centro de Coronet!

Crash teve que se controlar para não gritar. Ovus estava trabalhando com os Nihil! E claramente estava perdendo a cabeça! Podia mesmo haver um comboio a caminho da cidade?

— Não concordamos com tal coisa — disse Respriler, com altivez. — Esse foi um pedido que você fez durante nossa negociação. Só isso. E, de qualquer maneira, a que autoridade você levaria uma disputa sobre nosso acordo, hein? Devemos levar à comissão de comércio? Ao magistrado da cidade?

— Você sabe que isso não é...

Respriler interrompeu o ministro abruptamente.

— O que eu sei, Ovus, é que mantive a minha parte do acordo até agora. Eu disse que a CorSec e os Jedi seriam tirados de seu caminho, dando supremacia às forças da guarda municipal em Coronet, e isso aconteceu. Disse que o tornaria o Pai das Finanças. Esse é o título que possui atualmente, não é? É sim.

— Assassinar Nomar Tralmat certamente também não fazia parte de nosso acordo — insistiu Ovus.

— Se fizesse, você teria recuado? — perguntou Respriler. — Acho que não. Eu disse que o tornaria governante da Cidade de Coronet e depois de Corellia, e eu o farei, oh, criatura impaciente. Eu o farei.

Mas para atingir esse objetivo grandioso, preciso fazer as coisas do meu jeito, e é exatamente o que estou e continuarei fazendo.

— Você não pode simplesmente...

Respriler afastou Ovus, dirigindo-se para a porta quando ela se abriu.

— Posso, estou fazendo e vou continuar. Agora, se me der licença, tenho uma festa de comemoração à qual comparecer.

Festa de comemoração?, pensou Crash. Poderia toda a galáxia estar desmoronando ao seu redor?

— Você está trabalhando com... os Nihil — disse Dizcaro, a voz afiada como uma lâmina de aço.

Ovus girou, cobrindo imediatamente a distância entre os dois.

— Você é um guarda-costas ou um âncora do noticiário local? — perguntou ele.

— Não é preciso ser um especialista para perceber que os Nihil estão empenhados em destruir tudo o que nos importa.

Crash nunca tinha ouvido Dizcaro tão chateado, e certamente nunca o tinha visto levantar a voz para um cliente.

— Quando eu quiser um conselho político dos músculos — cuspiu Ovus —, eu peço. Até lá, faça apenas o seu trabalho.

Dizcaro deu um passo para trás como se tivesse levado um tapa.

Ovus saiu da sala apressado.

— Eu... — disse Dizcaro, quando Crash saiu de trás das cortinas e ficou ao lado dele. — Não sei o que acabou de acontecer.

— Seja o que for — comentou Crash, já na metade do caminho para fora. — Ainda está acontecendo.

No salão principal da festa, as pessoas tiravam as máscaras e os capacetes, não porque finalmente tivessem descoberto o bom gosto, mas para enxergar melhor. A sala inteira estava concentrada em uma única imagem holográfica flutuando lentamente em círculo, enquanto frenéticas atualizações giravam em torno dela. O Farol da Luz Estelar fora atacado. Pendia em um ângulo estranho, inclinando-se muito, não na posição vistosa que todos estavam acostumados a ver. Fumaça saía de uma área superior da estação.

Nem todo mundo havia tirado o equipamento Nihil, no entanto, percebeu Crash, movendo-se no meio da multidão. E nem todos estavam surpresos. Alguns riam baixinho, sussurrando alegremente uns para os outros, balançando as cabeças. Eram Nihil, ou apenas pessoas desprezíveis?

— Bem-vindos a uma nova era! — gritou Respriler através de seu vocalizador enquanto subia triunfantemente sobre uma mesa. Uma mulher gritou, e alguém próximo protestou inutilmente.

Onde estava Svi'no? Provavelmente à espreita em algum lugar ali por perto, esperava Crash, fora de vista. E o restante da equipe de Crash — ela viu o cocuruto desgrenhado de Tangor do outro lado da sala — provavelmente se posicionando para fazer o que fosse necessário. Zeen e os garotos estavam lado a lado, olhando com expressões horrorizadas para a imagem brilhante de sua casa sendo destruída.

Respriler ficou totalmente erguido e arrancou sua máscara. O rosto tenso e cansado de Nomar Tralmat olhou desafiadoramente para a multidão.

— É uma nova era da história Corelliana! Da história galáctica! A era da República acabou! Hoje ela cai, assim como seu poderoso farol cai bem diante de seus olhos!

As pessoas gritavam e suspiravam, mas... ninguém fez nada. Apenas o encaravam. Era como se tudo fosse uma piada estranha.

— Eu estive perdido por muito tempo, como muitos de vocês. Mas uma jovem me mostrou a luz, me mostrou o caminho... a trilha! — divagou Tralmat.

— Isso é loucura! — Era Ovus, subindo em uma cadeira e apontando para o outro lado da sala. — Você não pode trazer os Nihil para Corellia! Vamos lutar contra eles e vencer! Corellia *sempre* permanecerá forte!

Nomar balançou a cabeça, sorrindo como um avô benevolente.

— Oh, meu caro Ovus. — Seus olhos se enrugaram de raiva quando ele enfiou as mãos em suas vestes. E foi aí que Crash soube o que estava para acontecer. Ela olhou para o lado da sala, esperando, mesmo contra seus piores instintos, que Dizcaro não tivesse visto o mesmo que ela. Ele era um guarda-costas desleixado, às vezes pouco profissional, mas não desleixado o bastante. Já estava entrando em ação, um pé plantado em uma cadeira, lançando-se para cima e através da curta distância entre ele e Ovus.

Tralmat, que não era exatamente um soldado, começou a disparar assim que sacou seu blaster. Um disparo passou por Crash, não a atingindo por muito pouco. Outro atingiu o braço de uma senhora idosa, cujos gritos se mesclaram aos do restante da sala. Então, Tralmat encontrou seu alvo e puxou o gatilho três vezes em sequência, no momento em que o corpo de Dizcaro colidia com o de Ovus, levando todos os disparos no pescoço e na cabeça.

— Maldito seja, Dizcaro — sussurrou Crash, com a sala explodindo em movimento ao seu redor. — Seu idiota.

QUARENTA E SEIS

CIDADE DE CORONET

Kantam e Cohmac se agacharam na escuridão de uma área de armazenamento no ventre de um antigo andador de construção. Ao seu redor, o comboio de deslizadores de transporte da guarda municipal roncava e retumbava, num constante ranger de motores enferrujados e estabilizadores de amortecimento batendo com força.

— Achei que o centro industrial da galáxia seria capaz de manter sua frota policial em condições um pouco melhores — comentou Kantam, secamente. — Essas coisas estão caindo aos pedaços.

— Levando tudo em consideração, talvez seja melhor assim — disse Cohmac. — Talvez tenhamos que desmontá-las peça por peça antes de o dia acabar.

Entrar a bordo esgueirando-se tinha sido fácil. Kantam e Cohmac simplesmente se esconderam em um arbusto próximo até que o comboio parasse perto de seu motodeslizador abandonado para investigar. Então, Kantam jogou um detonador debaixo da canhoneira mais próxima.

— Você vai ter que reembolsar a Ministra Fendirfal por isso — disse Cohmac, com um sorriso malicioso. No caos que se seguiu, escalaram o andador e entraram.

E ali estavam, aguardando na escuridão.

— Devemos tentar falar com Coruscant novamente? — perguntou Cohmac.

— Hmm, vou fazer isso. — Kantam puxou seu comunicador, tentou mais uma vez entrar em contato com o Templo Jedi, com o principal nexo de comunicação da República, com *qualquer pessoa que atendesse*, mais uma vez sem sucesso. Tinha conseguido ligar algumas vezes; mas, em todas, acabara tendo que aguardar na linha, escutando um tom de espera depois de falar com um operador frenético e irritado. E logo as ligações simplesmente pararam de funcionar.

Kantam mudou para um canal geral e mandou uma gravação.

— Aqui é Mestri Jedi Kantam Sy, do Farol da Luz Estelar, com uma mensagem urgente para a República. Os Nihil se infiltraram na guarda municipal da Cidade de Coronet, em Corellia. Acreditamos que a presença deles aqui seja significativa, e que provavelmente tenham contatos nos círculos políticos mais elevados. Não sabemos seu objetivo final, mas sabemos que são uma força destrutiva assassina que mata civis por prazer e que não vão parar por nada até derrubarem a República. A maioria dos Jedi e das forças de segurança Corellianas estão em Gus Talon, incapazes de ajudar. Este é um apelo urgente para que todas as forças disponíveis se juntem à nossa luta contra essa base de operações dos Nihil no Núcleo.

Cohmac franziu a testa.

— Parece ainda mais terrível quando você coloca dessa maneira.

— Só estou afirmando o que sabemos e suspeitamos.

— Nunca se sabe o que vai conseguir quando chamamos todas as forças disponíveis — disse Cohmac. — Foi assim que acabamos lutando lado a lado com os Hutts.

Kantam deu de ombros.

— Deu certo.

— Canal codificado da República, Cinco-Zero-Cinco — soou o comunicador. — Chamando Mestri Sy. Responda, por favor.

— Kantam aqui. Você recebeu minha chamada no canal geral agora há pouco?

— Ah, não — disse o operador, parecendo atormentado. — Recebi uma mensagem sobre os Nihil.

— Sim, estamos em Corellia e...

— Vocês estão em Corellia? — o homem pareceu desgostoso.

— Sim, e...

— Não estão em uma das naves enviadas para o Farol?

— Não, nós...

Um chiado de estática se fez ouvir, interrompendo Kantam, e então uma nova voz surgiu.

— Também estamos em Corellia, escória Jedi. E vamos atrás de vocês!

A chamada caiu.

— Os Nihil assumiram algumas das comunicações — disse Kantam.

PASSADO

A galáxia era muito mais gigantesca do que Kantam jamais imaginara.

Chegou um dia em que Aytar havia aparecido na porta do pequeno quarto que compartilhavam; as minúsculas lanternas penduradas lançavam uma luz quente sobre seu rosto sério. Kantam soube, com um único olhar, que ele estava indo embora, e se surpreendeu ao descobrir que estava tudo bem. Parecia ser o certo, de algum jeito. O que tiveram juntos, não importava o nome, tinha sido magnífico. Nunca tinha esperado que durasse para sempre, ou mesmo que durasse muito tempo. Kantam se levantou, antes que Aytar pudesse ao menos tentar se explicar e se justificar, e beijou o garoto na testa.

— Vou sentir sua falta, só isso — disse Kantam. — Mas também estou feliz. Por nós dois. Porque está tudo certo.

Aytar assentiu, segurando as lágrimas, depois sorriu.

— Vou sentir sua falta também.

Kantam tinha ficado. Acontece que fazer parte do circo era uma coisa muito boa para um usuário da Força. Tinha viajado para sistemas que, de outra forma, nunca visitaria. Conhecera centenas de seres estranhos, alguns tão belos que lhe tiravam o fôlego. E havia muitas pessoas boas e peculiares com quem conviver, cada uma com muitas histórias diferentes de suas vidas longas e cheias de reviravoltas.

E então, um dia, Kantam também se cansou e seguiu em frente, partindo para as estrelas em uma pequena nave desajeitada com apenas um punhado de créditos e um coração que ansiava por mais aventuras.

Trabalhou com entrega de mensagens, mecânica, contrabando, em lanchonetes e atuando como guarda-costas, além de realizar vários outros bicos para sobreviver. Apaixonou-se pela maneira como os planetas pareciam dançar em sua direção quando sua nave saía do hiperespaço, pela forma como as estrelas pareciam se esticar, pelo brilho suave da galáxia e pela sensação de que todos aqueles bilhões de segredos no grande além continuariam sendo apenas isso: segredos, até o fim dos tempos.

Kantam Sy estava em Naboo, parado na grade de um daqueles majestosos parques de paliçadas com vista para cachoeiras e picos altos, quando tudo mudou mais uma vez.

Era uma simples entrega, mas de alta prioridade. Kantam transmitia mensagens secretas entre diplomatas para uma empresa de comunicação de ponta. As duas partes estavam fechando os últimos detalhes de uma complicada política de uso de terra, e a informação era sensível demais para ser enviada por sinais, pelo menos de acordo com o gerente idoso de um dos maiores conglomerados imobiliários da galáxia. Ele queria que tudo fosse feito pessoalmente, até onde fosse possível, mesmo que significasse ter de pagar uma fortuna para Kantam Sy viajar de Alderaan a Naboo várias vezes por mês para uma simples assinatura ou memorando de ajuste.

Kantam não se importava. O dinheiro era ótimo, mas todas aquelas viagens estavam cansando, e a beleza da exuberante vida selvagem de Naboo sempre o ajudava a se revigorar. Um orfanato local levara suas crianças para aproveitar o belo dia de verão; gritinhos e risadas enchiam o ar, junto com uma brisa matutina e com o canto de alguns pássaros.

Kantam respirou fundo, deixando que o sol quente fizesse sua magia revitalizadora em sua pele, então sentiu uma agitação interna, o gentil empurrão da Força. Alguma coisa estava prestes a acontecer. Kantam girou, observou as imponentes árvores polares, a fonte borbulhante não muito ao longe, as crianças brincando. Ali. Empoleirada na cúpula superior de um gazebo próximo, uma mancha farfalhante de penas cinzentas. Kantam deu um passo adiante, sem saber para onde se mover, nem como. Um grasnido estridente rasgou a bela tarde e, num piscar de olhos, a criatura se lançou para frente, num borrão escuro contra o céu claro. Era um kolvor, percebeu Kantam, avançando para o parque, tentando avaliar onde a ave atacaria. Os kolvor eram conhecidos por arrebatar crianças e jogá-las contra as rochas; os aldeões das montanhas os chamavam de *vangartraks* — arrebatadores — e sempre mantinham blasters por perto para o caso de algum atacar.

Kantam não tinha um blaster à mão — aquela era uma simples missão diplomática, nada além — e estava prestes a chegar tarde demais ao outro lado do parque, onde o kolvor mergulhava a uma velocidade além da compreensão.

— Não! — gritou uma das matronas do orfanato, começando a correr.

Antes que Kantam pudesse parar e estender a mão usando a Força, a ave já tinha arrebatado duas crianças, uma menina e um menino, um em cada garra. Ela simplesmente os arrancou de onde estavam sentados brincando na grama e levantou voo.

— Um deslizador! — gritou Kantam para os estranhos boquiabertos ao redor. — Um blaster! Alguma coisa! Alguém traga alguma coisa! — Kantam convocava a Força desesperadamente, procurando por algo, qualquer coisa que lhe permitisse derrubar a ave ou libertar as crianças de algum jeito. Mas não adiantava; o kolvor já tinha voado para muito longe.

— Alguém faça alguma coisa! — gritou a matrona.

Kantam tentou, fez tudo o que pôde. Mesmo assim, a coisa tinha escapado com as duas crianças. Ainda podia ser vista, voando em direção a uma montanha à beira-mar.

Kantam enrijeceu o corpo. A mensagem deveria ser entregue dentro de exatos dezessete minutos e estava, é claro, equipada com um pequeno dispositivo que registrava a hora exata de sua chegada, e tudo mais.

Não importava.

Se o kolvor estivesse visível, poderia ser encontrado, assim como as crianças que carregava.

Sem dizer uma palavra, Kantam correu para o corrimão, pulou sobre ele com um pé e se lançou para o céu aberto, mergulhando diretamente para baixo, para as águas que o esperavam.

A correnteza brutal puxou Kantam, empurrando-lhe para um lado e para o outro, jogando-lhe contra uma rocha e depois empurrando-lhe para o lado novamente.

Lá em cima, o kolvor voando em direção à montanha era apenas uma minúscula forma escura.

— Droga — resmungou Kantam, saindo do rio e depois cruzando a vegetação rasteira ao longo das margens que se inclinavam abruptamente para cima.

No meio da montanha, Kantam avistou a ave novamente. A coisa deveria estar voando em círculos. Pareceu que seus olhares se encontraram, e se aves pudessem, aquela provavelmente teria sorrido, pois soltou as duas crianças ao mesmo tempo.

Kantam quase pulou da montanha, mas de nada teria adiantado. Tinha que correr.

Talvez, se pudesse se esforçar mais do que em qualquer outro momento, conseguisse se aproximar o bastante para pegar as crianças em queda livre com a Força. Bem à frente, uma delas deu um grito estridente.

Kantam não ia conseguir. Seus pulmões pareciam estar em chamas. As duas formas minúsculas se aproximavam cada vez mais do terreno rochoso abaixo.

Faltando apenas alguns metros para que as crianças colidissem com a morte, Kantam saltou no ar, cobrindo a maior distância possível até elas, e estendeu a mão, sintonizando a Força.

Uma criança, a menina, desacelerou até parar; o menino continuou caindo, desaparecendo atrás da linha de árvores à frente. Kantam tinha falhado, mas ainda precisava garantir que aquela que mantinha no ar ficasse viva. Pousou no chão, com o coração batendo forte em seu peito, desejando que a Força trouxesse a garota lentamente até o solo.

Ela era pequenina, com um vestidinho azul do orfanato, e apertava o rosto com força, com uma mão estendida, assim como Kantam fizera.

Espere.

Quando ela estava perto o suficiente para ser alcançada, Kantam saltou novamente, agarrando-a no ar e segurando-a junto ao corpo enquanto aterrissava na extremidade oposta do terreno, perto das árvores onde o menino sumira de vista.

A garota em seus braços continuava com a mão estendida.

Kantam olhou para baixo e quase começou a chorar. O menino pairava no ar logo acima da beirada, como se estivesse pendurado em uma corda invisível no céu.

— Você... — Kantam se engasgou, colocando a garota no chão e atraindo o menino para si com um puxão da Força. — Você fez...? — Ambas as crianças pareciam ilesas, exceto por alguns arranhões das garras do kolvor. O menino soluçava, mas aquilo era de se esperar.

Kantam voltou sua atenção para a garotinha, agachando-se para ficar mais perto do nível dos olhos dela. Ela tinha a pele moreno-escura, e seu cabelo estava preso em dois coques bem-arrumados.

— Você fez aquilo? — perguntou Kantam, olhando bem em seus olhos. — Você impediu seu amigo de cair?

Ela assentiu com a cabeça, arregalando os olhos como se não tivesse certeza de que o que fizera era certo ou errado. Kantam queria abraçá-la e dizer que ia ficar tudo bem, mas também precisava de respostas.

— *Como* você fez aquilo?

Ela ergueu os ombros minúsculos.

— Foi o que *você* fez — disse ela, em tom quase acusatório. — Então eu fiz a mesma coisa.

Kantam assentiu, piscando para conter as lágrimas. Ela usara a Força por instinto, realizando uma manobra que exigia concentração, vontade e treinamento para dominar. E tinha feito aquilo apenas observando.

— O que eu fiz foi errado? — perguntou a garota, começando a chorar também.

— Não — disse Kantam, sacudindo a cabeça. — Não, você fez um ótimo trabalho, de verdade.

O mundo parecia tão vivo, ainda mais do que momentos antes. Kantam sentia a Força acelerando ao redor de si, como uma rajada de vento. Nada fazia sentido desde que Aytar aparecera em sua vida como uma tempestade repentina. E finalmente, sem aviso, estava tudo bem. Nada precisava fazer sentido. Kantam tinha permitido que a galáxia fosse do jeito que era, e agora ela parecia estar se curvando de volta ao redor, fazendo com que se lembrasse e se permitisse ser quem era.

E de forma muito simples, sem dúvidas ou complicações, era um Jedi.

A garotinha agarrou a manga de Kantam.

— Então por que você está chorando?

— Porque finalmente posso ouvir novamente — disse Kantam, sorrindo.

Então, Kantam se levantou, segurou as duas mãozinhas nas suas, e começou a longa caminhada de volta com as duas crianças.

Criatura teimosa, o happabore.

Aquela em particular — Monsalmo, como Yoda gostava de chamá-la — sempre aproveitara qualquer oportunidade para tornar as coisas o mais complicadas possível, desde filhote. Tinha escapado de seu curral, deixado um rastro de lama e de arbustos pisoteados que levava diretamente aos beliches dos jovens alunos. Lá, Yoda a encontrara feliz, enrolada no chão, com uma pequena cama sobre o corpo, provavelmente pensando que estaria escondida debaixo dela, mesmo sendo três vezes maior. Normalmente havia uma criança muito espantada sobre a cama, rindo ou chorando.

Yoda acordou de seu cochilo de fim de tarde com um chiado e um bufo terríveis. Era Monsalmo, com certeza. Todos os outros tinham ido para a cidade, participar de mais um dos aparentemente intermináveis festivais sazonais de Andovar, por isso cabia a ele descobrir a razão daquela comoção.

Muito bem. Ele se apressou para a luz dourada do dia minguante, depois desceu a pequena trilha de terra até o curral dos happabore e lá parou, observando a cena.

De algum jeito... Monsalmo encontrara um caminho até o teto de madeira do cercado. Yoda olhou para o outro lado, onde algumas pilhas de grandes caixotes de ração tinham sido deixadas um pouco perto demais da cerca. Apenas perto o bastante para serem arrastadas e depois empurradas em uma inclinação quase parecida com uma escada. A maioria dos seres precisaria de algum equipamento de carga para mover aquelas caixas, mas um happabore provavelmente seria capaz de manejá-las sem muito esforço. Depois seria apenas questão de escalar o restante do caminho e pular para o telhado. Yoda teria que conversar com os Padawans para garantir que armazenassem as caixas de ração mais longe do cercado.

Entretanto, havia um problema imediato para resolver. Monsalmo ainda gritava e se contorcia como se estivesse sentindo dor. E todas as quatro vigas de madeira que sustentavam aquele telhado já estavam rachadas com o peso adicional; provavelmente não aguentariam muito mais tempo. Além disso, estava começando a chover.

Era apenas uma garoa, claro, mas não ajudava em nada.

Yoda respirou fundo e acalmou sua mente agitada, convocando a Força. O mundo ao seu redor se tornou mais nítido e claro no mesmo instante. A Força trouxe a Yoda a visão precisa de cada gota de chuva e de cada folha trêmula, toda a física urgente do problema diante dele.

O telhado já tinha algumas partes amassadas para dentro, o que significava que logo a chuva se acumularia nelas, acrescentando ainda mais peso à estrutura perigosamente sobrecarregada.

Mover a gigantesca criatura não seria um problema, mas havia uma questão mais complicada do que a que a estava incomodando e de qual era o *motivo* de ela ter subido no telhado.

A dor de Monsalmo se expandiu para Yoda em rajadas agudas, e ele imediatamente entendeu.

— De parabéns você está, hm? — disse ele, saltando rapidamente pelos caixotes para ficar no mesmo nível do telhado. — Mas por que...? — Um brilho abaixo chamou sua atenção, a luz do sol moribundo refletindo de volta para ele em alguma substância lustrosa. Claro. Ele não conseguira ver de onde estava, no chão, mas dali ficava claro. Seus olhos seguiram uma trilha escura rente ao solo de volta à sua fonte: um barril de combustível virado em uma lixeira não muito distante.

Monsalmo não estava apenas brincando quando subiu no telhado — estava protegendo os filhotes que estava prestes a dar à luz!

— Mamãe esperta — murmurou Yoda, estendendo a mão e usando a Força para erguê-la no ar no momento em que uma das vigas se rompeu e quebrou.

Monsalmo gritou, o telhado abaixo dela de repente se tornando uma rampa caída. Mas ela não caiu, mesmo quando a súbita mudança de peso do telhado colapsado fez com que outra viga se partisse.

Com uma mão estendida, Yoda a manteve pairando no ar. A happabore resistiu e soltou um ganido abafado, em pânico e irritada com as dores do parto.

— Calma — insistiu Yoda, gentilmente, mas então, num repentino movimento de contração, outro happabore veio ao mundo, e assim que Yoda estendeu a mão para evitar que o primeiro filhote caísse no óleo abaixo, um segundo apareceu.

— Acelerado este trabalho de parto está — murmurou Yoda, tentando se lembrar de quantos filhotes, em média, nasciam numa ninhada de happabore. Ele acabara de conseguir equilibrar Monsalmo e os dois bebês, pairando delicadamente, quando o terceiro e o quarto chegaram ao mesmo tempo.

— Hmm — resmungou Yoda, suavemente. Ele piscou, sob a chuva, tentando descobrir um lugar seguro para depositar toda a ninhada. A tensão de tudo aquilo era como um leve toque em sua concentração aguçada, mas que ficava menos suave a cada segundo. — Muito bem.

Um quinto e depois um sexto filhote apareceram antes que Yoda pudesse descobrir um bom local de pouso e, de repente, a pressão intensa de manter todos os bebês e a mamãe pairando no ar ao mesmo tempo arrefeceu.

Monsalmo estava pairando sozinha, junto de um de seus filhotes. Ou melhor, como Yoda percebeu, alguém a estava mantendo daquele jeito.

— Eu fiz bem — disse uma vozinha. Yoda olhou para baixo, para os olhos castanhos reluzentes de uma garotinha que tinha as duas mãos estendidas. Kantam Sy estava de pé atrás dela, com o próprio braço estendido para suportar o peso de Monsalmo.

Yoda riu, já movendo a ninhada para um lugar seguro.

— Ah, como Padawan você foi embora, hm? E como Cavaleiro, você voltou.

Kantam não pôde evitar que um sorriso se espalhasse por seu rosto.

— Mestre Yoda, essa aqui é Lula Talisola.

Horas depois, após a modesta cerimônia de elevação a Cavaleiro, Kantam e Yoda sentaram-se ao lado de uma pequena fogueira no recinto limpo dos happabore. Lula roncava profundamente no colo de Kantam enquanto Yoda terminava de recontar de forma entusiasmada a agitação daquela tarde. Ali perto, todos os quinze filhotes tomavam o leite de sua mãe cansada e muito orgulhosa.

Uma profunda sensação de calma tomou conta de Kantam. Minúsculas sementes queimavam e estalavam em meio às toras em chamas, liberando baforadas de fumaça perfumada no céu escuro.

— Eu realmente não entendo o que aconteceu, Mestre Yoda.

Yoda assentiu com um sorriso irônico.

— Nos acostumar com isso devemos.

— Eu sei, mas... foi tão repentino.

— Repentino? — Yoda estava rindo, uma gargalhada estridente que parecia cortar o silêncio da noite. — Desaparecido por mais de um ano você esteve. Todo esse tempo, toda a sua vida, hm, levou até aquele momento. O oposto de repentino foi. Demorou bastante, na verdade.

— Mas o que mudou? Senti a mudança como um trovão: em um instante, estava agindo como antes, apenas seguindo meu próprio caminho, cuidando da minha própria vida. Então, essa pessoinha surgiu e...

Yoda bufou de forma divertida e cutucou o fogo.

— Nossos maiores professores os jovens são, é o que dizem. Mas por quê? Não pelas coisas que dizem, hehe. Ainda levará vários anos para que esta pequena tenha sabedoria para desta forma transmitir, hm.

— Ela fez o bem — disse Kantam com um sorriso. — Ou cometeu um erro.

— Hm, exatamente. Não, é em quem eles são para nós que reside sua sabedoria. Fazer o trabalho nós devemos. A lição que recebemos dos jovens para a maioria dos Jedi é a mais difícil de aprender. Alguns nunca aprendem, na verdade.

— Desapego — disse Kantam.

Yoda assentiu, daquela vez, sério.

— Deixar partir. Difícil ela é, mas também sempre disponível, sempre presente. E então, quando compreendemos, novamente se vai. Requer prática, sim. Repetição. De novo ter que fazer não significa que falhamos, apenas que de novo devemos fazer. E de novo.

— Hmm. — Kantam sabia em seu interior que aquelas palavras eram verdadeiras. Quantas vezes tinha conseguido deixar de lado a dúvida, o medo, a arrogância e o ciúme... apenas para que cada um daqueles sentimentos voltasse como se nada tivesse acontecido? Yoda estava certo. Aqueles não eram fracassos. A luta, a lição, na verdade, eram simplesmente contínuas.

— Quem, senão os jovens, nos oferecer tal lição pode, hm? — Yoda quebrou um pequeno biscoito ao meio, colocou um pouco de geleia doce sobre um pedaço e cobriu com o outro. Entregou o pequeno sanduíche doce para Kantam, que o colocou ao lado do seu próprio, em uma bandeja de metal. — De novo, de novo e de novo, devemos aprender a deixar partir.

Kantam fez a bandeja pairar sobre a fogueira.

— Amar é deixar partir — declarou Yoda, observando as chamas. — Ser Jedi é deixar partir. — De repente, seus olhos pareceram profundamente tristes, mas então ele sorriu, e o sorriso era verdadeiro.

— Eu lhe ensinei essa lição — disse Kantam, percebendo a verdade em suas palavras no momento em que as proferiu.

— Fácil você acha que foi deixar que para a galáxia você partisse naquele dia?

Nem ocorrera a Kantam que Yoda pudesse ter sofrido com aquele momento. Ele parecia tão equilibrado, tão centrado sobre todas as coisas.

— Eu... Sim, pensei que tivesse sido fácil. Você fez parecer fácil. Presumi que soubesse que eu voltaria um dia.

Yoda riu baixinho, sem muito humor.

— Enganoso o futuro é. Teimoso. Muito parecido com o desapego. E feliz! — Então ele riu de verdade, e Kantam sentiu o ar pesado ao seu redor se soltar, ficar mais leve. Yoda estava demonstrando o desapego em tempo real, permitindo que sua própria tristeza fosse vista, e permitindo que ela fosse embora como as fragrantes nuvens de fumaça de sua fogueira.

— Um pouco crocante demais o sanduíche de geleia está prestes a ficar — apontou Yoda, e Kantam puxou a bandeja das chamas rapidamente.

— E agora, a segunda lição mais importante ter uma jovem por perto vai lhe ensinar — anunciou Yoda, cutucando Lula gentilmente para que ela acordasse com o calor do fogo e o cheiro de geleia doce e torradas. Ele quebrou o sanduíche de Kantam ao meio, entregou uma parte para ela e a outra para Kantam, com uma risada. — Como compartilhar.

QUARENTA E SETE

CIDADE DE CORONET

Tudo acontecera tão rápido, tão de repente. Reath sentia como se um trovão continuasse ecoando em seu interior, fazendo-o girar.

O mundo pareceu parar quando as notícias sobre o Farol passaram pela projeção holográfica no centro da sala.

Parte de Reath não conseguia respirar; a outra sentia uma cruel compreensão dos fatos. Foi o que ele sentiu: a sensação de perda, cada vez mais profunda, como se seus pulmões perdessem todo o ar subitamente, repetidas vezes na última hora, uma pior do que a outra.

No meio de tudo aquilo, aquele estranho homem de túnica subiu em uma mesa e tirou sua máscara, revelando ser… um velho. Mas falava como se fosse um dos Nihil, vociferando loucamente, então Reath não tinha certeza se era mais uma daquelas elaboradas piadas de salão, até que o cara enfiou a mão em suas vestes e salpicou a sala com disparos de blaster.

Foi quando tudo mudou de muito rápido para muito, muito lento. Disparos atravessaram o braço de um homem a alguns metros de distância. Reath estava mergulhando em direção ao chão junto com todos os outros, e os tiros pareciam vir de todos os cantos, mas era apenas o batimento de seu próprio coração; os disparos deixaram buracos fumegantes na manga da camisa de seda do homem e Reath pôde ver a carne queimada sob ela; o homem gritava e Reath estava no chão; todo mundo gritava e a sala parecia estar desabando sobre Reath, mas não estava. Não estava.

A Força estava com ele.

Ele não sabia o caminho a seguir, nem saberia tão cedo. Mas não podia se perder em pensamentos. Tinha se deixado distrair muitas vezes naquela noite. Encontraria seu próprio caminho mais tarde; ali, ele tinha que sobreviver.

E sobreviver significava se levantar e lutar.

Reath Silas se levantou.

As pessoas gritavam e corriam. Algumas pareciam apavoradas, enquanto outras definitivamente sabiam exatamente o que estava acontecendo. E aquelas, imaginou Reath, pegando uma cadeira e quebrando-a em alguém que tentava passar correndo, aquelas eram Nihil.

— Reath! — gritou Zeen, ali perto. — Ali! — Um grupo de convidados mascarados formou um círculo fechado ao redor do velho e, juntos, caminhavam para o outro lado da sala. Reath foi atrás deles, abrindo caminho entre as pessoas em pânico. Zeen logo estava ao seu lado, e ele vislumbrou Ram no meio da multidão, seguindo na mesma direção.

Uma luz brilhante tomou conta do céu escuro do lado de fora da janela para a qual eles estavam indo, e depois a própria janela estilhaçou para dentro com uma única explosão de concussão. Mais pessoas gritaram e correram na direção oposta. Reath teve que usar a Força para tirar algumas delas de sua frente e abrir caminho. Já os Nihil, porque sem dúvida aquela equipe protegendo o velho delirante tinha que ser Nihil, abriam caminho pela janela até algum tipo de ponte levadiça.

— Aqui é Ar-Onze — disse uma voz rouca no ouvido de Reath. — Estou vendo uma ponte de metal sendo colocada sobre os topos dos prédios até a janela leste.

— São os Nihil — gritou Reath, ainda tentando passar pela multidão agitada. — Aqueles são os Nihil!

— Certo — rosnou Fezzonk.

— Aqui é Crash — disse outra voz no comunicador. — Cuidado, Fezzonk. Eles estão fortemente armados e não sabemos se têm algum dos nossos clientes com eles. Você *não pode* simplesmente destruir a ponte. Entendido?

Reath percebeu que ela estava certa. Eles nem ao menos tinham certeza se eram os Nihil de verdade ou apenas alguns dos mascarados da festa. Ou se realmente havia muita diferença, no fim das contas.

Não seria algo fácil de resolver.

Reath ouviu um disparo de blaster e depois um estrondo alto à frente.

— Ah... Entendido — disse Fezzonk, parecendo subitamente sem fôlego. — Ah, estou sob fogo... do tipo antiaéreo.

— Recue! — gritou Reath. — Estamos quase lá.

Reath alcançou a janela quebrada primeiro e acionou seu sabre de luz bem a tempo de rebater os lampejos de fogo blaster vermelho que vinham em sua direção.

À frente, um grupo de figuras mascaradas corria para o outro lado da ponte.

Reath provavelmente conseguiria mandar toda aquela geringonça improvisada para as ruas abaixo, com apenas um movimento de sua mão, junto com todos nela. Mas Crash estava certa. Eles não sabiam quem os Nihil tinham consigo, não sabiam quase nada, na verdade. E não descobririam matando um monte de gente. De qualquer modo — Reath respirou fundo, desviou outro disparo e se concentrou —, sim, o Farol estava sob ataque e talvez viesse a cair em mãos inimigas, ou até mesmo fosse destruído. Mas Reath Silas era um Jedi. E não deixaria aquela luta, nem qualquer outra, tirar o foco do que aquilo significava para ele. Mesmo que lhe custasse a vida. Ele tinha um código e fazia parte de uma linhagem de grandes Jedi, incluindo Jora Malli, que também tinha vivido e morrido pelo mesmo código. Ele o honraria.

Os guerreiros do outro lado da ponte, no entanto, não tinham um código, e Reath tinha certeza de que a destruiriam assim que a atravessassem. Ele olhou para Ram e Zeen ao seu lado, e viu que os dois pensavam a mesma coisa.

Juntos, os três começaram a correr.

QUARENTA E OITO

CIDADE DE CORONET

A ponte de ferro improvisada rangia e guinchava sob os pés de Ram.

Em alguns segundos, provavelmente, o bando de Nihil estaria do outro lado e, então, explodir toda a ponte, junto com Ram, Reath e Zeen, seria uma coisa muito simples para eles.

Mestri Sy ensinara que estratégias de batalha se baseavam mais no que ele e seus oponentes sabiam ou deixavam de saber do que em qual lado tinha mais números ou equipamentos melhores. E, naquele momento, Ram e os outros pareciam saber de quase nada, e os Nihil provavelmente estavam sabendo de praticamente *tudo*. Estavam sempre um passo à frente de todos e eram mais impiedosos, mais sedentos de sangue e estavam mais do que prontos para permitir que um monte de seus companheiros fosse para o inferno se aquilo significasse poder causar o máximo de estrago possível e fugir.

Rajadas de fogo vermelho voavam pelo céu azul-escuro na direção de Ram. Ele balançava o sabre de luz enquanto corria — uma vez para cima, depois de um lado para o outro, e então em um arco amplo ao redor de si mesmo —, desviando os disparos a cada movimento.

À frente dele havia cerca de uma dúzia de figuras mascaradas reunidas em um telhado, seus corpos escuros contra o sol poente. Os últimos três a atravessar a ponte estavam recuando em direção a seus companheiros, disparando contra Ram, Reath e Zeen. O outro grupo estava tentando armar uma segunda ponte na outra extremidade do edifício.

Reath e Ram rebateram os últimos tiros de laser e, em seguida, ambos avançaram com um pé, lado a lado, e ergueram as mãos esquerdas para frente, com as palmas abertas. Os três Nihil no fim da ponte foram arremessados para trás, com um estrondo de armas e armaduras.

Mais deles se viraram, erguendo rifles blaster e alguma coisa maior, provavelmente a tal artilharia antiaérea que Fezzonk mencionara.

Ram tinha algo para eles, no entanto.

— Me deem cobertura — disse ele, passando seu sabre de luz para Zeen, enquanto Reath bloqueava os primeiros tiros. Ele vinha confiando a Zeen seu objeto mais importante de todos desde que se conheceram em Valo. Acontecia apenas em casos de necessidade, e ela sempre o tratava com o devido respeito. E mantinha Ram vivo. Aquela não era uma exceção. Ela ficou ao lado de Reath e rebateu cada um dos disparos.

Ram estendeu a mão, convocando a Força.

Ram também aprendera que os Nihil eram covardes e não se incomodavam em parar para pensar nas coisas. Não tinham muita organização durante uma luta, o que fazia com que demorassem mais para adaptar sua estratégia em caso de mudança nas condições, e a única constante durante uma batalha era que suas condições sempre estavam em mudança. Mestri Sy também ensinara aquilo a Ram. E os Nihil eram arrogantes; apesar de todos seus grandes planos para destruir a República, não tinham imaginação suficiente para conceber as muitas maneiras pelas quais até mesmo um jovem aprendiz de Jedi, como Ram, poderia desvendar o que quer que tivessem em mente.

Como fazer os exaustores próximos de onde estavam reunidos superaquecerem e... Ram se esforçou, vasculhando com a mente as várias configurações de fiação e dutos de fluxo de ar. *Ali*. Ele girou o punho, desejando que a Força empurrasse para o lado um pequeno botão regulador que permitia ao ar quente entrar no lugar onde não deveria. E então toda a coisa explodiu em um *KABUM!* flamejante, e os Nihil saltaram para se proteger, gritando.

Havia uma linha de combustível ao lado do duto. Seria preciso apenas mais um movimento para transformar uma explosão quase inofensiva em algo muito, muito pior.

Ram pensou na fumaça saindo do Farol, em como algumas pessoas ainda estavam rindo, escondidas em segurança atrás de suas máscaras enquanto seu lar ardia, enquanto seus amigos lutavam para sobreviver.

A raiva crescia dentro dele, um fogo puro, e de repente Ram se tornou um vulcão prestes a explodir e cobrir toda a cidade ao seu redor. Um tremor percorreu todo seu corpo até a ponta de seus dedos. *Como eles ousam?*, trovejou uma voz dentro dele, fazendo o céu girar vertiginosamente. *Sua* voz, ele percebeu. Sua raiva. Ele sabia, ele a reconhecia. Estava escondida sob todas aquelas camadas de frieza que tinha construído. Mas ali ele sabia seu nome, podia sentir sua presença.

E Reath lhe dera o antídoto.

— Equilíbrio — sussurrou Ram. Ele tinha um carrinho cheio de outras emoções. Tristeza. Amor. E a estranha calma daquele vazio que vinha sentindo há algum tempo. Precisaria de todas elas se quisesse passar por aquilo. Elas manteriam uma à outra sob controle. O céu parou de girar e voltou ao lugar. *Equilíbrio*.

Ele se recusava a causar mortes desnecessárias. Pelo menos naquele momento. Eles ainda não tinham ideia de quem estava lá na frente, de quem era Nihil e quem não era. Não sabiam de quase nada. Ram se conteve, piscando de volta para o mundo ao seu redor.

— Legal — disse Reath, admirando o feito de Ram, provavelmente alheio ao fato de que mais uma vez tinha ido ao resgate do amigo. Depois, todos os três irromperam no telhado, onde os invasores dispersos já estavam se reagrupando e fugindo para a ponte afastada. Algumas pessoas ainda estavam encolhidas — reféns, pensou Ram, mas manteve o sabre de luz acionado. Era impossível ter certeza, ainda mais em dias como aquele.

Os guarda-costas de Crash mantiveram um fluxo constante de mensagens durante todo o processo, checando uns aos outros e relatando as posições de seus clientes. Ram tinha ignorado a maior parte da conversa, mas então a voz do grandalhão do suporte aéreo veio pelo comunicador:

— Jedi, estão na escuta?

— Na escuta — disse Reath.

— Eles estão indo em direção à Torre Financeira, fica um pouco à frente de onde vocês estão agora — informou ele. — Há algum tipo de cobertura naquele telhado, por isso não consigo ver tudo, mas parece que há mais deles reunidos ali.

Ram examinou a cidade ao seu redor, olhando para onde os Nihil corriam sobre sua nova ponte.

Um dos prédios tinha uma tenda improvisada erguida no topo e... sim, ele podia ver o movimento de pessoas nas sombras lá em cima. Viu que Reath havia notado a mesma coisa. O sol mergulhava sob um amontoado de nuvens, tingindo o céu com majestosas listras carmesim enquanto os últimos traços do dia desapareciam.

— Podemos seguir aqueles palhaços em suas próprias pontes — disse Zeen, olhando em uma direção diferente. — Ou podemos fazer nosso próprio caminho.

Os garotos acompanharam com o olhar para onde ela apontava. Um complexo hoteleiro levava à Torre Financeira. Os telhados ficavam próximo o bastante para que eles pudessem saltar de um para o outro com alguma ajuda da Força, mas definitivamente longe demais para a maioria dos seres normais.

Ram assentiu.

— Vamos!

QUARENTA E NOVE

CIDADE DE CORONET

Rajadas de blaster zuniram contra a pequena parede de permacreto enquanto Reath saltava para trás dela.

Mais uma que havia passado perto.

Ele se perguntava quanto tempo mais conseguiria passar sem levar um tiro naquele dia. Do jeito que as coisas estavam, ele parecia estar oferecendo muitas oportunidades para que os Nihil praticassem tiro ao alvo nas próximas horas. O que quer que estivesse acontecendo, tinha sido planejado por um tempo, e provavelmente estaria conectado ao ataque ao Farol.

Ou talvez houvesse outros ataques ocorrendo por toda a galáxia. Até onde ele sabia, os Jedi do templo de Coruscant também poderiam estar lutando por suas vidas.

Mas ele precisava manter o foco. A coisa mais importante estava bem diante dele, como Mestri Sy costumava dizer. E ali, aquela coisa era uma parede que o impedia de ser frito por outra saraivada dos Nihil.

— Como estamos? — perguntou Ram, aterrissando no cascalho ao lado de Reath com um grunhido.

— Praticamente do mesmo jeito desde que pousamos neste planeta — resmungou Reath. — Completamente no escuro e boiando. Onde está Zeen?

— Ah, ela continuou. Achei que você tinha visto.

Reath ergueu a cabeça, depois mergulhou de volta para baixo quando mais tiros de blaster cantaram do telhado próximo. Os Nihil perceberam que estavam sendo flanqueados e, rapidamente, despacharam alguns atiradores para manter os Jedi ocupados.

Reath pressionou um botão em seu comunicador.

— Reath para Ar-Onze.

A voz rouca de Fezzonk respondeu quase imediatamente:

— Já estou trabalhando nisso.

Algo passou zunindo por eles no céu noturno. Reath mal conseguiu ver, a coisa era rápida demais. Então, um súbito som de laser foi ouvido, seguido por um estrondo pesado que ecoou pelos desfiladeiros de arranha-céus ao redor deles.

— Tudo limpo — relatou Fezzonk. — Sofri uns arranhões, mas está tudo bem. Não tenho certeza de quanto mais disso consigo aguentar.

— Vamos — disse Reath. Depois acionou o comunicador novamente: — Obrigado, Ar-Onze! Fique seguro aí em cima!

Eles correram pelo cascalho na área aberta em direção à extremidade do telhado.

Zeen estava agachada no próximo prédio, esperando outro esquadrão de ataque Nihil.

Os Nihil tinham se posicionado em um telhado adjacente ao de Zeen e iluminavam o lugar onde ela estava com algum tipo de canhão rotativo. Reath e Ram saltaram para o prédio dos Nihil em vez do de Zeen. Aterrissaram com um baque e rolaram para fora do caminho enquanto os tiros do canhão destruíam o permacreto sobre o qual pisavam. Um grito soou e o canhão silenciou quando os dois garotos se levantaram e sacudiram a poeira. Zeen disparou contra os outros três Nihil no instante em que eles voltaram sua atenção para outro lugar.

Ela fez sinal para que os Padawans fossem até onde estava.

Reath e Ram passaram pelos corpos esparramados e saltaram para onde Zeen os esperava.

— Acho que precisamos seguir no escuro daqui para frente — disse Zeen, se inclinando. Ela tinha se livrado do vestido translúcido, devia ser um inferno tentar lutar naquela coisa, por isso parecia um anjo assassino prateado vindo diretamente dos holofilmes com seu macacão e sua tiara. Ram e Reath ainda usavam maquiagem e os macacões pretos. Os três juntos deviam estar um espetáculo de se ver. E, com sorte, ninguém os veria. Zeen estava certa. A Torre Financeira ficava um prédio adiante. Até onde Reath podia dizer, ninguém parecia estar prestando atenção neles. Alguma coisa digna de toda a atenção deveria estar acontecendo naquele telhado e, o que quer que fosse, Reath e os outros precisavam descobrir.

Eles correram até uma chaminé, escondendo-se atrás dela, depois correram para uma caixa de força com várias antenas. Por fim, deslizaram até parar na mureta alta ao redor do telhado. A voz de uma mulher soava mais à frente, amplificada por um alto-falante. Reath não conseguia entender o que ela estava dizendo, mas parecia satisfeita consigo mesma.

— Ali — disse Zeen, apontando para uma varanda no andar logo abaixo do telhado onde os Nihil estavam reunidos. Então, ela se ergueu na parede e saltou. Ram foi atrás. Reath olhou ao redor, depois se ergueu, se equilibrou e saltou para a noite entre os dois prédios. Mirou para baixo, bem na frente da grade da varanda, a agarrou e se jogou por cima, aterrissando ao lado de seus amigos agachados.

— ... a galáxia para sempre! — gritou a mulher. Era Sabata, percebeu Reath. Sem dúvida. Ele ouvira muitas hologravações dela em relatórios de inteligência para reconhecer aquela voz. — Esta noite, não há como nos parar!

O ronco furioso de um motor irrompeu repentinamente na noite. Toda a Torre Financeira tremeu. Reath percebeu o que estava acontecendo lá em cima, o que eles estavam escondendo. Era uma plataforma de lançamento. O que eles tinham? O que quer que fosse, decolaria a qualquer momento. Ele subiu no corrimão e saltou direto para cima, agarrando-se à beira do telhado e se erguendo apenas o suficiente para ver o que estava acontecendo.

A tenda estava sendo retirada, e um enorme veículo de transporte de tropas começava a se erguer da plataforma de lançamento. Tinha a forma de um X — quatro enormes seções apontando para fora em diagonais. As turbinas no topo de cada lado batiam pesadamente contra o ar, acelerando até a potência máxima. Torres de artilharia cobriam a coisa, cada uma girando como se estivesse ávida a explodir algo no céu. Volumosa e desajeitada, aquela nave fora claramente construída para mover grandes grupos de pessoas de uma parte da cidade a outra e esmagar qualquer coisa que tentasse detê-la. Aquilo era tudo o que conseguia fazer; velocidade e distância não faziam parte de sua equação.

E Sabata Krill estava no topo da nave de transporte, com os braços esticados, sorrindo loucamente para a cidade que estava prestes a derrubar.

Reath percebeu que os Nihil realmente estavam em toda parte. Tentavam destruir o Farol e também ali, a uma galáxia de distância, lançando um ataque massivo contra um Mundo do Núcleo.

E até então, todos achavam que eles estavam em retirada.

Os Nihil nunca parariam, até que os Jedi os parassem. Não havia como ficar sentado esperando aquilo passar.

Não havia nem sequer um momento para pensar. Os Nihil se asseguraram daquilo. Não haveria como Reath descobrir um caminho à frente para si, porque o único caminho diante dele levava direto aos Nihil.

— Onde você acha que eles estão indo? — perguntou Ram, de baixo.

— Só tem um jeito de descobrir! — gritou Reath. Ele se levantou e correu.

CINQUENTA

CIDADE DE CORONET

Caos.

E não do tipo bom.

Cada trabalho tinha uma certa medida de caos. Era certo. Crash sabia daquilo, tanto pelos conselhos especializados de Baynoo quanto por experiência própria. Os padrões de uma tempestade mudavam; o trânsito se emaranhava. Uma criança parando para brincar com um pequeno morkat podia causar um engarrafamento durante um desfile, fazendo um cliente ficar preso em um cruzamento com dezenas de linhas de tiro e nenhuma rota de fuga fácil. De todas essas formas, planos perfeitamente traçados iam para o espaço e tudo o que restaria para mostrar seriam um cadáver e uma reputação manchada nas ruas.

A menos que você fosse Crash e se movesse com o caos, tornando-se um com ele.

Aquilo fora o que Baynoo ensinara a ela e, a princípio, eram apenas palavras que soavam belas e duras, na teoria. Mas o que significavam na prática?

Improviso.

Planejar com antecedência e improvisar. Eram os dois polos de quando as coisas corriam bem. Um plano deveria contar com todas as opções possíveis, mesmo as inimagináveis. Para impedir um assassino implacável, era preciso pensar como um, e era aquilo o que Crash fazia. Isso significava que cada cruzamento seria vasculhado, cada túnel seria desobstruído e cada sacada seria trancada. Tudo o que poderia ser considerado seria, e todo o resto entraria nos domínios do caos.

Crash aprendera a gostar daquilo — daquele desafio, da necessidade repentina de entrar em ação e de puxar uma centena de cordinhas diferentes. Provavelmente acabaria sendo a causa de sua morte algum dia, mas ela morreria com um sorriso no rosto.

Aquele era o tipo bom de caos.

Ali, no entanto... com aquele desastre se desenrolando e a crescente sensação de desgraça... era algo completamente diferente.

Dizcaro jazia em uma poça do próprio sangue. Pequenos fios de fumaça ainda subiam dos ferimentos carbonizados em sua nuca e pescoço. Ninguém o tocara, não fazia sentido. Ele claramente estava morto. Enquanto isso, a sala ainda estava abalada com o súbito surto de violência, com a revelação do ataque ao Farol, com o aparecimento de um dos Pais da Cidade que todos achavam que estava morto, com seus discursos sobre os Nihil e com a janela quebrada. Tanto tinha acontecido em tão pouco tempo.

Os médicos enfaixavam as pessoas atingidas pelos disparos de Tralmat. Deram uma olhada em Dizcaro e apenas balançaram a cabeça.

Crash nunca se importara muito com ele — Dizcaro era desleixado e voraz de todas as maneiras erradas, além de não tratar bem seus agentes, e era por isso que era tão fácil roubá-los dele. Mas era decente em outros aspectos e, para alguém com quem ela estava sempre em conflito (e vencendo), Crash não o desprezava tanto quanto poderia. E o cara tinha acabado de começar a mostrar sinais de um núcleo moral em algum lugar debaixo de toda aquela sujeira e ambição. Mas ele sabia qual era seu trabalho e, quando chegou o momento que todo guarda-costas se perguntava quando chegaria, Dizcaro fez exatamente o que deveria fazer, o que seu código de conduta lhe dizia para fazer, o que seu trabalho requeria, *exigia*, na verdade.

E o fez por alguém que claramente abominava.

O que tornava aquilo ainda mais do que o trabalho exigia.

Crash faria o mesmo?

A boca de Dizcaro estava aberta e seus olhos, vidrados. Uma rajada rasgara seu couro cabeludo, rachando parte de seu crânio e deixando uma cicatriz crepitante no que podia ser visto de seu cérebro.

Ele estaria orgulhoso ao morrer? Aquilo importava?

— Ah, Crash — disse 10-K8. — Nós... você está aí?

Crash voltou sua atenção para o pânico contínuo que pulsava na sala. Há quanto tempo ela estava ali parada, olhando para um cadáver?

— Sim. Sim. Estou aqui.

Sangue saía pela boca dele. Muito sangue.

— A segurança do hotel pediu que mantivéssemos todos no local enquanto eles garantem a segurança da área.

— Sim, claro — respondeu ela, de forma distraída.

— Bem, aqueles que ainda não foram embora, claro.

O holonoticiário continuava girando no centro da sala, com a cobertura contínua do ataque ao Farol da Luz Estelar, mas eram apenas rostos falantes, da segurança do Núcleo, que repetiam as mesmas coisas sem parar. "Ninguém ainda sabe de nada. Continue ligado." O que eles queriam era que as pessoas continuassem ligadas durante horas de especulações e análises feitas sem informações reais.

Crash queria gritar.

Tanto sangue. Ninguém ia colocar um lençol em cima do cara? A vida era tão efêmera. Ela vira sua cota de cadáveres, até fora responsável por alguns deles. Mas aquilo parecia diferente. Ele estava conversando com ela, discutindo, minutos antes. Ela... Svi'no! E se ela tivesse se machucado? E se aquele momento, que parecera a coisa mais pura e verdadeira que havia acontecido na vida de Crash em muito, muito tempo, fosse tudo o que as duas tivessem?

Crash mudou seu comunicador para um canal privado e enviou um sinal para Svi'no.

— Estou aqui — respondeu aquela doce voz, falando apenas para Crash. Ela queria se enrolar naquela voz e dormir por anos.

— Você está bem?

— Sim. — Svi'no pareceu surpresa. — E você?

— Sim, sim. Só um pouco abalada.

— Eu estava numa lateral, fora de vista, sabe? É só que... Uau.

— Uau — concordou Crash.

— Vou ficar de olho em tudo daqui. Fique bem por mim, por favor. Certo?

— Pode deixar — prometeu Crash, falando sério. — Você também, por favor.

— Hã, Crash? — A voz de Ram veio pelo canal de comunicação geral. — Uma pequena atualização para vocês.

Ela desviou o olhar da boca aberta e do olhar morto de Dizcaro e virou de costas.

— Prossiga.

— Há um enorme transporte saindo do telhado da Torre de Dinheiro, ou qualquer que seja o nome. E Sabata Krill está envolvida.

— A garota Er'Kit? — Crash quase gritou. Ninguém pensou em atravessá-la com um sabre de luz assim que ela deu as caras? Ela esperava que fosse para isso que os Padawans estivessem ali. — Ar-Onze? — chamou ela, dando um passo para trás.

— Estava prestes a relatar exatamente a mesma coisa — disse Fezzonk. — A maioria dos Nihil embarcou.

— Hã, Reath também — acrescentou Ram.

— *O quê?* Sozinho?

— Ele simplesmente correu até lá sem contar para ninguém o que estava pensando e, quando percebemos, a coisa estava no ar!

— Essa pode ser uma coisa boa — observou Fezzonk. — Quero dizer, que os outros não estejam com ele. Alguns dos Nihil não embarcaram e estão se espalhando. Não consigo ficar de olho neles e rastrear o transporte.

— Ram? — chamou Crash.

— Podemos segui-los. Aguardem.

Nada fazia sentido.

Compreender e lidar com o caos era uma parte daquele trabalho que exigia experiência. Mas a outra parte, aquela sobre a qual a maioria das pessoas evitava falar, era a morte. E como a maioria das pessoas não falava sobre ela, a própria noção da morte parecia espreitar por toda parte, nos espaços vazios, nas pausas de uma conversa.

E estava ali na sala, uma presença constituída a partir da ausência, uma forma invisível, mas de peso e autoridade inegáveis — em nenhum lugar e, portanto, em todas as partes.

Crash olhou a sala ao redor. Aqueles eram verdadeiros Nihil, que cercaram Tralmat como se fossem seus guarda-costas e correram para a janela com ele. Talvez algumas pessoas tivessem decidido, naquele instante, que saquear a galáxia na verdade era uma boa ideia, e que o melhor momento para se juntar a eles seria durante o ataque a um bastião da República. Mas a verdadeira pergunta era: algum dos verdadeiros Nihil tinha ficado para trás para matar alguém ou causar mais problemas?

— Onde está Ovus? — perguntou Crash.

10-K8 inclinou a cabeça ligeiramente, checando sua memória.

— Ele foi escoltado por um dos homens de Dizcaro, o grandalhão Lasat.

— Powlo — disse Crash. Ela gostava de Powlo. Ele não era muito de falar, mas isso não era um defeito. Era o próximo em sua lista de agentes que roubaria do rival.

Tecnicamente, todos os convidados registrados no evento estavam sob a proteção de Crash, mas ela não sabia se queria sufocar Ovus ou mantê-lo em segurança. Claro, o que ela queria não importava. Ovus provavelmente era um alvo para os Nihil, depois que um de seus líderes locais tentara matá-lo sem sucesso.

Então, repassando, ele aparentemente tivera alguma participação na presença dos Nihil em Corellia, para começo de conversa. Se quisessem investigar aquilo a fundo — e iriam —, ele deveria estar vivo o suficiente para responder a perguntas.

Crash fez uma anotação mental para ir atrás de Powlo e Ovus quando as coisas se acalmassem.

Se é que as coisas iriam se acalmar.

Com a CorSec e os Jedi longe, aquilo poderia demorar um pouco.

— Varredura de armas, por favor — disse Crash.

— Trabalhando nisso — respondeu 10-K8.

A sala estava cheia de pessoas que Crash deveria manter em segurança. De repente, ela se sentiu muito pequena, e o fardo de protegê-las pairou sobre ela como um peso impossível de carregar. Qualquer uma delas poderia estar envolvida no que acabara de acontecer. Crash deveria proteger as mesmas pessoas que iriam prejudicar a ela e aos outros? Deveria se jogar na frente do fogo como Dizcaro fizera, se a pessoa que estivesse sendo alvejada a quisesse morta?

Havia uma resposta técnica e profissional para tal pergunta, projetada para simplificar a tomada de decisões em tempo real: sim.

E até ali, Crash teria dito a mesma coisa. Mas tudo estava diferente. Tudo começara a mudar quando os Jedi apareceram.

Não.

Tudo começara a mudar quando Prybolt desapareceu e Crash se deu conta de que havia uma possibilidade muito real de que alguém responsável pela morte de seu amigo fosse uma das pessoas que ela jurara proteger.

Aquilo não parecia correto.

Regra número um: não se meta na política.

Mas... a política não deixava de se meter na sua vida. Não havia como se afastar dela, não mesmo. Era apenas uma fantasia.

Crash sentiu que ia vomitar. A verdade era que, quando os Jedi entraram em ação, perseguindo os Nihil para fora da janela com os sabres de luz acionados, Crash precisou conter o impulso de ir com eles. Aquilo era errado. Seu lugar era no evento, fazendo seu trabalho, mas...

— Há um grupo de Nihil em uma pequena plataforma — relatou Fezzonk no comunicador. — Estão descendo pelo lado oeste da Torre Financeira, indo para o Corredor Oitenta e Quatro. Jedi, vocês os veem?

— Negativo, Ar-Onze — informou Ram, sem fôlego. — Estamos perseguindo outro grupo que está descendo a pé por algum tipo de escadaria externa rudimentar.

— Também conhecida como escada de incêndio — disse Fezzonk, com um leve riso.

— Certo, isso mesmo.

— Ah, senhorita Crash? — Uma voz profunda e rouca soou quase diretamente acima dela.

Crash olhou nos olhos do imponente Lasat.

— Powlo. Ovus está em segurança?

Ele assentiu com a cabeça, o rosto inescrutável.

— Está seguro com a outra equipe. Vim ver se você precisa de alguma coisa.

Crash sorriu.

— Obrigada. Eu... — A resposta, no entanto, parecia um pouco mais complicada do que ela esperava. Do que ela precisava? De tantas coisas, e a mais importante era algum sentido para tudo aquilo.

— Nenhuma outra arma além das nossas — relatou 10-K8. — E todos os clientes foram contabilizados. Exceto, claro, por, hã...

— Quem?

— Nomar Tralmat.

Crash piscou de perplexidade e lançou um olhar penetrante para 10-K8.

— Como é que é?

— Ah, sim, bem, já que ele nunca foi oficialmente declarado como morto e desapareceu enquanto estava sob nossa proteção, tecnicamente ainda o temos nos registros como cliente.

— Tralmat está com eles na plataforma — disse Fezzonk. — Meu palpite é que eles estejam indo para a entrada sete do túnel. Isso se alinha com a trajetória deles e faria sentido. — Ele fez uma pausa. — Quer que eu atire em Tralmat, Crash? O transporte está prestes a ficar longe demais para que eu consiga rastrear.

— Ah, você não vai precisar rastreá-lo — disse uma nova voz nos comunicadores. Aquela era a voz de... — Aqui é Mestri Jedi Kantam Sy. E nós sabemos para onde eles estão indo.

— Como? — perguntou Crash, desnorteada.

— Porque já estamos no destino. São os estaleiros. Os Nihil estão preparando um ataque contra os estaleiros de Coronet. Um enorme comboio deles acabou de chegar.

— E nós estamos no bagageiro — acrescentou Cohmac.

— Vamos fazer o possível para conter o ataque, mas precisamos de ajuda — disse Kantam.

Guerra. A guerra chegara a Corellia. Já era brutal e estava prestes a ficar muito, muito pior. Não havia como não tomar partido. Era puro teatro em tempos de paz, e uma piada completa durante a guerra. A neutralidade, ou fingir neutralidade, era algo que os poderosos exigiam dos outros para que pudessem ficar protegidos. No caso de Crash, ela era literalmente quem protegia. Aquela atuação. Era uma grande mentira.

E não uma mentira da qual ela pudesse se dar ao luxo de continuar participando.

Ela olhou mais uma vez para o corpo de Dizcaro.

— Na verdade, há algo que você pode fazer por mim, Powlo.

— Sim?

— Assuma o controle — disse ela, já caminhando na direção da porta.

— Do quê? Deste evento? — perguntou ele, atrás dela.

— De tudo. — Ela chamou: — Kaoito?

— Sim, Mestra Crash? — A droide a acompanhou como sempre, e soava... animada.

— Exclua o nome de Tralmat de nossos registros.

— Sim, Mestra Cra...

— Na verdade, só exclua nossos registros.

— Sim, Mestra Crash!

— Crash? — disse Fezzonk, em seu ouvido. — Devo atirar?

— Não — respondeu ela no comunicador, saindo pela porta e seguindo para o turboelevador. — Não sabemos quem mais está nessa plataforma, nem para onde estão indo. Siga o transporte, mas fique fora de vista. Conecte-se com os Jedi nos estaleiros.

Tralmat estivera no telhado com a garota Er'Kit. Estavam conspirando juntos o tempo todo, o que significava que Tralmat fizera parte das mortes de Prybolt e Ovarto. Sabata poderia ter sido a responsável direta, mas Crash não tinha dúvidas de que Tralmat garantira que aquilo aconteceria e ficara parado enquanto as pessoas que juraram protegê-lo eram mortas.

— A caminho! — disse Fezzonk.

— E, de qualquer modo, quero lidar com isso pessoalmente.

PARTE CINCO

CINQUENTA E UM

CIDADE DE CORONET

Lula Talisola.

Zeen não conseguia parar de pensar em seu nome, em seu rosto, no ritmo específico de sua risada e de como ela soava em silêncio, em seu semblante calmo durante uma meditação.

Ela estava morta? Será que Zeen sentiria se ela tivesse morrido? Será que estaria lutando desesperadamente para sobreviver? Estaria escondida?

E Farzala e Qort? Todos eles tinham acolhido Zeen, e a tratado como uma deles, mesmo que ela não fosse. Tinham ensinado a ela sobre o que era um lar, e agora o único lugar que todos eles chamavam assim...

Zeen tentou afastar os pensamentos. Ela e Ram tinham se separado, concordando que seria melhor distribuir os usuários da Força entre as várias frentes de combate. Ram subiu no veículo aéreo com o enorme Dowutino, e ela os observou se afastando. As despedidas pareciam muito mais carregadas ali, qualquer uma poderia ser a última. Depois, ela saltou de um prédio para o outro, descendo até o nível da rua. Enquanto avançava, manteve um olhar cauteloso na plataforma que baixava lentamente, rastreando sua descida gradual entre os arranha-céus.

Quando o pequeno grupo de Nihil abriu caminho para a entrada do túnel, exatamente como Fezzonk previra, Zeen observava das sombras.

E então ela iria esperar. Crash estava a caminho. Logo as duas entrariam nos túneis juntas. Mas esperar era mais difícil do que lutar. Esperar significava ter tempo para pensar, e Zeen tinha apenas pensamentos ruins.

Ela olhou de um lado para o outro na rua deserta do Distrito Financeiro, certificando-se de que estava sozinha, depois pegou seu holoprojetor.

— Lula — disse ela, gravando a si mesma. E então, todas as palavras lhe fugiram. A próxima coisa a sair foi um soluço. Precisava se recompor. Havia uma guerra acontecendo ao seu redor, e lamentar não ajudaria a continuar viva. Ela tinha que continuar viva. Zeen conseguiria, e Lula também. Ela desejava que fosse assim. E assim seria.

— Certo — declarou ela em voz alta, com um risinho fraco e enxugando algumas lágrimas. — Vamos tentar de novo. Lula — O nome em seus lábios tinha o gosto de lágrimas, mas também parecia leve; o que ela sentia por Lula era como uma presença viva em seu corpo, assim como a Força. Era gigantesco, maior do que ela própria. Zeen não tinha certeza de como tal sentimento podia caber dentro dela. — Lula Talisola. Eu... — Ela balançou a cabeça. De um jeito ou de outro, suas gavinhas provavelmente revelavam como ela se sentia... Lula sempre soubera interpretá-las, às vezes até melhor do que Zeen.

Ela respirou fundo, apagou tudo e começou de novo. Durante alguns momentos, apenas se recompôs, piscando para conter as lágrimas e respirando fundo. Era melhor que Lula visse tudo aquilo, como era difícil se expressar, como tudo parecia incerto. Era a verdade, e era o que Lula merecia. Claro, não havia garantia de que ela veria a gravação. Mas Zeen não podia pensar daquele jeito.

— Sinto sua falta. Eu... Eu te amo. Me desculpe por ter... fugido? Não sei. Achei que talvez fosse fugir, porque não quero complicar as coisas para você. Não quero que tenha que deixar de ser o que você mais ama ser, mas também não quero tirar essa decisão das suas mãos. Porque o que eu mais amo é estar contigo. — Ela piscou para conter as lágrimas, mais uma vez. — É isso. Por favor... não morra. Eu também não vou. Vamos começar por aí, e o resto... a gente descobre. Só continue viva. — Depois, ela disse apenas: — Com amor. — E encerrou a gravação. E enviou.

— Zeen! — chamou Crash, no instante em que Zeen colocava o holoprojetor em uma de suas bolsas. — Trouxe as suas roupas. — Ela jogou um pacote para a garota, já indo na direção dos túneis. — Mas você vai ter que se trocar no caminho... temos que nos apressar.

— Sim, eles entraram há alguns minutos. E você não tem ideia do quanto isso significa para mim — confessou Zeen, já vestindo a jaqueta enquanto corria atrás de Crash. — Estava me sentindo nua só com essa coisa prateada! Acho que meus dias de estrela pop acabaram.

— Que pena — disse Crash. — Você era ótima nisso. Mas confie em mim, eu entendo. Meus dias de guarda-costas acabaram de chegar ao fim, então formamos uma boa equipe.

Zeen sorriu.

— Isso combina com você, de alguma forma. Posso dizer, mesmo que a gente mal se conheça. Finais fanfarrões são os melhores, não são? E aqui estamos, uma ex-estrela do pop e uma ex-guarda-costas, entrando de cabeça num verdadeiro túnel da morte.

— A questão é: da morte de quem? — disse Crash. — Porque da minha é que não vai ser.

— Da minha também não — assegurou uma voz meio rouca, acima.

Zeen já tinha um blaster apontado na direção dela antes mesmo de dar outro passo.

— Ei, ei, ei! — gritou Crash. — É Smeemarm!

— O que é isso? — perguntou Zeen, sem abaixar a arma.

Uma forma comprida e desengonçada pareceu se desdobrar dos encanamentos acima.

— Sou eu.

— Zeen, esta é, ou melhor, era a chefe da minha equipe de túneis, Smeemarm.

A mulher pousou no chão e depois se ergueu. Tinha a cabeça triangular enrugada e os olhos verdes brilhantes de uma Arcona, e uma porção de bolsos em seu macacão.

— Ah, você é a superestrela galáctica! — disse ela, com uma piscadela brincalhona. — Prazer em conhecê-la. — Ela se virou para Crash. — Quanto a você, não é só porque a agência acabou que também acabou para a gente.

Crash pareceu não ter certeza.

— Eu... Ah, não?

— Estamos em guerra, não estamos? Quem melhor para liderar do que alguém que já tem experiência?

— Hum — disse Crash, retomando sua caminhada apressada pelos túneis com Smeemarm. — Hum.

Zeen sacou seu outro blaster, olhou para a escuridão ao redor e as acompanhou rapidamente.

CINQUENTA E DOIS

CIDADE DE CORONET

Smeemarm tinha razão.

Crash tinha que admitir, a Arcona geralmente tinha razão sobre muitas coisas. Aquela não era uma exceção.

As três provavelmente estavam se aproximando de Tralmat e seu bando de Nihil, o que significava que, se Crash fosse fazer o que estava pensando — se ela fosse honesta por um momento; Smeemarm acabara de trazer a questão à tona —, ela deveria agir logo.

— Smeems, qual a situação do seu pessoal?

O túnel em que estavam se estendia na escuridão. Uma ou outra luminária bruxuleante espalhavam pequenas porções de luz por todo o sistema subterrâneo, mas eram inconsistentes. E acender um farol ali, naquelas circunstâncias, era como implorar para levar um tiro.

— Estão espalhados por toda parte e prontos para fazer o que você mandar — disse Smeemarm. — Vai chamá-los no comunicador?

— Não — respondeu Crash, fazendo sinal para que todas parassem e ficassem rentes às paredes do túnel para o caso de algum ataque. — Vou chamar todo mundo. — Ela pegou o comunicador.

— Toda a empresa? — perguntou Smeemarm.

— Não, todo mundo da minha lista de contatos mesmo. *Todo mundo*. — Ela pressionou algumas teclas e levou o aparelho aos lábios. — Olá, Cidade de Coronet!

— Eita — sussurrou Smeemarm.

— Aqui quem fala é Crash. Se você está recebendo esta mensagem, é porque tenho suas informações de contato salvas, então você pode me conhecer como Alys Ongwa. De qualquer forma, trago más notícias, pessoal: estamos sendo atacados. Tipo, sem brincadeira, sério mesmo, os Nihil estão atacando Coronet. O principal alvo de sua investida está nos estaleiros. Alguns Jedi do Farol da Luz Estelar estão tentando detê-los, mas como vocês já devem estar sabendo, o Farol também está sob ataque, e a maior parte dos nossos próprios Jedi e das forças de segurança estão lidando com os problemas em Gus Talon, que provavelmente foi uma grande armação para que os Nihil pudessem se infiltrar em nossa cidade sem resistência.

Ela respirou fundo, olhou para Smeemarm e Zeen, que assentiam e a incentivavam.

— Bem, infelizmente para os Nihil, aqui é Corellia, e não desistimos das coisas sem lutar, principalmente na nossa cidade favorita. Desculpe, Tyrena, você sabe que é verdade. Mas, falando muito sério, precisamos da ajuda de vocês. Os Jedi e a República precisam da ajuda de vocês. Corellia precisa da ajuda de vocês, e eu, Crash, também preciso. Muitos de vocês me devem um favor por um ou outro motivo e vocês sabem disso. Estou falando com vocês, Baktor, Pavs, Mogark, Vinvin... entre outros. Agora estou cobrando o favor. Ajudem-nos a impedir os Nihil. Ajudem-nos a proteger Corellia. Se este planeta cair para os Nihil, quem vai saber qual será o próximo? Vocês podem ter suas críticas à República, mas elas não são nada comparadas à brutalidade e ao horror que tomarão conta de nossas vidas sob o domínio dos Nihil. Venham para os estaleiros! Venham! Lutem por Corellia! Lutem pela galáxia! Lutem — ela não conseguia acreditar que estava prestes a dizer aquilo, mas parecia real — pela luz e pela vida!

Ela encerrou a transmissão e desligou o comunicador. As coisas estavam prestes a se complicar, e não fazia sentido acumular um monte de chamadas perdidas enquanto lutava por sua vida.

— Isso que é... — Smeemarm assentiu com aprovação. — Isso que é um discurso!

— Onde você aprendeu a fazer isso? — perguntou Zeen, enquanto voltavam a seguir o caminho.

— Minha mã... — Um disparo de blaster atingiu a parede ao lado de Crash com uma chuva de faíscas, cortando suas palavras. — Lá estão eles!

Mais e mais tiros choveram enquanto Crash, Zeen e Smeemarm procuravam cobertura em uma pequena cavidade na parede. Crash sacou o próprio blaster. Zeen já estava revidando com uma saraivada de tiros com suas duas armas. Smeemarm deslizou para um espaço estreito entre os canos e desapareceu, os olhos brilhando com os reflexos de cada disparo ao redor.

— Parece que — começou Crash, disparando algumas vezes contra a escuridão. Ela esperou pelo brilho dos tiros contrários, depois se abaixou e mirou contra sua origem.

— Aaaarre! — gritou alguém, e um corpo tombou no chão à frente.

— Parece que há mais deles atirando na gente do que eu imaginava quando Fezzonk disse que um pequeno grupo estava descendo pela plataforma.

Zeen deu mais alguns tiros e se escondeu atrás da parede.

— Sim! Não consigo ver *kark* nenhuma, mas eles estão mesmo em um número maior do que eu tinha visto.

— São cerca de trinta — informou Smeemarm pelo comunicador. Tiros de blaster soaram, depois alguns gritos de surpresa e dor. Em seguida, mais tiros de blaster. Muitos mais.

— Vinte e sete, agora — atualizou Smeemarm. — Eles estão... droga!

— O que houve? — perguntou Crash. — Você está bem?

— O Túnel dos Trilhos — disse Smeemarm. — Eles estão indo para lá.

Crash passou a mão pelo rosto e começou a seguir o caminho, descendo ainda mais no túnel.

— Grr.

— O que foi? — perguntou Zeen, caminhando ao lado de Crash.

— É por *isso* que estão aqui embaixo. Deve ter um comboio inteiro a caminho dos estaleiros. — O som de seus passos ecoava contra a passarela de metal. O som da água sibilava na escuridão abaixo.

— Então nós os seguimos — disse Zeen.

— Se estão deslocando tantos invasores assim pelos túneis — ponderou Crash —, isso quer dizer que eles têm passe livre. E a única maneira de obter um passe livre pelos túneis...

— É através de nós! — anunciou uma voz rouca quando quatro formas brancas reluzentes emergiram da água abaixo.

CINQUENTA E TRÊS

CIDADE DE CORONET

— Vamos? — perguntou Cohmac, na escuridão da área de armazenamento do andador.

Kantam escutava os mesmos murmúrios e rosnados que ouvia desde que o comboio finalmente parara.

— Espere. — Algo estava errado. Kantam não conseguia identificar o quê.

Cohmac exalou devagar, provavelmente tentando conter sua impaciência.

— Não estou protelando — disse Kantam. — Nem hesitando. Alguma coisa não está fazendo sentido.

— Sou todo ouvidos.

— Já estamos aqui há algum tempo. Estamos agindo de acordo com a suposição de que o plano deles é atacar os estaleiros, certo?

— Certo. — A frustração de Cohmac crescia e se agitava no ar vazio entre ele e Kantam, em ondas densas e ferozes. Kantam estava feliz por não ser alvo da ira do homem, e sabia que não deveria levar para o lado pessoal. Mesmo assim, era como ficar aguardando em uma sala escura com um detonador térmico defeituoso.

— Então, por que eles ainda não atacaram? As naves estão do lado oposto do pátio. — Quando tinham parado pela primeira vez, Kantam e Cohmac haviam aberto um painel da parede com muito cuidado para dar uma olhada no lugar onde estavam. Depois de uma longa pista de pouso banhada pela luz de holofotes, podiam ver as enormes naves esparramadas entre armazéns e contêineres de carga como gigantes adormecidas.

— Provavelmente estão esperando que os outros apareçam — disse Cohmac. — O que é ainda mais...

— Mas por que esperar? Não há resistência, eles já cuidaram disso.

Cohmac se levantou, ajeitando seu equipamento.

— Por precaução, Kantam. Não sei.

Kantam também se levantou.

— E os Nihil alguma vez demonstraram precaução? Não é o estilo deles, você sabe disso, Cohmac.

Kantam e Cohmac se entreolharam na área de armazenamento escura.

— O que quer dizer com isso?

— Eles não vieram explodir as naves — disse Kantam, percebendo a verdade assim que as palavras saíam de sua boca. — Vieram roubá-las.

Cohmac não se moveu.

— E só não fizeram isso ainda porque estão esperando que todos cheguem aqui. Não porque estão preocupados com alguma resistência, já que não esperam nenhuma, mas porque querem que todos os acompanhem na investida.

— Até o Farol. — O rosto de Cohmac ficou tenso.

— Imagine o Farol se recuperando do que quer que tenha acontecido, ou do que quer que esteja acontecendo, e aí uma frota de Proas-longas e cruzadores estelares MPO da República se aproxima.

— As comunicações estarão desativadas, então não haverá como confirmar quem está a bordo.

— Vai parecer que estão chegando para ajudar.

— E aí eles atacam.

— Mesmo que o Farol caia antes que esta frota chegue, haverá missões de resgate, trabalhadores da linha de frente, gente ferida... muitas vítimas para eles atacarem. Sem mencionar a vitória simbólica que isso proporcionaria: os Nihil tomando uma frota inteira de naves de um mundo do Núcleo da República para aterrorizar a galáxia.

Algo explodiu em Cohmac e, por um momento, Kantam se preocupou em tê-lo levado longe demais. A própria noção de um ataque como aqueles era, acima de tudo, mais do que diabólica. Mas Kantam tinha certeza de que era a situação que estavam enfrentando, junto com toda a República. E precisavam lidar com aquilo de frente.

Cohmac respirou fundo, se firmou e assentiu.

— O que fazemos?

Kantam pegou o comunicador.

— Você ouviu o chamado de ajuda de Crash — disse, mudando para a frequência geral da organização da jovem. — Atenção todos os defensores Corellianos ajudando a derrotar os Nihil. Aqui é Mestri Jedi Kantam Sy. Os Nihil tentarão comandar qualquer um dos maiores cruzadores estelares MPO ou Proa-longa da República neste pátio. Não devemos permitir que embarquem em nenhum deles até termos tempo para desativá-los. Quaisquer defensores que estejam na escuta, formem um bloqueio entre as forças Nihil e os cruzadores. Retransmitam esta mensagem a qualquer pessoa que se junte à nossa luta. Fim da transmissão.

— Por que simplesmente não os destruímos? — rosnou Cohmac.

— Como, com esse andador? Daqui? Podemos causar algum dano antes que todos os tanques ao nosso redor simplesmente se virem e atirem na gente.

— Então, quando chegarmos lá. Embarcamos em um dos tanques e o usamos contra os outros.

Kantam assentiu.

— Se tivermos que fazer isso, que seja. Mas ainda teremos todos esses Nihil para enfrentar, e podemos não querer acabar com a nossa melhor chance de uma fuga rápida. — Kantam chamou Ram no comunicador.

— Estou no ar, com Fezzonk — reportou Ram. — Recebemos sua mensagem.

— Você por acaso trocou informações de contato com aquele Anzellano que conheceu ontem? — perguntou Kantam.

— Não — disse Ram. — Não falo Anzellano bem o bastante.

— Ah. — Kantam suspirou. Teria sido uma solução fácil demais, pelo jeito.

— Mas os Bonbraks, sim! — acrescentou Ram, alegremente. — Quer que eu peça para eles passarem uma mensagem?

— Sim — disse Kantam, finalmente sorrindo pela primeira vez no que pareciam ser dias. — Mas eles não vão gostar.

CINQUENTA E QUATRO

CIDADE DE CORONET

— *Fizpatz-ma!* — insistiu Tip. — *Fizpatz-ma!*

Ram estremeceu, vestindo suas vestes Jedi e limpando o que restava da maquiagem vermelha de caveira, enquanto uma série de grosserias num idioma que definitivamente soava como Anzellano eram proferidas do outro lado do comunicador.

Até Fezzonk parecia desconfortável.

— Isso não parece nada bem.

— Diga a ele para olhar pela janela — disse Ram. — Os Nihil estão bem *ali* na entrada!

— *Bobanchbo.* — Tip falou com o tom mais diplomático que Ram já ouvira ele ou qualquer outro Bonbrak falar. — *Asa vi Nihil bo char.*

Houve uma pausa. Lá fora, o céu noturno cobria tudo e era possível ver as luzes do centro de Coronet. A escuridão da baía se elevava à frente, e Ram podia distinguir os holofotes do estaleiro mais adiante.

Eles se afastaram da nave de transporte assim que Kantam mandou instruções. As prioridades claramente estavam mudando, e havia pouca dúvida sobre onde aqueles Nihil estavam indo. A pequena nave de Fezzonk era elegante e compensava seu sistema de armas rudimentar com velocidade e discrição. Ram só esperava que ela também possuísse alguns escudos decentes.

— *Ahh, Nihil kabacha* — disse uma voz suave pelo comunicador.

— *Epa* — assentiu Tip.

— *Barakoobasa* — veio a resposta, e a ligação foi encerrada logo depois.

Fezzonk e Ram olharam, questionadores, para Tip.

— *Baka baka!* — anunciou ele, triunfante.

Ram suspirou. De um jeito ou de outro, aquela parte estava feita. A equipe de Shug começaria a desmontar os controles de voo de seus cruzadores MPO imediatamente. Ram os ajudaria quando chegasse lá, aprenderia o que pudesse e depois eles lidariam com as Proas-longas. Respirou fundo, buscando o auxílio da Força para se equilibrar e se preparar para o que viria pela frente.

— Você está bem, garoto? — perguntou Fezzonk.

Ram assentiu.

— Só estou me preparando. E você?

Fezzonk inclinou a cabeça.

— Minha vida é essa zona, então, sim.

Eles aceleraram sobre o vazio da baía. Ram acompanhava as luzes dançantes nas pontes, imaginando que tipo de criaturas espreitavam sob as ondas. Logo o permacreto claro dos estaleiros tomou a vista lá embaixo, e chegou a hora.

— O que está acontecendo? — perguntou Ram, tentando entender os cruzadores espalhados e as forças que iam se reunindo à frente.

Fezzonk estreitou os olhos e inclinou a nave para baixo.

— Vamos descobrir.

Ram sentiu aquele frio na barriga familiar quando eles mergulharam, e teve que admitir para si mesmo que adorou. Voar se tornara uma de suas habilidades favoritas desde que chegara ao Farol — não havia muitas chances ou motivos para voltar a Valo — e era a combinação perfeita entre tudo que era mecanizado e a simples emoção da aceleração.

E ali, com tudo desmoronando, com a galáxia no estado mais frágil que ele já vira e com todos os seus conhecidos em perigo mortal, ele aceitaria todas as menores alegrias que pudesse obter.

— Devem ser as pessoas aparecendo para atender ao chamado de Crash para a luta — disse Fezzonk, apontando para onde pequenos grupos de cinco a dez defensores armados avançavam furtivamente de nave em nave na direção da pista de pouso aberta à frente. Não era o suficiente, nem de perto. Mas talvez viessem mais. Talvez aquelas fossem as primeiras gotas antes da enorme inundação de exércitos que viriam do centro da cidade para esmagar os Nihil e trazer paz à Cidade de Coronet.

Parecia improvável, pensou Ram, mas quem poderia dizer? As coisas no Núcleo funcionavam de um jeito diferente de tudo o que ele já tinha experimentado. Ele sentia que precisaria de uma vida inteira para entender tudo aquilo tão bem quanto Crash claramente entendia.

— E é contra aquilo que vamos lutar — disse Fezzonk, subindo com a pequena nave e girando em um arco amplo para que as fileiras de soldados de infantaria Nihil pudessem ser vistas abaixo.

— Pelas estrelas! — soltou Ram, espantado. — Há centenas deles.

Fezzonk grunhiu.

— Vamos ver se consigo fazer algo a respeito.

Ele nivelou o veículo voador, deu uma guinada íngreme para cima, em direção às estrelas, depois desceu vertiginosamente, mergulhando, disparando com todo seu poder de fogo de uma vez.

Ram achou que poderia acabar vomitando. Bem à frente deles, corpos eram arremessados para ambos os lados, enquanto tiros de laser atingiam as fileiras dos Nihil, tudo acontecendo mais rápido do que era possível compreender.

— E fora daqui! — gritou Fezzonk, avançando num plano uniforme logo acima das cabeças deles e subindo com a nave no momento em que os disparos de blaster explodiam ao redor.

A pequena nave sacudiu, e uma dezena de sinais de alerta ganharam vida no painel.

— Estamos bem? — perguntou Ram.

— Sim — disse Fezzonk. — Vou deixar você e descer naquele campo ali.

Mais tiros de blaster se chocaram contra a nave, fazendo-a sacudir perigosamente.

— Apenas sobrevoe aqueles cruzadores estelares MPO — indicou Ram, segurando-se no que podia para se equilibrar enquanto a nave resistia e sacudia com uma saraivada depois da outra. — Vou saltar com os carinhas aqui.

— Pode deixar — disse Fezzonk, rangendo os dentes.

— Você vai ficar bem?

O Dowutino riu sombriamente.

— Ah, sim. — Ele abriu a camisa com uma das mãos, revelando uma cicatriz em seu peito. — Está vendo? É muito, muito difícil me ferir. A maioria dos guarda-costas usa coletes blindados. Mas eu? Eu sou inteiro blindado. — Ele deu uma risada longa e cheia de si.

— Você é à prova de *blaster*? — perguntou Ram, boquiaberto.

— Ah... praticamente! Ei, esta é a sua parada. Quer que eu voe mais baixo?

Eles desaceleraram para pairar sobre o primeiro cruzador estelar da fila.

— Não precisa — disse Ram, acariciando as duas bolotas peludas em sua camisa. — Vai ser tranquilo, não é mesmo, rapazes?

— *Ehhhh* — resfolegou um dos Bonbraks, mas era tarde demais; Ram já tinha aberto o domo da cabine e saltado para o céu noturno.

CINQUENTA E CINCO

CIDADE DE CORONET

Reath foi tomado por um desânimo quando a nave de transporte balançou lentamente sobre os estaleiros.

Ele encontrara um poleiro confortável o bastante em uma das torres giratórias, vestira novamente suas vestes Jedi e conseguira ficar quieto e fora de vista durante o que pareceu ser um horrível passeio em câmera lenta pelo centro de Coronet.

Mal conseguira ouvir Mestri Kantam por causa do rugido do motor e dos propulsores estrondosos, mas entendeu o bastante da mensagem para compreender o que estavam enfrentando.

Os Nihil pilotariam as naves da República ou aqueles cruzadores estelares sofisticados que o Anzellano estava construindo. Iriam aparecer no Farol, se passando por reforços. E então atacariam. Se Reath tinha alguma esperança de salvar seus amigos e todos os Jedi a bordo, seria impedindo aquela segunda onda de ataques.

Reath tentou se recompor interiormente. A Força estava com ele. Centenas de pensamentos terríveis vinham e passavam. A Força estava com ele. Ele poderia muito bem unir-se a ela naquela noite, juntar-se à sua Mestra Jora Malli, tornar-se parte da Força viva.

E se isso acontecesse, paciência. Ele morreria lutando para salvar seus amigos, pela República. A única coisa que lhe restava era lutar.

As forças dos Nihil, abaixo, pareciam se estender por toda a parte — devia haver pelo menos quinhentos deles reunidos diante de uma fila de tanques e andadores industriais confiscados. E ali, em frente ao estaleiro da República, uma pequena linha de defensores se reunia atrás de suas barricadas improvisadas a partir de caixas de transporte, cercas e sucata. Reath pensou ter reconhecido alguns membros da equipe de Crash: a garota famosa, Svi'no, com certeza; e tanto a Wookiee quanto o Savrip eram facilmente distinguíveis, carregando mais sucata para cima de sua barreira protetora.

Do outro lado da pista, os Nihil já estavam se organizando em esquadrões de ataque, olhando para os obstáculos recém-posicionados entre eles e os estaleiros.

Seria um massacre.

Reath respirou fundo. Ainda não estavam exatamente sobre o campo de batalha, e ele não tinha certeza se sobreviveria a uma queda daquela altura, mesmo com a ajuda da Força. Que bem ele faria se virasse uma mancha no permacreto?

Mas não podia simplesmente ficar ali assistindo àquelas pessoas que apareceram para apoiar a República serem atropeladas.

Por fim, com dificuldade, o transporte começou a descer.

Abaixo, o exército Nihil se virou unido contra os defensores Corellianos e atacou.

Não havia caminho que não levasse aos Nihil. Eles tinham se assegurado daquilo.

Mas, na verdade, não havia caminho algum. Nem ali, nem nunca. Procurar um caminho sempre fora uma loucura. O único caminho era aquele em que Reath estava, onde quer que estivesse, onde quer que fosse.

E ali, seu caminho o levava direto para o coração de outro desastre em andamento.

Aquele era o significado de colocar o *nós*, o coletivo, em primeiro lugar.

Reath se preparou para saltar. Ele estava em união com a Força, e a Força estava com ele.

Os primeiros disparos de blaster zuniram entre os dois lados enquanto os Nihil se aproximavam.

Em segundos, eles simplesmente esmagariam e destruiriam as barricadas.

E então, gritos irromperam na retaguarda Nihil.

Dois lampejos de pura luz, um verde e um azul, surgiram na escuridão. Kantam e Cohmac. Cada um abriu um talho feroz em ambos os lados do exército inimigo. Ao redor deles, corpos desabavam, invasores gritavam e atacavam apenas para serem mortos. Kantam e Cohmac se apoiavam; saraivadas e mais saraivadas de tiros se chocavam contra a turba cercada, à medida que mais e mais Nihil se viravam para lidar com aquele ataque repentino.

Não havia caminho. O que significava que o único caminho a seguir era o que ele fizesse para si.

Reath saltou.

O vento gritava em seus ouvidos. A batalha furiosa abaixo foi ficando mais alta, tornando-se um rugido. Ele cerrou os dentes e convocou a Força, desejando que sua queda desacelerasse, e pousou com um baque no permacreto, bem no meio da linha de frente dos invasores Nihil. A lâmina de seu sabre de luz se estendeu enquanto centenas de olhos se voltavam para ele de uma só vez. Ele respirou fundo e atacou.

CINQUENTA E SEIS

CIDADE DE CORONET

Havia uma matemática terrível naquilo tudo, pensou Kantam, desviando um tiro de blaster, depois outro e, por fim, decepando a mão que os disparara. Era um jogo de resistência, na verdade. Uma hora ou outra os Jedi ficariam cansados e vacilariam. A mão caiu no chão. O homem a quem ela pertencia gritou e saiu correndo. Quantos Nihil restariam para matá-los quando aquilo acontecesse?

Ao que parecia: um monte.

Kantam e Cohmac abriram caminho através do corpo principal das forças Nihil, um de cada lado. Encontraram-se no meio, como planejado, e ali estavam, dois Cavaleiros Jedi lutando um de costas para o outro, cortando, decepando, aparando e apunhalando. Estavam cheios de manchas de sangue por causa de diversos arranhões, suados e ofegantes. Kantam não sabia ao certo quanto tempo mais iriam aguentar.

Em algum momento, Reath caiu do céu, aterrissando num ponto mais à frente. Ver o Padawan surgir do nada tinha sido um pequeno triunfo em meio a tanta morte e desespero. Kantam teve vislumbres do sabre de luz do garoto brilhando nas fileiras de inimigos. Mas não havia tempo para ver mais do que aquilo — o que mais importava era o que estava bem na frente de Kantam e, no futuro próximo, isso continuaria sendo rajadas de blaster disparadas contra sua cabeça.

Talvez o plano tivesse sido um pouco ambicioso.

Se quisessem sobreviver, precisavam se dirigir ao pequeno bando de aliados que surgiram para conter o ataque Nihil. Sua própria investida em duas frentes fizera um bom trabalho dividindo os inimigos e os desorganizando, mas ainda havia as naves para proteger.

— Temos que abrir caminho à frente! — gritou Kantam sobre os gritos de dor e o ruído dos blasters. Mas Cohmac não estava lá. Então se virou. — Cohmac?

Um enorme Nihil avançou para fora da multidão, brandindo uma espécie de cajado com lâmina acima da cabeça. Kantam desviou para o lado, depois se esquivou de novo quando o Nihil golpeou repentinamente com uma lâmina oculta em sua outra mão. A arma rasgou tecido, pele e músculos do braço esquerdo de Kantam, que girou para o lado, sentindo a súbita explosão de dor se transformar em um latejar, e baixou o sabre de luz contra o braço do adversário, decepando-o. Depois recuou, girou o sabre e avançou, cortando a cabeça do inimigo.

Onde estava Cohmac?

Os Nihil corriam ao redor, disparando seus blasters de forma caótica, frequentemente atingindo seus próprios companheiros. Reuniam-se em pequenos bandos e atacavam, depois se dispersavam em fileiras desordenadas, se reagrupavam e tentavam novamente.

— Cohmac! — gritou Kantam. Ele tinha caído?

— O que está acontecendo? — perguntou Reath, ofegante, correndo para o lado de Kantam. Um Quarren corria atrás dele, gritando coisas sem sentido, e Reath girou e o abateu com um único movimento suave, depois se voltou para Kantam. — Onde está meu...

— Ali! — gritou Kantam, avistando um súbito amontoado de Nihil se aglomerando ao redor de algo. Eles começaram a correr desesperadamente, avançando e abrindo caminho.

— Mestre! — gritou Reath, com a voz embargada de medo.

Kantam brandiu seu sabre contra as pernas do Nihil diretamente à sua frente, depois deu um passo e projetou as duas mãos com as palmas abertas adiante, fazendo com que a maioria dos outros inimigos fosse arremessada pela Força. Cohmac se levantou, meio sem equilíbrio, coberto de sujeira e com vários novos cortes.

— Obrigado — disse ele, tentando sorrir. — Devo ter derrubado...

Um Nihil Gamorreano correu na direção dele, gritando e erguendo uma clava, mas um punho de sabre de luz passou voando e aterrissou com segurança na mão de Cohmac.

— ... meu sabre — disse Cohmac, acionando-o contra o Gamorreano agressor. A lâmina atingiu as costas do oponente, que caiu de joelhos e depois desabou no chão.

— Mestre, você está bem? — perguntou Reath, rechaçando outra saraivada de disparos de blaster.

Cohmac sacudiu a cabeça.

— Precisamos ir para a linha de frente. Não vamos durar muito mais tempo aqui. — Os Nihil ao redor deles já estavam se reagrupando e se aproximando por todos os lados.

Kantam semicerrou os olhos para observar alguma comoção à frente.

— Parece que... — Vários Nihil gritaram e caíram. Outros se viraram para ver o que estava acontecendo atrás deles, depois também caíram. — A linha de frente veio até nós.

Svi'no liderava o pequeno grupo. Empunhava um blaster em cada uma das quatro mãos e disparava tiro atrás de tiro, avançando contra cada ataque que vinha. Atrás dela, Tamo e Tangor atacavam de ambos os lados, esmagando cabeças e brandindo lanças. Fezzonk, armado com um enorme canhão, servia de retaguarda, certificando-se de que ninguém chegasse muito perto.

Eles romperam as barricadas e avançaram por entre os Nihil até alcançarem os Jedi.

— Por aqui — disse Svi'no. — Abrimos um caminho para vocês.

— Vá primeiro — falou Kantam, fazendo sinal para Cohmac ir. Então se posicionou do outro lado do grupo e rebateu o fogo que vinha enquanto todos voltavam para as barricadas.

— Eles vão avançar para as naves a qualquer momento — alertou Cohmac, mancando para trás de um caixote e apoiando as costas contra ele, sem fôlego. — Precisamos... precisamos...

— Calma — disse Kantam. — Pega leve. — Cohmac não tinha nenhum ferimento mortal óbvio, mas não estava muito bem. Kantam também sofrera sua cota de golpes, e Reath tinha um corte no rosto que parecia que não cicatrizaria tão cedo.

— Estou bem — assegurou Cohmac. Depois ergueu as sobrancelhas. — Fizemos um estrago.

— Fizemos mesmo — disse Kantam.

— Mas não o bastante.

Kantam sacudiu a cabeça.

— Não, ainda não. A noite ainda é uma criança.

— Eles estão vindo — gritou Svi'no, de cima das barricadas. O fogo dos blasters rugiu acima. — Com força total.

CINQUENTA E SETE

CIDADE DE CORONET

— Ezvangolt — disse Crash. A presença dele ali *provavelmente* era melhor do que a de Fastidima. Mesmo assim, não era nada bom. Ela deu um passo para trás na passarela e sentiu o corrimão de metal frio pressionando suas costas.

— Hum, sim — falou o Grindalid. Água pingava dos tentáculos em seu queixo e caía na escuridão abaixo. — Você tem muita coragem, entrando em nossos domínios enquanto Mãe Fastidima a considera responsável pela morte de um dos nossos.

— O prazo ainda não acabou — relembrou Crash, tentando não soar tão desesperada quanto se sentia. — Ainda tenho algum tempo sobrando. — Por mais que aquilo fosse verdade, os Nihil estavam escapando de seu alcance, e Tralmat com eles, com aquele sistema ferroviário subterrâneo levando-os rapidamente pela escuridão para que pudessem ajudar seus amigos nos estaleiros, certamente.

Ao lado de Crash, Zeen pousou a mão sobre os blasters na cintura, aguardando um sinal.

— Gosto de humanos corajosos — sibilou Ezvangolt num sussurro ameaçador.

Crash estendeu a mão para sinalizar que atirar não era a melhor opção. Não naquele instante, de qualquer maneira.

— Se você estivesse aqui para me matar, eu já estaria morta — disse Crash.

— Ah, sim, você está certa.

— Se é assim, o que você quer?

— Há várias semanas, o humano Tralmat fez um acordo com Mãe Fastidima. Ele queria passe livre pelos nossos domínios usando o Túnel dos Trilhos. O homem desapareceu junto com Prybolt, e agora está de volta cobrando esta parte do acordo.

— Prossiga — disse Crash.

— Nós não confiamos nesse homem — cuspiu Ezvangolt. Aquilo, entre o Clã Garavult, era basicamente uma maldição. A confiança era a forma mais elevada de respeito, e ela existia ou não existia. Se não existisse, a pessoa era considerada uma inimiga. Crash estava oscilando em uma linha tênue ali no meio, provavelmente uma das poucas pessoas que já estiveram naquela posição, e sabia que não ficaria nela por muito tempo. — E agora ele trouxe os Nihil para a nossa casa.

— Você está certo de não confiar nele — disse Crash. — Acredito que ele seja um dos responsáveis pelo desaparecimento de Prybolt.

Todos os quatro Grindalids sibilaram e conversaram furiosamente uns com os outros.

— Tínhamos essa suspeita! — rosnou Ezvangolt. — Mas Mãe Fastidima não tem provas, por isso não voltará atrás em sua palavra. Não é como fazemos as coisas.

— Mas? — perguntou Crash, percebendo a deixa.

— Mas Ezvangolt não fez tal acordo.

— Nem Vanizma! — disse outro dos vermes.

— Nem Zazima! — gritou o terceiro.

— Nem Proxima! — bradou a menor.

— Bem... e onde isso nos leva? — perguntou Crash.

— Os trilhos não são mais rápidos do que os vermes — declarou Ezvangolt, orgulhoso. — Mas devemos partir imediatamente.

Crash agarrou-se firmemente à corrente de metal dourada que cobria a parte superior das costas viscosas de Ezvangolt.

Seus pés estavam encharcados com a água do túnel e, quando tudo aquilo acabasse, ela provavelmente teria que incinerá-los para se livrar de qualquer fungo desagradável que tivesse se alojado ali. Mas tudo valeu a pena quando avistaram o brilho do velho e frágil trem maglev chacoalhando na escuridão à frente.

— Emparelhem com eles — gritou ela; Ezvangolt e os outros já tinham acelerado, seus roncos e rosnados se espalhando pelo ar pesado do túnel. Ondas de espuma emanavam de ambos os lados enquanto avançavam pela superfície da água.

"E lá vamos nós!", gritou Crash para Zeen.

A garota já estava pronta fazia tempo. Já estava agachada nas costas do Grindalid que montava. Tinha os dois blasters apontados para o último vagão enquanto os vermes saíam repentinamente da água, deixando as duas garotas cara a cara com o punhado de Nihil dentro dele.

— Surpresa — disse Crash, abrindo fogo. Todos os quatro tombaram, com seus corpos fumegando. Os vermes já tinham voltado para a água quando os outros Nihil se viraram para ver o que havia acontecido.

Gritos soaram à frente, e Crash viu dois lampejos reluzentes saltarem em arcos majestosos na direção do trem em alta velocidade. Zazima e Proxima, pensou ela. Cada uma pegou um invasor em sua mandíbula e, em seguida, deslizou suavemente de volta para baixo d'água enquanto os gritos se tornavam gorgolejos antes de cessar.

Os Nihil começaram a atirar. Claro. Era tudo o que sabiam fazer — quebrar e atirar nas coisas. Ezvangolt desviava entre os pilares de sustentação dos trilhos do trem enquanto as rajadas de laser dançavam sobre a água escura ao redor deles.

— Smeemarm — chamou Crash em seu comunicador. — Na escuta?

A Arcona respondeu imediatamente.

— Em cima.

Crash sorriu ao ver como sua equipe era eficaz, embora a tivesse dissolvido.

— Qual o tamanho deste trem? Não consigo uma leitura disso.

— É grande — relatou Smeemarm. — Cerca de dezoito vagões. E... você não vai gostar disso.

Crash resmungou de antecipação.

— Tralmat tomou providências. Ele estava no vagão da frente com um bando de Nihil quando o tiroteio começou. Eles se separaram no desvio seguinte e seguiram por um túnel diferente. Estão subindo, não muito longe de onde vocês estão.

— Covarde — rosnou Crash. — Obrigada, Smeemarm. Fique com o trilho principal.

Ela se inclinou para o lado enquanto mais disparos de blaster fustigavam a água. Depois, Crash revidou com alguns disparos, só para mantê-los ocupados.

— Zeen! — A garota se aproximou dela e ambas diminuíram um pouco a velocidade para ficar fora do alcance do trem que avançava à frente. — Nos separamos aqui.

— O que precisa que eu faça?

Crash sentiu-se grata por Zeen não ter ficado sentimental nem ter feito cena por causa daquilo. No momento, tudo o que ela precisava ter por perto eram pessoas capazes de fazer o que precisava ser feito. Ela precisava sobreviver, e precisava que Svi'no também sobrevivesse. E, de preferência, todos os outros também.

— Siga esses caras. Infernize a vida deles até o campo de batalha. Depois, junte-se ao nosso pessoal no estaleiro. Além disso, por favor, fique viva e mantenha Svi'no viva também, se puder.

Zeen sorriu.

— Farei o meu melhor. E você, o que vai fazer?

— Também vou ficar viva, espero — disse Crash, já saindo na direção do túnel que se estendia para a direita. — E garantir que outra pessoa não fique.

CINQUENTA E OITO

CIDADE DE CORONET

— Não dá para fazer tudo — disse Reath em voz alta para si mesmo. — Você só pode fazer uma coisa.

Parecia simples, mas no meio de tantas lutas, tantas mortes, tantas explosões de gases tóxicos... e com a lembrança constante do Farol sendo atacado como um ruído no fundo de sua mente, fazer uma única coisa parecia ser uma tarefa impossível.

Mas Reath só poderia fazer uma única coisa: defender o cruzador estelar MPO no outro extremo do pátio. Kantam dividira suas forças, enviando pequenos grupos para cada nave. Ram relatou que o Anzellano e sua equipe tinham desativado temporariamente a maioria dos cruzadores estelares; por isso, a maior parte dos defensores Corellianos haviam sido enviados para proteger as Proas-longas. Os Nihil desperdiçariam tempo e recursos importantes tentando decolar com os cruzadores antes de concentrar seus esforços nas naves da República. Pelo menos na teoria.

Mas ainda restava um MPO que Ram e o Anzellano ainda não tinham alcançado, e Reath já podia ver a equipe de uma Nihil Mimbanesa de pele vermelha e olhos esbugalhados se aproximando dele. Os dois Corellianos ao seu lado investiram de cabeça contra o grupo de Nihil, gritando e atirando, antes que ele pudesse impedir.

Reath balançou a cabeça e acionou o sabre de luz. Três invasores Nihil desabaram, mas o restante abriu fogo contra os Corellianos, matando-os instantaneamente. Reath saltou, rebatendo os disparos de laser enquanto cruzava o ar e aterrissava com o sabre à sua frente, atingindo o agressor mais próximo. O homem gritou e caiu, e Reath brandiu sua arma diversas vezes, abrindo espaço ao seu redor para poder alcançar a rampa de embarque aberta do cruzador.

Mais Nihil correram, percebendo uma chance de abater um dos odiados Jedi. Reath mandou parte deles voando de volta para trás; depois, com seu sabre de luz, atingiu três deles que avançavam em sua direção atirando para todos os lados em sequência.

Ele cambaleou para trás, mal conseguindo lidar com a quantidade de corpos que já o cercavam, com a grande quantidade de mortes que causara na última hora. Não era o momento de pensar naquilo. Uma parede inteira de fogo de blaster parecia vir em sua direção de uma única vez, disparada pelos Nihil em meio a gritos e gargalhadas. Reath brandiu o sabre na diagonal, movendo-se para o lado, e mandou a maior parte dos disparos de volta para os agressores.

Mais mortes.

Um dos tiros atingiu seu braço, outro atingiu seu ombro.

Os dois só pegaram de raspão, mas arderam e fumegaram, e suas vestes deviam estar esfarrapadas.

Não importava.

Tudo o que importava era proteger aquela nave.

Ou destruí-la, se necessário.

Chegaram mais Nihil para apoiar os que o cercavam, e eles avançaram. Não era um esforço coordenado, apenas uma investida furiosa alimentada pelo ímpeto de muitas pessoas furiosas com o fato de serem contidas por apenas uma.

Reath puxou um detonador térmico do bolso e o mandou rolando pelo chão, sob os pés dos Nihil agressores.

BOOOM! Ele se desfez em uma explosão cruel que mandou os Nihil pelos ares e dispersou o ataque. Alguma coisa dura foi arremessada pela explosão contra Reath, esmagando seu peito. Um pedaço de armadura ou uma parte de um corpo blindado. Aquilo o fez cambalear para trás na rampa de embarque, e dois Nihil que estavam se reunindo nas proximidades entraram em ação.

Reath conseguiu recuperar o equilíbrio a tempo de decepar a mão que empunhava o blaster do primeiro, mas o segundo teve tempo de atirar, e o disparo acertou a perna do Padawan.

— Hrrgh! — gritou ele, caindo de joelhos, depois rebateu o disparo seguinte de volta contra o atirador.

Os outros inimigos estavam se recuperando mais uma vez, e Reath precisou se virar imediatamente e aparar mais dois disparos, depois mais dois.

Eles estavam se aproximando, gritando e escarnecendo, e Reath não tinha muito mais força sobrando. A dor se espalhava em sua perna como mil raios, despedaçando-o por dentro.

— Vocês não vão subir nesta nave! — gritou Reath, falando sério. Três invasores decidiram aceitar o desafio e passar correndo por ele, fora do alcance. O jovem convocou a Força, puxando-os de volta para perto e fazendo-os cair no chão ao seu lado. Reath cortou o agressor mais próximo no momento em que ele puxou o blaster, depois o outro que tentava se levantar. Então, o mundo girou ao seu redor e um forte latejar irrompeu em seu braço direito.

De algum jeito, ele caiu. Tinha sido atingido por um disparo, percebeu ele ao ver o ferimento escaldante em seu braço.

Reath piscou de choque em meio à dor, ao suor e à exaustão, tentando entender o que estava acontecendo ao redor enquanto botas passavam por ele e entravam na nave. A nave que ele estava protegendo. *Não.*

Ele não seria a causa de ainda mais destruição. Reath tentou se levantar. Ele não deixaria ninguém machucar seus amigos. Ele...

Mais botas passaram correndo por ele, mas daquela vez indo para a outra direção. Gritos encheram o ar ao redor enquanto os invasores Nihil fugiam.

Para longe da nave.

Para *longe* da nave?

Reath se apoiou nos cotovelos e quase tentou fugir também.

Em meio à fumaça e à poeira, uma gigantesca silhueta emergiu do ventre do cruzador, descendo a rampa com seus enormes pés metálicos. Rajadas de blaster saíam dos canhões que envolviam seus longos braços.

Reath semicerrou os olhos em meio ao caos.

— Shug?

— *Afazeeeeeee!* — gritou o minúsculo Anzellano de dentro de seu exoesqueleto de carga. Ele atirou contra mais alguns Nihil, depois avançou para onde Reath estava e o encarou com um pequeno e enrugado sorriso. — Somooos todooos a República! — disse ele, antes de partir para a batalha, correndo com passos enormes e ruidosos, atingindo invasores a torto e a direito.

— Reath! — chamou uma voz muito bem-vinda e familiar.

Ram correu pela rampa de embarque e se ajoelhou ao lado do amigo. O garoto tinha os olhos arregalados de preocupação, que diziam a Reath que seu estado provavelmente era ainda pior do que ele achava.

— Ram — murmurou Reath, tentando sorrir.

— Você está...? Você consegue...? — arriscou Ram, mas nenhuma das perguntas que ele tentava elaborar fazia algum sentido, não mesmo. Por fim, ele apenas sacudiu a cabeça e ajudou Reath a levantar, passando o braço do amigo por cima de seu ombro. Juntos, os dois subiram a rampa do cruzador.

— Você lembra daquilo que eu falei? — perguntou Reath. — Sobre aproveitar a emoção da batalha, lá no Farol?

— Ah, cara...

— Retiro o que disse.

— Pare de falar — disse Ram, rindo e chorando ao mesmo tempo. — Cale a boca, por favor. Não consigo carregar você, rir e chorar ao mesmo tempo. É demais para mim.

— Retiro tudo o que disse! Quero reembolso completo das minhas palavras, por favor.

Ram o levou por um pequeno corredor à direita, depois abriu um banco que também era um...

— Você não está falando *sério* — indignou-se Reath, exasperado.

— É só por enquanto! — disse Ram. — Você precisa se curar, e para isso tem que descansar. E para poder descansar, tem que ficar escondido. Não tem *nenhum* lugar seguro no momento. Entre!

— Eu não sou *bagagem* — protestou Reath, entrando no pequeno espaço escondido.

— Pare de se preocupar com isso e me deixe dar uma olhada no seu estado. — Ram vasculhou as roupas de Reath, provavelmente checando se nenhuma das feridas sangrava demais ou representava algum risco para sua vida.

A julgar pela careta de Ram, aquilo não era uma certeza.

— Pegue isso — disse Ram, enfiando as mãos nos bolsos e passando alguns pacotes pequenos de bacta.

Reath os levou para perto do rosto.

— Bacta? Ram, este é todo o seu suprimento! Você não pode...

— Vai por mim — disse Ram, já fechando a tampa acima de Reath. — Você precisa disso mais do que eu.

CINQUENTA E NOVE

CIDADE DE CORONET

Os Nihil continuavam vindo.

Kantam nunca vira tantos. Ao mesmo tempo em que fileiras deles tombavam lutando, mais e mais chegavam ao campo de batalha, literalmente saindo dos esgotos, vindo daquela nave de transporte ou sabe-se lá de onde mais...

Kantam tinha parado sobre os restos fumegantes e carbonizados de um motodeslizador que um dos invasores usara para atacar. O campo de batalha era um mar de máscaras de gás, óculos de proteção e capacetes. Batalhões de Nihil tinham invadido os estaleiros, procurando por uma nave que não tivesse sido sabotada. Logo perceberiam que os cruzadores estelares não lhe serviriam de nada e concentrariam todas as suas forças dispersas contra a frota da República.

Havia sete Proas-longas funcionais.

Até onde Kantam podia dizer, os combatentes que as protegiam tinham sido reduzidos a cerca de vinte e cinco. Tanto o Savrip quanto a Wookiee tinham sido feridos gravemente e se escondido dentro de um MPO desativado no fim do pátio. Cohmac ainda lutava bravamente, mas Kantam não sabia quanto tempo mais o amigo aguentaria. Reath estava protegendo o último cruzador MPO e Ram provavelmente estava ajudando o Anzellano a desmontar seus mecanismos de voo.

Não havia muita escolha. Kantam acionou seu comunicador.

— Todos os defensores Corellianos, aqui é Mestri Jedi Kantam Sy. Nova prioridade: destruir a frota da República. Não podemos permitir que ela caia nas mãos dos Nihil. Repito, destruam todas as Proas-longas. Devemos fazer uma retirada estratégica para o outro lado do estaleiro.

A única coisa que restava fazer era salvar o máximo de vidas possível. Mas aquela sempre fora a missão. Só que tinha se tornado um cansativo processo de assistir a tudo desmoronar em câmera lenta, parte a parte. Mesmo assim, tinham conseguido manter todas as naves no chão até ali, e não fora uma tarefa fácil.

Outro Nihil avançou em direção a Kantam, e foi abatido por uma saraivada de rajadas de laser. Kantam não teve tempo nem de acionar o sabre de luz.

— Obrigado — gritou Kantam para Fezzonk, o enorme piloto que dava apoio aéreo a Crash.

— Sempre que precisar, Jedi! Vou destruir algumas daquelas naves.

— Cuidado — gritou Kantam, no instante em que um grupo de seres fortemente armados se aproximava flutuando. — Os Atchapat!

— Dissemos que lutaríamos ao seu lado — rosnou Barg'no —, e falamos sério! Para a batalha! — Ele liderou toda a família diretamente contra o iminente ataque Nihil, acabando com ele.

Kantam mal teve tempo de apreciar o momento antes de ouvir alguém gritar:

— Ataque! — Com um estrondo, uma fumaça amarela cobriu o céu, o estaleiro, o mundo todo.

— Malditos Nihil — rosnou Kantam, puxando sua máscara. — Cohmac?

— Máscaras, pessoal — anunciou uma voz no comunicador. — Peguem uma de algum Nihil caído, se precisarem!

— Estou aqui — disse Cohmac, emergindo da nuvem fétida próxima de Kantam.

— Não podemos lutar assim — falou Kantam. — Nosso pessoal está em toda parte. Os Nihil, mais ainda. — Kantam expulsou para longe uma repentina onda de pânico. Tudo estava desmoronando, mas as forças defensoras ainda não estavam derrotadas. E a Força estava ao seu lado. Inspirou o ar rançoso da máscara respiratória, sentindo aquele cheiro de borracha.

Uma série de explosões pôde ser ouvida de algum lugar mais ao fundo do pátio da República, com lampejos súbitos iluminando a névoa.

— Três naves destruídas — anunciou Fezzonk pelo comunicador. — Faltam quatro.

Aquilo já era um avanço. Kantam olhou para Cohmac.

— Vamos limpar o ar aqui e reunir todos ao nosso redor. É aqui que vamos resistir.

Cohmac assentiu, a exaustão cobrindo seu rosto como uma mortalha. Lado a lado, os Jedi ergueram os braços enquanto Kantam anunciava pelo comunicador:

— Defensores de Corellia! Mestre Cohmac e eu estamos limpando uma área próxima da terceira Proa-longa da frota da República. Venham até nós: vamos lutar em conjunto. Devemos unir nossas forças.

As forças que nos restam, pensou Kantam ironicamente. Depois acalmou as dúvidas e medos retumbantes, as muitas dúvidas, e se sintonizou com a Força. O gás se tornara mais do que uma arma; era um cartão de visitas, um anúncio. Todos sabiam que, logo depois que aqueles vapores espessos os cercassem, os Nihil viriam — se fosse possível ficar consciente por tempo o bastante para vê-los se aproximando.

Kantam e Cohmac estenderam as mãos e empurraram. A Força viva se aproximou e fluiu através deles. Mesmo em meio à morte, no caos e na batalha, refletiu Kantam, a Força estava ali; estava em todo lugar.

Mas não havia muito tempo.

Svi'no foi a primeira a chegar. Ela recuou para a clareira, apontando todos os quatro blasters para a névoa. Ram apareceu do outro lado, seu sabre de luz amarelo brilhando como um farol.

— E Reath? — perguntou Cohmac quando Ram se juntou aos mestres na rampa de embarque.

— Ferido — disse Ram. — Mas acho que vai sobreviver.

— Você *acha*? — perguntou Cohmac. — Onde ele está?

— Eu o escondi dentro de um bagageiro num dos cruzadores MPO — contou Ram. — Estávamos cercados por Nihil e foi a única maneira de mantê-lo em segurança.

Cohmac pareceu se recompor, depois assentiu.

— Você agiu bem, Padawan. Obrigado.

Ram começou a dissipar o gás ao redor quando mais alguns invasores mascarados surgiram. Então, Kantam quase gritou de alívio ao ver Zeen aparecer ao lado de um Weequay alto chamado Barchibar, um membro da equipe de Crash.

— Bom ver você, Zeen — disse Kantam.

— Onde está Crash? — perguntou Svi'no, com os olhos marejados por trás dos óculos grossos.

— Ela está bem — assegurou Zeen, assertiva. — Foi atrás de Tralmat.

Svi'no não pareceu convencida, mas não havia mais nada que pudesse ser feito.

Mais alguns vieram: uma Twi'lek conhecida como Inspetora Deemus, que parecia ter uma comitiva própria de soldados. Um Gamorreano e um Rodiano de aparência delicada.

— Não sei quanto mais vamos conseguir... — dizia Ram, quando fogo de blaster veio do nevoeiro, acabando com Barchibar.

— Recuem para a rampa de embarque! — ordenou Kantam, desviando mais alguns disparos. — Recuem!

Zeen, Cohmac, Ram e alguns outros passaram correndo ao seu lado. Barchibar já estava morto, seu corpo fumegando no permacreto.

Kantam olhou ao redor.

— Temos que...

Um ruído grave soou nas proximidades.

— Isso foi...

— Isso é uma Proa-longa decolando! — gritou Ram.

Não. Kantam sabia que não havia como impedi-la. Não com suas forças tão dilaceradas e com gás por todos os lados. A nave provavelmente já tinha decolado, a julgar pelo som.

— Deixa comigo — disse Ram, simplesmente, e saiu correndo para o nevoeiro.

Kantam e Cohmac se entreolharam.

— Mantenham a posição — gritou Ram. — Aquela nave é minha!

SESSENTA

CIDADE DE CORONET

Era possível que Ram tivesse esperado a vida inteira por aquele momento.

Também era muito possível que aquele momento pudesse encurtar, de forma repentina e considerável, a vida de Ram.

Sim, tudo era terrível, pior até do que a Feira da República. O Farol da Luz Estelar provavelmente fora perdido, muitas pessoas já tinham morrido e muitas outras morreriam em breve.

Mas depois de tantos truques e cuidados, investigando, usando fantasias e interpretando papéis, finalmente tudo ficara mais simples. Muito direto.

Os Nihil estavam pegando uma Proa-longa para atacar o Farol.

Ram precisava detê-los. Ram os *deteria*. Não importava o preço.

Ele correu mais rápido, afastando a névoa de seu caminho com a Força enquanto avançava. Os Bonbraks, cada um usando uma minúscula máscara de gás, tagarelavam dentro de suas vestes. Sabiam o que estava por vir e estavam prontos.

À frente, uma figura correu na direção de Ram, quase toda escondida pela nuvem química. Poderia ser algum aliado, mas provavelmente não era. Ram continuou correndo, ativando o sabre de luz. Ao se aproximar, a figura ergueu alguma coisa — um arco blaster! — e Ram cortou a frente dele, empurrou o agressor para trás sem nem mesmo tocá-lo e continuou correndo.

Tudo era terrível, mas a Força ainda era imbatível. Era maior do que aqueles desastres. Maior do que a República, maior do que os Nihil. E estava com Ram.

Ele quase podia sentir a nave chamando por ele em meio à névoa adiante. Sua música feroz se estendia ao longo das fibras da Força, acenando para Ram.

Aquela coisa estava, de alguma forma, imbuída com o lado sombrio?, Ram se perguntou, finalmente alcançando o caça estelar todo preto e parando para retomar o fôlego.

Não. Tal possibilidade parecia muito simplista, incompleta e nada plausível. O caça estelar parecia... vivo, quase vivo, e vibrava com poder, como se a Força corresse como fogo por entre seus circuitos e juntas. Mas aquilo era, no mínimo, a própria percepção de Ram sobre as coisas, sua excitação e o conhecimento puro e feroz em seu interior de que algo deveria ser feito.

E de que algo seria feito.

Não, não era o lado sombrio chamando. Era o ímpeto da galáxia, a realidade simples e urgente do momento que acenava, e Ram se ergueria para enfrentá-la.

Ele ergueu a mão e usou a Força. Tateou o caminho no labirinto de engrenagens e controles, do navicomputador, do sistema de armas incrivelmente antigo e brutal, das grossas fibras de carbono que compunham a blindagem. Depois girou o punho, acenou com a cabeça uma vez e ouviu o motor ganhar vida e o sistema do computador despertar. Ele ergueu o braço. A escotilha da cabine estalou, sacudiu e depois se abriu.

Ram entrou, já sentindo o zumbido do poder passando por ele, pela nave, pela galáxia inteira.

A escotilha se fechou, transformando o mundo de Ram em uma pequena esfera escura.

O painel de controle brilhava com uma luz fraca, e só.

Não importava. Ram não precisava enxergar, só precisava sentir. E sentia *tudo*. Aquele embotamento, o vazio completo e aterrorizante sobre o qual reclamara para Reath, diminuía gradualmente desde que eles ficaram sabendo sobre o ataque ao Farol, e Ram sentia estranhas ondas de emoção correndo para preencher os espaços antes ocupados pelo vazio. Ele as sentiu e as liberou. Sentiu-as e liberou-as do jeito que havia sido treinado para fazer. Enquanto Ram pilotava o pequeno caça estelar sobre o estaleiro, o que restava daquela sensação monótona do vazio se desfez. As emoções tomaram conta de Ram — tristeza, alegria, fúria.

Ram era um Jedi, e a Força estava com ele. Ela o protegera até ali e fora sua aliada contra o perigo, a devastação e a ruína. Um dia ele se tornaria parte dela. Aquele parecia ser um bom dia para isso. Mas era algo secundário. A Força era mais poderosa do que todas as emoções de Ram combinadas. Era mais poderosa do que a morte.

Ele inspirou, permitindo que os sentimentos fluíssem através dele, depois expirou, liberando-os totalmente no ar denso da cabine. A Evisceradora subia cada vez mais alto, esquentando os motores depois de décadas e mais décadas de sono, checando seus sistemas de voo repetidas vezes, girando os canhões em suas torres de artilharia, preparando-se para liberar uma destruição abjeta.

As emoções estavam de volta, todas elas. Mas a Força nunca partira e nunca partiria. Ram sabia o que tinha que fazer.

Ele apontou o nariz em forma de broca do caça estelar para o céu, direcionando-o tanto com a Força quanto com os controles, respirou fundo novamente e avançou.

SESSENTA E UM

CIDADE DE CORONET

Uma nave. Menos de duas dezenas de defensores.

Centenas de Nihil.

Era uma conta muito, muito cruel.

Kantam se agachou atrás de um dos caixotes que tinha colocado na rampa de embarque — parte de sua última e desesperada barricada — e girou o punho, usando a Força para mandar mais um detonador térmico de volta para a névoa. Ele explodiu em algum lugar à esquerda; o som de corpos se chocando contra o chão e de gritos agonizantes surgiu em seu rastro.

Se tentassem decolar, os Nihil simplesmente os explodiriam no céu.

Do jeito que as coisas estavam, a única razão para os invasores ainda não terem destruído a Proa-longa era o fato de ela ser a última nave funcional ao redor, e eles certamente presumiam que logo seriam capazes de derrotar todos os defensores.

E provavelmente estavam certos.

A quase certeza da derrota dos defensores era a única coisa que os impedia de fazer aquela nave em pedaços.

Além disso, Kantam tinha certeza de que os Nihil queriam puni-los por lutar tanto. Matar todos os defensores em uma única explosão flamejante não bastaria. Aqueles invasores esperavam um embarque vitorioso e, em seguida, um simples voo através do hiperespaço para o local onde o ataque ao Farol já estava bem encaminhado, se não completo. Depois, esmagariam os sobreviventes e os socorristas.

Em vez disso, eles se viram impedidos, massacrados aos montes, dispersos, e só ali estavam recuperando seu ímpeto. Eram alimentados pela pura raiva indignada ao encontrar resistência onde não esperavam. Kantam podia perceber aquilo no desleixo dos oponentes, nos ataques em investida que os deixavam se debatendo, repentinamente desmembrados ou simplesmente mortos. Aquele não fora o glorioso ataque contra civis indefesos que eles tinham imaginado. E dariam um jeito de fazer os responsáveis sofrerem o máximo possível.

— Abaixe-se! — gritou Cohmac. Kantam se abaixou. Mais rajadas de blaster vieram da névoa, rasgando o ventre da Proa-longa e se chocando contra a barricada improvisada.

Kantam espiou, usando a Força para afastar parte da névoa. Figuras corriam por ela na direção da rampa de embarque, erguendo lanças, pistolas e rifles.

— Outra investida chegando.

Fogo de laser saiu de dentro da nave, acima das cabeças de Kantam e Cohmac, contra o ataque que se aproximava. Nihil caíram por todos os lados, e mais correram para frente, avançando sobre os corpos de seus camaradas mortos. Aqueles últimos também caíram, e a fileira de trás abriu fogo. Rajadas eram disparadas por ambos os lados, para todas as direções, e gritos de dor soavam por toda parte.

— Não podemos continuar com isso por muito mais tempo — disse Zeen, descendo a rampa até Kantam e se jogando contra a barricada.

Kantam assentiu. Sabia que era verdade. Mas não havia muito o que pudesse fazer sobre o assunto. Já tinham deixado uma nave escapar.

— Você tem alguma sugestão?

— Se não pudermos evitar que levem esta nave — disse Zeen —, então temos que destrui-la.

Kantam sacudiu a cabeça.

— Não podemos fazer essa escolha por todas aquelas pessoas que apareceram para nos ajudar.

— Não será uma escolha por muito mais tempo — argumentou Zeen. — Podemos mandá-las evacuar e depois...

— Não há para onde evacuar — disse Kantam, tentando manter a voz calma. — Nos cercaram.

— Eu sei, mas...

De algum lugar próximo, ouviu-se uma comemoração. Em seguida, um estrondo. Kantam e Zeen olharam para o lado. Cohmac já estava tirando a névoa do caminho na direção de onde vinham as vozes.

— Ah, não! — exclamou Zeen, exasperada.

Um dos cruzadores estelares MPO se ergueu no ar e apontou para o céu.

SESSENTA E DOIS

ESPAÇO CORELLIANO

Aquela besta fora construída com dois propósitos exatos em mente: velocidade e destruição.

Apenas isso. E eram exatamente as duas coisas de que Ram precisava; por isso, pela primeira vez naquela noite horrível, alguma coisa tinha dado certo.

Não havia janelas de visualização. Um sistema rudimentar e estranho emitia alertas, e brilhos correspondentes surgiam nos painéis de controle. Só.

Todo o restante era aceleração, mais aceleração e turboaceleração, cada nível com sua versão correspondente no modo de perfuração, e canhões — provavelmente instalados para enfraquecer qualquer superfície em que a nave estivesse prestes a atacar no modo de perfuração com turboaceleração completa.

E, é claro, havia a Força.

Ram avançou através de uma camada de lixo orbital, passando por satélites, algumas naves civis, um cargueiro abandonado. Conseguia sentir todos eles, seu peso e ritmo. Apareciam no radar quando ele passava, apenas confirmando o que a Força já sugerira em sua mente.

Quase parecia que a nave funcionava a partir de um vínculo entre Ram e seus sistemas, mas tal coisa certamente era impossível — a nave não estava viva!

Mas realmente não importava.

Tudo o que importava ali era alcançar a outra nave antes que saltasse para a velocidade da luz, o que aconteceria a qualquer momento, se já não tivesse acontecido.

O navicomputador arrotou freneticamente no mesmo instante em que Ram sentiu o peso e o impulso de algo indo diretamente para o ponto em que ele estava.

Peguei você, pensou Ram.

Uma pequena leitura confirmou que se tratava de fato de uma Proa-longa, que acelerava seus motores de hiperespaço.

Motores esses que, quando Ram aquietou sua mente, colocando todas aquelas emoções gritantes em segundo plano, conseguiu visualizar. Aquilo não era a Força — ele passara muitas noites debruçado sobre a incrível logística daquelas naves reluzentes, sua configuração de cinco motores, seus hiperpropulsores. Conseguia imaginar as placas amortecedoras aluviais deslizando para fora da câmara de emissão, o campo hiperpropulsor se desdobrando para envolver a nave em sua bolha de espaço-tempo. Tudo aquilo, em parte, apenas porque ele imaginava que poderia ser útil algum dia: era mais por puro fascínio.

E ele estava prestes a destruir uma daquelas naves, o que seria uma pena, se também não significasse ajudar a proteger seus amigos.

Cinco segundos até o acionamento total do mecanismo hiperespacial do alvo, avisou seu monitor.

Ele precisava de apenas três.

Ram girou a Evisceradora em uma subida acentuada, mandando toda a potência possível para os turboaceleradores. Avançou com ainda mais energia do que esperava, a enorme nave espacial já surgindo diante dele.

— *Yeeeeeeeeeeeeee!* — gritaram os dois Bonbraks ao mesmo tempo.

Ram mal teve tempo de apertar o botão da broca antes que a nave batesse com força total no motor hiperespacial traseiro da Proa-longa.

— AH! — gritou Ram. Compensadores de aceleração foram acionados, transmitindo ondas de antigravidade calibradas para anular o momento do impacto que, de outro modo, teria arremessado Ram contra os painéis de controle. O impacto quase o fez cair do assento de piloto.

Mas aquilo não aconteceu. E o único indicador de danos que surgiu em seu monitor foi, bem, nenhum, na verdade. Ele manteve a broca funcionando, mas mudou para o modo de aceleração mínima. Aquela nave não iria para o hiperespaço tão cedo.

Um horrível som de metal rasgando soou logo além de sua cabine, e explosões sacudiram os dois lados do caça. Mas ele estava bem. Tinha conseguido. Só precisava terminar o trabalho. Havia uma nave inteira à sua frente, e Ram iria garantir que ela não caísse nas mãos dos Nihil, com ou sem hiperpropulsor.

Ram fez a Evisceradora avançar para cima, através do compartimento do motor traseiro, destruindo o metal ao redor, causando mais explosões de um lado a outro, depois se inclinou ligeiramente para frente e para baixo, deixando a Força guiar suas manobras.

Ali.

Ele se alinhou com a trajetória da nave estelar que pairava no espaço, provavelmente fumegando e crepitando, mas ainda não totalmente destruída.

Ram fechou os olhos e empurrou o acelerador para frente, lançando a broca em um caminho de pura destruição através da coluna central da Proa-longa.

Ele estava vagamente ciente dos seres vivos correndo para salvar suas vidas, agarrando-se desesperados uns aos outros para escapar.

Alguns se esconderam ou conseguiram alcançar outras partes da nave. Outros se uniram à Força.

Ram entendia sua missão e sabia que não havia terminado.

— Kantam para Ram — veio a voz pelo comunicador, tirando Ram de sua meditação. — Kantam para Ram.

— Ram na escuta.

— Você... — Tiros de blaster cortaram a voz de Kantam que, quando falou novamente, parecia sem fôlego. — Você impediu a nave?

— Sim. Você está... — Era uma pergunta boba. Claro que Kantam não estava bem.

— Ótimo — disse Kantam, ignorando a pergunta interrompida de Ram. — Porque há outra indo na sua direção. É um cruzador estelar MPO.

— Entendido — respondeu Ram. — Não se preocupe.

— Não estou preocupado — disse Kantam, e Ram percebeu o orgulho em sua voz. — Não mais.

Ram aumentou a aceleração, abrindo caminho em direção à frente da Proa-longa.

— Ram. — A voz de Kantam de repente soou distante e triste, mais triste do que Ram jamais ouvira. — Que a Força esteja com você.

Ram sabia que era um *adeus*. Piscou para afastar as lágrimas, lutando contra a própria voz para não deixar aquele repentino poço de tristeza transbordar. Não queria que Kantam morresse. Nem qualquer um de seus amigos. Ram sabia que significava apenas que eles se juntariam à Força viva. Sabia que era parte da vida e que não tinha controle algum sobre aquilo. Mesmo assim, a tristeza se apossou dele.

A raiva veio logo em seguida, como lava correndo ao longo do leito de um rio.

Tantas emoções.

— Equilíbrio — sussurrou Ram para si mesmo, numa boa imitação da voz de Reath. Era o único jeito. A lava aquecia a água; gelo esfriaria aquele fogo.

— O que foi? — perguntou Kantam.

— Que a Força esteja com você, Mestri Sy — disse Ram, com a voz trêmula.

Depois desligou o comunicador e avançou através da última parede que separava seu caça da ponte da Proa-longa, diminuindo a velocidade até parar ao fazê-lo. Anteparas de emergência se fecharam em seu rastro, se estendendo das paredes da ponte, prendendo atmosfera o bastante para ele sair.

Ram abriu a escotilha da cabine e saltou para fora do caça, com o sabre de luz já ativado em sua mão.

— O que é...? — gritou um Nihil, saindo de uma pilha de escombros e erguendo seu blaster.

Ram rebateu o primeiro tiro, inclinando seu sabre para que retornasse diretamente contra o atirador, que caiu com um grito gutural. O outro Nihil que estava pilotando jazia sob os escombros, morto.

Ram correu pelo nariz em forma de broca de seu caça, tomando cuidado para não manter os pés sobre ele por muito tempo para não queimar suas botas, e saltou por uma área aberta, pousando no painel de controle.

Ele não conhecia muito bem os planos do cruzador estelar MPO e não tinha certeza de quanto tempo levaria para encontrar e explodir todos os treze motores da configuração única de Drabor, muito menos quais deles seriam cruciais para viagens no hiperespaço.

Mas Ram tinha em seu arsenal algo que ia além da força e da precisão da Evisceradora: ele tinha uma Proa-longa.

Ele agarrou o câmbio direcional principal e o empurrou totalmente para frente, levando a nave a um mergulho súbito.

Toda a besta em chamas se inclinou para baixo. A destruição que causara nos motores traseiros provavelmente não ajudaria, mas alguns ainda estavam intactos em outras partes da nave — o que bastaria para fazê-la apontar para a superfície de Corellia e...

... para o MPO que se aproximava, que já subia em uma inclinação acentuada para poder alcançar uma distância segura e saltar para o hiperespaço.

Não se Ram pudesse fazer algo a respeito.

SESSENTA E TRÊS

CÉUS DE CORELLIA

Tudo doía.

O corpo de Reath era uma enorme dor latejante.

Mas ele estava vivo, o que na verdade era… surpreendente.

Tirando que o mundo estava todo escuro e que qualquer que fosse o rugido baixo que o acordara ainda fazia tudo ao seu redor vibrar.

Motores.

Grandes e poderosos motores de nave estelar. Vários deles.

Ram! Ram escondera Reath em algum tipo de bagageiro, debaixo de um banco. Onde estavam todos? Por que estavam decolando?

Ele chutou a tampa e se lançou para fora do bagageiro, caindo no chão com um baque dolorido.

Tudo doía, e passara a doer um pouco mais.

Ele se levantou e seguiu cambaleante para o corredor principal.

Tinham acabado de decolar. Ele tinha certeza.

Tudo parecia errado. Reath cambaleou em direção à frente da nave. Haveria uma ponte em algum lugar, e ela estaria cheia de Nihil, Jedi ou… Ele não conseguia pensar direito.

Aquela porta à frente, no entanto... levava até a ponte. Disso ele tinha certeza. Se continuasse andando, chegaria lá.

A nave balançou para um lado, fazendo Reath se esparramar sobre uma mesa. Quem quer que a estivesse pilotando não estava acostumado aos controles do cruzador estelar, o que significava que poderia ser um civil, como Crash. Nesse caso, todos os Jedi provavelmente estariam mortos. Ou eram os Nihil.

Reath sacou o sabre de luz, erguendo-se e avançando sem muito equilíbrio.

A porta da ponte se abriu.

Lá dentro, quatro guerreiros Nihil brandiram suas lâminas e sacaram seus blasters para enfrentá-lo. Uma quinta figura se virou do painel de controle e sorriu.

Sabata Krill.

— Ah... — disse Reath. Ele não estava em condições de lutar contra um oponente, muito menos contra quatro deles com as armas já em punho.

— Oh, um Jedi. — Sabata riu. — Que perfeito. Você parece ferido, pobrezinho.

Um dos invasores se aproximou cautelosamente com o rifle blaster pronto para um tiro na cabeça.

— Largue o sabre, garoto.

Reath o desativou e o colocou no chão, cada músculo de seu corpo protestando.

— Quer ver sua linda estação espacial ser destruída? — perguntou Sabata, docemente.

— Reath? — A voz de Ram soou com urgência no ouvido de Reath. — Reath?

— Sim? — disse Reath.

Sabata pareceu um pouco nervosa.

— Você pareceu um pouco mais entusiasmado do que eu esperava, na verdade.

— Você está no cruzador estelar? — perguntou Ram. — O que está voando?

— Sim! — disse Reath novamente. Os invasores se entreolharam, desconfortáveis.

— Saia daí — falou Ram. — Agora mesmo.

— Eu... — Reath olhou para a ponte ao redor, confuso. Para onde ele deveria ir? Foi então que viu algo pela janela de visualização por cima do ombro de Sabata. Algo enorme.

Ele não tinha forças para lutar, mas tinha certeza de que ainda conseguia dar um bom empurrão. Reath estendeu os braços com as mãos espalmadas para fora, chamou a Força interiormente e a projetou para frente com toda sua energia. Os Nihil ao seu redor voaram para trás, se espatifando contra painéis e paredes. Reath pensou ter visto o rosto de Ram na ponte da Proa-longa que se aproximava deles. Ele parecia estar em pé sobre outra nave *dentro* da ponte, aquele antigo caça estelar todo preto que tinham visto nos estaleiros.

Bem, Reath esperava que Ram soubesse o que estava fazendo. Se alguém soubesse, seria aquele garoto.

Tudo o que Reath precisava fazer era permanecer vivo.

O sabre de luz voltou para sua mão aberta.

Ele se virou e correu como louco quando a primeira explosão sacudiu o cruzador.

SESSENTA E QUATRO

CIDADE DE CORONET

— Kark! — gritou Crash, quando um lampejo brilhou em sua direção na escuridão. Tinha que ser algum tipo de artilharia, pensou ela, saindo do caminho. Que tipo de palerma imprudente usaria artilharia numa luta dentro de um túnel?

Um Nihil, claro. Ela se ajeitou e avançou agachada, usando a nuvem de poeira como cobertura.

Era daquele jeito que as coisas aconteciam no passado... Crash perdera a noção do tempo desde que se separara dos outros. Já parecia uma eternidade, ali, como se o tempo tivesse se fechado no escuro e ela tivesse entrado em um terrível ciclo de matança e falhas.

Crash não tinha certeza de quantos Nihil estavam à frente, ou quantos já tinha matado. Eles mantinham uma marcha constante pelos túneis. Em algum ponto, o canal se estreitara e depois descia completamente. Os vermes disseram que a encontrariam no poço de nascimento do outro lado, mas só o vazio sabia o quanto aquilo poderia estar longe.

Tudo parecia interminável, sim, mas Crash tinha uma teoria. Uma teoria e, possivelmente, um plano.

Ela fez uma pausa, depois se espremeu contra uma parede suja. Disparos brilhantes de laser vermelho surgiram do túnel à frente. A qualquer momento, todo o grupo Nihil viria lidar com ela de uma vez por todas. Crash podia ouvi-los se aproximando, o barulho das botas dos invasores se chocando contra poças a alguns metros de distância, o farfalhar das vestes deles. Ela apertou ainda mais o blaster.

Um agressor Mimbanês em um uniforme esfarrapado da guarda municipal passou na frente de Crash, olhando mais adiante no túnel. Crash o deixou passar. Depois veio uma Ithoriana, com aquelas passadas largas e uma pesada arma de fogo empunhada com as duas mãos. Crash também a deixou passar. Depois um cara alto e barbudo com um rifle blaster e uma máscara de respiração parou na frente dela. Ele começou a virar a cabeça. Crash atirou. O homem caiu em uma poça. Crash saltou por cima dele e disparou contra os dois que haviam passado antes quando se viraram para ver o que tinha acontecido.

Alguém saiu correndo da escuridão — uma mulher humana de meia-idade. Ela empunhava o que parecia ser o eixo de algum veículo antigo. O eixo caiu em uma poça, desequilibrando-a. Crash derrubou a mulher com um chute giratório no rosto e continuou se movendo.

— Para trás! — gritou alguém, enquanto passos avançavam pelo túnel.

Tralmat. Finalmente.

— Eu disse para trás! — gritou ele, lá na frente. Tralmat não estava longe e parecia sem fôlego. O ritmo de seus passos tinha diminuído, e ele parecia se arrastar de forma instável. Crash ouviu o clique ansioso de mãos trêmulas preparando um blaster.

— Você se uniu aos Nihil — gritou ela, jogando-se contra a parede enquanto os tiros de blaster passavam. — Contra Corellia.

— Foi *por* Corellia, sua garota idiota! — disse Tralmat, disparando novamente. — Foi tudo por Corellia. Os Nihil salvarão nosso planeta. Esta República tola nos fará desmoronar sob o peso de suas ambições ingênuas, com suas Grandes Obras e faróis ridículos. Tudo o que faço é por Corellia! Os Nihil são apenas o meio para um fim!

Crash pegou impulso na parede e começou a correr. Ali, cerca de cinco metros à frente, Tralmat estava em uma passarela de metal, com o blaster em punho.

— Para trás! — A água escura se estendia por ambos os lados.

— Prybolt era o meio para um fim? Ovarto também?

— Não matei seus homens, Crash! — gritou Tralmat, a voz repentinamente estridente revelando a mentira por trás daquelas palavras.

— Não — disse Crash. — Você não puxou o gatilho e nem os perseguiu, tenho certeza. Mas se certificou de que não viveriam para revelar sua aliança secreta com os Nihil, não foi?

— Eu...

— Não foi? — gritou Crash. Uma enorme tristeza cresceu em seu peito. Seus amigos tinham morrido, os restos de suas vidas lhe tinham sido arrancados, tudo para que aquele homem pudesse proteger seus negócios sujos. Quando aquilo teria fim?

— Fiz o que precisava ser feito — disse Tralmat. — Eles não deveriam ter se intrometido onde não deviam! Quando o alarme nos avisou que a porta externa tinha sido aberta, eu mandei que Sabata me batesse, para o caso de ser algum daqueles ridículos repórteres de fofoca que sempre consegue se esgueirar de alguma forma. Então eu poderia alegar que estava sendo atacado e pronto.

Crash sentiu o próprio sangue congelar.

— Mas não eram repórteres de fofocas. Eram meus amigos.

— Eles não tinham que fazer nada daquilo — lamentou Tralmat. — É claro que sofreriam consequências! É assim que a galáxia funciona. Claro que permiti que Sabata fizesse o que tinha que fazer! É dessa forma que sobrevivemos, fazendo o que precisa ser feito! Alguém tem que fazer... Mas, de qualquer forma, você... você jurou me proteger, Alys Ongwa. Você... não pode fazer isso.

Crash balançou a cabeça. Tinha pensado que aquele momento seria triunfante, mas tudo o que sentia era tristeza.

— Eu encerrei meus negócios. Mas de qualquer forma, não estou fazendo nada. Você fez tudo sozinho.

A confusão no olhar de Tralmat enquanto formas altas se moviam na escuridão ao seu redor quase fez tudo valer a pena.

Ele se virou. A figura imponente de Mãe Fastidima se ergueu do canal com um suave chiado. Os olhos redondos dos quatro Grindalids mais jovens surgiram na superfície escura da água.

— Mãe... Mãe Fastidima! — gaguejou Tralmat. — Eu... Nós temos um acordo! Você foi bem compensada pelo uso de sua...

— O acordo — declarou Mãe Fastidima com um prolongamento agressivo das sílabas — foi cancelado no momento em que você admitiu ter matado o meu filho.

— Não! Eu... — foi tudo o que Tralmat conseguiu dizer antes de ela se inclinar para frente e fechar os dentes em volta da cabeça dele. Um rangido úmido e doentio soou. Os outros Grindalids surgiram da água, por todos os lados, cravando os dentes nos braços e pernas de Tralmat e acabando com o que restava dele.

A voz cortante de Mãe Fastidima se ergueu acima do som de mastigação ao redor.

— Agradecemos, jovem Ongwa, por nos trazer o responsável pela morte de meu filho.

Crash se curvou ligeiramente, sem tirar os olhos do verme que se arqueava acima dela e tentando não se encolher. Depois do que acabara de acontecer, ela preferia que a Grindalid não chegasse perto de sua cabeça.

— Você está livre de qualquer culpa e, daqui para frente, nós a receberemos como uma convidada de confiança em nosso covil.

— Obrigada. Tenho apenas um pequeno pedido.

Mãe Fastidima se aproximou, com os olhinhos estremecendo ligeiramente. Fios de baba e sujeira escorriam e pingavam dos dentes afiados como navalhas.

— O quê?

— Uma carona até os estaleiros.

SESSENTA E CINCO

CIDADE DE CORONET

— Abram fogo quando eu der o sinal — avisou Kantam no comunicador. — Depois corram pra valer! — Outra saraivada de fogo blaster veio do meio da névoa. Kantam e Cohmac se levantaram ao mesmo tempo, desviaram os disparos e voltaram a se abaixar, ofegantes.

— Está bem, mas por que não fazemos isso antes? — perguntou Zeen pelo comunicador.

— Porque, quando fizermos — disse Kantam —, eles vão perceber que não vale a pena manter esta nave com a gente dentro.

— Oh.

— E aí irão explodi-la.

— Certo.

— Então abram fogo e depois saiam correndo.

— Entendido.

A Wookiee, o Savrip e a maioria dos outros feridos tinham se escondido em várias outras naves ao redor do pátio; com sorte, pensou Kantam tarde demais, não em alguma das que tinham decolado. Por isso, tudo o que restava era sair com as pessoas que podiam andar e tentar descobrir um jeito de resgatá-las assim que estivessem livres.

Claro, todo mundo estava bastante machucado. Um dos braços de Kantam fora gravemente queimado, o que tornava o ato de manejar o sabre de luz quase insuportável. Cohmac parecia prestes a entrar em colapso. A maior parte do pessoal estava mancando ou em algum estado de choque. Kantam sabia que passar pela turba de Nihil ao redor provavelmente era quase impossível.

Sem dúvida, a maior parte do grupo pereceria, talvez o grupo inteiro.

Mas se fosse possível fornecer cobertura para que ao menos uma pessoa escapasse, valeria a pena. De qualquer forma, era melhor do que se esconder naquela rampa de embarque, esperando que disparos perdidos abatessem a todos, um de cada vez, ou que os Nihil se organizassem o suficiente para invadir a nave.

Não. Aquele era o único jeito que Kantam conseguia ver.

Então, olhou para Cohmac.

Cohmac assentiu.

Mais disparos de blaster atingiram a barricada.

Kantam olhou para trás, para o grupo diverso e atormentado de defensores Corellianos esperando no topo da rampa.

— Cohmac e eu não seremos capazes de afastar a névoa e lutar — explicou Kantam. — Por isso teremos que abrir caminho através dela o melhor que pudermos.

Os combatentes assentiram, se preparando.

— Vamos fazer isso em conjunto — disse Kantam —, por Corellia, pela República.

Os Corellianos pareceram se unir, com os blasters em punho, prontos.

— Pelo Farol e pela vida! — gritou Kantam. Depois, baixinho, disse no comunicador: — Zeen, agora.

— Pelo Farol e pela vida! — gritaram os defensores Corellianos, descendo a rampa quando uma rajada de canhões laser foi disparada da nave.

Kantam liderou o ataque, com Cohmac ao seu lado. A primeira fileira dos Nihil foi obliterada pelos disparos de Zeen. O restante rapidamente se reagrupou na névoa ao redor.

— Estou indo — gritou Zeen, no comunicador, enquanto tiros de blaster passavam ao redor de Kantam e o som de morteiros se aproximando guinchava no ar.

Com um terrível estrondo, a Proa-longa desabou, atingida por explosões consecutivas causadas pela artilharia Nihil. Detritos voaram para todos os lados, atingindo defensores Corellianos e invasores Nihil.

Kantam e Cohmac aproveitaram a confusão para abrir caminho no meio do grupo de invasores mais próximo. Mais surgiram do meio da névoa, já atirando.

— Vão! — gritou Kantam. — Por ali! — Defensores Corellianos avançaram direto até o meio de outro grupo de agressores. Todo aquele pequeno mundo enevoado se tornou um aglomerado de membros emaranhados em combate corpo a corpo; rajadas de blaster cortavam a névoa e corpos caíam por todos os lados.

Zeen correu para o lado de Kantam, esticando os braços com as mãos espalmadas para frente e mandando um Nihil Gigorano, que corria em sua direção, voando para trás. Ela sacou suas duas pistolas blaster e começou a atirar. Outro agressor saltou para fora da névoa, bem atrás de Zeen. Kantam passou por cima da cabeça dela, atingindo o peito do homem com um golpe que desceu em um arco agudo e, em seguida, o chutou para longe.

Onde estava Cohmac?

Onde estava Zeen? Apenas um segundo se passara e ela já tinha sumido na névoa, talvez até estivesse morta.

Alguém corria na direção de Kantam. Era amigo ou inimigo? Kantam não fazia ideia. Então recuou, sentiu uma ardência cruel em suas costas e girou. Uma figura empunhando um blaster fugiu; já era tarde demais para lidar com ela, mas quem vinha correndo na direção de Kantam provavelmente já estava se aproximando.

Ao cair sobre um joelho, Kantam percebeu alguma coisa — alguma coisa — se mover para perto, e ouviu o ruído de uma lâmina sendo brandida acima. Depois golpeou naquela direção, sentindo o sabre de luz abrir um caminho direto e ardente através de uma armadura pesada, depois de carne e depois do vazio, quando o corpo do agressor tombou.

Mais agressores se aproximavam, Kantam os sentia por toda parte. O cheiro quente e denso daquela nave em chamas vinha... da direção em que achava que deveria seguir. Mas aquilo não podia estar certo. Onde estavam todos os outros?

— Cohmac? — gritou Kantam, no comunicador. — Zeen? Vocês conseguem me ouvir?

Houve uma comemoração e Kantam teve certeza de que vinha dos Nihil. O que eles tinham visto? Então, o som familiar dos motores de uma nave soou não muito longe dali.

— Kantam — disse Cohmac pelo comunicador. — Você viu aquilo?

— Aguarde. — A névoa dos Nihil não cedia, mas pelo menos a luta parecia ter parado por um momento. Kantam fez um gesto com a mão e o céu ficou visível, mas foi quase imediatamente coberto por uma enorme nave que passava logo acima. Um grupo de Nihil devia ter invadido o estaleiro seguinte e tomado uma nave para atacar o Farol. — Cohmac — chamou Kantam, já erguendo a mão para o céu. — Zeen. Você viu...?

— Estamos aqui — disse Zeen, surgindo da névoa ao lado de Cohmac. Ambos estavam com vários cortes e mancando, mas ainda tinham aquele fogo no olhar, prontos para lutar. Kantam passou seu sabre de luz para Zeen. Os Nihil já estavam ao redor deles, rosnando e grunhindo, voltando para o combate e se gabando de sua vitória. As rajadas de blaster iluminavam a névoa.

Aquela nave, no entanto, não iria partir.

Kantam precisaria confiar que Cohmac e Zeen garantiriam segurança. Aquilo exigiria até sua última gota de concentração. Com uma mão erguida e a Força fluindo através de cada batimento de seu coração, de cada célula de seu corpo, Kantam a imaginou como um vento que soprava para cima, desviando para o céu e se fechando ao redor da nave como um gigantesco punho.

Com um solavanco, a nave parou bem acima de Kantam, que estava vagamente ciente da luta feroz que acontecia ao redor. Qualquer mísera distração acabaria completamente com a sua concentração e colocaria tudo a perder. A nave tremeu, e os Nihil gritaram de ódio em meio ao nevoeiro. Ela começou a se inclinar lentamente em direção ao solo.

Lula.

A imagem do rosto ferido da garota passou pela mente de Kantam. Ela corria um perigo terrível, com a estação desmoronando ao redor e uma escuridão voraz se aproximando. Mas Kantam sabia o que fazer. Aceitou a visão e a deixou ir. Aceitou e depois deixou-a ir.

Lá em cima, a nave deu um tranco, tentando se livrar do aperto da Força.

Não!

"A lição que recebemos dos jovens para a maioria dos Jedi é a mais difícil de aprender. *Desapego*", foi o que Yoda lhe dissera tantos anos antes. Uma lição que Kantam vinha tentando aprender desde então. E talvez ainda não tivesse aprendido.

Em sua mente, o rosto de Lula se tornou o de Yoda, depois voltou a ser o de Lula.

Na verdade, Kantam não tinha se desapegado de nenhum dos dois. Sua memória estava se agarrando a Yoda o tempo todo, na esperança de que seu mestre voltasse. Claro! Quem não gostaria que ele voltasse?

Mas a mente em batalha não poderia lidar com tudo aquilo. E o controle de Kantam sobre a nave capturada estava quase rompido enquanto ela se esforçava para avançar na direção do céu.

Não.

— Eu os liberto — sussurrou Kantam para os fantasmas e as lembranças de sua Padawan e de seu mestre. — Podem ir.

A nave despencou por vários metros, e Kantam a mandou para longe, usando toda sua concentração. À sua frente, a névoa começava a se dissipar, revelando uma multidão de figuras que vinham do outro lado do estaleiro em direção à batalha.

Reforços Nihil.

Kantam conseguia vê-los rastejando para fora de túneis subterrâneos, lançando-se para a batalha com os blasters em punho.

Tinha chegado tão perto. Tão perto de escapar, de impedir quaisquer que fossem os planos dos invasores.

— Não pare — rosnou Cohmac, vendo a nave começar a se mover novamente. — Ainda não terminamos.

Kantam assentiu, deixando de perceber as comemorações triunfantes dos Nihil ao redor, as imagens tremeluzentes de Lula, Yoda, Torban, Avar... bloqueando todos os sentidos e se concentrando apenas na nave inimiga.

Com as duas mãos levantadas, invocou a Força com cada pedacinho de seu ser, e então, muito de repente, todo aquele peso se tornou leve, como se não fosse nada, porque algo pareceu ceder no ar ao seu redor.

Sem deixar de segurar a nave, Kantam piscou em meio à névoa. Os reforços dos Nihil ainda vinham em sua direção; Cohmac e Zeen ainda estavam rebatendo rajadas de um lado para o outro.

O nevoeiro, tudo o que restava daquela nuvem amarelo-acinzentada, foi varrido de repente, como se um vento forte soprasse no porto.

Mas não havia vento.

Ao redor de Kantam os guerreiros se entreolhavam, confusos.

Ali, no meio de uma área aberta, a última porção do nevoeiro se dissipou, revelando uma pequena figura encapuzada sozinha no meio de toda a morte e destruição. Um sabre de luz verde-claro se estendia de uma mão; a outra estava apontada para o céu.

Mestre Yoda.

— De uma mão você parece precisar — disse Yoda. Seus olhos se cruzaram com os de Kantam.

Kantam suspirou, e lágrimas rolaram por seu rosto. Todo o peso da nave se foi. Kantam abaixou os braços, ofegante.

Mestre Yoda fez um único e poderoso gesto de arrastar com a mão, e a nave acima despencou do céu, caindo diretamente sobre a horda Nihil em uma explosão flamejante.

O estaleiro inteiro tremeu com a explosão. Os Nihil e os defensores Corellianos se espalharam enquanto os destroços caíam sobre suas cabeças. Mas a luta ainda não tinha terminado. Os invasores que restavam já estavam se reorganizando, formando grupos compactos ao redor dos Jedi.

Kantam piscava entre mais lágrimas quando seu mestre entrou em ação, abrindo caminho através de uma investida súbita de agressores. Nihil caíram para ambos os lados, uma catástrofe na forma de membros decepados e corpos sem vida. Mais inimigos vieram e Yoda saltou mais uma vez, atingindo o líder diretamente, primeiro com os pés e depois se lançando para cima num salto selvagem, aterrissando no meio dos Nihil restantes, enviando todo o grupo para longe com um único gesto da mão.

— Pela luz e pela vida! — gritou Kantam, finalmente encontrando Cohmac e Zeen novamente em meio ao caos. Os três entraram em ação, avançando de um Nihil para o outro, saltando para o local em que mais deles se preparavam para atacar Mestre Yoda.

O estilo de combate de Yoda era vertiginosamente rápido. Ele se lançava no ar, cortando diversos Nihil enquanto avançava, depois pousava no meio de outro grupo de inimigos e os mandava pelos ares com um movimento de seu punho diminuto.

— Mestre! — gritou Kantam quando um invasor alto e de armadura pesada avançou sobre Yoda com algum tipo de serra circular. Yoda girou, depois saiu facilmente do caminho enquanto a besta passava rugindo. Kantam lançou um empurrão violento com a Força, e o agressor cambaleou para trás, sacudindo os braços, até que a ponta de um sabre de luz verde surgiu em seu peito.

Ele caiu com um rugido, mas muitos outros vieram depois.

— Fiquem próximos! — gritou Kantam. — Ainda não escapamos.

Os poucos reforços que conseguiram escapar da explosão da nave abatida estavam correndo para a batalha, e todos os Nihil tinham uma fúria descontrolada guiando cada um de seus movimentos. Aquela não deveria ser uma batalha, e certamente não deveria ser uma derrota.

— Reagrupar nós devemos — disse Yoda enquanto Cohmac e Kantam se alinhavam a ele — e atacar, para de uma vez por todas com isso terminar.

Os outros logo surgiram do meio da escaramuça: Zeen, alguns membros da equipe de Crash e Corellianos que Kantam nunca vira antes. Estavam todos exaustos e feridos, mas a visão daquele minúsculo e enérgico Jedi verde os encheu de luz. Estavam todos prontos.

À frente, os Nihil sobreviventes se juntaram como um enxame, bloqueando a única saída do estaleiro. Fumaça subia dos destroços da nave abatida. Em algum lugar distante, os Jedi do Farol da Luz Estelar também lutavam por suas vidas e pelas de muitas outras pessoas.

Mas Kantam estava em Corellia e, de alguma forma, seu mestre também.

— Eu a libero, Lula Talisola — sussurrou Kantam novamente. — Mas depois disso, aconteça o que acontecer, eu a encontrarei.

Yoda olhou de cima a baixo para as fileiras de combatentes ao seu redor. Eles o olharam de volta, com a coragem e a determinação estampadas em seus rostos. O Jedi ergueu o sabre.

— Pela luz e pela vida! — declarou Yoda, sua voz ecoando pelo campo de batalha.

Unidos, eles avançaram.

— Pela luz e pela vida! — diziam os gritos ao redor, enquanto os defensores avançavam.

— Pela luz e pela vida! — gritou Zeen, explodindo em lágrimas enquanto se aproximava da horda Nihil.

— Pela luz e pela vida! — repetiu Kantam Sy, desviando uma rajada de blaster atrás da outra, depois saltando contra o emaranhado de corpos e armas.

— Pela luz e pela vida! — seguiu Cohmac, esquivando-se de um agressor e, em seguida, usando a Força para mandá-lo voando para trás junto com mais três outros guerreiros.

— Pela luz e pela vida! — entoaram Svi'no, Smeemarm, Fezzonk e... aquela rastejando para fora de um buraco e olhando ao redor, confusa, era Crash?

Yoda liderou os defensores diretamente contra o meio das fileiras Nihil, atropelando-a completamente. Os invasores restantes ficaram isolados uns dos outros, de repente envolvidos em uma batalha desesperada por suas vidas, enquanto Corellianos e Jedi atravessavam o que restava de suas defesas e os enviavam para a escuridão.

SESSENTA E SEIS

CÉUS DE CORELLIA

Ram aguardou apenas o tempo necessário para ver a garota Er'Kit se levantar na ponte do cruzador estelar e abrir a boca para gritar.

Depois ele voltou para a segurança da cabine da Evisceradora. A escotilha se fechou sobre sua cabeça no instante em que as duas naves colidiram. Ram acelerou, chocando-se contra a frente de uma nave e logo depois contra a frente da outra. Destruição e devastação se espalharam por toda a parte em seu rastro; diversas explosões aconteceram ao seu redor. As duas naves pareciam prestes a se desintegrar.

— Onde você está, Reath? — murmurou Ram, estendendo a mão e usando a Força enquanto movia o caça estelar através de uma parede carbonizada e para longe da Proa-longa destruída. — Vamos.

Se Reath tivesse algum bom senso, o que ele tinha, e tivesse como, o que não era garantido, teria se protegido. O que significava...

— Ali! — gritou Ram. Um frágil e fugaz fiapo de vida cintilou em sua consciência. Vinha de algum lugar à esquerda e muito abaixo dele. Ram desacelerou a Evisceradora para um avanço suave, tentando identificar a localização de Reath e ignorar a velocidade com a qual a situação se deteriorava atrás dele.

Então, guiou o caça em um mergulho.

A superfície de Corellia vinha depressa na direção deles, e Reath provavelmente estaria despencando em direção a ela.

Ram só precisava ir mais rápido, o que era a parte fácil, e também não se chocar sem querer em seu amigo e deixar o pobre garoto espalhado por toda Coronet. Aquela era a parte um pouco mais complicada. Então, mais uma vez... Ram manteve o mergulho em velocidade constante e abriu a escotilha.

— Mantenham a nave firme — disse ele aos Bonbraks. Ram subiu e colocou a cabeça para fora, no céu noturno. O vento passava por ele. O vasto oceano se espalhava abaixo, feito de pura escuridão.

Reath tinha que estar em... Ram viu com o canto do olho e captou um vislumbre de movimento. Um relance de pele clara.

— Mais rápido! — gritou ele. — Ele ainda está abaixo da gente!

O caça estelar deu uma guinada, descendo em uma espiral íngreme que quase arremessou Ram para fora da escotilha.

— Calma — disse ele. — Calma.

Reath estava caindo próximo da linha descendente que o caça traçava ao mergulhar.

Ia funcionar.

Ram estendeu a mão, convocando a Força, e sentiu a súbita resistência surgindo em torno de seu amigo. Reath desacelerou.

— Venha para cá — gritou Ram, dando um pequeno puxão.

Reath piscou de surpresa ao se aproximar da cabine.

— Acabei de ter o sonho mais esquisito da minha vida — murmurou ele.

Ram revirou os olhos, agarrando as vestes do amigo e puxando-o para a segurança.

— Sim, sim, sim.

Lá em cima, o céu noturno de Corellia foi abalado por explosões.

Reath sorriu, depois arfou:

— Extremamente... épico.

E desmaiou.

CIDADE DE CORONET

Quando Ram levou a Evisceradora para o campo de pouso, a maior parte dos Nihil tinha sido morta ou capturada. O restante tinha fugido. A névoa de gás já não estava mais lá. Kantam, Cohmac e Zeen correram enquanto Ram ajudava Reath a sair do caça estelar. Todos pareciam muito feridos, mas estavam vivos.

— Você conseguiu! — gritou Kantam, envolvendo Ram em um grande abraço.

— Você sobreviveu! — comemorou Ram.

Kantam assentiu com a cabeça e ficou de lado quando uma pequena figura de orelhas compridas surgiu atrás de si.

— Y-Yoda — disse Ram. — Quero dizer, Mestre Yoda.

O velho Jedi assentiu, com um leve sorriso.

— Há muito o que discutir, mas não temos tempo.

— Sim — concordou Kantam. — Precisamos chegar a algum lugar seguro para reagrupar e descobrir o que for possível.

— Eu conheço o lugar perfeito — disse Crash, caminhando com o braço em torno de Svi'no, com um enorme sorriso estampado no rosto.

SESSENTA E SETE

O RELVADO

Em algum momento no meio da noite, eles se deram conta.

A interminável troca de tiros finalmente se extinguira, junto com os ecos dos gritos e gemidos de dor, e o choque entre corpos unidos para matar.

Tanta morte, tanta vida.

Os Jedi lutaram e venceram, contra todas as probabilidades, e depois veio o momento de se afastar lentamente, de se curar, de se desapegar. Exaustos da batalha e feridos, embarcaram em naves e deslizadores que os levaram para o esconderijo de Baynoo nos pântanos nos arredores da Cidade de Coronet.

Ali, se juntaram a uma estranha figura envolta em mantos e bandagens que acompanhava Mestre Yoda.

— Muito para explicar há — murmurou Yoda, sem explicar nada. Ninguém se preocupou em tentar obter mais respostas naquele momento. Haveria tempo para aquilo mais tarde.

Eles comeram e se banharam, e deixaram que Baynoo se preocupasse com eles. Finalmente dormiram, mesmo lutando contra intermináveis ondas de preocupação e curiosidade sobre seu lar e seus amigos.

E foi então que, na escuridão, cada um deles, ao mesmo tempo, sentiu o mergulho súbito, o aço se partindo e a terrível falta de ar de uma explosão.

Todos sabiam o que estava por vir. Aquela ideia, que se tornava cada vez maior, virou uma certeza.

Mesmo assim, tinham esperança.

Cada um deles, à sua maneira, lutava para se desapegar, para respirar mesmo com a sensação iminente de perda, do medo.

Cada um deles falhou; cada um deles, de um jeito ou de outro, tentou de novo e depois mais uma vez.

Aquele era o jeito Jedi. Não havia outro.

E então veio o impacto; parecia um silêncio impossível, um sopro do mais puro vazio, uma vala comum que irrompia de dentro para fora e cobria tudo.

Para a maioria deles havia tumulto demais, dor demais para perceber quem tinha morrido ou sobrevivido.

Mas, para Cohmac, havia apenas uma certeza, súbita e inconfundível.

— Orla — disse ele, sentando-se no catre em que estava dormindo. A verdade era que ele não a sentia já havia algum tempo. Suspeitava de que ela poderia ter partido, mas alguma coisa na fatalidade do impacto — o Farol caíra, daquilo ele tinha certeza — cristalizava o fato como verdade.

Orla Jareni estava morta.

Ele se levantou, sentindo uma terrível calma tomando conta dele enquanto a verdade do que ocorrera se aprofundava.

Não havia espaço para pânico, ansiedade ou medo. Era simplesmente a verdade: muitos tinham sido perdidos. E tudo o que ele podia sentir era uma tristeza tão profunda que não tinha nome.

Mesmo assim... junto de tal tristeza veio a determinação.

Cohmac finalmente sabia o que precisava fazer.

Uma batida delicada veio da porta, mas Reath Silas já estava acordado. Também sentira a queda do Farol. Todos tinham sentido, de certa forma. Ele estava na sala lateral à luz de velas, ao lado de Ram. Os dois se sentaram na cama de repente, como se a explosão tivesse ocorrido bem ali, em Corellia, e não em algum lugar a anos-luz de distância.

Poderia muito bem ter sido ali, imaginou Reath. A explosão que acontecera no céu sobre Eiram também tinha acontecido dentro de todos eles.

Reath não tinha mais um lar.

Era uma coisa pequena, na verdade, em meio a tantas outras tragédias, mas de alguma forma era a única parte que ele conseguia entender.

— Entre — disse ele. Sua voz estava firme.

Ele sentia mais clareza do que jamais teria acreditado ser capaz de sentir em um momento como aquele.

Mas já existira algum momento como aquele? Era difícil de imaginar.

Cohmac estava parado na porta, com o rosto tenso e sombrio; mas, de alguma forma, calmo. *Você sentiu?,* Reath quase perguntou, mas era bobagem. Claro que ele tinha sentido.

— Venham — disse Cohmac. — Vocês dois.

Reath e Ram saíram para a aconchegante sala de estar, onde as brasas moribundas do fogo do caldeirão ainda enchiam toda a cabana com um calor suave e bruxuleante. Yoda estava lá, junto de Kantam e Zeen.

É hora de planejar, percebeu Reath. *Descobrir o que fazer. É hora de pensar em como lançar uma missão de resgate e depois contra-atacar.* Mas os outros não estavam falando, apenas esperavam solenemente.

Eles tinham que fazer alguma coisa, não? Com certeza. Atitudes precisavam ser tomadas, estratégias precisavam ser discutidas.

— Reath Silas — disse Cohmac.

Reath ergueu as mãos.

— Esperem… o que é isso? Precisamos conversar sobre o que fazer a seguir! Por que estão todos parados?

— Reath — disse Kantam.

— Precisamos fazer alguma coisa! — Reath estava gritando, e não tinha certeza do motivo. Nada fazia sentido. Nem a tragédia, nem o silêncio sobre ela. Era tudo absurdo. Ele não tinha lar. De repente, toda aquela calma que ele sentia começou a se esvair. Achava que tinha entendido ao menos parte daquilo. Parecia tudo tão claro algumas horas antes.

Quando um Padawan ri, a Força ri ainda mais alto, lembrou ele a si mesmo. E então ele também estava rindo, mas as lágrimas corriam por seu rosto, porque o Farol caíra e tantos tinham morrido, e nada jamais seria como antes.

— Shhh — disse Zeen, abraçando-o do nada, pousando seu próprio rosto marcado pelas lágrimas no ombro dele. — Eu sei.

Alguns momentos se passaram. Apenas o som das brasas crepitantes e os uivos e gorjeios da vida selvagem do pântano se faziam ouvir. Então, Cohmac falou novamente:

— Reath Silas. — E Reath finalmente compreendeu. — Você está pronto?

Não, Reath quis gritar. *Nunca estarei pronto. Não depois de tudo isso. Não depois de tudo o que aconteceu e do que está prestes a acontecer. Não.*

Reath balançou a cabeça. Tinha imaginado aquele momento muitas vezes. Costumava imaginar aquilo acontecendo em Coruscant, em meio a todos os textos antigos do Arquivo. Nos últimos tempos, é claro, imaginava a cerimônia acontecendo no Farol da Luz Estelar, sua casa. Ele estaria cercado por seus amigos. Iria brilhar de felicidade com sua conquista, e começaria o restante de sua vida.

Mas o Farol se fora, e muitos de seus amigos, também.

— Todo esse tempo, toda essa luta, toda essa morte — disse Reath, com a voz trêmula. — Não aprendi nada, tirando o pouco que sei.

Yoda grunhiu em um tom pensativo e disse:

— A lição mais difícil de aprender esta é. E uma das mais importantes.

— A única maneira de sair do meu próprio caminho e seguir em frente — falou Reath — foi percebendo que não há um caminho a seguir.

— Exatamente — disse Cohmac.

— Mas esta não é uma resposta — insistiu Reath. — É só um jeito de nos sentirmos melhor por estarmos perdidos.

Yoda balançou a cabeça.

— Impossível é estar perdido quando não existe um caminho, hm?

Cohmac suspirou.

— Eu disse a você, Reath, no dia em que você me pediu que eu fosse seu mestre, que talvez você fosse meu maior instrutor na Força.

Reath teve certeza de que estava corando. Nada daquilo estava certo; era tudo um turbilhão.

— Eu só gostaria de ter parado para ouvi-lo mais. Tenho muito a aprender e deveria ter feito isso ao seu lado. — Por que Cohmac estava falando no passado, como se fosse tarde demais para que eles aprendessem mais um com o outro?

— Deixei o Farol com uma centena de perguntas — disse Reath. — E agora o Farol se foi, e tudo o que tenho são mais perguntas.

— Ser um Jedi não é ter as respostas — declarou Kantam. — Trata-se de saber quais perguntas devem ser feitas. Mesmo que algumas delas demorem séculos e gerações para serem respondidas.

— Se todos esses Mestres acreditam que você está pronto — disse Yoda, com sua voz rouca e calorosa —, que estamos enganados você não acha, hm?

Reath teve que sorrir.

Ele não se sentia pronto, não mesmo. Mas em algum lugar, além do medo, além de seu próprio ego, ele sabia que estava.

Reath deu um passo à frente, olhou seu mestre nos olhos e assentiu.

— Estou pronto, Mestre Cohmac.

O mais sutil dos sorrisos surgiu no rosto cansado de Cohmac.

Zeen se aproximou de um lado de Reath, Ram do outro.

Não existia um caminho. E não havia como se perder. Por mais confuso que Reath se sentisse, ele sabia que a Força o guiara até aquele momento, da mesma forma que o guiaria até o próximo.

Yoda se colocou ao lado de Cohmac; Kantam, do outro lado.

— Pelo direito do Conselho — anunciou Yoda.

— Pela vontade da Força — disse Kantam.

Reath percebeu que estava chorando de novo, lágrimas de alegria e tristeza. A Força o levara até aquele momento; a Força o levaria até o próximo. Não havia como estar perdido; não havia caminho.

— Nós o nomeamos — prosseguiu Cohmac, estendendo a mão para puxar gentilmente a trança Padawan de Reath. Ele acendeu seu sabre e acenou com a cabeça para Yoda e Kantam.

Os três Mestres então disseram:

— Jedi.

— Cavaleiro da República — terminou Cohmac, cortando a trança. Ele desativou o sabre. — Estou orgulhoso de você, Reath.

Os dois se abraçaram. Ram e Zeen deram tapinhas nas costas de Reath. Quando o jovem Cavaleiro se afastou do abraço, havia um sabre de luz em sua mão. O sabre de luz de Cohmac.

— O que...? — foi o que Reath conseguiu dizer.

De repente, Cohmac parecia uma tempestade em forma humana, como se toda a ansiedade e tristeza que estava segurando tivessem vindo à tona depois do fim da cerimônia.

— Eu... — Ele olhou ao redor da sala com os olhos desvairados. — Não posso mais fazer isso. — Então seu olhar se fixou no de Reath. — Meu sabre agora é seu.

— Cohmac — disse Kantam, dando um passo à frente. — Aquela história... eu não estava tentando dizer a você que...

Cohmac interrompeu a fala com um aceno de cabeça.

— Não é um tempo para sair por aí e nem uma pausa. — O rosto dele estava pálido. — Eu não sou mais um Jedi.

Ele trocou acenos com Mestre Yoda, depois caminhou trêmulo para fora da sala, sob a noite, antes de começar a correr em direção à silhueta escura das árvores.

E se foi.

Localização desconhecida, morte presumida.

O céu acima de Zeen estava perfeito — azul-claro e pontilhado de nuvens pequeninas e fofas —, e perfeito era terrível. Tudo estava terrível.

Localização desconhecida, morte presumida.

Era o que diziam os primeiros relatórios locais oficiais sobre Lula, Farzala e Mestre Torban.

E tantos outros.

O Farol da Luz Estelar caíra.

Centenas haviam morrido. Os Nihil desencadearam um horror indescritível sobre a galáxia, sobre os Jedi.

E mais centenas teriam morrido se o ataque saído de Corellia tivesse sido bem-sucedido.

Mesmo assim.

Localização desconhecida, morte presumida.

Tais palavras pesavam demais sobre a mente cansada de Zeen toda vez que pensava nelas. Era um peso terrível — como se as próprias palavras fossem coisas mortas. Empoeiradas, sólidas e terrivelmente sem vida.

Zeen se sentou. Piscou para o dia claro e para a floresta ao seu redor. Não muito longe, os outros conversavam na varanda que cercava a casa de Crash.

Presumida não significava qualquer certeza, Zeen lembrou a si mesma pela quatrocentésima vez naquela mesma manhã.

Ela perdera a noção do tempo, perdera a noção de seu próprio coração acelerado e de sua cabeça latejando.

Tanta coisa acontecera tão de repente. E depois, também de repente, tudo acabou e eles estavam seguros.

Bem, não estavam sendo alvejados. Estar seguro não parecia mais uma coisa real, na verdade.

Não com o Farol apagado e tantos mortos. E outros tantos definhando sob aquele rótulo terrível. *Localização desconhecida, morte presumida.*

Zeen se levantou.

Ela estava viva. Aquilo importava. E Ram, Reath, Kantam e Cohmac. E Crash e a maior parte de sua equipe. Inacreditavelmente, Mestre Yoda estava lá. Zeen ainda apreciava a lembrança dele surgindo como um fantasma em meio à névoa que desaparecia, derrubando aquela nave junto de Kantam e, em seguida, esmagando o ataque dos Nihil. Ela ficara sem fôlego naquela hora. Tinha certeza absoluta de que iria morrer, e só esperava não levar junto com ela, por acidente, alguém que amasse quando isso acontecesse. Tanta confusão, tanta morte.

Ela balançou a cabeça e tocou o próprio rosto. Estava molhado. De novo.

Zeen enxugou as lágrimas, piscando entre as novas que brotaram espontaneamente, uma atrás da outra, não importando o que ela fizesse.

Localização desconhecida, morte presumida.

Presumida significava que havia uma chance. Lula, Farzala e tantos outros poderiam estar vivos.

Qort estava. E Mestra Kriss. Muitos haviam sobrevivido.

Se Lula e Farzala tivessem sobrevivido, Zeen os encontraria. Ela entraria em contato com Qort, se certificaria de que estava bem e depois os dois partiriam. Encontrariam seus amigos e os curariam. E então Zeen jamais se enganaria novamente pensando que ela e Lula estariam melhores uma sem a outra.

Era isso: um plano. Um caminho a seguir no meio daquele inferno. Ter um plano parecia uma tábua de salvação.

Ela permitiu que o sol acariciasse seu rosto por mais alguns instantes, depois se levantou.

Perto da cabana, Yoda e os outros se preparavam para sair.

Ram e Reath estavam lado a lado, ajeitando as malas e se despedindo de Crash. Kantam e Yoda conversavam baixinho.

Ao lado, um pouco afastada, aquela estranha figura encapuzada estava sentada, cantando, como sempre. Zeen percebeu que ela viera com Yoda no momento em que todos desembarcaram e se instalaram na cabana de Baynoo. A figura nunca mostrava o rosto, nunca falava com ninguém, apenas cantava uma canção triste, incessantemente, em um sussurro rouco.

— *Eles farão o que for possível... Farão o que for preciso...*

Era hora de partir. Não havia como fugir nem como se afastar da Ordem Jedi. Se Zeen tivesse alguma chance de encontrar Lula, seria com os Jedi ao seu lado e com a República em sua retaguarda. Se lhe permitissem, ela entraria em suas fileiras — parecia que certas maneiras de agir estavam prestes a se tornar irrelevantes naquela nova era de luta contra os Nihil.

— *Mas quando a encontrarem... só teu pó restará sobre o piso.*

Lula estava viva. Ela sabia daquilo em seu âmago. Zeen teria sentido se ela tivesse morrido. Aquilo a teria destruído, sem dúvida.

— Eu a encontrarei, Lula Talisola. — Zeen sussurrou seu juramento para o sol ardente, para as folhas de grama dançantes, para o pântano que zumbia ao redor. — Custe o que custar.

Equilíbrio, pensou Ram Jomaram, olhando para Reath e Crash. *De algum jeito, a gente conseguiu. Muitos não conseguiram, mas a gente sim.* Ele se sentia estranhamente revigorado, como se dançar à beira da morte mais uma vez tivesse injetado uma dose de pura vida em suas veias. Ele sobrevivera, e havia tanto a fazer, tanto a reconstruir e restaurar. Havia mistérios para desvendar e batalhas a travar. Ele poderia não ir muito longe no que viria a seguir, mas estaria ali para ver o máximo que pudesse.

— Vou sentir saudade de vocês — dizia Crash, quando Ram piscou afastando seus devaneios e voltou para a conversa. — Vocês se mostraram muito legais.

— Sentiremos sua falta — disse Ram. — Eu sempre soube que você era incrível.

— O que vai fazer? — perguntou Reath.

Crash deu um risinho mórbido.

— Ah... lutar, é claro. — Ela inclinou a cabeça na direção de casa, onde Svi'no, Tamo, Tangor, Fezzonk e Smeemarm já estavam planejando algumas peripécias emocionantes nos sofás. — Ovus já começou a agir para consolidar seu poder e alegar que nada disso aconteceu. Do jeito que as coisas estão, ele tem uma boa chance de conseguir o que quer e tomar o controle total de Corellia. — Crash fez uma careta. — Não sei bem se realmente podemos detê-lo — admitiu ela. — Mas estamos prestes a descobrir.

— Estarei lá para ajudar — disse Deemus Abrus, saindo da cabine.

— Deemus! — Ram correu e abraçou a Twi'lek antes que ela descesse as escadas. — Não sabia que você viria!

— Tinha que me despedir — disse a oficial de proteção de espécies ameaçadas com um sorriso. — E trazer esta menina. — Uma pequena protuberância se contorceu ao longo da camisa do uniforme de Deemus, depois duas grandes orelhas surgiram do punho, seguidas pela adorável cabeça felpuda de Teetak.

— *Patachaclán!* — guinchou a Bonbrak.

— Ela não parava de falar de você — disse Deemus, rindo. — Tive que aprender um pouco de Bonbreez para entender, mas ela quer ir com você, se estiver tudo bem.

— Claro que está tudo bem! Pessoal, venham conhecer a mais nova integrante da nossa equipe! — Tip e Breebak rastejaram irritados para fora do colarinho de Ram, os dois claramente estavam cochilando, e olharam para a jovem Bonbrak. Os dois se entreolharam e piscaram para Teetak. Depois explodiram em guinchos, gorjeios e gargalhadas, enquanto dançavam pelos braços de Ram e a envolviam em um grande abraço peludo. Os três Bonbraks saíram juntos, conversando sobre novas maneiras de desmontar as coisas.

— Ah, ratos — disse Crash, melancólica, jogando alguns petiscos gork gork para eles. — Seja como for, estamos felizes em contar com a sua ajuda, Deemus.

Yoda se aproximou de sua nave e se curvou para Crash e Deemus com um leve sorriso.

— Com vocês duas, a Força estará, hm.

— Obrigada, senhor mestre — agradeceu Crash, com uma reverência incomum. — O que vocês vão fazer?

— Uma nova ameaça na galáxia surgiu. Seguros... os Jedi não estão. Voltar para Coruscant nós devemos — disse Yoda. — Todos nós.

— O sinal de convocação que você solicitou foi enviado há alguns minutos — informou Kantam.

Yoda fechou os olhos.

— Muito para discutir temos. Difícil será o caminho a seguir. Mas há um jeito, hm? Há sempre um jeito. E o jovem Reath aprendeu, fazer nosso caminho nós devemos. Pois ainda não foi feito. Para isso, porém, para nosso caminho até o futuro forjarmos, guiados pelos segredos do passado seremos.

AGRADECIMENTOS

Primeiro e mais importante, um enorme agradecimento a George Lucas por criar essa galáxia incrível onde venho brincando desde os três anos de idade! Ela mudou o mundo (e o meu mundo) para melhor, e me ajudou a encontrar o caminho de contador de histórias.

Em seguida, obrigado, Michael Siglain, por me convidar para brincar nessa galáxia e ajudar a desenvolver uma nova era para a história de Star Wars. Isso tem sido uma aventura incrível, um sonho que se torna realidade. Ele é o grande responsável por tudo isso — um completo visionário, agitador, conselheiro e chefe em um único pacote. Também é um grande amigo. Obrigado por ser imparável e por contribuir no desenvolvimento dessa enorme história.

E, é claro, para a equipe, meus colegas Lumineers: Claudia Gray, Cavan Scott, Charles Soule, Justina Ireland. Tem sido uma incrível honra trabalhar lado a lado com vocês, compartilhando e aprendendo tantas coisas pelo caminho! Um brinde à toda grandeza pela frente...

Agradeço à minha editora, Jen Heddle, e ao Grupo de Histórias e todo o pessoal da Lucasfilm, incluindo Kathy Kennedy, James Waugh, Matt Martin, Jason Stein, Emily Shkoukani e Kelsey Sharpe. Agradecimentos especiais a Pablo Hidalgo por todo o conhecimento e nerdice sobre a Força e as tecnologias de Star Wars durante todo o processo.

E obrigado a toda a equipe artística que nos ajudou a dar cor, vida e tecnologias maneiras à era, incluindo Phil Noto, Iain McGaig, Grant Griffin, Petur Antonsson, Phil Szostak, Leigh Zieske, Scott

Piehl e Jeff Thomas. E a Cristiano Spadoni, Ornella Savarese e Gregor Krysinski pela incrível arte da capa.

Na IDW, as equipes editorial e de arte também fizeram um trabalho fenomenal na elaboração de *The High Republic Adventures* comigo, onde muitos desses personagens apareceram pela primeira vez. Obrigado, Heather Antos, Riley Farmer, Elizabeth Brei, Rebecca Nalty, Kevin Tolibao, Pow Rodrix e Jake M. Wood. E um enorme obrigado ao artista convidado Toni Bruno.

Para Harvey Tolibao, que tem sido meu parceiro criativo em *Adventures* desde o início: seu incrível senso de humanidade e sua arte de tirar o fôlego deram uma vida totalmente nova a este mundo, me mostraram novas facetas dos personagens e me ensinaram muito sobre quem eles são. Faltam palavras para agradecer a dedicação e o amor que você deu a este projeto.

Obrigado à equipe *Trilha das Sombras*, da Marvel: Dave Wachter, Giada Marchisio, David López, Joe Sabino, Mark Paniccia, Tom Groneman e Danny Khazem.

E obrigado a Lyssa Hurvitz, Seale Ballenger e a toda a equipe de relações públicas da Disney por ajudar a trazer *A Alta República* para o mundo.

Sem Joanna Volpe e todas as pessoas incríveis da New Leaf, Jenniea Carter, Jordan Hill e Abigail Donoghue, eu não estaria onde estou hoje. Obrigado a todos — não há ninguém no ramo como vocês.

Eu pesquisei muito sobre o trabalho de proteção diplomática para as partes de Crash em *Horizonte da meia-noite*, mas nada comparado a ouvir o escritor Shawn Taylor falar sobre sua experiência de vida nesse trabalho. Foi Shawn quem descreveu todo o processo como uma sinfonia e que insistiu que eu poderia dar a Crash essa ideia, mesmo depois que eu lhe disse que ele poderia querer mantê-la para usar em seu próprio trabalho. Uma grande mente e um grande amigo.

Um agradecimento tardio a Kara Scott, que teve a gentileza de me dar uma ideia de como é ser um jogador profissional quando eu estava escrevendo *Last Shot*.

Brittany — minha esposa, minha cúmplice, minha coconspiradora, escritora e leitora brilhante, ícone da moda na maternidade, dona de uma genialidade completa sobre o coração e sobre a alma — obrigado. Eu te amo.

A Tito, *mi hijo*, obrigado por aparecer no meio de toda esta história de *Alta República* e por me ensinar algumas lições sobre o amor na vida real. Um verdadeiro Jedi, e olha que acabou de chegar!

E agradeço sempre ao restante de minha família incrível: Dora, Marc, Malka, Lou, Calyx, Paz e Azul. Agradeço a Iya Lisa, Iya Ramona e Iyalocha Tima, Patrice, Emani, Darrell, April e toda a minha família *Ile Omi Toki* pelo apoio; agradeço também a Oba Nelson "Poppy" Rodriguez, Baba Malik, Mama Akissi, Mama Joan, Tina e Jud, e a todas as pessoas maravilhosas de *Ile Ase*. Obrigado também a Sam, Leigh, Sorahya, Akwaeke e Lauren.

Baba Craig Ramos: sentimos sua falta, amamos você e o levamos conosco aonde vamos. Fique tranquilo, Tio. *Ibae bayen tonu*.

Agradeço a todos aqueles que vieram antes de nós e iluminaram o caminho. Dou graças a todos os meus antepassados; a Iemanjá, Mãe das Águas; *gbogbo Orisa*; e a Olodumaré.